宁夏回族自治区一流建设（重点培育）学科经费资助

胡又铭　著

想象远行

IMAGINE A LONG JOURNEY

艾米莉·狄金森诗歌中的
旅行意象

中国社会科学出版社

图书在版编目(CIP)数据

想象远行：艾米莉·狄金森诗歌中的旅行意象 / 胡又铭著. -- 北京：中国社会科学出版社，2024.12.
ISBN 978-7-5227-3664-8

Ⅰ. I712.072

中国国家版本馆 CIP 数据核字第 2024BP0987 号

出 版 人	赵剑英	
责任编辑	慈明亮	
责任校对	韩海超	
责任印制	戴　宽	

出　　版	中国社会科学出版社	
社　　址	北京鼓楼西大街甲 158 号	
邮　　编	100720	
网　　址	http://www.csspw.cn	
发 行 部	010-84083685	
门 市 部	010-84029450	
经　　销	新华书店及其他书店	

印　　刷	北京明恒达印务有限公司	
装　　订	廊坊市广阳区广增装订厂	
版　　次	2024 年 12 月第 1 版	
印　　次	2024 年 12 月第 1 次印刷	

开　　本	710×1000　1/16	
印　　张	18.75	
插　　页	2	
字　　数	271 千字	
定　　价	99.00 元	

凡购买中国社会科学出版社图书，如有质量问题请与本社营销中心联系调换
电话：010-84083683
版权所有　侵权必究

目　录
CONTENTS

第一章　绪论 ………………………………………………（2）
　第一节　艾米莉·狄金森及其时代语境………………………（2）
　第二节　狄金森时代的旅行文化与旅行文学（1850—
　　　　　1880）…………………………………………………（8）
　第三节　虚构的旅行写作………………………………………（13）
　第四节　女性与旅行……………………………………………（15）
　第五节　"旅行"作为狄金森的一种"可能性"………………（17）
　第六节　狄金森的"旅行方式"………………………………（21）
　　一　书籍是必备的旅行工具…………………………………（21）
　　二　心脏+大脑+心智=真理…………………………………（26）
　第七节　关于狄金森旅行意象的文献综述……………………（32）
　第八节　方法论…………………………………………………（42）
　　一　"呈现"而非"结论"…………………………………（42）
　　二　从"苍蝇"到意象主义…………………………………（48）
　第九节　研究的总体纲要………………………………………（55）

第二章　航海之旅：狄金森与视觉文化 …………………（60）
　第一节　狄金森与19世纪的美国风景画……………………（60）
　　一　鲜明的美国浪漫主义……………………………………（61）

二　托马斯·科尔及其"美国风景"的创作 …………………… (62)
　　三　托马斯·科尔与艾米莉·狄金森 ……………………………… (65)
　第二节　激情的航海之旅 …………………………………………… (70)
　第三节　船之航 ……………………………………………………… (85)

第三章　天空之旅：狄金森与美学 ……………………………… (113)
　第一节　空中小路 …………………………………………………… (114)
　第二节　"西海" …………………………………………………… (117)
　　一　杂糅的崇高：色彩与惊奇 …………………………………… (124)
　　二　周缘 …………………………………………………………… (136)

第四章　陆地之旅：狄金森与她的"洪水题材" ……………… (147)
　第一节　关于铁路 …………………………………………………… (148)
　　一　火车里的故事 ………………………………………………… (148)
　　二　关于"铁马" ………………………………………………… (151)
　第二节　关于旅程的"最终目的地" ……………………………… (161)
　　一　"魔崖" ……………………………………………………… (161)
　　二　道路意象 ……………………………………………………… (165)
　　三　迷惘的旅人：她、他和我们的旅程 ………………………… (171)
　　四　"抒情我"（Lyric I）的旅程 ……………………………… (180)

第五章　狄金森诗歌中的地名 …………………………………… (194)
　第一节　编码式地名 ………………………………………………… (194)
　第二节　地名与旅行意象的融合 …………………………………… (202)
　　一　"阿尔卑斯山"与"东方的流放者" ……………………… (202)
　　二　"韦韦来的天鹅绒似的人们" ……………………………… (212)
　　三　"丧失了一切，我奔往他乡——" ………………………… (216)
　　四　"直到我—身心疲弱"与"我没有到你的身边" … (219)

第三节 "俳句式"诗歌中的地名 …………………………（226）

第六章 "家"是终点？ ……………………………………（236）
 第一节 家宅 ………………………………………………（237）
 第二节 房屋/家的隐喻 …………………………………（239）
 第三节 关于房屋、门和家的意象 ……………………（242）
  一 与屋同行 …………………………………………（242）
  二 是天堂还是家？ …………………………………（248）
  三 门外的陌生人 ……………………………………（256）

第七章 结语：闭上眼睛即是旅行 ………………………（265）

参考文献 ……………………………………………………（271）

后　记 ………………………………………………………（292）

艾米莉·狄金森（1830—1886）鲜少旅行，因此主流研究未把"旅行"归为其诗歌主题之一。然而狄金森诗歌中有大量的旅行意象，有些表达了她对航海的向往，有些展现了她对天空的想象，有些承载了她对"终极目的地"的探讨；有些为读者指出了明确的探索方向，有些构成了完整的理论体系，有些呈现着她空间式的思维方式。通过对这些意象的再现和分析，本书不仅揭示了"旅行"作为一个主题存在于狄金森诗歌当中的这一事实，且通过结合讨论她著名的主题，如死亡、永恒、崇高和周缘等，从海、陆、空等方面分类重释了这些旅行意象，展现了狄金森丰富多彩的精神世界和对人生终极课题的深度思考。

第一章 绪 论

第一节 艾米莉·狄金森及其时代语境

艾米莉·狄金森是个幸运的女孩。她1830年出生于马萨诸塞州阿默斯特镇的一个显赫家族：祖父塞缪尔·福勒·狄金森（Samuel Fowler Dickinson）不仅是阿默斯特学校（Amherst Academy）的创始人之一，还与杰出的作家诺亚·韦伯斯特（Noah Webster）共同创办了阿默斯特学院（Amherst College）[1]。父亲爱德华·狄金森（Edward Dickinson）在阿默斯特协助创办了第一家报纸——《新英格兰问询报》（*The New-England Inquirer*），参与了阿默斯特铁路的建设，还长期关注当时社会中女性的生存状况，撰写有关女性教育的文章；母亲艾米莉·诺克罗斯·狄金森（Emily Norcross Dickinson）亦是名门之秀[2]。艾米莉·狄金森在校期间是一名优秀的学生[3]，她喜欢学习，早期的文学创作时常受到老师们的称赞，一些习作甚至被匿名发表在学生刊物上；她面包烘焙得不错，父亲视她为家中数一数二的烘焙能手，她还在面包烘焙大赛中获过奖；她不仅钢琴弹得好，还很幽默，从她写给朋友们的信件中便可窥见一斑——因为那些信件里，时不时夹着她自创的关于当时政治人物的漫画小像[4]。她热爱科学，尤其是植物学、地质学和天文学，她喜欢孩子、动物、园艺和大自然，她虽然很安

---

[1] Connie Ann Kirk, *Emily Dickinson: A Biography*, Connecticut: Greenwood, 2004, p. 15.
[2] Connie Ann Kirk, *Emily Dickinson: A Biography*, p. 9.
[3] Connie Ann Kirk, *Emily Dickinson: A Biography*, p. 16.
[4] Connie Ann Kirk, *Emily Dickinson: A Biography*, p. 2.

静,但当她准备说话的时候,便可以口若悬河了①。总之,年轻的狄金森充满了活力和希望,十七岁那年,她梦想成为阿默斯特之花。

艾米莉·狄金森是个幸运的女人,她的幸运在19世纪美国女性的普遍命运中尤为耀眼。19世纪的美国民众普遍认为女性应该是纯洁的、知足的、居家的,与任何两性或感官意象无关,形同私有财产,不该抛头露面,因此女性背负的刻板印象较多,如足不出户、胆小、软弱、被动、依赖、情绪化、无逻辑、歇斯底里、容易发疯、无法抗拒诱惑。1860年最流行的女性杂志《戈迪女士的书》(*Godey's Lady's Book*)甚至宣称"妻子"和"母亲"才是19世纪女性理想、完美的家庭角色;在整个19世纪中,大多数美国女性都渴望结婚生子②。

如此言论并非空穴来风,19世纪美国女性的发展虽有机遇,但更多的是挑战。美国原住民、非裔美国奴隶、爱尔兰移民和美国白人组成了19世纪的美国女性阶层,不同的阶层过着不同的生活,例如:美国原住民妇女必须做所有的农活,同时抚养孩子、处理家务,解决她们可能遇到的任何问题;由于被奴役,非裔美国妇女在为她们的主人工作了一整天后,仍须继续完成自己家中的大小事务。然而19世纪工业化和城市化的迅速发展给当时的美国社会带来了不小的冲击,尽管大多数美国人仍然与他们的农村、农业生活相依相存,但中产阶级和工人阶级的婚姻、家庭生活和女性在家庭中的角色都已受到了工业化和城市化的影响③。尤其在美国东北部的城市地区,当所有经济活动的中心不再以家庭为出发点,女性的传统角色发生了转变,她们开始逐步从家庭生活中走出来,走进工厂。这种转变最初发生在年轻的白人单身女性当中,随后发生在其他移民女性当中,最终由黑人女性完成了这一转变④。于是,除了上层阶级的白人女性,其他阶层的女性有了外出工作、养家糊口的机会。她们可能会服务一个上流社会家庭,为其打扫卫生、做饭、照顾孩子、做衣服等,也可能成为一名工人,就像马萨诸塞州洛厄

---

① Connie Ann Kirk, *Emily Dickinson: A Biography*, pp. 1-3.
② Tiffany K. Wayne, *Women's Roles in Nineteenth-Century America*, Connecticut: Greenwood, 2007, p. 1.
③ Tiffany K. Wayne, *Women's Roles in Nineteenth-Century America*, p. 1.
④ Tiffany K. Wayne, *Women's Roles in Nineteenth-Century America*, p. 2.

尔纺织公司的女工（the Lowell mill girls）那样。

尽管激进主义者自1840年以来一直在争取妇女的选举权，但在19世纪的美国，女性仍然没有或很少拥有政治权利，并且在美国内战之前，由于接收女性的教育机构很少，女性受教育的机会是有限的。虽然在19世纪初期，一半甚至更多的白人女性在某种程度上可以被称为合格的阅读者，但她们的识字率仍然远远落后于同等情况的男性[1]。这对其他阶层的女性来说更是困难重重。因为恐惧和担心奴隶会将识字、阅读作为获得自由的武器，因此非裔美国女性识字是违法的，教授被奴役的人阅读和写作也是违法的[2]。

因此，19世纪的部分女性虽然在社会进步的大背景下走出了家门，获得了谋求自身利益的机会，但从根本上来说她们的人生并未得到充分的发展。与她们截然不同的是，狄金森可以按自己的意愿选择自己的生活方式，不婚和隐居让她的生命经历变得非同寻常。上文曾提到狄金森的家族背景，尤其值得重提的是，她的父亲是女性教育的支持者，因此狄金森不仅出生于上流社会，她所接受的教育在当时更是有别于一般女性的。成长于这样的家庭环境，狄金森不仅避免了下层女性的命运，还可以在生活中获得更多的权利，甚至可以猜想她是否获得了不婚的权利，因为在19世纪的美国，第一次，越来越多的女性会根据自己的情况来决定婚否，这些女性通常是在地的白人，中上层阶级，接受过正规教育[3]。因此，一部分女性可能因为工作、守寡、被遗弃或离婚而单身，而另一部分女性会因为等待一个理想的婚姻伴侣而选择不婚。由于受过更多的教育，单身女性不会简单地出于经济或社会地位的原因而涉足婚姻[4]。

狄金森在阿默斯特学院就读了大约七年，之后去了霍利奥克山女子神学院（Mount Holyoke Female Seminary）；在结束了仅一年的学习后，她便离开了神学院，开始在家中的家庭图书馆继续学习。

---

[1] Catherine Hobbs, "Introduction: Cultures and Practices of U.S. Women's Literacy", in Catherine Hobbs, ed., *Nineteenth-Century Women Learn to Write*, Virginia: The UP of Virginia, 1995, p. 2.

[2] Christopher M. Span, "African American Education: From Slave to Free", in Eugene F. Provenzo, Jr., ed., *Encyclopedia of the Social and Cultural Foundations of Education*, California: SAGE, 2009, p. 32.

[3] Tiffany K. Wayne, *Women's Roles in Nineteenth-Century America*, p. 6.

[4] Tiffany K. Wayne, *Women's Roles in Nineteenth-Century America*, p. 6.

第一章 绪论

即便如此,狄金森所受的正式教育相较于19世纪的女性来说,已是绰绰有余,且狄金森家族的男人们都是拥有政治野心的律师,他们的"参政议政"给她带来了深刻的影响,有助于她发展自己的政治观点[1]。作为阿默斯特这个小社会的中心,狄金森的家里总是充斥着各种政治实践者的不同政见、讨论和辩论,就连狄金森本人在1852年巴尔的摩举行的辉格党大会期间,也写信给苏珊·吉尔伯特(Susan Gilbert)抱怨道,"为什么我不能成为伟大的辉格党大会的代表?难道我对丹尼尔·韦伯斯特(Daniel Webster)、关税和法律还不够了如指掌吗"(L94)[2]?因此,如此丰富的教育和家庭背景让她有机会选择当时大多数美国女性所不能想象也不敢选择的生活。

艾米莉·狄金森是位幸运的诗人,她的成长背景是丰富多彩的。如詹姆斯·M.沃罗(James M. Volo)所说,美国的19世纪是一个充满"主义"的世纪[3]。由于当时的美国社会同时出现了工业化、改革、扩张和战争,它们之间的碰撞彻底摧毁了许多旧事物,遗留下来的也已面目全非[4]。整个美国经历了一个国家走向成熟的过程,而这一过程,影响了美国的政府、司法、经济、金融、工业、制造、通信、旅游、农业、社会结构、家庭秩序等方面[5]。因此,19世纪美国的公众意识中充满了城市主义、废奴主义、女权主义、人道主义、改良主义和商业主义[6];与此同时,浪漫主义、超验主义、现实主义和自然主义也丰富了艺术、文学和哲学领域。这些"主义"为当时的民众提供了极大的实践可行性,同时也在精神领域影响着他们,特别是作家和诗人。

---

[1] Paul Crumbley, "Emily Dickinson's Life", *Modern American Poetry* (April 2015), https://www.modernamericanpoetry.org/paul-crumbley-emily-dickinsons-life.
[2] 本书在标注狄金森书信编号时使用的"L"是"letter"的缩写,"L94"标明该书信在托马斯·H.约翰逊(Thomas H. Johnson)编的《艾米莉·狄金森书信集》(*The Letters of Emily Dickinson*)中的编号。Thomas H. Johnson, ed., *The Letters of Emily Dickinson*, Massachusetts: The Belknap of HUP, 1970.
[3] James M. Volo, *Family Life in Nineteenth—Century America*, Connecticut: Greenwood, 2007, p.3.
[4] James M. Volo, *Family Life in Nineteenth—Century America*, p.3.
[5] James M. Volo, *Family Life in Nineteenth—Century America*, p.3.
[6] James M. Volo, *Family Life in Nineteenth—Century America*, p.3.

此外，马萨诸塞州本就历史悠久，这片土地曾经见证了许多重大的历史事件。1620年年底五月花号抵达普利茅斯（Plymouth）后，清教徒移民建立了他们的新世界，随后，马萨诸塞湾公司的所有者成功地建立了马萨诸塞湾殖民地。1630年后期，马萨诸塞湾殖民地由约翰·温斯罗普（John Winthrop）统治。温斯罗普曾发表一篇题为"基督教慈善典范"的布道[1]，在布道中，他使用"山巅之城"（City on a Hill）[2]的表述来强调清教徒拥有成为上帝模范选民的特征。这篇布道还将马萨诸塞湾殖民地塑造成了理想的基督教社区，因为该社区非凡而强大，因此有责任为全体美国公民树立榜样[3]。

马萨诸塞州拥有美国最古老的高等学府——哈佛大学，这里培养出了一代又一代建设美国的精英人才，然而臭名昭著的塞勒姆女巫审判也曾在这里进行，人们在一群小女孩的煽动和指导下杀戮。还有发生在这片土地上的一系列事件，如印花税法案、波士顿大屠杀、波士顿倾茶事件、不可容忍法案等，使马萨诸塞州成为反对英国殖民统治的中心。这些都促成了美国的独立战争，也在一定程度上印证了温斯罗普的"山巅之城"之说。19世纪30年代和40年代后期，马萨诸塞州再次成为一神论、超验主义等实践者的中心。对于马萨诸塞州的作家和诗人而言，如此丰厚的历史和社会背景是他们成长的肥沃土壤，于是造就了美国文学史上一批耳熟能详的著名人物，如艾米莉·狄金森、埃德加·爱伦·坡（Edgar Allan Poe）、拉尔夫·沃尔多·爱默生（Ralph Waldo Emerson）、亨利·亚当斯（Henry Adams）、詹姆斯·罗素·洛厄尔（James Russell Lowell）、玛格丽特·富勒（Margaret Fuller）、纳撒尼尔·霍桑（Nathaniel Hawthorne）和亨利·大卫·梭罗（Henry David Thoreau）。

艾米莉·狄金森很幸运还因为她拥有非凡的导师。虽然她受到东、西方诸多思潮的影响，但爱默生的诗歌才是打开她诗歌创作大

---

[1] Susan Castillo, *American Literature in Context to 1865*, New Jersey: Wiley - Blackwell, 2011, p.36.
[2] "山巅之城"出自《马太福音》第5章第14节。
[3] Susan Castillo, *American Literature in Context to 1865*, p.37.

门的那把钥匙①。如果说爱默生是她主要的诗学楷模,那么托马斯·温特沃斯·希金森(Thomas wentworth Higginson)不仅是她的楷模,更是她生命中的导师、朋友和她口中的"Master"。他们的友谊是在 1862 年建立起来的,那一年,狄金森第一次读到了希金森写的《致青年贡献者的信》("Letter to a Young Contributor"),她备受启发并成了一个完完全全的希金森主义者。自此,她阅读了希金森的所有著作,并会因为错过某一篇文章而感到难过②。希金森的一些受梭罗启发的关于自然的散文也对她产生了强烈而持续的影响③,因此狄金森虽不是一个超验主义者,但超验主义思想的影响却很容易在她的作品中被找到。

受到多重幸运的眷顾,狄金森对创作的信念就如她的诗歌表达的那样:《我居住在可能里面—》④("I dwell in Possibility—"⑤,J657/Fr466⑥)且《发明一种生命容易—》⑦("It's easy to invent a

---

① 狄金森于 1850 年开始写诗。1847 年,她的朋友本杰明·富兰克林·牛顿(Benjamin Franklin Newton)送给她一本爱默生的诗集副本,通过阅读爱默生的诗歌,狄金森开启了自己的诗歌生涯。她发现诗歌非常令人愉悦,于是常常进行模仿写作。See Ed Folsom, "Transcendental Poetics: Emerson, Higginson, and the Rise of Whitman and Dickinson", in Joel Myerson, Sandra Harbert Petrulionis, and Laura Dassow Walls, eds., *The Oxford Handbook of Transcendentalism*, New York: OUP, 2010, p.278.

② Ed Folsom, "Transcendental Poetics: Emerson, Higginson, and the Rise of Whitman and Dickinson", pp.278-282.

③ Ed Folsom, "Transcendental Poetics: Emerson, Higginson, and the Rise of Whitman and Dickinson", pp.278-282.

④ 本书中狄金森诗歌题目及其译文全部来自蒲隆译《狄金森全集》,上海译文出版社 2020 年版。狄金森诗歌非常具有代表性的特征是她的诗行中常常用到破折号,本书中引用她的译文统一使用一字线(—)来标示。《我居住在可能里面—》,《狄金森全集》第二卷,第 137 页。

⑤ 狄金森的诗歌及其题目中的单词大小写并非按照通行的拼写法则,而是体现着她诗歌创作的独特之处和她内心对于诗歌的独特体验。

⑥ 本书在标注诗歌编号时使用的"J"是"Johnson"的缩写,"J657"标明该诗在托马斯·H.约翰逊编的《艾米莉·狄金森诗歌全集》(*The Complete Poems of Emily Dickinson*)中的编号;使用的"Fr"是"Franklin"的缩写,"Fr466"标明该诗歌在拉尔夫·威廉·富兰克林(Ralph William Franklin)编的《艾米莉·狄金森诗歌集》(*The Poems of Emily Dickinson*)中的编号。Thomas H. Johnson, ed., *The Complete Poems of Emily Dickinson*, New York: Little, Brown and Company, 1960; Ralph William Franklin, ed., *The Poems of Emily Dickinson*, Massachusetts: HUP, 1999.

⑦ 《狄金森全集》第二卷,第 179 页。

Life—", J724/Fr747);只要她愿意去想象、去创造,任何事情都可能发生在她的世界里;又或者,她认为自己就是一种"可能"。这一点从她的作品主题所涉猎的范围便可窥见一斑:以艾米莉·狄金森国际协会(The Emily Dickinson International Society)的会议主题和《艾米莉·狄金森学术期刊》(*The Emily Dickinson Journal*)上刊登的论文为例,除了宗教、浪漫主义、超验主义和女权主义等主要流派,她的作品主题还涵盖了自然、艺术、音乐、戏剧、心理学、数学、天文学、植物学、地质学、农业、摄影、翻译等。

每位读者都能在狄金森的作品中找到属于自己的"精神火花",无论他们受过何种教育、处于何种社会、来自何种文化背景。她是那个擅长烘焙、喜欢孩子和园艺、敏感、幽默、勤奋、有才华、有艺术感、有创造力、富有想象力、充满激情的女孩,也是那个"凶残的头脑""上了膛的枪",甚至还有称她为一个疯女,嗜性如狂……[①]无论这些能否反映出一个真实的狄金森或她诗意世界中的那个"假设之人"(the supposed person),至少可以得出一个结论:她和她的诗歌都是谜一样的存在。

第二节 狄金森时代的旅行文化与旅行文学(1850—1880)

在阐述狄金森与旅行的关系之前,了解她所处时代的旅行文化和旅行文学作品是很有必要的。19世纪的工业革命不仅使美国经济蓬勃发展,还使其人民的生活方式发生了改变。19世纪初期,小农场和家庭作坊变为大磨坊和大工厂,工作与休闲的关系就此被重塑[②]:一方面,因受到相关法规的保护,法定的休闲时间越来越多[③];另一方面,由于城市化进程的加快和休闲时间的制度化,在19世纪七八十年代,旅游对于美国人来说不仅是一项令人倍感舒

---

① Gillian Osborne, "A More Ordinary Poet: Seeking Emily Dickinson", *Boston Review: On Poetry*, 2013, p. 73.
② Will B. Mackintosh, "Leisure", in Lynn Dumenil, ed., *The Oxford Encyclopedia of American Social History*, Volume 1, New York: OUP, 2012, p. 619.
③ Will B. Mackintosh, "Leisure", p. 620.

适的休闲活动,更是日常生活中必不可少的一部分①。国家公园、旅行社、旅行支票、明信片、廉价的旅游指南层出不穷,这些不仅为游客提供了便利,还提供了丰富的信息并开发了许多大受欢迎的旅游景点②。与此同时,主题有关美丽风景的画作和摄影作品也引起了人们的兴趣,甚至成了许多游客的"实景地图"③。

工业化带来的最大成就之一就是铁路的建设。自 1849 年以来,成千上万的中国劳工涌入加利福尼亚州开采金矿,到 1870 年,已有大约 63000 名中国人在美国定居④。美国政府在 1862 年通过了宅地法案之后,两家铁路公司——联合太平洋公司和中央太平洋公司——就从中获得了大量的货币贷款和土地赠款,这些足够它们建造一条横贯内布拉斯加州的奥马哈和加利福尼亚州的萨克拉门托的铁路⑤。当中国劳工无法再从淘金中获得更多利润的时候,他们开始寻找其他工作,于是修建这条横贯美国大陆的铁路成了他们的选择。大约 12000 名中国劳工成为建造中央太平洋铁路的绝对力量⑥。更多的铁路就意味着更多的火车和旅行的机会,铁路为游客提供了更多的便利,同时也带动了旅游业的蓬勃发展。

另一个值得注意的现象是美国内战后的欧洲旅行。与 18 世纪的"壮游"(the Grand Tour)不同,欧洲旅行已成为 19 世纪美国游客的一种时尚,不分年龄、不分性别、不分种族。⑦ 对于这些旅行者来说,欧洲城市为他们提供了更多在国内无法遇到的机会和体验:他们可以享受闲暇时光,可以"背井离乡"去体验更多自由,

---

① Thomas A. Chambers, "Tourism and Travel", in Lynn Dumenil, ed., *The Oxford Encyclopedia of American Social History*, Volume 2, New York: OUP, 2012, p. 425.

② Thomas A. Chambers, "Tourism and Travel", p. 425.

③ Thomas A. Chambers, "Tourism and Travel", p. 425.

④ John M. Murrin, et al., "A Transformed Nation: The West and the New South, 1856-1900", *Liberty, Equality, Power: A History of the American People*, Volume. 2, 2011, p. 490.

⑤ John M. Murrin, et al., "A Transformed Nation: The West and the New South, 1856-1900", p. 489.

⑥ John M. Murrin, et al., "A Transformed Nation: The West and the New South, 1856-1900", p. 490.

⑦ William Merrill Decker, "American in Europe from Henry James to the Present", in Alfred Bendixen and Judith Hamera, eds., *The Cambridge Companion to American Travel Writing*, New York: CUP, 2009, p. 127.

跨洋旅行带给他们的快乐、放松和多种多样的选择，都可以使他们在短时间内最大限度地摆脱现实中不得不面对的重担①。可见，狄金森时代的旅行无论在内容上还是在形式上，较之前都有了很大的进步。

作家和艺术家一向是反映社会文化的先驱。特里·凯撒（Terry Caesar）在他的《宽容界限：美国旅行文学中如异乡般的家园》（*Forgiving the Boundaries*: *Home as Abroad in American Travel Writing*）中写道：由于欧洲旅行的盛行，除了梭罗、惠特曼和狄金森，大多数19世纪的知名作家都写过关于他们欧洲旅行经历的书②。例如华盛顿·欧文的《旅行者的故事》（*Tales of a Traveler*，1824）和《邦纳维尔船长历险记》（*The Adventures of Captain Bonneville*，1837）；赫尔曼·梅尔维尔的《白夹克；或者，战争中的世界》（*White Jacket*；*or*，*The World in a Man-of-War*，1850）和《白鲸记》（*Moby-Dick*；*or The Whale*，1851）；马克·吐温的《国外的无辜者》（*The Innocents Abroad*，1869）和《国外的流浪汉》（*A Tramp Abroad*，1880）；威廉·迪恩·豪威尔斯的《威尼斯生活》（*Venetian Life*，1866）、《意大利之旅》（*Italian Journeys*，1867）和《来自奥特鲁里亚的旅行者》（*A Traveler from Altruria*，1894）；亨利·詹姆斯旅行写作集中的《法国小旅行》（*A Little Tour of France*，1884）和《意大利时光》（*Italian Hours*，1909）等。爱默生和霍桑也有在欧洲生活的经历，但凯撒认为，他们的作品是以文本为基础的典籍，而非旅行写作，或者与旅行几乎没有什么关系③。

正如威廉·W. 斯托（William W. Stowe）所说，对于19世纪的美国旅行者来讲，欧洲是当时最受欢迎的目的地，在那个时代，对欧洲旅行的各种描述成为许多报纸的标准配备④；19世纪后期，

---

① Justin D. Edwards, *Exotic Journeys*: *Exploring the Erotics of U. S. Travel Literature*, New Hampshire: UP of New England, 2001, p. 66.

② Terry Caesar, *Forgiving the Boundaries*: *Home as Abroad in American Travel*, Georgia: The University of Georgia, 1995, p. 21.

③ Terry Caesar, *Forgiving the Boundaries*: *Home as Abroad in American Travel*, pp. 21–22.

④ William W. Stowe, *Going Abroad*: *European Travel in Nineteenth-Century American Culture*, New Jersey: Princeton UP, 1994, p. 3.

许多关于旅行的报道不仅出现在报纸上，而且还出现在杂志上①。这一时期欧洲旅行的一个重要意义是它唤醒了美国人对自己的身份，以及国家所存在的社会现象和历史问题的思考。早期的美国旅行者仍然会认为自己是"欧洲人"，并且认为自己与欧洲文化有着特别的联系。而在 19 世纪中期，玛格丽特·富勒、霍勒斯·格里利和马克·吐温等作家却放弃了这种"特别联系"，开始专注宣扬自己独一无二的美国身份②。对于美国旅行者来说，欧洲的旅行经历使他们开始重新思考自己国家的性别和种族问题，探索新的方式与自己的国家、同胞，甚至与当时的非裔美国人进行联结，重新审视从古到今的奴隶、奴隶主和废奴主义者，重新解读或依赖顺从或独立自强的女性，以及或边缘弱化或积极进取的男性③。

上文曾提到，在众多拥有欧洲旅行经历的作家当中，梭罗、惠特曼和狄金森并未参与其中。亨利·戴维·梭罗被认为是第一个发表旅行叙事作品的超验主义者，从《步行到瓦楚塞特》（"A Walk to Wachusett"）到《冬季步行》（"A Winter Walk"），再到《康科德河和梅里马克河上的一周》（"A Week on the Concord and Merrimack Rivers"），是他众多作品中的几个例子④。在梭罗的眼中，旅行中的经历并不总是积极的，而是多变的，他更愿意相信旅行或不旅行所带给他的好处是一样的⑤。他喜欢步行：一方面，他不需要马匹，因为他可以步行到连马匹也无法到达的美丽境地；另一方面，他认为道路是供马匹和商人使用的，既然他无须匆匆赶路，他宁愿徜徉

---

① William W. Stowe, *Going Abroad: European Travel in Nineteenth-Century American Culture*, p. 4.
② William W. Stowe, *Going Abroad: European Travel in Nineteenth-Century American Culture*, p. xi.
③ William W. Stowe, *Going Abroad: European Travel in Nineteenth-Century American Culture*, p. xi.
④ Barbara L. Packer, "Travel Literature", in Joel Myerson, Sandra Harbert Petrulionis, and Laura Dassow Walls, eds., *The Oxford Handbook of Transcendentalism*, New York: OUP, 2010, pp. 397-398.
⑤ Kathi Anderson ed., "The Henry D. Thoreau Quotation Page: Home and Travel", *The Walden Woods Project* (May 2015), https://www.walden.org/quotation-category/relationships-2/home-and-travel/.

在丛林小路上①。

梭罗认为，他能够享受旅行，只因为旅行能时时提醒他"家"的重要性，这才是旅行于他之意义。他认为，人们在自己的国家甚至在自己住所的附近地带旅行才是最具优势的，因为人们一定比较熟悉自己的国家和居住的环境，这样才可以在已有的背景知识下较充分地了解所见所闻，并减少异国他乡、人生地不熟所导致的"游客误解"②。不是离家千百英里才能被称为真正的旅行，如果旅行者在自己的国家旅行，他们长期的居住经历便是得天独厚的优势，丰富的背景知识和充裕的时间使他们在旅行中正确地观察且受益良多③。

梭罗表达了他如何用自己的方式来实践旅行的真正意义。在当时"英美旅行"（Anglo-American travel）风靡一时的历史背景下，越来越多的英美作家、诗人以他们的旅行经历为创作素材，却很少有人关注自己作品的真正分量，千篇一律，不痛不痒。这才让梭罗质疑，并指出能否发掘更深刻的旅行方式，促使两国文人用文字去阐释旅行的真正意义，而不是简单的"你帮我挠背，我也会帮你挠"④，即所谓"礼尚往来，互通有无"。他在日记中写道，使读者受益的游记，应该由那些既具有本土知识又具有旅人素质的人来撰写，并且它也应该由那些愿意在自己的国家和家乡旅行、并真心实意从家门走出去的人来撰写⑤。一名负责的游记作家不仅要成为真正的足智多谋的旅人，还需要更多地了解自己的本土文化而不只是四处奔波——这是梭罗对游记作家提出的更高标准。

---

① Kathi Anderson, ed., "The Henry D. Thoreau Quotation Page: Home and Travel", *The Walden Woods Project* (May 2015), https://www.walden.org/quotation-category/relationships-2/home-and-travel/.

② Kathi Anderson, ed., "The Henry D. Thoreau Quotation Page: Home and Travel", *The Walden Woods Project* (May 2015), https://www.walden.org/quotation-category/relationships-2/home-and-travel/.

③ Kathi Anderson, ed., "The Henry D. Thoreau Quotation Page: Home and Travel", *The Walden Woods Project* (May 2015), https://www.walden.org/quotation-category/relationships-2/home-and-travel/.

④ Jeffrey S. Cramer, *I to Myself: An Annotated Selection from the Journal of Henry D. Thoreau*, Connecticut: Yale UP, 2007, p. 86.

⑤ Jeffrey S. Cramer, *I to Myself: An Annotated Selection from the Journal of Henry D. Thoreau*, p. 86.

第三节 虚构的旅行写作

旅行文学通常被视为非虚构写作,而依据狄金森的人生背景,若把她的一些具有旅行意象的诗歌置于旅行文学之中,应将这些诗歌归为虚构写作。在 1820 年的美国,一种叫作"寻找风景"(searching for scenery)的旅行方式日渐盛行,于是旅行写作悄然生变,越来越多的人开始关注"美式风景",不再对英国的风景充满热情[1],游记作家不得不想出新的描述方式来满足读者的胃口。因此,诗歌、小品文和"速写"(sketches)——一种如同铅笔素描一样将头脑中想象的风景生动地刻画出来的新方式,取代了期刊、信件等传统方式[2]。自此,情感流露、主观表达和刻画性强成了游记的新标签[3]。当旅行写作逐渐失去了客观性,非虚构和虚构的元素便自然地混杂在一起。

卡尔·汤普森(Carl Thompson)在他的《旅行写作》(Travel Writing, 2011)中指出,虽然众所周知游记作家并不能像小说家一样拥有一个叫作"虚构"的许可证,但要在非虚构和虚构的旅行写作之间划清界限[4]并非易事。事实上,在非虚构和虚构之间并没有一条分明的界线,因为无论是诚实报道还是纪实报道,游记如何行文、如何被构建都是由作家甚至是出版商来决定的,无法做到绝对的客观[5]。更何况在旅行时,持续流动或转瞬即逝的感官体验很难在当下被及时记录下来,大量微不足道的琐碎信息很容易将旅行者淹没[6]。因此游记作家大多是收集当下发生的最有意义的事件,对这些事件进行梳理,并记录反思,然后构思一篇文章[7]。一方面,每篇游记都是人为的产物;另一方面,非虚构的旅行写作中所运用

---

[1] Dona Brown, "Introduction", in Dona Brown, ed., *A Tourist's New England: Travel Fiction, 1820-1920*, New Hampshire: UP of New England, 1999, p. 4.
[2] Dona Brown, "Introduction", p. 4.
[3] Dona Brown, "Introduction", p. 4.
[4] Carl Thompson, *Travel Writing*, Oxford: Routledge, 2011, p. 16.
[5] Carl Thompson, *Travel Writing*, p. 27.
[6] Carl Thompson, *Travel Writing*, p. 27.
[7] Carl Thompson, *Travel Writing*, p. 27.

的技巧也可以体现在虚构的旅行写作当中①。例如，将记录旅行的日记作为旅行写作的第一步就很有必要，然而，一本好的旅行日记依赖于其作者如何对视觉、听觉、嗅觉、味觉、触觉的即时感应进行直接输出，因为单只记录眼睛所见，会缩小作者的感官范围，妨碍多层次体验②。如果作者能够巧妙地运用"第六感"或"直觉"来捕捉当下的体验，同时将其保留在记忆中，那么其写作就会更加生动③。

因此要想写出生动的非虚构或虚构的旅行作品，"直觉"都是至关重要的。在一个想象的世界里，作家创作虚构的旅行时不仅要凭直觉捕捉有意义且值得描绘的人物或地点，而且要将它们活灵活现地描述出来，仿佛它们真的被看到、听到、闻到、尝到和触摸到一样。L. 皮特·奥尼尔（L. Peat O'Neil）认为，旅行写作中重要的是对体验和环境氛围的呈现，因此她分享了一些她指导作者重新调整他们感官的经验：教他们像盲人一样在写作中不依赖眼睛所看到的，以激发他们其他感官的敏感性④。这与狄金森在 1870 年写给霍兰夫人（Mrs. Holland）的信中所说的"闭上眼睛即是旅行"（To shut our eyes is Travel）（L354）不谋而合。

旅行编辑、作家唐·乔治（Don George）在他的畅销书《孤独星球旅行写作指南》（*Lonely Planet Guide to Travel Writing*）中提到了他在希腊短暂居住的经历，并提到两本小说作为他的附加旅行指南：一本是约翰·福尔斯（John Fowles）的《魔术师》（*The Magus*），另一本是尼古斯·卡赞特扎吉斯（Nikos Kazantzakis）的《希腊人左巴》（*Zorba the Greek*）。他认为这两部小说是最好的旅行指南，因为它们对风景、人物和文化的介绍是沉浸式的，具有启发性，所以他说："一些最好的旅行写作是虚构的。"⑤ 无论是虚构还是非虚构，作家的直觉和想象力是他们至关重要的创作源泉，虚构的旅行写作更有可能给读者呈现一种连续不断的感官体验，而这种

---

① L. Peat O'Neil, *Travel Writing*, Ohio: Writer's Digest Books, 2005, p. 3.
② L. Peat O'Neil, *Travel Writing*, p. 3.
③ L. Peat O'Neil, *Travel Writing*, p. 3.
④ L. Peat O'Neil, *Travel Writing*, p. 3.
⑤ Don George, "Introduction", in Don George, ed., *Better Than Fiction: True Travel Tales from Great Fiction Writers*, Victoria: Lonely Planet, 2012.

体验可能是更加生动且令人印象深刻的。

第四节 女性与旅行

早期的旅行文学大多由男性撰写,因为只有可以在公共领域自由行动的人才能够进行危险的、充满未知的冒险活动[1]。虽然一些盛极一时的文艺复兴史诗描绘了一同漫游世界寻找冒险的骑士和公主,但事实上在男性的冒险故事中,女性并非同游者,而是最终目标或欲望对象,就如《卢济塔尼亚人之歌》(The Lusiads)和《奥德赛》(The Odyssey)里描绘的那样[2]。在过去的几个世纪里,旅行写作是性别化的,男性被刻画为勇敢冒险的旅行者,他们为了寻找财富、获得声誉而向新世界勇往直前,这一观念成了许多伟大旅行故事的支柱[3]。

尽管女性旅行者的作品似乎受到了一些特殊的对待,然而她们从未停止记录她们旅程的脚步[4]。虽然许多文集和研究对维多利亚时期女性旅行者的努力和成就赞誉有加,特别研究她们的独创性、不寻常的人生故事,以及她们对自己所处时代社会陈规的反抗精神,然而从这些文集和研究的标题来看,它们的作者似乎在暗示这些女性旅行者的"古怪",且文中的一些滑稽的叙述很容易让人联想到一种嘲讽式的诠释[5]。不可否认,女性旅行者在以下两个方面仍被区别对待:第一,她们不同于那些在社会中循规蹈矩的正统女性;第二,她们不能像那些寻求阳刚之气的男性旅行者一样,将旅行作为冒险和实现自我的手段[6]。但至少这些文集和研究大体认同一点:女性旅行者在某种程度上摆脱了家庭或社会的束缚[7]。

无论从创作的基础层面还是性别层面,都很难对女性与男性的

---

[1] Susan Bassnett, "Travel Writing and Gender", in Peter Hulme and Tim Youngs, eds., *The Cambridge Companion to Travel Writing*, Cambridge: CUP, 2002, p. 225.
[2] Susan Bassnett, "Travel Writing and Gender", p. 225.
[3] Susan Bassnett, "Travel Writing and Gender", p. 225.
[4] Susan Bassnett, "Travel Writing and Gender", p. 226.
[5] Susan Bassnett, "Travel Writing and Gender", p. 226.
[6] Susan Bassnett, "Travel Writing and Gender", p. 226.
[7] Susan Bassnett, "Travel Writing and Gender", p. 226.

旅行写作做区分。① 正如吉莉安·罗斯（Gillian Rose）在她的《女权主义和地理学》（*Feminism and Geography*）中论证的那样，与那种认为地球的所有部分都可以被绘图、人类所处社会的所有部分都可以被描述的"父权制"观念截然相反，女权主义者眼中的地理学并不旨在描绘出整个世界的细节；相反，它在话语中重新安插了一个身体维度，即"将日常生活作为目的本身，而不是达到不同目的的手段"②。对此，她作了进一步的解释，并引入了一个法国女权主义理论来介绍女性身体的概念：女性身体代表黏稠性和流动性，而男性身体代表坚固性和直线性，因此，完整的权力关系是由后者所形成的世界观来创造和控制的，因为前者"太无形，太灵活，太变幻无穷"③。出于定义和控制这个世界的意图，传统意义上对地球的描绘是一种固有的男性方式的感知，而作为另一种描绘方式，女权主义者的方式则更专注于透过琐碎、平凡的日常事件去感知世界，因此她们创造了一套完全不同的体系，不仅很容易被识别，而且不受父权制的控制④。

此外如上文所讲，女性通过旅行可以摆脱家庭的束缚⑤。在女性旅行史上，许多例子表明旅行的意义在于为女性旅行者提供一种重新定义自身的方式，使她们展现出不同的个性，并协助她们真正地从家庭生活中逃离出来⑥。换言之，女性将旅行写作拓展到了任何体裁或目的之外，甚至她们的小说和自传也可以被视为旅行故事，因为她们不仅通过描述自我和理解亲身经验来探索、实践着空间性，还展现出一种审视自己如何立身处世、如何自由行走世界的方式⑦。作为她们中的一员，狄金森似乎更特立独行，她的旅行意象既不是为了描述日常生活，也不是为了提供详细、严肃的社会文献，而是展现了她对"终极答案"——那个她在整个写作生涯中不

---

① Susan Bassnett, "Travel Writing and Gender", p. 227.
② Susan Bassnett, "Travel Writing and Gender", p. 230.
③ Susan Bassnett, "Travel Writing and Gender", p. 230.
④ Susan Bassnett, "Travel Writing and Gender", p. 230.
⑤ Susan Bassnett, "Travel Writing and Gender", p. 234.
⑥ Susan Bassnett, "Travel Writing and Gender", p. 234.
⑦ Susan L. Roberson, "American Women and Travel Writing", in Alfred Bendixen and Judith Hamera, eds., *The Cambridge Companion to American Travel Writing*, Cambridge: CUP, 2009, p. 215.

断追问"永恒"的探索。

第五节 "旅行"作为狄金森的一种"可能性"

狄金森在创作虚构旅行作品方面具有得天独厚的条件,她有丰富的想象力、敏锐的直觉,有极大的学习和探索的热情,对"可能性"拥有执着的信念,她的"假设之人"几乎无所不能——这些条件在很大程度上满足了对一个合格的虚构旅行作家的要求,而她的诗歌展现出的众多"可能性"中的一种,就是她与旅行的关联。旅行是狄金森隐居生活中最不可能发生的一件事,1855年她和妹妹一起去华盛顿特区看望父亲是她唯一的州外旅行[1]。除了她大约十七岁时拍下的那张著名的身着深色长裙的银版摄影照片,她更常以一个喜欢待在卧室中的白衣隐士的形象示人。因此才会有以下的趣闻:1989年的一部名为《第38号失败的生意》(*Failed Business #38*)的漫画宣称,他们的"艾米莉·狄金森旅行社"向广大游客提供四天三夜"卧室游"的特别优惠[2]。对狄金森而言,外出旅行只是为了上学、探望家人、恢复健康、取悦父亲[3],否则她宁愿待在家里或卧室里,避不见客。

作家康妮·安·柯克(Connie Ann Kirk)讲了一件有趣的事情:在马萨诸塞州的康科德,一种印有"梭罗周末会回家"字样的T恤曾非常流行,它意在表达,像梭罗这样选择在小棚屋里待整整两年零两个月的孤独隐士,也非绝对隐居[4];而不是超验主义者的狄金森却过着绝对隐居的生活。1857年,准备在阿默斯特演讲的爱默生,做客并留宿在狄金森哥哥奥斯汀·狄金森(Austin Dickinson)的家中,即便是在隔壁,狄金森也不会去那里见见他[5]。

---

[1] Connie Ann Kirk, *Emily Dickinson: A Biography*, p. xviii.
[2] Domhnall Mitchell and Maria Stuart, "Introduction: Emily Dickinson Abroad", in Domhnall Mitchell and Maria Stuart, eds., *The International Reception of Emily Dickinson*, London & New York: Continuum International Publishing Group, 2009, p. 1.
[3] Connie Ann Kirk, *Emily Dickinson: A Biography*, p. 57.
[4] Connie Ann Kirk, *Emily Dickinson: A Biography*, p. 57.
[5] Ed Folsom, "Transcendental Poetics: Emerson, Higginson, and the Rise of Whitman and Dickinson", p. 278.

希金森花了八年时间才终于见到了这位时常与他通信的女诗人；至于那位在她去世后为她编辑和出版诗歌的梅布尔·卢米斯·托德（Mabel Loomis Todd），根本没有机会亲眼见到她[1]。

人们不会将狄金森视为一个旅行者，但她的诗歌中确实有关于旅行的意象。一些评论家、作家在有关旅行主题的写作或书籍中提到她的一些关于旅行或旅行意象的诗，这意味着"狄金森在想象远行"这一现象已经被注意到了。不过现象终究是现象，在JSTOR、Project MUSE 和 OCLC WorldCat 上搜索这种"现象"所得到的结果并不乐观。尽管狄金森的"旅行诗"在一些关于旅行的书中被引用或介绍，如厄尔·唐纳德·贝内特（Earl Donald Bennett）将这首《我喜欢看它舔一哩哩的路—》[2]（"I like to see it lap the Miles—"，J585/Fr383）命名为《列车》并收录在《美国旅程：美国旅行选集》（American Journeys: An Anthology of Travel in the United States，1975）里；埃莉诺·瑙恩（Elinor Nauen）同样选择了这一首，并将它置于《女士们，启动你的引擎：公路旅途中的女性作家》（Ladies, Start Your Engines: Women Writers on Cars and the Road，1996）的开篇；"美国诗歌与文学项目"编辑的《开路之歌：关于旅行与冒险的诗》（Songs for the Open Road: Poems of Travel and Adventure）中还收录了《狂喜就是内陆的灵魂》[3]（"Exultation Is in the Going"，J76/Fr143）和《何物带咱去远方》[4]（"There is no Frigate like a Book"，J1263/Fr1286）。然而，这些书均未提到它们是如何定义狄金森的"旅行诗"的，也并未对诗中的旅行意象进行具体的阐释或分析。

无论身体上还是精神上，没人能够避免"走出去"这件事。旅行对于狄金森究竟有什么意义？纵观人类历史，旅行的至关重要性和不可避免性就如茨韦德·冯·马特斯（Zweder von Martels）描述的那样：人类渴求在地球上散播自己的足迹，那种渴求就如野兽在不停搜寻着食物和住所，而人类特有的意愿和喜悦支持着他们探索

---

[1] Ed Folsom, "Transcendental Poetics: Emerson, Higginson, and the Rise of Whitman and Dickinson", p. 288.
[2] 《狄金森全集》第二卷，第74页。
[3] 《狄金森全集》第一卷，第60—61页。
[4] 《狄金森全集》第三卷，第49页。

和改变世界的脚步,这正是区分人类与动物的关键点①。人类永远不会停止通过"旅行"这一手段来推进自己的文明。远古时代,游牧民族为了维持生活而四处游走,他们的狩猎采集社会被认为是最早的人类社会,即便今天,仍有 3000 万—4000 万人数的游牧民族实践着这种最古老的生活方式。苏美尔人在公元前 3000 年之前发明了硬币,商人们可以用货物来换取出行的交通和住宿便利,也可以用钱这样轻便的交换物来支付旅行中的费用,这样他们能走得更远②。

现代旅行的奠基人是新苏美尔帝国的统治者之一舒尔吉国王(the king Shulgi),他在不同的地方建造了各种旅游设施,并为旅行者提供安全保障③。波斯人也许是第一批真正的旅行者,他们长途跋涉去寻找更多的自然资源和新的贸易市场④。著名的丝绸之路为中国乃至波斯、印度次大陆、欧洲和阿拉伯的文明作出了巨大贡献⑤。希腊人对旅行也很感兴趣:荷马写了《奥德赛》,柏拉图游历过意大利、西西里岛和埃及⑥。除了因祭祀神灵、参加竞技、赶集或过节而旅行,罗马人的旅行还为了享受,他们不仅装饰了交通工具,还寻找药浴和海滨度假胜地,所以"温泉"(spas)是罗马人的首创,是他们日常生活不可或缺的一部分。⑦《旧约》里记载的伟大旅程之一便是摩西带领以色列人从埃及出走,在沙漠中漂泊了四十年,最终到达上帝应许他们的圣地。中世纪,旅行为宗教目的服务并发挥了重要作用。杰弗里·乔叟(Geoffrey Chaucer)写了《坎特伯雷故事集》(*The Canterbury Tales*)来描述一群朝圣者前往坎特伯雷的旅程;这本书不仅成了乔叟的代表作,而且对英国文学

---

① Zweder von Martels, "Introduction: The Eye and the Eye's Mind", in Zweder von Martels, ed., *Travel Fact and Travel Fiction: Studies on Fiction, Literary Tradition, Scholarly Discovery and Observation in Travel Writing*, Leiden: E. J. Brill, 1994, p. xi.
② N. Jayapalan, *An Introduction to Tourism*, New Delhi: Atlantic, 2001, p. 8.
③ N. Jayapalan, *An Introduction to Tourism*, p. 9.
④ N. Jayapalan, *An Introduction to Tourism*, p. 9.
⑤ N. Jayapalan, *An Introduction to Tourism*, p. 9.
⑥ N. Jayapalan, *An Introduction to Tourism*, p. 9.
⑦ N. Jayapalan, *An Introduction to Tourism*, p. 10.

作出了巨大的贡献①。维京人凭借其先进的航海技术，航行到地中海、中东、北非和中亚等沿海地区，意大利商人马可·波罗周游亚洲，到达中国并在二十四年后回到威尼斯，他史诗般的旅程激励着许多后继的旅行者，尽管今天的学者仍然质疑他的编年史和经历的真实性，但其影响是不可否认的。随后，哥伦布完成了四次横渡大西洋的航行，在冒险史上名垂千古②。

工业革命为现代旅行的发展提供了无限可能。今天，陆运、海运和空运使世界变得更小，各种交通工具使人们能够周游世界的每一个角落，无论是为了生活、贸易、教育、写作、休闲、观光、冒险、探索，还是为了发现自己，或者干脆为了"随便跑跑"③。总之旅行在人类历史和文明史中扮演着重要的角色，不仅代表了社会的需要，更代表了人类内心不断向外拓展的渴望。

因此似乎没有人能够摆脱旅行或其所带来的影响。对于美国人来说，旅行和美国身份的建构是密切相关的④；对于狄金森来说，她从未停止与她的"假设之人"一起旅行⑤。"旅行"可以是"去想象中的一个时间或地点"⑥，而"假设之人"的足迹遍布海洋、陆地、异国就足以证明在狄金森的想象中，她早已开启远行。除了未注明日期的诗歌以外，在1853年狄金森诗歌创作生涯的初期，她便创作了《在这片神奇的海洋》⑦（"On this wondrous sea"，J4/

---

① N. Jayapalan, *An Introduction to Tourism*, p. 11.
② N. Jayapalan, *An Introduction to Tourism*, p. 12.
③ 杰克·凯鲁亚克的《在路上》是最具代表性的旅行（公路）小说之一。故事中的主人公在一次公路旅行中遇到了一个"戴宽边呢帽的瘦长家伙"，这个人"在公路逆行线的一边停车，朝我们走来……'你们两个要去什么地方，还是随便跑跑？'"凯鲁亚克写道："这个问话再好不过了，可是我们不明白他的意思。""随便跑跑"代表了一种有或没有任何目的或目的地的旅行状态，这种状态在《在路上》中得到了完美的呈现。参见［美］杰克·凯鲁亚克《在路上》，王永年译，上海译文出版社2006年版，第26页。
④ Judith Hamera and Alfred Bendixen, "Introduction: New Worlds and Old Lands: The Travel Book and the Construction of American Identity", in Alfred Bendixen and Judith Hamera, eds., *The Cambridge Companion to American Travel Writing*, Cambridge: CUP, 2009, p. 1.
⑤ Connie Ann Kirk, *Emily Dickinson: A Biography*, p. 57.
⑥ Shen Zhongfeng, ed., *Macmillan English Dictionary for Advanced Learners of American English*, Beijing: Foreign Language Teaching and Research, 2003, p. 1507.
⑦ 《狄金森全集》第一卷，第9—10页。

Fr3）；直到大约 1881 年，她去世前的第五年，还写下了"去跟我们一起旅行！"①（"'Go traveling with us！'"）这样的诗句。一直以来，"旅行"未与狄金森的其他著名主题如死亡、自然、爱、不朽等齐名，或许因为对于一个过着隐居生活的人来说，旅行是与其矛盾、对立的；但如果仅仅因为狄金森大部分时间与世隔绝这一原因，而未将其诗中大量的旅行意象视为一个主题式的存在，那么读者可能会失去一个新颖的角度去解读她丰富多彩、发人深省的探索之旅。

第六节 狄金森的"旅行方式"

相比她同时代的作家，如以生动笔触描绘新旧世界差异的国际主题（international theme）的亨利·詹姆斯，或者记录了危险而又变化多端的海上冒险，并完成了杰作《白鲸记》的梅尔维尔，狄金森笔下的旅行似乎并不是为了体验文化碰撞或寻求伟大的探险。她有自己观察和探索世界的方式，并能从自己独特的体验中获得乐趣。有两个信念一直在支持她探索未知：一是对书籍热爱，因为它是带她去旅行和看世界的必要工具；二是她相信自己是真理的持有者。

一 书籍是必备的旅行工具

书籍是想象的载体，书籍可以带她走遍世界的每一个角落，体验不同的文化和生活。在狄金森的一生中，她从未停止过对书籍的热爱。前文提到过，她的祖父和父亲投身教育机构，哥哥在 1873 年到 1895 年担任阿默斯特学院的财务主管，甚至她的侄子奈德·狄金森（Ned Dickinson）也是学院的助理图书管理员。学院的知识氛围深刻地影响了狄金森一家，对狄金森的影响也是潜移默化的。

在这样的家庭氛围中长大，狄金森从小就对读书兴趣浓厚。父亲引导她阅读《圣经》和一些励志的文学作品，哥哥和她的闺中密友——嫂子苏珊·吉尔伯特帮助她培养了阅读兴趣②。她最早的读物

---

① 《狄金森全集》第三卷，第 177 页。
② Connie Ann Kirk, *Emily Dickinson: A Biography*, p.71.

基本上都是父亲为哥哥和她订购的福音和儿童月刊①,其中有一本叫作《帕里杂志》(*Parley's Magazine*)的儿童娱乐杂志,每个月都有诸如诗歌、旅行、历史、传记、道德故事和拼图等连载内容②。这些丰富着小狄金森的阅读经历,直到她在阿默斯特学院和霍利奥克山学习时,教科书也对她产生了深远的影响③。爱德华·希区柯克(Edward Hitchcock)的《基础地质学》(*Elementary Geology*)、托马斯·科格斯维尔·阿珀姆(Thomas Cogswell Upham)的《心理哲学要素》(*Elements of Mental Philosophy*)、阿尔米拉·哈特·林肯·菲尔普斯(Almira Hart Lincoln Phelps)的《植物学的通晓讲座》(*Familiar Lectures on Botany*)和阿莫司·伊顿(Amos Eaton)的《北美植物学手册》(*Manual of Botany, for North America*)等书改变着狄金森对世界的看法,她眼中的世界不再局限于在家中所阅读到的有关地狱惩罚这类宗教中的恐怖景象,而是扩展到一个更直接明了的客观世界④。有趣的是,她那著名的破折号(英文中都是半字线,本书中按通行格式变为一字线)可能来自她学校课本《默里语法》(*Murray's Grammar*)的副本,其中是这样定义破折号的:

  虽然破折号会因为草率和逻辑混乱而被不当使用,但如果句子突然中断,文中有需要明显停顿的地方,或者文中情绪出现意外转变,就可以适当地使用它……⑤

也许是因为熟悉教科书中的破折号的定义,狄金森不仅游刃有余地使用了这条规则,还常常巧妙地打破它⑥。

  事实上由于狄金森的父亲并不赞成女儿阅读大众流行书籍,当狄金森家族图书馆从"家宅"(Homestead)被移走时,只有几本上面写着狄金森的名字,但却有大量写着"苏珊·狄金森"这一签名

---

① Connie Ann Kirk, *Emily Dickinson: A Biography*, p. 71.
② Connie Ann Kirk, *Emily Dickinson: A Biography*, p. 71.
③ Connie Ann Kirk, *Emily Dickinson: A Biography*, p. 72.
④ Connie Ann Kirk, *Emily Dickinson: A Biography*, p. 72.
⑤ Lindley Murray, *An English Grammar Comprehending the Principles and Rules of the Language*, New York: Collins, 1823, p. 278.
⑥ Connie Ann Kirk, *Emily Dickinson: A Biography*, p. 73.

的书籍，这意味着苏珊完全可以将这些书籍与狄金森分享①。狄金森的哥哥甚至将亨利·沃兹沃思·朗费罗（Henry Wadsworth Longfellow）的《卡瓦纳》（*Kavanagh*）②用"走私"的方式，藏在钢琴下供妹妹阅读，以免引起父母的注意③。狄金森是一个勤奋的读者，只要书籍"落入她手"，她都会仔细作一番研究④。当她开始隐居生活时，虽不再参加社交活动，但她的家人，如苏珊和她的表妹——范妮·诺克罗斯和路易莎·诺克罗斯（Fanny and Louisa Norcross）成了她与外界之间的桥梁，她们源源不断地向狄金森提供新的书籍、期刊，与她时刻交流想法⑤。

除了书籍，还有很多报纸和杂志，比如《斯普林菲尔德共和党人》（*Springfield Republican*）、《斯克里布纳》（*Scribner's*）、《大西洋月刊》（*The Atlantic Monthly*）和《哈珀月刊》（*Harper's Monthly Magazine*），狄金森唾手可得。狄金森家订阅了十五种报纸和杂志，远高于阿默斯特普通家庭的平均订阅量⑥。从这些阅读资料里，狄金森不仅可以获取有关国家和地方的时事信息，还可以接触到那个时期一些优秀美国作家的散文、短篇小说和诗歌⑦。而且通过阅读报纸、杂志，各种各样的信息如历史事件、异域风情，甚至山地形成或火山活动等地质现象都丰富着她的知识和词汇⑧。

狄金森的书单中不乏约翰·济慈、布朗宁夫妇、约翰·罗斯金、托马斯·布朗爵士、威廉·莎士比亚、查尔斯·狄更斯、夏洛特·勃朗特、艾米莉·勃朗特、霍桑、梭罗和爱默生⑨等作家的作品。她视书籍为食粮，书籍对她来说是"羽翼的馈赠"（Bequest of

---

① Connie Ann Kirk, *Emily Dickinson：A Biography*, p.71.
② 朗费罗的《卡瓦纳》（1849）是一部关于小镇生活和文学抱负的浪漫小说，它值得更深入研究，因为它可能影响了狄金森成年初期的情感。Connie Ann Kirk, *Emily Dickinson：A Biography*, p.73.
③ Connie Ann Kirk, *Emily Dickinson：A Biography*, p.73.
④ Sharone E. Williams, "Europe", in Wendy Martin, ed., *All Things Dickinson：An Encyclopedia of Emily Dickinson's World*, California：ABC-CLIO, 2014, p.318.
⑤ Sharone E. Williams, "Europe", p.318.
⑥ Domhnall Mitchell, "Amherst", in Eliza Richards, ed., *Emily Dickinson in Context*, New York：CUP, 2013, p.14.
⑦ Connie Ann Kirk, *Emily Dickinson：A Biography*, p.74.
⑧ Domhnall Mitchell, "Amherst", p.14.
⑨ Connie Ann Kirk, *Emily Dickinson：A Biography*, pp.74-75.

Wings）。书籍影响着她的诗歌创作，为她提供了主题和对象，技巧和典故①，她在诗歌中也明确表达了书籍在她生活中至关重要的地位，如《一种珍奇—销魂的—乐事—》②（"A precious—mouldering pleasure—'its—"，J371/Fr569），《将疲倦的日子的遥远目标—/转向我的书—美妙无穷—》③（"Unto my Books—so good to turn—"，J604/Fr512），"何物带咱去远方/一只船不如一本书"④。

在《一种珍奇—销魂的—乐事—》这首诗中，狄金森描述了与"一本古书"的会面。苏珊·科恩菲尔德（Susan Kornfeld）认为，狄金森将"古书"拟人化为身着长袍和斗篷的古希腊人，或是一身紧身衣裤的中世纪绅士⑤。埃尼克·博洛巴斯（Enik Bollobás）认为，当狄金森使用提喻将男性用语用于对书籍的比喻时，她开启了一种新的女性或男性的创造力意识⑥。约翰·埃文格里斯特·沃尔什（John Evangelist Walsh）称，狄金森将爱默生比作那本"古书"，他才是这首诗中的那个暗指的形象⑦。而无论是否在暗指，狄金森对这本"古书"的尊重和喜爱都在诗中得到了充分的表达。除了褒义的选词，如"乐事"（pleasure）、"特权"（privilege）、

---

① Connie Ann Kirk, *Emily Dickinson: A Biography*, p.75.
② 《狄金森全集》第一卷，第264页。
③ 《狄金森全集》第二卷，第91页。
④ 《狄金森全集》第三卷，第49页。
⑤ Susan Kornfeld, "The Prowling Bee",（March 2015）, https://bloggingdickinson.blogspot.com/search? q=A+precious.
⑥ Enik Bollobás, "Troping the Unthought: Catachresis in Emily Dickinson's Poetry", *The Emily Dickinson Journal*, Vol.21, No.1, 2012, p.44, Project MUSE, 18 August 2018.
⑦ 沃尔什解释说，爱默生在狄金森的哥哥奥斯汀府上逗留时，狄金森就住得不远，如果她在1857年12月16日那个令人难忘的晚上，陪同奥斯汀和苏珊听了爱默生的讲座，那么她就有可能在听完讲座后，回到长青居，围在火炉边加入大家的讨论，她也可能会和爱默生交谈，这次聚会给她留下对爱默生的深刻印象。正如埃德·福尔瑟姆所说，毋庸置疑的，对于狄金森，爱默生是一个重要的诗歌榜样，一想到狄金森可能与爱默生相见就令人激动，如果狄金森向爱默生展示了她的诗歌，那么美国诗歌的历史将会非常不同。事实上，不幸的是狄金森即便住得近在咫尺，也没有走出门去见一见他。See John Evangelist Walsh, *Emily Dickinson in Love: The Case for Otis Lord*, New Jersey: Rutgers UP, 2012, pp.65-66; Ed Folsom, "Transcendental Poetics: Emerson, Higginson, and the Rise of Whitman and Dickinson", p.278.

第一章 绪论

"庄重"（venerable）和"魔力"（enchantment），狄金森还用以下意象将这本"古书"与读者交流的场景描绘得栩栩如生。

遇见一本"古书"是"珍奇"的经历，同时又是"销魂"的，"把他庄重的手抓住—/用你的加以温慰—"（"His venerable Hand to take—/And warming in our own—"）——狄金森描绘了阅读者如何用双手捧着、温暖着这本书，营造出感官上的体验。她还罗列了许多想要问这位"绅士"的问题，仿佛她是一个小女孩，急切地渴望了解那些有趣故事中究竟发生了什么。但就像一位吊足人胃口的巫师一样，在神奇地展示自己并分享了自己的"古怪观点"之后，"古书"就离开了，只留小女孩在原地惊讶和钦佩。

狄金森不仅珍视书籍，还特别强调书籍的陪伴和治愈的力量。曾被眼疾折磨的她，当得知可以不受限制地再次阅读书籍时，她兴奋地对朋友约瑟夫·莱曼（Joseph Lyman）说："回家后我飞奔到书架，狼吞虎咽地享受着那些香甜的文字，我想我在翻动书页时都快把它们撕掉了。"[1] 这种急切的心情在《将疲倦的日子的遥远目标—/转向我的书—美妙无穷—》这首诗的第一节和第二节中得到了充分的体现。读书不仅是对"疲倦的日子"的奖励，也是日常生活的必需环节。正如"迟到的宾客"和"盛宴"这两个比喻所表达的：快乐不仅来自被满足的需求，同时也来自欣赏和感恩的心。

无论外界充满了怎样的陌生、困境和苦难，狄金森的世界里总有一个有书陪伴的假期。书籍陪伴和治愈的力量使它们成为她"架子上的这些亲人"，就像"宾客"与"盛宴"一样，它们承诺给她快乐，让她满意。为了体现书籍的力量和穿越时空的能力，在《何物带咱去远方》[2] 中她还将书比作航船：

> 何物带咱去远方
> 一只船不如一本书
> 就是千里马也赶不上
> 一首欢快奔腾的诗—

---

[1] David Preest, "Emily Dickinson: Notes on All Her Poems", *Emily Dickinson Poems*, (March 2016), http://www.emilydickinsonpoems.org/.
[2] 《狄金森全集》第三卷，第49页。

这种路最穷的人也能走
不会受通行税的阻梗—
这种车运载人的灵魂
它是多么的节省。

There is no Frigate like a Book
To take us Lands away
Nor any Coursers like a Page
Of prancing Poetry—
This Traverse may the poorest take
Without oppress of Toll—
How frugal is the Chariot
That bears the Human soul.

狄金森喜爱使用明喻去描述具体或抽象的主题，这些明喻体现了她对书籍特质的总结。她认为每一本书中各式各样的信息和知识，都可以带读者游历"异国他乡"，带给他们近乎真实旅行的体验，并且每一页上可能都会发生不同的事情，扣人心弦，令人心潮澎湃。

因此狄金森认为读者完全可以从书籍中受益良多，她从现实且实用的角度论证了自己的观点——阅读才是最经济的旅行方式，无论贫富，人人都负担得起；阅读带来自由、平等，"承载着人的灵魂"。家人潜移默化的影响为狄金森搭建了一个拥有丰富知识和信息的基地，让她能够沉浸在不同题材、不同流派的书籍海洋之中。她与书籍情深谊厚，不仅喜爱和珍惜它们，也为拥有它们而感到自豪，她坚信书籍是世界上最好的交通工具，她可以跟着书，随心所欲地去旅行。

二 心脏+大脑+心智=真理

嗅觉、味觉、触觉、视觉和听觉是创作一部好的虚构旅行作品所必需的要素，同时，第六感（直觉）也有助于增添描绘的生动性。狄金森就是一位直觉诗人。她受爱默生和超验主义的影响，希金森又是她诗歌创作中的典范，因此她作品中那些或多或少与超验主义思想有关的观点，实属意料之中。她曾在给霍兰夫人的一封信中直言："既然大自然与我们是一体的，为什么还要到大自然中去旅行?"（L321）此观点正好回应了超验主义的本质，即整个物质世界所要展现的是一个更高的精神世界①，亦如爱默生所讲："大自然永远带着精神的色彩。"人类作为自然界的一部分，可以获得"终极真理"，而这些真理仿佛本就可以被人类"唾手可得"②一样，它们就存在于每个人内在的潜能中。是否拥有物质世界中的旅行经历对狄金森来说没有区别，因为她相信大自然就存在于她的精神之中，她可以在精神世界中旅行，探索自然，追求真理；或者她也许早已笃定，她的精神就是真理。

因此，在践行对自我的信念和对个人潜能的信念时③，狄金森的指导观念中有三个重要的组成部分："心脏/心灵"（heart）、"大脑/头脑"（brain）和"心智/头脑"（mind）。《艾米莉·狄金森词典》解释说，这三个词的含义有重叠，且可以互相替换④。如果将它们放在一起进行比较，它们相互之间的关系似乎比它们的单个词义更为重要。关于心脏/心灵、大脑/头脑以及心智/头脑的诗，即探索思想和意识本质的诗，查尔斯·R. 安德森（Charles R. Anderson）认为它们包含了一种超出其固有价值的特殊价值，狄金森在这些诗中想要表达的是如何识别和定义她独一无二的"自我"，而并非提出某种哲学观点⑤。她不仅热衷于探索她个人的能力和可能性，同时也热衷于表达自己的信念。

为了阐述她对这三个重要组成部分的理解，狄金森使用了"极端式"的描述、定义、对比和比较来展现她个人的信仰体系。首先，心脏这一重要器官的能力在《我们现有的生活非常伟大》⑥（"The Life we have is very great"，J1162/Fr1178）中有所体现。这

---

① Jerry Phillips, *Romanticism and Transcendentalism: 1800 – 1860*, New York: Infobase, 2006, p. 33.
② Jerry Phillips, *Romanticism and Transcendentalism: 1800–1860*, p. 34.
③ Jerry Phillips, *Romanticism and Transcendentalism: 1800–1860*, p. 34.
④ 因为"heart"、"brain"和"mind"这三个词在《艾米莉·狄金森词典》中的释义是有交叉重叠的，比如："heart"和"mind"都有"心智"的意思，而"heart"本身具有"心脏""心灵""心智"等意思；"brain"和"mind"都有"头脑"的意思，而"brain"本身具有"大脑""头脑""心智"等意思；因此，下文中对于这三个词的描述将根据具体诗句的意义来解释。
⑤ Charles R. Anderson, "The Conscious Self in Emily Dickinson's Poetry", *American Literature*, Vol. 31, No. 3, 1959, p. 291, *JSTOR*, 17 May 2018.
⑥ 《狄金森全集》第二卷，第418页。

首诗中主要的形容词如"伟大"（great）与"最小"（smallest），动词如"超过"（Surpasses）与"化为乌有虚幻"（Reduces），名词如"无垠广阔"（Infinity）与"人心这个最小的天地"（Human Heart's extent），都在创造"极端式"的对比。据人类的经验，生命是"非常伟大"的，它之所以伟大，主要因为它的"无垠广阔"是任何人都无法超越的。与如此浩瀚的生命相比，一个人的心灵显然是渺小的，然而在这个"最小的天地"面前，浩瀚却微不足道，并且可以被"化为乌有虚幻"。

狄金森要揭示的是"人心"的可能性。将"伟大"与"最小"对比是为了展现她之所信，即使生命是无限的，它仍然有"空间"（space）和"领域"（dominion），即限制或边界。而"人心"的复杂性和可能性，或是个体的潜力，是不能用时间和空间来衡量的，也不能用任何限制和边界来控制。在她看来，生命的无限将被看到，它所涵盖的所有范围将被展示，然而她并没有对"人心"施加任何时间和空间的限制，这在一定程度上暗示着心灵的辽阔甚至超越了生命的无限。

大脑的力量体现在《头脑—比天阔—》①（"The Brain—is wider than the Sky—"，J632/Fr598）这首诗中。狄金森从多个角度对大脑进行了描述：它的大小"比天阔"（wider than the Sky），深度"比海深"（deeper than the sea），重量"正好是上帝的重量"（just the weight of God），它的形状在另外一首诗中被描述为"头脑有的是走道长廊—胜过/实在的楼堂亭台—"②（"The Brain has Corridors—surpassing/Material Place—"，J670/Fr407）。作为一个身体器官，大脑是产生心智或意义的物质条件，因此这首诗不仅展现了人类想象的力量，还对"正统心理学对心智的非物质性的宣扬"进行了评判③。因为无论心智是多么的无形，没有大脑作为它的制造者，它就不能被产生出来。

狄金森用不同的比喻来描述头脑（the Brain）的特点，比如它广阔如天，人类可以被其包含，海之蓝可以被天之蓝所吸收，水天

---

① 《狄金森全集》第二卷，第115页。
② 《狄金森全集》第二卷，第145页。
③ Michael Kearns, "Emily Dickinson: Anatomist of the Mind", in Jed Deppman, et al., eds., *Emily Dickinson and Philosophy*, New York: CUP, 2013, p.21.

相接，就像桶中水可以被海绵吸收一样，甚至因为它如此之宽、之深，它"可以吸收上帝的所有恩赐"①。头脑和上帝的唯一区别就好比"音节"（syllable）和"声音"（sound）的不同。虽然"音节"和"声音"的比喻可以有不同的解释②，如音节构建了声音，或声音包含了音节，但对于狄金森来说，这首诗重点强调了，在挖掘个体潜能的方面，头脑和心灵一样重要。从生物学的角度来看，大脑和心脏不仅是至关重要、不可或缺的，这两样器官还为探索真理提供着源源不断的力量。

同样，关于心灵与心智的关系，狄金森也未从形而上学的角度解释，而是用一个生动的比喻："脑靠心来生长/跟任何寄生虫一样—/如果心中肉满满当当/脑就肥肥胖胖"③（"The Mind lives on the Heart/Like any Parasite—/If that is full of Meat/The Mind is fat"，J1355/Fr1384）。与一般哲学对心灵与心智的抽象描述相反，这四句诗以通俗易懂的角度、幽默的语气呈现了心智是如何且在多大程度上依赖于心灵的状态。在生物学层面，食物作为最重要的元素，由心脏提供来维持心智的寄生生命；在比喻层面，心灵广收博取，心智也会有包容度。

在《脑是一个孤国—》④（"The Heart is the Capital of the Mind—"，J1354/Fr1381）中，狄金森在描绘心灵与心智的包含与被包含的关系时，揭示了它们是如何相互作用并最终展现自我潜能的过程。通过从"功能上"和"空间上"呈现心灵、心智和自我的统一⑤，以及重新定义心灵、心智和自我的意义，这首诗不仅关注这三者的广阔，同时也关注它们的"独立"程度。世人若想寻找真理，就应在自己的精神世界中寻找，因为当意识到自己的精神世界是多么丰富多彩、不可思议时，他们会明白自己就是那个被寻求已久的"狂喜国"（ecstatic Nation）。

在这首诗中，将"你自己"（Yourself）大写可以很好地证明狄

---

① David Preest, "Emily Dickinson: Notes on All Her Poems", p. 212.
② Sharon Leiter, *Critical Companion to Emily Dickinson: A Literary Reference to her Life and Work*, New York: Infobase, 2007, pp. 183-184.
③ 《狄金森全集》第三卷，第96页。
④ 《狄金森全集》第三卷，第96页。
⑤ Michael Kearns, "Emily Dickinson: Anatomist of the Mind", p. 27.

金森的选词态度。人们普遍认为一位好的诗人应该有很好的押韵功底，这一标准在狄金森时代尤为适用。然而对于狄金森来说，虽然希金森曾建议她应该在词序上好好下功夫，但她拒绝了，并称自己无论是选词还是词序的排列都是正确的，因为它们是她思想的绝对象征，完全满足了她的表达①。展现自己的个性对于她来说是如此重要，以至于她并不害怕挑战规则，甚至对它们漠不关心②。她的坚持就如她在这首诗中表达的那样：你的那个"你自己"已经"绰绰有余"（numerous enough），"自我"才是真正的宝藏，专注和探求是发现每个自我内在潜力的方式，"你自己"（It is Yourself）是触手可及的救赎。③

在《我从未见过荒野—》④（"I never saw a Moor—"，J1052/Fr800）中，狄金森再次坚定地陈述了一个人心灵和心智的力量：

> 我从未见过荒野—
> 我从未见过大海—
> 可是我知道石楠的模样
> 也知道巨浪是什么形态。
>
> 我从未跟上帝交谈
> 也未到天国造访—
> 但我确信那个地点
> 仿佛给过客票一样—
>
> I never saw a Moor—
> I never saw the Sea—
> Yet know I how the Heather looks

---

① Grace B Sherrer, "A Study of Unusual Verb Constructions in the Poems of Emily Dickinson", *American Literature*, Vol. 7, No. 1, 1935, p. 37, *JSTOR*, 25 July 2015.
② Grace B Sherrer, "A Study of Unusual Verb Constructions in the Poems of Emily Dickinson", p. 37.
③ Michael Kearns, "Emily Dickinson: Anatomist of the Mind", p. 27.
④ 《狄金森全集》第二卷，第362—363页。

And what a Billow be.

I never spoke with God
Nor visited in Heaven—
Yet certain am I of the spot
As if the Checks were given—

大卫·普雷斯特（David Preest）从两个方面解读这首诗：首先，它证明狄金森至少接受了天堂的存在，因为她的"诗中人"似乎是在自己生命旅程的尽头之时到达了天堂[1]，格雷格·约翰逊（Greg Johnson）也说，狄金森毫不掩饰地表达了对一个实体天堂的明确信念[2]。其次，她也许在暗示，艺术家们可以在他们的艺术创作中使用一些未被实践检验过的理念[3]，换言之，即便没有实践经验，头脑或一个人的精神世界是无所不能的，它可以为艺术家提供真理的来源。

事实上这首诗的重点可能并非讨论狄金森是否相信天堂的存在，她以一些较为庄严的意象，如"荒野"（moor）、"海洋"（sea）、"上帝"（God）、"天堂"（heaven）来激发读者的好奇心，去探寻她的"诗中人"是如何到达这个境界的。如果读者了解心灵、头脑、心智和一个人个体的力量，他们或许就能回答这个问题。两行以"但/可"（yet）开头并略带讽刺语气的对比诗句，透露出狄金森的确信，而这份确信显然不是来自她现实生活中的经验，如果她靠的是自己的精神真理，就不难理解为什么她的"诗中人"会感觉到"仿佛给过客票一样—"，因为她对自己和自己内在潜力的信念使她在某种程度上无所不能。

正因为如此相信自己的内在潜力，才让狄金森在追求真理的道路上始终保持着精神上的自信和独立，拥有这样的自信和独立，闭上眼睛即是旅行。她对书籍的崇拜，以及她对心灵和思想力量的信

---

[1] David Preest, "Emily Dickinson: Notes on All Her Poems", p.334.
[2] Greg Johnson, "Emily Dickinson: Perception and the Poet's Quest", *Renascence: Essays on Values in Literature* (May 2018), https://www.pdcnet.org/renascence/content/renascence_1982_0035_0001_0002_0015?file_type=pdf.
[3] David Preest, "Emily Dickinson: Notes on All Her Poems", p.334.

任，使那些将狄金森称为一位"心灵旅行家"或"她可以在想象中旅行"的说法完全成立。诚然，真实的旅行体验是成就一部好的旅行作品的重要条件，然而它并不是唯一的决定性条件。在探寻意义的层面上，狄金森在创作中的虚构手法并不影响她对旅行真正意义的追求，反而拓展了创作的可能性。

第七节　关于狄金森旅行意象的文献综述

从《艾米莉·狄金森学术期刊》（*The Emily Dickinson Journal*）1992年第1卷至2023年第32卷中搜索狄金森的旅行意象，会发现关于狄金森与旅行之间的讨论似乎在1996年达到了顶峰。那一年有五篇学术文章从不同角度建构狄金森与旅行之间的关系。其中一篇是玛丽安·埃里克森（Marianne Erickson）撰写的《艾米莉·狄金森的科学教育和技术想象》（"The Scientific Education and Technological Imagination of Emily Dickinson"），其中提到了19世纪科技发展对狄金森的影响。埃里克森称，狄金森与铁路一起长大，她的诗《我喜欢看它舔一哩哩的路—》展现了她对铁路炽热的情感。当铁路修到阿默斯特时，她在给哥哥的信中透露出喜悦[1]。面对这个打破了19世纪花园式景观结构的不速之客，通过对火车的拟人化，狄金森似乎已经在欢庆这一令人振奋的技术奇迹了[2]。

其他四篇文章的关注点围绕"艾米莉·狄金森在国外"展开。其中查塔纳·猜吉特（Chanthana Chaichit）的《艾米莉·狄金森在国外：隐居的悖论》（"Emily Dickinson Abroad: The Paradox of Seclusion"）可被视为对该关注点的一个较充分的整体介绍。首先，猜吉特认为狄金森确实"出国旅行"了，只不过是在她的想象中，而她关于旅行和冒险的诗歌体现了这一点[3]。无论独自一人还是与

---

[1] Marianne Erickson, "The Scientific Education and Technological Imagination of Emily Dickinson", *The Emily Dickinson Journal*, Vol. 5, No. 2, 1996, p. 48, *Project MUSE*, 13 June 2018.

[2] Marianne Erickson, "The Scientific Education and Technological Imagination of Emily Dickinson", pp. 48-49.

[3] Chanthana Chaichit, "Emily Dickinson Abroad: The Paradox of Seclusion", *The Emily Dickinson Journal*, Vol. 5, No. 2, 1996, p. 162, *Project MUSE*, 13 June 2018.

人结伴,狄金森都在不同程度的精神体验中漫游:例如《我到天堂去过—》①("I went to Heaven—", J374/Fr577),《我一早出发—带着我的狗—》②("I started Early—Took my Dog—", J520/Fr656)等诗歌都揭示了狄金森试图与她隐居住所之外的世界进行精神交流的愿望③。《我从未见过荒野—》从一个侧面展现了她的隐居生活,但同时也展现了她的想象能力,因为她通过自己的想象就可以看到"石楠的模样"④。将内心世界打造为出国旅行的通道,离不开她的艺术技巧与充满激情的想象,这使她能够自由地瞬移到她想去的任何地方。她可以从意识瞬移到无意识,从现实瞬移到幻想,从阿默斯特瞬移到宇宙,甚至瞬移到死亡、天堂、永恒和不朽,因为她相信她与"可能性"是一体的⑤。猜吉特认为,狄金森在想象世界中旅行有两个来自潜意识的动机:一是安抚她的心理动荡,二是展现她在诗意方面的才华⑥。

其次,说狄金森已经"出过国"了,是因为她的诗歌和书信在国际范围内都得到了认可,这意味着来自不同国家的人们阅读、学习、讨论和翻译着她的作品⑦。猜吉特称此为一种"死后旅行"(posthumous traveling),因为狄金森的作品是在她去世后才出版的⑧。猜吉特使用威利斯·J.白金汉(Willis J. Buckingham)所编辑的《艾米莉·狄金森,带注释的书目;著作、学术成就和评论,1850—1968》(*Emily Dickinson, An Annotated Bibliography; Writings, Scholarship, and Criticism, 1850—1968*)来证明狄金森及其作品在国外获得的诸多认可⑨。狄金森的作品已经"旅行"到德国、葡萄牙、西班牙、意大利、荷兰、匈牙利、罗马尼亚、波兰、克罗地亚、奥地利、瑞士、俄罗斯、日本、印度、中国等国家⑩。无论是

---

① 《狄金森全集》第一卷,第268—269页。
② 《狄金森全集》第二卷,第26—27页。
③ Chanthana Chaichit, "Emily Dickinson Abroad: The Paradox of Seclusion", p. 162.
④ Chanthana Chaichit, "Emily Dickinson Abroad: The Paradox of Seclusion", p. 162.
⑤ Chanthana Chaichit, "Emily Dickinson Abroad: The Paradox of Seclusion", p. 163.
⑥ Chanthana Chaichit, "Emily Dickinson Abroad: The Paradox of Seclusion", p. 163.
⑦ Chanthana Chaichit, "Emily Dickinson Abroad: The Paradox of Seclusion", p. 163.
⑧ Chanthana Chaichit, "Emily Dickinson Abroad: The Paradox of Seclusion", p. 163.
⑨ Chanthana Chaichit, "Emily Dickinson Abroad: The Paradox of Seclusion", p. 163.
⑩ Chanthana Chaichit, "Emily Dickinson Abroad: The Paradox of Seclusion", p. 163.

通过评论文章，还是通过诸如《艾米莉·狄金森国际评论》(*The International Reception of Emily Dickinson*, 2009)[①]这样的合集，来自世界各地的狄金森学者和评论家为狄金森的学术研究作出了贡献。作为来自泰国的狄金森学者，猜吉特在文中使用一些例子来描述泰国学者和大学学生是如何致力于对狄金森作品的研究，如何将对美国文化的了解与泰国的文化背景相结合，把对狄金森作品的研究提升到一个新的层次[②]。

值得一提的是，狄金森的隐居生活与她描述旅行经历的行为相悖[③]。在猜吉特之前，这个悖论已经被许多评论家注意到了，例如，亨利·W. 威尔斯（Henry W. Wells）在《对艾米莉·狄金森的介绍》(*Introduction to Emily Dickinson*, 1947) 中提到过，西奥多拉·沃德（Theodora Ward）在《心灵胶囊：艾米莉·狄金森的人生章节》(*The Capsule of the Mind: Chapters in the Life of Emily Dickinson*, 1961) 中提到过，伊丽莎白·菲利普斯（Elizabeth Phillips）在《艾米莉·狄金森：角色与表演》(*Emily Dickinson: Personae and Performance*, 1988) 中提到过，玛丽安·M. 加博斯基（Maryanne M. Garbowsky）在《无门之屋》(*The House without the Door*, 1989) 中也提到过[④]。对于猜吉特来说，这个悖论引出两种结果，而这两种结果恰恰成就了狄金森关于旅行意象的创作。一是迫于周遭的种种，尽管狄金森可能觉得是"被迫隐居"，且她的作品不能算是对她人生的完整呈现，但她的"假设之人"勇敢坚强，乐于尝试新鲜事物、接受挑战，因此背井离乡、旅居异国对于"假设之人"而言是毫不费力的[⑤]。二是尽管在狄金森的时代"隐居"现象鲜少发生，但在创作旅行意象的过程中，她将自己塑造成一个勇于对抗单调生活的人[⑥]。旅行诗歌的创作使狄金森获得了双重生命，任何一重生命都是她创作的源泉。猜吉特在其文章结尾也同意西奥

[①] 《艾米莉·狄金森国际评论》(2009) 这本书汇集了世界不同地区和国家对狄金森的学术研究。
[②] Chanthana Chaichit, "Emily Dickinson Abroad: The Paradox of Seclusion", p. 164.
[③] Chanthana Chaichit, "Emily Dickinson Abroad: The Paradox of Seclusion", p. 164.
[④] Chanthana Chaichit, "Emily Dickinson Abroad: The Paradox of Seclusion", p. 167.
[⑤] Chanthana Chaichit, "Emily Dickinson Abroad: The Paradox of Seclusion", p. 164.
[⑥] Chanthana Chaichit, "Emily Dickinson Abroad: The Paradox of Seclusion", p. 166.

多拉·沃德的结论，即这些令人困惑的悖论将会不断增强狄金森的人格魅力①。

另一学者辛西娅·L.哈伦（Cynthia L. Hallen）发现，尽管狄金森大多是在她的花园和住所中进行诗歌探索并实践爱默生的理论，但只要提到欧洲、南美洲和亚洲等异域大陆，或是提到关于威廉·基德（William Kidd）、埃尔南多·德索托（Hernando de Soto）和克里斯托弗·哥伦布等著名探险家的典故，她都表现出了极大的兴趣②。哈伦在她的《勇敢的哥伦布，勇敢的鸽子：艾米莉·狄金森对大陆的寻找》（"Brave Columbus, Brave Columba: Emily Dickinson's Search for Land"）中指出，狄金森最引人注目的有关探险意象的原型来源于哥伦布的四次航海历险③。她对哥伦布典故的使用至少表明：第一，她达到了爱默生的标准，即一位伟大的美国诗人应该在追求丰饶、永恒的过程中通过发现自然来创作史诗；第二，"Columbiad"意为"美国的史诗"④，狄金森在作品中建构了这样的史诗，并在通过诗歌寻找永恒的过程中进一步发掘了阿默斯特和美国；第三，她对航海史诗般描绘的灵感来自华盛顿·欧文（Washington Irving）的《克里斯托弗·哥伦布的生平与航海》（*Life and Voyage of Christopher Columbus*, 1828）；第四，当她寻找"应许之地"（promised lands）时，她那史诗般的作品可以被定义为与她生活、爱情和语言有关的过程，如同周线（circuit）、周缘（circumference）、迂回（circumlocution）和漫游（circumnavigation）⑤。

狄金森是唯一足不出户就能成功发现新世界的美国诗人，她在家中、花园中、书籍中、文字中探索着新世界⑥。虽然她的诗句简

---

① Chanthana Chaichit, "Emily Dickinson Abroad: The Paradox of Seclusion", p.167.
② Cynthia L. Hallen, "Brave Columbus, Brave Columba: Emily Dickinson's Search for Land", *The Emily Dickinson Journal*, Vol.5, No.2, 1996, p.169, *Project MUSE*, 18 June 2018.
③ Cynthia L. Hallen, "Brave Columbus, Brave Columba: Emily Dickinson's Search for Land", p.169.
④ Cynthia L. Hallen, "Brave Columbus, Brave Columba: Emily Dickinson's Search for Land", p.171.
⑤ Cynthia L. Hallen, "Brave Columbus, Brave Columba: Emily Dickinson's Search for Land", p.169.
⑥ Cynthia L. Hallen, "Brave Columbus, Brave Columba: Emily Dickinson's Search for Land", p.170.

约旦充满了各式各样的音节,看起来好似缺乏史诗作品的特征,但她的部分诗歌始终如一地描述了对家园、新大陆,以及对"应许之地"的史诗般的探索①。哈伦通过分析诸如《"世间的荣光风流去散"》②("'Sic transit gloria mundi'",J3/Fr2)和《又一次,我现在迷惘的鸽子》③("Once more, my now bewildered Dove",J48/Fr65)等诗,进一步展现了狄金森与《克里斯托弗·哥伦布的生平与航海》(The Life and Voyage of Christopher Columbus)之间的关系④。在这些诗中,狄金森不仅提到了彼得·帕利(Peter Parley)、丹尼尔·布恩(Daniel Boone)、诺亚·韦伯斯特(Noah Webster)等为了求知和发现新大陆而旅行的国际探险家,她对她的"诗中人"寻找大陆的描述,完全可以与伟大的美国史诗或荷马的《奥德赛》和莎士比亚的《暴风雨》相媲美⑤。哈伦在她的文章末尾列出了狄金森的"美国的史诗"与欧文的《克里斯托弗·哥伦布的生平与航海》之间的许多相似之处⑥。她认为狄金森的诗歌和书信中时常表达着对大陆的渴望和寻找,狄金森认为所有人都是探险家,最重要的目的地就是深情眷恋的故土⑦。

与大多数学者一样,简·多纳休·埃伯温(Jane Donahue Eberwein)在文章《"诱人的阿尔卑斯山":欧洲对美国作家的诱惑》("'Siren Alps': The Lure of Europe for American Writers")中提到,狄金森的想象力绝不是一块封闭的内陆⑧,她对地理的好奇心

---

① Cynthia L. Hallen, "Brave Columbus, Brave Columba: Emily Dickinson's Search for Land", p. 170.
② 《狄金森全集》第一卷,第5—9页。
③ 《狄金森全集》第一卷,第41页。
④ Cynthia L. Hallen, "Brave Columbus, Brave Columba: Emily Dickinson's Search for Land", p. 171.
⑤ Cynthia L. Hallen, "Brave Columbus, Brave Columba: Emily Dickinson's Search for Land", p. 172.
⑥ Cynthia L. Hallen, "Brave Columbus, Brave Columba: Emily Dickinson's Search for Land", pp. 173-174.
⑦ Cynthia L. Hallen, "Brave Columbus, Brave Columba: Emily Dickinson's Search for Land", p. 175.
⑧ Jane Donahue Eberwein, "'Siren Alps': The Lure of Europe for American Writers", The Emily Dickinson Journal, Vol. 5, No. 2, 1996, p. 176, Project MUSE, 20 June 2018.

不仅在求学时期激发着她求知的兴趣,在她一生的阅读中,这份好奇心都只增不减①。一些狄金森最喜欢的作家如朗费罗、欧文、威廉·卡伦·布莱恩特(William Cullen Bryant)和杰弗里·克雷恩(Geoffrey Crayon),在用田园诗般的叙事来描述异国旅行以吸引读者时,从未忘记肯定自己祖国的强大存在,而狄金森也明显感觉到了她的作家同胞们在试图平衡对"欧洲文化的欣赏"和对"美国身份的忠诚"之间的关系②。因此狄金森并没有选择欧洲遗址建筑作为她的关注点,或许因为这些建筑改变了景观,充满了人类创造力的印记,她更关注亚洲和南美洲等遥远大陆的异域地名,她的地理词汇表涵盖了全世界③。狄金森在脱离"欧洲文化"上有一个优势:因为隐居在家可以让她远离那些令美国人敏感不适的欧洲文化④。埃伯温特别分析了狄金森的这首诗:《我们的生命像瑞士—》⑤("Our lives are Swiss—", J80/Fr129),她认为这首诗是一个绝妙的比喻,因为它不仅呈现了欧洲与美国之间的对比,而且还呈现了欧洲内部的对比⑥。

古德伦·M. 格拉伯(Gudrun M. Grabher)在《艾米莉·狄金森与奥地利之心》("Emily Dickinson and the Austrian Mind")中称狄金森为"心灵旅行家"⑦。为了展示狄金森心灵的力量,格拉伯改编了狄金森的部分诗歌来展现狄金森与奥地利著名代表人物,如哲学家路德维希·维特根斯坦(Ludwig Wittgenstein)、诗人雨果·冯·霍夫曼斯塔尔(Hugo von Hofmannsthal)、画家古斯塔夫·克里姆特(Gustav Klimt)、作曲家沃尔夫冈·阿马德乌斯·莫扎特(Wolfgang

---

① Jane Donahue Eberwein, "'Siren Alps': The Lure of Europe for American Writers", p. 176.
② Jane Donahue Eberwein, "'Siren Alps': The Lure of Europe for American Writers", p. 176.
③ Jane Donahue Eberwein, "'Siren Alps': The Lure of Europe for American Writers", p. 177.
④ Jane Donahue Eberwein, "'Siren Alps': The Lure of Europe for American Writers", p. 178.
⑤ 《狄金森全集》第一卷,第63页。
⑥ Jane Donahue Eberwein, "'Siren Alps': The Lure of Europe for American Writers", p. 181.
⑦ Gudrun M. Grabher, "Emily Dickinson and the Austrian Mind", *The Emily Dickinson Journal*, Vol. 5, No. 2, 1996, p. 10, Project MUSE, 20 June 2018.

Amadeus Mozart)和精神分析学家西格蒙德·弗洛伊德（Sigmund Freud）之间的互动①。她指出，"周缘"这个概念对于狄金森来说非常重要，因为它使她能够"环绕"在自己的研究对象的周围②。通过"周缘"式的环绕，这些研究对象从不同的出发点和角度被点亮，被那些不平衡的、对立的、看似安全的定义和术语接近着，这样狄金森就可以深入意义的某一个维度，并将其继续凝聚、提炼、升华，通过"命令"甚至是"重塑"语言，以达到此处无声胜有声的境界③。

其他书籍章节也对狄金森的旅行意象进行了分析，如在海伦·巴罗里尼（Helen Barolini）的《她们的另一面：六个美国女人和意大利的诱惑》(*Their Other Side: Six American Woman and the Lure of Italy*)中，她以自己与意大利的不解之缘拉开序幕，阐述了在意大利的生活经验不仅为女性提供了创造性表达的自由，而且提供了一种她们在家从未享受过的生活方式④。巴罗里尼以六位女性的故事为出发点，揭示了意大利作为一种特殊魅力的存在，是如何从艺术、自然美景、历史和人文等不同方面来吸引美国女性的。这六位女性分别是19世纪的玛格丽特·富勒（Margaret Fuller）、艾米莉·狄金森和康斯坦斯·费尼莫尔·伍尔森（Constance Fenimore Woolson），以及20世纪的作家梅布尔·道奇·卢汉（Mabel Dodge Luhan）、玛格丽特·卡埃塔尼（Marguerite Caetani）和艾瑞斯·奥利戈（Iris Origo）⑤。

巴罗里尼在书的第二章"艾米莉·狄金森的意大利属性"（"The Italian Side of Emily Dickinson"）中写道，《我们的生命像瑞士—》这首诗十分贴切地再现了她当年住在意大利北部科莫湖时的状况，壮丽、如冥想般静穆的科莫湖和阿尔卑斯山给她留下了深刻的印象⑥。巴罗里尼还发现一个有趣的现象：许多厌倦了盎格鲁传统的英国和美国女性将意大利视为释放天性、丰富生活的理想地⑦，

---

① Gudrun M. Grabher, "Emily Dickinson and the Austrian Mind", p. 11.
② Gudrun M. Grabher, "Emily Dickinson and the Austrian Mind", p. 10.
③ Gudrun M. Grabher, "Emily Dickinson and the Austrian Mind", p. 10.
④ Helen Barolini, *Their Other Side: Six American Women and the Lure of Italy*, New York: Fordham UP, 2006, p. xv.
⑤ Helen Barolini, *Their Other Side: Six American Women and the Lure of Italy*, p. xvi.
⑥ Helen Barolini, *Their Other Side: Six American Women and the Lure of Italy*, p. 56.
⑦ Helen Barolini, *Their Other Side: Six American Women and the Lure of Italy*, p. 57.

即便是隐居的狄金森也喜欢在自己的想象里创作那些象征着令她渴望、心动的,呼唤自由的意大利意象①。巴罗里尼还解释了其他作家和作品是如何影响狄金森并使其形成了"意大利的属性",特别提到了法国的斯塔尔夫人(Madame de Staël)的小说《科琳娜》(*Corinne, or Italy*)对她的影响,而这部小说也影响了许多英美才华横溢的女性②。于狄金森而言,意大利存在于一个人的灵魂之中,它的存在代表了一种独立的艺术精神品质,这种品质可以从任何在意大利的旅行中获得③。

克里斯坦尼·米勒(Cristanne Miller)的著作《时间中的阅读:19世纪的艾米莉·狄金森》(*Reading in Time: Emily Dickinson in the Nineteenth Century*)中,她在"成为'缠头海洋'中的诗人"("Becoming a Poet in 'turbaned seas'")这一章充分探讨了狄金森对东方地区、国家和文化的好奇心和兴趣。④ 在其后期作品中,狄金森不仅用"亚洲"这一意象来表达复杂的欲望,批判她所了解的世界,描述她所热爱的事物,她还将自己刻画为一名置身其中的旅行者⑤。米勒不仅列举了狄金森1858—1881年关于东方的七十一首诗歌⑥,还在附录中展示了狄金森在1860年创作的关于旅行、逃离或异国他乡等意象的诗歌⑦。米勒在这一章里系统地研究了狄金森创作的关于东方地区和人物的意象,以及她对这些地区文化的洞察力。一方面,她追溯了狄金森是如何接触各种阅读材料并从中了解中国、日本、印度和土耳其等东方国家及其文化形式⑧;另一方面,她对

---

① Helen Barolini, *Their Other Side: Six American Women and the Lure of Italy*, pp. 57–58.
② Helen Barolini, *Their Other Side: Six American Women and the Lure of Italy*, p. 62.
③ Helen Barolini, *Their Other Side: Six American Women and the Lure of Italy*, p. 81.
④ See Cristanne Miller, *Reading in Time: Emily Dickinson in the Nineteenth Century*, Massachusetts: U of Massachusetts, 2012, pp. 118–146.
⑤ Cristanne Miller, *Reading in Time: Emily Dickinson in the Nineteenth Century*, p. 118.
⑥ Cristanne Miller, *Reading in Time: Emily Dickinson in the Nineteenth Century*, p. 119.
⑦ Cristanne Miller, *Reading in Time: Emily Dickinson in the Nineteenth Century*, pp. 197–199.
⑧ Cristanne Miller, *Reading in Time: Emily Dickinson in the Nineteenth Century*, p. 123.

《某一条虹—从集市来!》①("Some Rainbow—coming from the Fair!", J64/Fr162)、《孤独者不知道—》②("The lonesome for they know not What—", J262/Fr326)、《马来人—把珍珠攫—》③("The Malay—took the Pearl—", J452/Fr451)和《假如你要在秋季到来》④("If you were coming in the Fall", J511/ Fr536)这些颇具代表性的诗歌进行了详细的分析,以展示狄金森诗中的"东方意象主义"。

另一位学者,多姆纳尔·米切尔(Domhnall Mitchell)在其《艾米莉·狄金森:感悟之王》(*Emily Dickinson: Monarch of Perception*)的第一章"火车、父亲、女儿和她的诗:《我喜欢看它舔一哩哩的路—》"("The Train, the Father, His Daughter, and Her Poem: 'I like to see it lap the Miles'")中,用翔实的历史资料揭示了狄金森是如何与19世纪的铁路结下不解之缘⑤。爱德华·狄金森对阿默斯特铁路项目的贡献功不可没,他的女儿在自豪之余,也对父亲的作为充满了热情与好奇。米切尔将狄金森置于19世纪技术革命的浪潮之中⑥,并以她的书信和个人生活为背景资料,着重分析了《我喜欢看它舔一哩哩的路》这首诗,展现了她的创作动机和对动物的浓厚兴趣,以及拟人化的写作技巧⑦。

朱迪思·法尔(Judith Farr)另辟蹊径,在其著作《艾米莉·狄金森的激情》(*The Passion of Emily Dickinson*)的第二章"海上孤晨"("Solitary Mornings on the Sea")中详细阐述了狄金森的诗意世界与19世纪美国风景画家作品之间的关系。法尔认为狄金森是一位天生的画家⑧,绘画对于她来说是对写作的系统隐喻⑨,而她的

---

① 《狄金森全集》第一卷,第51—52页。
② 《狄金森全集》第一卷,第181页。
③ 《狄金森全集》第一卷,第325—326页。
④ 《狄金森全集》第二卷,第18—19页。
⑤ Domhnall Mitchell, *Emily Dickinson: Monarch of Perception*, Massachusetts: The U of Massachusetts, 2000, p.15.
⑥ See Domhnall Mitchell, *Emily Dickinson: Monarch of Perception*, pp.15-17.
⑦ See Domhnall Mitchell, *Emily Dickinson: Monarch of Perception*, pp.18-43.
⑧ Judith Farr, "Disclosing Pictures: Emily Dickinson's Quotations from the Paintings of Thomas Cole, Frederic Church, and Holman Hunt", *The Emily Dickinson Journal*, Vol.2, No.2, 1993, p.66, Project MUSE, 22 June 2018.
⑨ Judith Farr, "Disclosing Pictures: Emily Dickinson's Quotations from the Paintings of Thomas Cole, Frederic Church, and Holman Hunt", p.76.

许多书信都体现了这一特点。例如1852年在给苏珊·吉尔伯特的一封信中她问道:"我把它画得自然吗?"(L85)在写给苏珊的另一封信中她说:"我会画一幅让人泪流满面的肖像画。"(L176)当她向希金森解释她的独创性时,她说自己"从未有意识地触摸过其他人的颜料"(L271)。虽然狄金森可能并不知晓与其同时期的画家阿尔伯特·平克汉姆·莱德(Albert Pinkham Ryder)和伊利胡·维达(Elihu Vedder)的画作,但二者的作品与狄金森的诗歌一样,足够唤醒痛苦的心灵和饱受折磨的灵魂,它们在灵魂深处异曲同工①。法尔还特别探讨了托马斯·科尔(Thomas Cole)的《生命之旅》(The Voyage of Life)对狄金森诗歌创作的影响。

法尔认为科尔《生命之旅》中的一些形象可以在狄金森的诗中找到,因此科尔的画作成了狄金森创作的一个重要的灵感来源。②例如狄金森在《在这片神奇的海洋》中塑造了生命与永恒之海、海岸、风暴、西方等意象;在《漂流!一叶小舟漂流!》③("Adrift! A little boat adrift!",J30/Fr6)中有"褐色的黄昏""黑夜里的雨""红色的黎明";在《天使们,大清早》④("Angels,in the early morning",J94/Fr73)中,天使既是人类的向导,也是大自然的保护者;在《果真会有一个"清晨"?》⑤("Will there really be a'Morning'?",J101/Fr148)中,出现了"睡莲""山峦""异国他乡",以及诗中人英雄般的冒险等意象,都与科尔《生命之旅》中的意象不谋而合⑥。

法尔称《在这片神奇的海洋》中的所有重要的意象都是狄金森在看到科尔的画作后想象、创造出来的⑦。《生命之旅》描绘了一个基督徒由始到终的人生旅程,虽然法尔在书中更多是关注狄金森在美学方面如何受到科尔的风景画的影响,但她确实通过对《在这片神奇的海洋》、《漂流!一叶小舟漂流!》和《我的船是否下

---

① Judith Farr, *The Passion of Emily Dickinson*, Massachusetts: HUP, 1992, p. 88.
② Judith Farr, *The Passion of Emily Dickinson*, p. 78.
③ 《狄金森全集》第一卷,第30—31页。
④ 《狄金森全集》第一卷,第71页。
⑤ 《狄金森全集》第一卷,第75页。
⑥ Judith Farr, *The Passion of Emily Dickinson*, p. 80.
⑦ Judith Farr, *The Passion of Emily Dickinson*, pp. 78-84.

海》①("Whether my bark went down at sea—", J52/Fr33) 这些诗歌的分析，坐实了科尔的《生命之旅》与狄金森航海意象之间的联系。狄金森是一位思想旅行者，她不断地"旅行"并留下了许多关于旅行和旅行意象的作品，她对异国他乡及其文化始终都抱有极大的兴趣和好奇心，她的作品在世界范围内"旅行"，书籍、科技、绘画都是她创造旅行意象的灵感来源。

第八节 方法论

一 "呈现"而非"结论"

"居住在可能里面"对于狄金森的想象力和创造力是大有裨益的，而这也将读者带入一个迷宫：她的作品除了句法和语法等诗歌措辞的问题②可能会阻碍读者对行文的理解③，精短凝练的结构也会使读者在理解诗意的流动性和诗歌的意义方面困难重重。通常读者在阅读或分析狄金森的诗歌时无法避免的主要障碍之一就是"模棱两可"(ambiguity)。"模棱两可"这个谜一般的品质很容易引起读者的好奇和联想：一方面，它似乎在将读者引向某处，但另一方面它又似乎又无处可引。例如狄金森"大师系列书信"中的"大师"(Master) 一词，可能在指代他们一家的朋友塞缪尔·鲍尔斯(Samuel Bowles)，又或是牧师查尔斯·沃兹沃思(Charles

---

① 《狄金森全集》第一卷，第43—44页。
② "诗歌措辞"指的是专门用于诗歌的写作方式。刘易斯·图尔科(Lewis Turco)举例说，"普通中产阶级的语言"和"华兹华斯的颂诗"在表达相同意思时，会使用不同的语法结构。前者可能会说"悲伤的思绪找上了我"(A thought of grief came to me alone)，而后者则颠倒了语法结构为"独我一人时，悲伤的思绪降临了"(To me alone there came a thought of grief)。后者由于"语法倒置"而产生了一种"高级"的语调，因此被称为"19世纪的时期风格"。图尔科称每个时期都存在两种诗歌措辞：一种是时期风格，另一种是由个别诗人所创造出的风格，即特色风格。拥有"特色风格"的作家或诗人被称为"文体家"。狄金森就是这样一位文体家，她的诗歌风格并不属于19世纪的主流，而是更倾向于20世纪的现代诗歌。See Lewis Turco, *The Book of Literary Terms: The Genres of Fiction, Drama, Nonfiction, Literary Criticism, and Scholarship*, New Hampshire: UP of New England, 1999, pp. 12-13.
③ William C. Spengemann, *Three American Poets: Walt Whitman, Emily Dickinson, and Herman Melville*, Indiana: U of Notre Dame, 2010, p. 77.

Wadsworth)、她在阿默斯特学院的同学乔治·古尔德（George Gould）、她的嫂子苏珊·吉尔伯特，或者只是她的情人，甚至她信仰的上帝①。这与她在诗歌中使用"上帝"（God）、"他"（He）等词是一样的情况。艾丽西亚·奥斯特莱克（Alicia Ostriker）指出，"自相矛盾"对于狄金森来说从来都不是问题，因为上帝、基督、天堂等词本就蕴含丰富多样的意义，无论它们是高度的模棱两可还是彼此水火不容，它们的功能和意义都未超出诗歌原本的内在目的②。

正如卡尔·罗利森（Carl Rollyson）与丽莎·帕多克（Lisa Paddock）所证，在诗歌《我们认为有些事情该做》③（"The things we thought that we should do"，J1293/Fr1297）中，读者就会对"天堂"（heaven）和"陆地"（land）这两个词有不同的理解和解释④。一方面，"天堂"可被视为基督教义中的天堂；另一方面，它也可以代表一个人们向往并为之奋斗的克己清修的好地方⑤。"陆地"可被认为是哥伦布发现的大陆，又或是人们可以追求冒险生活的物质世界，还可以是一个狄金森进行创造性工作的充满想象的小天地⑥。狄金森还写了许多具有谜语特质的诗歌，例如《我喜欢看它舔一哩哩的路——》，虽然从描述可以推断出她所要展示的也许是一匹神话中的"千里马"，或是一段蜿蜒的铁路，但她在诗中只字未提"马"或"铁路"这两个名词。又如她那首未完成的诗《为什么我们要着急——真的为什么?》⑦（"Why should we hurry-why indeed"，J1646/Fr1683）或那首开放式结尾的诗歌——

---

① See Lucie Brock-Broido, *The Master Letters: Poems*, New York: Alfred A. Knopf, 1995, p. vii.
② Alicia Ostriker, "Re-playing The Bible: My Emily Dickinson", *The Emily Dickinson Journal*, Vol. 2, No. 2, 1993, p. 165, Project MUSE, 25 June 2018.
③ 《狄金森全集》第三卷，第 64 页。
④ Carl Rollyson and Lisa Paddock, *Emily Dickinson: Self-Discipline in the Service of Art*, Indiana: ASJA, 2009, Kindle file.
⑤ Carl Rollyson and Lisa Paddock, *Emily Dickinson: Self-Discipline in the Service of Art*, 2009.
⑥ Carl Rollyson and Lisa Paddock, *Emily Dickinson: Self-Discipline in the Service of Art*, 2009.
⑦ 《狄金森全集》第三卷，第 243—244 页。

无益—因为我们—不是诗人的亲属—
由于轻松的悲痛—窒息—
如何，如果，我们自己是个新郎—
把她在意大利—埋葬？①

Nought—that We—No Poet's Kinsman—
What, and if, Ourself a Bridegroom—
Put Her down—in Italy？（J312/Fr600）

所有的这些无不印证着她看似恣意的模棱两可。

对于读者来说，另一个主要障碍在于是否应该对她在作品中创造的"模棱两可"给出结论、结果或解决方案？答案或许是肯定的，但求解的过程却困难重重。以狄金森的信仰为例：她信仰上帝吗？简单的"是"或"否"无法回答这个问题，因为她自己都无法确定，她的一生都在质疑自己的信仰，尽管她声称自己是异教徒②。如果她信仰上帝，那么她信仰的是哪个上帝——基督教的上帝，自然之帝，还是来自超验主义、佛教或她精神世界中的上帝？因此宝拉·贝内特（Paula Bennett）说，

> 她的诗歌所创造的世界是一个没有什么可以被确定的世界……其所成就的结果，是一种自由的、不断变化的诗歌形式——无论是形式本身还是主题——都无法得出结论，并且在这种形式中，不同的解读才是文本实质的一部分。③

尽管如此，温迪·巴克（Wendy Barker）依然指出，贝内特在她书中的引言部分确实声称不能在讨论狄金森的诗歌时以"得出结论"为指导方针，然而她在接下来的章节中却继续得出了许多武断

---

① 《狄金森全集》第一卷，第222页。
② Sumangali Morhall, "The Spirituality of Emily Dickinson" (May 2015), https://www.poetseers.org/early-american-poets/emily-dickinson/spirituality-emily-dickinson/.
③ Paula Bennett, *Emily Dickinson: Woman Poet*, Iowa: U of Iowa, 1990, p.19.

这再次证明,狄金森在她的诗意世界中所创造出的模棱两可,即没有什么是可以被确定的,不仅给读者带来了奇妙的阅读体验,同时也让读者分心和困惑。因此在"艾米莉·狄金森:想象的暴力"("Emily Dickinson: The Violence of the Imagination")一章中,她的诗歌被描述成一个充满冲突、冲动和承诺的战场,在这个战场上共生着不同的矛盾——形象与形象冲突着,自我与自我冲突着,断言与断言冲突着②。还有她那经典的"重叠性"(doubling),即她致力于在作品中达到"交叉的目的",都通过说与不说、断言与放弃、主张与否认、辩护与攻击、欲望与回绝、施与与撤回、获得与失去、定义与规避定义这一系列矛盾而被体现③。简言之,狄金森的诗歌几乎在各个层面上都存在令人费解的问题④。

因此找到一种更侧重于"呈现"或"展现",而不是"定义"或"解决"的方式,可能会更接近理解狄金森的"诗中人"在诗歌中可能想要表达的内容。毕竟,狄金森认为,某些特殊类型的体验是无法用文字描述或用适当的名称来命名的⑤。在"冬日的午后,/有一股斜光—"⑥("There's a certain Slant of light, /Winter Afternoons—", J258/Fr320)这两句诗中,狄金森描绘了"一股斜光"虽然"不见疤痕,/但内在的差异,/能体现出意蕴—"。这些诗句中典型的隐喻意义表明,由于狄金森无法将自己的特殊体验具体说明或具体化,因此她在读者能够理解的概念范围之内,留下了

---

① Wendy Barker, "On Dickinson: The Best from American Literature, and: Lyric Contingencies: Emily Dickinson and Wallace Stevens, and: Emily Dickinson: Woman Poet (review)", *The Emily Dickinson Journal*, Vol. 1, No. 1, 1992, p. 104, *Project MUSE*, 13 July 2018.

② Sacvan Bercovitch, ed., "Emily Dickinson: The Violence of the Imagination", *The Cambridge History of American Literature*, *Volume Four: Nineteenth-Century Poetry*, *1800-1910*, Cambridge: CUP, 2004, p. 428.

③ Sacvan Bercovitch, ed., "Emily Dickinson: The Violence of the Imagination", p. 429.

④ Donna Bauerly, "Emily Dickinson's Rhetoric of Temporality", *The Emily Dickinson Journal*, Vol. 1, No. 2, 1992, p. 2, *Project MUSE*, 15 July 2018.

⑤ Cristanne Miller, "Approaches to Reading Dickinson", *Women's Studies*, Vol. 16, 1989, p. 223.

⑥ 《狄金森全集》第一卷,第178页。

一个存在差异或不确定性的空间，如此就可以展现她想要描绘的主题的外缘了①。

因此，"意义的充分性"需要被重新考虑，因为狄金森用来向读者展示或描述她的体验和感知的最佳方式，就是向读者表明她的体验和感知是如何扰乱她先前的理解②。换言之，已有的理解无论是普通的、保守的，还是自然的，狄金森对其描述往往处在一个变动的、不断更新的过程③。读者只能通过自己的经验去理解那些差异或不确定性，又或者尝试通过类似狄金森的理解的方式去接近她想要表达的意义，最终方能确定她要说什么。④

在这种情境之下，阅读狄金森的诗歌自然就会有更多的要求。爱德华·赫希（Edward Hirsch）将诗歌阅读定义为一种创造性的行为，一种永恒的开始，一种不断更新的冒险，一种奇迹的重生。对于读者来说，阅读诗歌应该是一种蓄势待发、砥砺前行的朝圣⑤。诗歌阅读似乎可以被理解为离开一个熟悉的、舒适的、意料之内的区域去感受和观察一个诗人所创造的世界。赫希指出了三个错误的预设，以告诫读者在第一次阅读一首诗歌的时候不应存有以下期待：首先，大多数读者认为诗歌是可以被理解的，不管在第一次阅读之后可能会遇到什么；其次，诗是一种密码，读诗的任务就是破解密码；最后，读者可能倾向于完全依据自己的意图过度解读一首诗歌⑥。

按照赫希的解释，能够成为诗人，其对诗歌的渴望就像饥饿的人对食物的渴求一样，诗歌对于诗人来说是面包，是酒，是精神寄托，是变换形体（transfiguration）的方法，是变革后的思考方式⑦。他引用了狄金森在1870年写给希金森的书信中对诗歌下的一段定义：

---

① Cristanne Miller, "Approaches to Reading Dickinson", p. 223.
② Cristanne Miller, "Approaches to Reading Dickinson", p. 223.
③ Cristanne Miller, "Approaches to Reading Dickinson", p. 223.
④ Cristanne Miller, "Approaches to Reading Dickinson", p. 223.
⑤ Edward Hirsch, *How to Read a Poem: And Fall in Love with Poetry*, Massachusetts: Houghton Mifflin Harcourt, 1999, p. 2.
⑥ Edward Hirsch, "How to Read a Poem", *Poets. Org* (September 2014), https://poets.org/text/how-read-poem-0.
⑦ Edward Hirsch, *How to Read a Poem: And Fall in Love with Poetry*, p. 7.

> 如果我读一本书,这书使我浑身发冷,什么火也烤不暖我,我知道那就是诗。如果我有一种切身的感觉,好像天灵盖都被揭掉了,我知道那就是诗。这些就是我认识诗的唯一办法,还有其他方法吗?[①](L342a)

狄金森对诗歌的认知并非来自诗歌本身的品质,如风格、形式、韵律、修辞手法等,她通过自己身体实际感受到的极端强度来理解和定义真正的诗歌[②]。狄金森非常重视自己身体的体验,并且她更相信自己的直觉而非抽象的逻辑;她身体的感受可能是由那些饱含着爆发能量的不同情绪[③]——兴奋、惊讶、狂喜、渴望、悲伤、绝望、冷漠或抑郁——互相碰撞而激起的。这些感受使她能在诗歌中创造出万花筒般的变幻,对读者来说,每一次阅读都是不同角度的全新体验[④]。这样的感受过程也在帮助她区分诗歌所蕴含的真正意义,如赫什所说:"她通过诗歌对她的触动去了解诗歌,并且信任她自己的感受和反应。"[⑤]

当身体的感受超越了逻辑、理智或任何理性的控制时,自然自发的激情和亲密不仅体现在狄金森的诗歌里,也体现在她的书信中。这或许就是《白炽》(*White Heat*)的作者布兰达·温尼艾波(Brenda Wineapple)所说的,在阅读狄金森的诗歌和信件时很容易被她的热诚所感染;莉莲·法德曼(Lillian Faderman)也说,苏珊·吉尔伯特并非狄金森一生中的唯一挚爱,许多现存的信件表明狄金森从未隐藏她对艾米莉·福特(Emily Ford)和凯特·安东(Kate Anthon)等人的爱慕[⑥]。正由于诸多不可避免的诗歌理解过程中的困

---

① 《狄金森全集》第四卷,第252页。
② Edward Hirsch, *How to Read a Poem: And Fall in Love with Poetry*, p.7.
③ Sarah Wider, "Corresponding Worlds: The Art of Emily Dickinson's Letters", *The Emily Dickinson Journal*, Vol.1, No.1, 1992, p.19, Project MUSE, 15 July 2018.
④ Martha Ackmann and Kathleen Welton, "Q&A: White Heat", *Emily Dickinson International Society Bulletin* (September 2014), https://www.emilydickinson.org/node/1719.
⑤ Edward Hirsch, *How to Read a Poem: And Fall in Love with Poetry*, p.7.
⑥ Lillian Faderman, "Rowing in Eden: Reading Emily Dickinson (review)", *The Emily Dickinson Journal*, Vol.3, No.1, 1994, p.106, Project MUSE, 16 July 2018.

境，以及需要面对狄金森对诗歌的独特的感知，读者想要捕捉狄金森的诗歌之美，似乎有一种更优的方式：不为"破解"诗歌而寻求解决的方法或结论，而是对她诗歌中那些独特有趣的意象进行挖掘并呈现出来。这似乎也是一种更优的、持续且不被打扰地去感受她创作中流动的动态力量和强烈的情感方式。通过这样的方式，一首诗歌或许就可以使读者成功地进入狄金森的世界，在进一步探寻中，他们甚至会意识到她在创作时连自己都未能意识到的观点和想法①。

二 从"苍蝇"到意象主义

AMC 原创制作的《绝命毒师》（Breaking Bad）讲述了一位不堪生活重负、患有肺癌的化学老师沃尔特·H. 怀特（布莱恩·克兰斯顿饰），为了使他怀孕的妻子和残疾的儿子获得稳定长久的经济支持，联手他从前的学生杰西·平克曼（亚伦·保罗饰），走上了制造和销售甲基苯丙胺（俗称"冰毒"）的犯罪之路。在这部备受好评的系列剧中，第三季的第十集尤为引人注目。这一集以《苍蝇》为标题，对一只苍蝇进行了有趣的视觉诠释，主人公沃尔特痴迷于杀死一只被困在制毒实验室中的苍蝇。

根据 IMDb 的等级评定，本集在全系列中排名最后一位，这意味着它的评分最低。但相比其他剧集的出人意料和扣人心弦，本集至少成功地引起了观众的讨论。观众对它的评价多有分歧，因为它似乎脱离了在其他剧集中随处可见的制毒、贩毒、欺骗、躲藏、陷入困境、欲盖弥彰这条主线。恰恰相反，本集将沃尔特刻画为一个笨拙、可笑的小丑，他不择手段、费尽心机地杀死一只飞进实验室的苍蝇，但无论他用何种方式，即使杰西也加入了这场"杀蝇大战"，他依旧囧态百出，以失败告终。

按照电视行业的后勤统筹和预算来看，这一集确实是个"瓶装秀"（a bottle show），也就是说这一集几乎完全是在现有的片场中拍摄，客串演员最少，尽可能地降低预算，节省下来的钱将用于下一集的拍摄②。尽管如此，这一集毫无疑问是《绝命毒师》五季当

---

① Edward Hirsch, *How to Read a Poem: And Fall in Love with Poetry*, p. 7.
② Alan Sepinwall, "'Breaking Bad'-'Fly': The Best Bottle Show Ever?" · *UPROXX*, (May 2024), https://uproxx.com/sepinwall/breaking-bad-fly-the-best-bottle-show-ever/.

中最伟大的剧集之一,不仅因为它是一个具有广角镜头和多角度摄影的杰作,它还生动地描绘了一系列的心理活动[1]。它在整个系列中是一个看似简单价廉却精彩绝伦的高光点[2],一个引人入胜的新趋向,一个无法被忽视的与众不同[3]。

它的与众不同不仅体现在它的对话、摄影、导演技巧和角色输入[4],尤其体现在"一只苍蝇"这个意象。这只苍蝇在本集一开始就出现了,伴随着恬静的摇篮曲,特写镜头详细地刻画了它的头部、眼睛、翅膀、触手和快速而轻微的动作。虽然观众听不到苍蝇的嗡嗡声,但苍蝇的出现已经足够匪夷所思了。一只苍蝇被放进情节中,强势入侵并成为一个合理的污染源。这种匪夷所思瞬间确立了这只苍蝇的重要性,它的存在揭示了那个始终伴随并笼罩着沃尔特生活的阴影和"美中不足":涉毒是他一生的污点。因此观众和评论家很自然就注意到了苍蝇在这一集中的重要性和象征意义,因为每一个重要的意象都可以或是应该被解读为一个与主题有关或者服务于主题的事物。那么这只苍蝇就应该象征着悔恨、玷污、失控和执迷不悟,正如沃尔特在剧中说的:"这只苍蝇对于我们来说是个大问题:它会毁掉我们这批货,我们只有杀掉它并且消除它爬过的每处痕迹,我们才能继续制毒。做不到这一点,我们就死定了。而我们不能再错下去了……"

至少在沃尔特的心中,这只苍蝇不是一般的苍蝇,它是一个大祸害,正在"蹂躏"他的冰毒,所以杀死这只苍蝇对他来说很重要。然而"猎杀这只苍蝇"或许只是他的借口,因为他意识到自己在制毒的道路上已经走得太远了,这就是他说"不能再错下去了"的原因。在这一集中,沃尔特借打苍蝇为自己寻求了一个自我反省和自我坦白的机会。

除了这些象征性和意义,有一个很容易被忽略的可能性是:如

---

[1] Kathryn Kernohan, "Breaking Bad's Five Greatest Episodes", *JUNKEE* (July 2015), http://junkee.com/breaking-bads-five-greatest-episodes/20669.

[2] Donna Bowman, "Breaking Bad:'Fly'", *A.V.CLUB* (July 2015), http://www.avclub.com/tvclub/breaking-bad-fly-41430.

[3] Seth Amitin, "Breaking Bad:'Fly' Review", *IGN* (July 2015), http://www.ign.com/articles/2010/05/24/breaking-bad-fly-review.

[4] Seth Amitin, "Breaking Bad:'Fly' Review", *IGN* (July 2015), http://www.ign.com/articles/2010/05/24/breaking-bad-fly-review.

果这只苍蝇不具有任何的象征性和意义，而只是一只不知从何而来的昆虫，即苍蝇就是苍蝇，与沃尔特没有任何关系。本集开始时苍蝇的形象确实可以象征观众想要让它象征的任何事物，然而在感官和情感层面，那些刻画它头部、眼睛、翅膀、触手，以及它快速而轻微的动作的特写镜头，并没有传达出愉快、舒适的感觉；相反，这些特写在视觉上令人不快又恼火，而这恰恰应该是人们对苍蝇最常见的第一反应。这样的画面不仅营造出一种笼罩全集的令人难以释怀的氛围，同时也引发了对这一集的争议。站在意象主义的立场上来看，这就是一个成功的意象所要达到的效果。

埃兹拉·庞德（Ezra Pound）在他的《回顾与几点注意事项》（"'A Retrospect' and 'A Few Don'ts'"，1918）中称，根据意象主义原则，使用符号的最佳方式是让"它们的象征功能不会显得突兀"[1]，或者说，其重点在于关注对象本身而不是它的内涵[2]。他认为对于不了解符号的读者来说，这是一种更自由、更合适的用来保持诗意品质的方式，即"一只鹰对于他们来说就是一只鹰"[3]。意象主义者展现了一种方式，这种方式使不同背景和理解力的读者不仅可以欣赏诗意的品质，还为他们提供了一种重新思考每个意象背后意义的新途径。

同样，有多少种不同的教育和文化背景，就有多少种解读狄金森的意象的方式，出于读者的个人意愿和理解，很难不在狄金森的诗句中人为地加上引号或大写某些单词。例如在那首著名的《我死时—听到一只苍蝇嗡嗡》[4]（"I heard a fly buzz when I died—"，J465/Fr591）中，"苍蝇"这一意象引起了诸多讨论。一些评论家认为苍蝇代表了巴力西卜（Beelzebub）、苍蝇之王、撒旦或任何魔鬼，另一些评论家则称苍蝇在物质和现实的角度上代表着腐烂、腐

---

[1] Ezra Pound, "'A Retrospect' and 'A Few Don'ts' (1918)", *Poetry Foundation* (July 2015), https://www.poetryfoundation.org/articles/69409/a-retrospect-and-a-few-donts.

[2] Lewis Turco, *The Book of Literary Terms: The Genres of Fiction, Drama, Nonfiction, Literary Criticism, and Scholarship*, p. 31.

[3] Ezra Pound, "'A Retrospect' and 'A Few Don'ts' (1918)", *Poetry Foundation* (July 2015), https://www.poetryfoundation.org/articles/69409/a-retrospect-and-a-few-donts.

[4] 《狄金森全集》第一卷，第334—335页。

第一章 绪论

肉和尸体，还有评论家认为苍蝇暗示着。如果死亡不具备精神意义，来世也无法实现永恒和不朽。形形色色的解读至少证明了一点：一个成功的意象是强大、令人印象深刻且发人深省的。

当人们在讨论和阐释着狄金森的苍蝇的各种象征意义时，有一个假设或许值得考量：如果狄金森笔下的那只苍蝇只是一只苍蝇。鉴于狄金森的诗中人处于一种非常特殊的情况中：她/他目睹了自己的死亡过程并准备追随窗外之光离开尘世，然而一只苍蝇却打断了这一切。与其将它与腐烂、腐肉、尸体或苍蝇之王联系起来，不如承认它的出现给人的第一印象就是不快和恼火，因为人们几乎不可能认为苍蝇是可爱的，也几乎不可能认为苍蝇的嗡嗡声是优美的。于读者而言，此时这只"插足"悲伤与严肃气氛的苍蝇着实奇怪，随之而来的是读者的各种"情结"可能会被苍蝇这一匪夷所思的意象唤起，而这一切应该发生在讨论苍蝇的象征意义之前。这就是意象主义强调的，一个成功的意象可以在瞬间揭示存在于情感或精神中的情结[1]。

从心理学上讲，"情结"是一串相互关联的想法、感觉、冲动和回忆的组合，而组合中的很多部分被压抑了，即它们被赶出了意识[2]。可一旦它们被意象成功地唤起，这个情结的再现就会让人产生突然被释放的感觉，一种从时间和空间的限制中被释放的突然的顿悟和扩展[3]。狄金森的诗歌从不缺乏意象，在美国诗歌的奠基人中，她不仅被称为极具创新力的前现代主义诗人[4]，她那精练、非

---

[1] Ezra Pound, "'A Retrospect' and 'A Few Don'ts' (1918)", *Poetry Foundation* (July 2015), https://www.poetryfoundation.org/articles/69409/a-retrospect-and-a-few-donts.

[2] Mary Ann Mattoon, "Obstacles & Helps to Self-Understanding", *Voidspace* (July 2015), http://www.voidspace.org.uk.

[3] Ezra Pound, "'A Retrospect' and 'A Few Don'ts' (1918)", *Poetry Foundation* (July 2015), https://www.poetryfoundation.org/articles/69409/a-retrospect-and-a-few-donts.

[4] 狄金森多次以"前现代主义诗人"之名被提及，其诗歌也颇具现代主义诗歌的特征。例如，大卫·波特（David Porter）在他的著作《狄金森：现代习语》（1981）中称狄金森的精神上的质疑是"先发制人的现代主义去中心化"；理查德·E. 布兰特利（Richard E. Brantley）在他的著作《艾米莉·狄金森的丰富对话：诗歌、哲学、科学》（2013）中称，"狄金森的前现代模式……与她后期浪漫想象力在关键点上重叠……"

传统的诗歌也符合意象主义的原则。正是由于她独特的对于意象的选择，她的诗句充满了"视觉冲击"[1]。

狄金森的诗歌在诸多方面实践着意象主义原则，例如使用准确的词语、自由选择主题、创造新的韵律等；呈现各种意象以及良好的专注力也是她诗歌的特点[2]。但读者们可能仍会质疑，因为她诗歌中的模棱两可与意象主义"明确而清晰"[3]的原则是矛盾的。于狄金森而言，文字不仅等同于符号，通过对它们的选择和次序的安排，它们就成了思想的载体[4]。希金森曾回忆，他试图以作诗的规则和传统来引导狄金森，尽管他尽量深刻地解释这些规则，但狄金森仍然难以接受[5]。她一边努力地改正单词的拼写，一边却对诗句中的那些"毫无章法"表现得漫不经心[6]，她甚至以一贯的天真机敏回复希金森说：

> 亲爱的朋友，——我这样写会显得更井然有序了吗？感谢你将真相如实告知。我之人生无主，我亦无法自控；如要尝试规则有序，我那小能量场就爆炸了，炸得我光秃焦黑……你说我只承认小错误，却忽略大错误。那是因为我可以看到正字法（orthography），而那看不见的无知便是我老师的责任了。[7]

狄金森显然没有接受希金森的建议，她说她被自己的小能量场所迫，因此无法按照传统的写诗规则来创作自己的诗歌。事实上狄金森是在重申，她对她诗歌中的选词和词序非常满意，它们完全满足了她想要表达的感觉，它们是她试图表达自己思想的明确选择和

---

[1] Billy Collins, "Billy Collins on Emily Dickinson", *YouTube*, uploaded by Carlos Barrera, (March 2018), https：//www. youtube. com/watch? v=fdH5u0yEJVk.

[2] Amy Lowell, "On Lowell, Pound, and Imagism", *Modern American Poetry* (July 2015), http：//maps-legacy. org/poets/g_ l/amylowell/imagism. htm.

[3] Amy Lowell, "On Lowell, Pound, and Imagism", *Modern American Poetry* (July 2015), http：//maps-legacy. org/poets/g_ l/amylowell/imagism. htm.

[4] Grace B. Sherrer, "A Study of Unusual Verb Constructions in the Poems of Emily Dickinson", p. 37.

[5] Thomas Wentworth Higginson, *Carlyle's Laugh and Other Surprises*, Boston：Houghton Mifflin, 1909, p. 262.

[6] Thomas Wentworth Higginson, *Carlyle's Laugh and Other Surprises*, p. 262.

[7] Thomas Wentworth Higginson, *Carlyle's Laugh and Other Surprises*, p. 262.

第一章 绪论

方式，因此它们是她思想的正确且不可或缺的象征①。所以尽管在讨论狄金森的诗歌时无法避免其中的模棱两可，但通过她对诗歌的清晰的认知，她似乎知道如何创作立意明确的诗歌，不存在任何模糊和不确定性②。

此外，狄金森在题材的选择上并无限制。读者在她的诗集中可以找到关于自然、宗教、艺术、爱情和死亡等方面的诗歌，也可以找到关于贸易、法律、医学、时尚、音乐、戏剧、心理学、数学、天文学、植物学、地质学、农业、摄影、翻译等方面的诗歌。在新韵律方面，尽管狄金森时代的大多数读者认为一位好的诗人应该能写出好的、准确的韵律，但狄金森仍然对各种"节"和"格"的形式进行了试验③。她对押韵的使用总是试验性的，所以并不精确；那些频频出现在现代诗歌却并非她同时代诗歌所用的韵律，如斜韵、近似韵或根本无韵的韵律，都可以在她的诗歌中读到。

"专注"是狄金森的能力之一，也是她的一个娴熟的技巧。朱迪思·法尔认为隐居使狄金森愈发专注，因此她创造了一个审慎的、经过深思熟虑的世界④。例如，在《一只小鸟落向幽径—》⑤（"A Bird came down the Walk—", J328/Fr359）这首诗中，她忽略了小鸟的大小、形状、颜色和种类，而是捕捉了小鸟的每个细微动作的片段，并创造了一个事件情节。她好似操作着一台摄像机，先给小鸟一个特写镜头，然后用一个长镜头记录它的每一个动作：这只不速之客飞入了她的花园，吃了一条蚯蚓，喝了一滴露水，蹦来跳去又左顾右盼，这一系列动作都被狄金森的专注所捕获，一个普通的场景被活灵活现地描绘了出来。在这种精确的观察

---

① Sherrer, Grace B. "A Study of Unusual Verb Constructions in the Poems of Emily Dickinson", p. 37.
② Amy Lowell, "On Lowell, Pound, and Imagism", *Modern American Poetry* (July 2015), http://maps-legacy.org/poets/g_l/amylowell/imagism.htm.
③ 在狄金森对"节"（stanzaic）与"格"（metrical）的实验中，她会根据每行的节拍（通常是 4 与 3 交替）而不是精确计数，来实践"短节"（6686）和"民谣节"（ballad stanza）。即使在普通格（common meter）里，她对每行的音节数量也并不总是那么严格，就如《我来告诉你太阳如何升起—》（"I'll tell you how the Sun rose—", J318/Fr204）中的第一行诗所示。
④ Judith Farr, *The Passion of Emily Dickinson*, p. 50.
⑤ 《狄金森全集》第一卷，第 234—235 页。

中，她经过审慎和深思熟虑塑造出来的每一个事物，不仅传达着她对一种凝练过的具体化的渴望，同时也表达着她想在艺术领域中独树一帜的愿望①。

刘易斯·特科（Lewis Turco）曾说，意象主义者认为诗歌最重要的部分是感官层面的体验②，而狄金森时常在她的诗歌中实践着这一点。在《我觉得一场葬礼，在我的脑海举行》③（"I felt a Funeral, in my Brain"，J280/Fr340）中，狄金森在视觉上，描述了葬礼中"吊丧的人来来往往"（"Mourners to and fro"），在听觉上，这个"仪式，犹如一面鼓—/不停地敲击—敲击—直到/我觉得神志就要麻木—"（"A Service, like a Drum—/Kept beating—beating"—till I thought My Mind was going numb—），"我听见他们抬起一个盒子/嘎吱嘎吱穿过我的灵魂"（"And then I heard them lift a Box/And creak across my Soul"），在触觉上，"我就向下坠落，坠落—/每一下，撞击一个世界"（"And I dropped down, and down—/And hit a World, at every plunge"）。在这首凝练的诗歌中，读者能通过这些对感官体验的描述体会到一种挫败的压抑，因此也会对其中所描绘的死后状态印象深刻。

简言之，能够更接近一首诗歌的精髓，并非抽象的逻辑分析，而是着重在身体与情感的体验。正如狄金森对诗歌的定义：当她阅读时，如果感到浑身发冷，好似天灵盖都被揭掉了，那这就是诗歌，且这是她唯一识别诗歌的方式，别无他法。直接的感官体验为理解一首诗歌提供了更多的可能性，因为不同的读者有不同的被压抑的情结，而直接的感官体验恰恰是那些情结的"启动机关"。除了明辨一个事物的象征意义，另一个重点就是要明辨它的意象旨在唤起什么样的情结，无论意象唤起的情结是悲是喜，它们都属于每个读者独特的个人经历。狄金森的苍蝇是一个成功的意象，它既简单又神秘：一方面，它只是一只苍蝇；而另一方面，它会使汹涌波涛般的情结一触即发。

---

① Judith Farr, *The Passion of Emily Dickinson*, p. 50.
② Lewis Turco, *The Book of Literary Terms: The Genres of Fiction, Drama, Nonfiction, Literary Criticism, and Scholarship*, p. 31.
③ 《狄金森全集》第一卷，第193—194页。

第九节　研究的总体纲要

在研究伊始，为了明确"旅行"是不是她诗歌中一直提到的话题，并对有关"旅行意象"的诗歌进行分类，第一步需要做的就是回溯"旅行"的定义。通过查阅《韦氏百科全书未删节英语词典》(*Webster's Encyclopedia Unabridged Dictionary of the English Language*，1989)、《牛津英语词典》(*The Oxford English Dictionary*，1989)、《柯林斯英语词典》(*Collins English Dictionary*，web)和《钱伯斯英语词典》(*Chambers English Dictionary*，1988)，除去在科技和在篮球运动中的使用①，"旅行"作为动词的定义可以分为以下四个方面：

1. 行动：走，移动；穿越，行驶等。
2. 用途：娱乐、工作、商务等。
3. 手段：步行、乘汽车、乘火车、乘飞机或坐轮船等。
4. 目的地：一个地区、区域、管区、国家、外国等。②

狄金森的旅行意象出现在如上四个方面的一个方面或是多个方面的交集中。为了呈现这些意象的多样性，本书选取的诗歌不仅对应单独的定义，也会对应不同定义的交叉情况。表1-1为有关狄金森"旅行意象"的诗。

表1-1　　　　狄金森有关"旅行意象"的诗

年份	"旅行意象"诗题
1853年	《在这片神奇的海洋》

---

① 例如，动词"旅行"可用于描述要传递的东西，例如光、声音等，或以固定路线移动的机械装置。它也可以用于篮球，意思是"走步"。See "Collins English Dictionary"(February 2015)，https：//www.collinsdictionary.com/dictionary/english/travel.
② See *Webster's Encyclopedic Unabridged Dictionary of the English Language* (New Jersey：Gramercy Books，1989) p.1508；*The Oxford English Dictionary*：Second Edition (Oxford：OUP，1989) p.444；*Chambers English Dictionary* (Edinburgh：W&R Chambers and CUP，1988) p.1562；"Collins English Dictionary."

续表

年份	"旅行意象"诗题
大约1858年	《旅人迈步回家》；《穿过小径—穿过荆棘—》；《漂流！一叶小舟漂流！》；《我的船是否下海》
大约1859年	《狂喜就是内陆的灵魂》；《我们的生命像瑞士—》；《是那样一只小小—小小的船》；《许多人用我这只杯子/横渡莱茵河而去》；《小小的天使们—误入了歧径—》
大约1860年	《仿佛北极边上的/某朵小小的北极花—》；《与你，共处沙漠—》；《最小的江河—很听某个大海的话。》
大约1861年	《夜夜风狂雨骤—夜夜雨骤风狂！》；《孤独者不知道—》；《紫色的船只—轻轻地颠簸—》；《这—是夕照涤荡的—大地—》；《主啊，用绳子拴住我的命》
大约1862年	《那是条老—路—穿越痛苦—》；《我到天堂去过—》；《我一早出发—带着我的狗—》；《我翻越一座山》；《我喜欢看它舔—哩哩的路—》；《离家已经年》；《我们的旅行已经向前—》；《一条小路—不是由人建造—》
大约1863年	《由于我无法驻足把死神等候》；《它颠呀—颠—》；《丧失了一切，我奔往他乡—》
大约1864年	《我歌唱着利用这次等待》；《一扇临街的门正好打开—》
大约1865年	《向伊甸园跋涉，回头一望》；《山不能把我阻挡》；《那是一条安静的路—》
大约1872年	《如果我的小舟沉没》
大约1873年	《以利亚的车子—知道车辙》；《何物带咱去远方》
大约1878年	《道路被月亮和星星照亮—》
大约1880年	《去天国的路十分平坦》
大约1881年	《"去跟我们一起旅行！"》
大约1884年	《一只琥珀小舟滑开》
大约1885年	《"红海，"真的！给我免谈》
未注明日期	《我们被迫扬帆》；《我没有到你的身边》

此外，玛琳娜·尼尔森（Malina Nielson）和辛西娅·L. 哈伦（Cynthia L. Hallen）指出，狄金森在她的诗歌中提到了至少162个地名，涵盖了欧洲、中东地区、北美洲、非洲、中美洲、欧亚大陆、亚

洲、南美洲、神圣空间、天文空间，以及南岛（Austronesia）和北极等不同地方[1]，这部分将在第四章具体讨论。

本书尝试呈现狄金森诗歌中的各种旅行意象，以及它们在探求其最喜欢的主题（如"永恒"）中所起到的作用。结合背景资料与理论支撑，本书的第一章不仅将狄金森置于不同背景的交会处，简述其特殊的成长经历、女性旅行者的身份，以及她对旅行丰富的想象，还综述了有关她的旅行议题的学术文章，展现了她的诗歌是如何与意象主义相互关联。第二章基于"鲜明的美国浪漫主义"（the distinctly American Romanticism）、19世纪美国风景画和超验主义之间的关系，针对托马斯·科尔的绘画与狄金森的航海意象进行对比，并揭示狄金森对她是否能够到达最终目的地所存有的质疑。第三章通过"夕阳意象"，呈现了狄金森对"崇高"与"周缘"的思考。第四章侧重讨论道路、旅人和旅行方式等意象，通过对这些意象的再现和阐释，展现了狄金森对凡人是否能够到达"永恒"所表现出的犹疑和绝望。第五章通过对不同"地名意象"的分析，继续讨论狄金森旅行诗歌中的"失败的不朽之旅"，同时展现她的诗歌与俳句之间的异同。第六章通过分析狄金森的"家"的意象，呈现她与她的住所之间的特殊关系，以及讨论她是否将自己的住所等同于她诗歌中的"天堂"。第七章作为回顾，将对以上章节进行系统的总结。

狄金森在1862年写给希金森的信中提到，多年来她的"唯一伴侣"就是她的词典（L261）。事实上不光是狄金森本人，自20世纪30年代初，狄金森学者就已将她口中的词典等同于韦伯斯特的《美国英语词典》（*American Dictionary of the English Language*）。她的侄女玛莎·狄金森·比安奇（Martha Dickinson Bianchi）说："词典对她来说不仅仅是参考书，她像牧师阅读摘要一样，一遍又一遍，一页接一页，全神贯注。"[2] 她自己就可以被视为一名词典编纂者，因此她的词汇创造力不能全部归功于对词典的研究。然而《美国英语词典》对理解她诗句中错综复杂的语义谜题仍然是非常

---

[1] Malina Nielson and Cynthia L. Hallen, "Emily Dickinson's Placenames", *Names: A Journal of Onomastics*, Vol. 54, No. 1, 2006, pp. 5-6.

[2] Martha Dickinson Bianchi, *The Life and Letters of Emily Dickinson*, Connecticut: Biblo and Tannen, 1971, p. 80.

重要的。因此《艾米莉·狄金森词典》（Emily Dickinson Lexicon）[1] 应该可以提供更恰当的词汇定义以解释狄金森的选词。本书中，托马斯·H. 约翰逊（Thomas H. Johnson）的《艾米莉·狄金森诗歌全集》（The Complete Poems of Emily Dickinson）和《艾米莉·狄金森的书信》（The Letters of Emily Dickinson）已被作为研究的基础文献。

---

[1] 说起有关狄金森诗歌的词典，读者，尤其是译者，都面临许多复杂的问题。狄金森不仅通过使用多个词，将一首诗连接成一个异常密集的网络，而且她的词经常存在从一首诗到另一首诗的跨文本关联。因此，译者在翻译狄金森的诗歌时，必须要有词典。哪些词典最适合用于翻译狄金森的诗歌呢？学者发现狄金森的词典是 1844 年再版的诺亚·韦伯斯特的未删节的《美国英语词典》（1841）。因此，本书选择网页版的《艾米莉·狄金森词典》，是因为它依据狄金森的诗歌、韦伯斯特 1844 年的再版字典、《牛津英语词典》以及其他相关资源而创建，是有关狄金森词汇使用的更准确的版本。See Cynthia L. Hallen and Laura M. Marvey, "Translation and the Emily Dickinson Lexicon", *The Emily Dickinson Journal*, Vol. 2, No. 2, 1993, p. 130, *Project MUSE*, August 2018.

在"海""陆""空"等有关旅行的诗歌中，航海意象是最早出现在狄金森诗集中的。有关航海的诗歌展现了狄金森的爱与热情，同时也表达了她对于是否能到达"最终目的地"的复杂情绪。本章结合19世纪的风景绘画作品来探讨狄金森的旅行意象，在增添视觉感受的同时，也呈现了狄金森航海诗歌的独特之处。狄金森创造了专属的"洪水题材"，她并未迎合当时的社会主流，而是在诗歌中以独特的视角和意象呈现了她内心对于"最终目的地"的思考，她的"小船"意象或许受到了风景绘画的启发，但更多的是承载了她的情感和期待。

第二章 航海之旅：狄金森与视觉文化

以狄金森有关航海的诗歌开启本章有两个原因：首先，大部分有关航海的诗歌是她早年写的，其中的意象与她后来的旅行意象形成了鲜明对比。其次，个人兴趣和家庭环境使她对风景画家的画作产生了浓厚的兴趣，这些画作对她的影响不亚于书籍对她的影响，如托马斯·科尔的《生命之旅》(*The Voyage of Life*)。因此本章将这幅著名的风景作品作为一个视觉来源，帮助读者更为直观地与狄金森的航海意象作比较。为进一步说明狄金森的创作与视觉文化之间的关系，以下章节将深入探讨美国的浪漫主义、超验主义和哈德逊河流派（the Hudson River School）是如何在艺术层面影响狄金森的诗歌创作。

第一节 狄金森与19世纪的美国风景画

"Image"（意象）一词有以下几种定义：它可被定义为"人们对某人或某事的看法，虽然这些看法可能并不真实"，也可被定义为"在计算机、电视屏幕或电影荧幕上的图片"或狄金森时代的"照片、绘画及其他刻画人或事物的艺术作品"[①]。"意象"作为"看法"时可能是抽象、复杂的，甚至有时难以理解，但它可以通过具体的形式被直接地表达，比如绘画。"风景"作为画家喜爱描绘的重要题材之一，在美国旅行写作中占有一席之地。显然美国的旅行者们不断地通过"风景"来建立对个人和国家的认同感；同

---

① See *Macmillan English Dictionary*, p.703.

时，受到大量独特的"美国式的风景"的启发，旅行作家、爱好写作的旅行者和具有"爱默生风格"的诗人们，也在他们的作品中创造了绚丽的风景篇章①。

一 鲜明的美国浪漫主义

19世纪中叶的美国受到民族主义和第二次大觉醒运动的影响，迎来了一个新鲜事物层出不穷的时代，社会的方方面面也随之发生了变化。从18世纪末到19世纪末，"浪漫主义"主导着美国的政治、宗教和艺术；而在19世纪中叶，美国人民却不再满足于欧洲浪漫主义运动带来的影响，相反地，他们开始追求一种鲜明、独特的文化体验。其中一种就来自美国印第安人与自然连接的传统，这极大地促成了鲜明的美国浪漫主义的发展。

当国家优美的原生态风景成了一个越来越有吸引力的主题，美国的艺术家、作家和诗人开始寻求各种方式欢庆这一尚未开发的自然遗产。作为对传统的反击，浪漫主义坚持个体的力量，因此"理想化的个人"即这一时期所强调的特点②。艺术界浪漫主义的一个重要原则就是深刻地欣赏自然之美，这就意味着浪漫主义艺术家需要将大自然激发出的他们的灵感以及他们的主观体验"原封不动地呈现在作品当中"③。这种呈现需要两个条件：第一，个人的情绪和感官需要提供通向超越理性和智力范畴的更高真理的途径；第二，想象力需要提供一种重要的体验心灵或超验真理的方式④。在想象力与热爱自然之心的共同驱使下，在艺术家、作家和诗人的眼中，"新伊甸园"成了对美国风景的最佳描绘⑤，它不仅吸引了如哈德逊河流派的风景画家，也影响了如华盛顿·欧文、詹姆斯·费尼莫尔·库珀（James Fenimore Cooper）等文学家⑥。

---

① William W. Stowe, "'Property in the Horizon': Landscape and American Travel Writing", in Alfred Bendixen and Judith Hamera, eds., *The Cambridge Companion to American Travel Writing*, Cambridge: CUP, 2009, p. 27.
② Jerry Phillips, *Romanticism and Transcendentalism: 1800-1860*, p. 4.
③ Jerry Phillips, *Romanticism and Transcendentalism: 1800-1860*, p. 5.
④ Jerry Phillips, *Romanticism and Transcendentalism: 1800-1860*, p. 5.
⑤ Jerry Phillips, *Romanticism and Transcendentalism: 1800-1860*, p. 20.
⑥ Jerry Phillips, *Romanticism and Transcendentalism: 1800-1860*, p. 23.

二 托马斯·科尔及其"美国风景"的创作

哈德逊河流派①为"新伊甸园"提供了非凡的写照。此流派的艺术家致力于描绘大自然中的和谐,他们的作品不仅专注正统的表达方式,还专注展现精微的细节,他们尝试在作品中解释和表达诗意,而并非简单地复刻自然。托马斯·科尔②是其中最杰出的人物之一。作为一位诗人画家③,科尔的画作和文学作品是哈德逊河流派众多艺术家心目中的灯塔。他是一位自学成才的画家,他的艺术灵感来源于诗歌和文学,这两者强烈地影响着他的创作并最终成为其标志性的存在④。

他的朋友威廉·卡伦·布莱恩特(William Cullen Bryant)是一位美国浪漫主义诗人、记者,他写了一首名为《致一位前往欧洲的美国画家》("To an American Painter Departing for Europe")的十四行诗,恳求科尔忠于美国的原生态形象。他在诗中不仅提到了科尔以其独特的方式描绘了美国美景的事实,还在一开头就毫不掩饰地夸赞道:

> 你的双眼将看到遥远天空的光芒;
> 然而,科尔啊!你的心将永载着你祖国的生动影像去往欧洲的海岸,

---

① 从19世纪20年代到19世纪末,美国的一批画家创立了本国第一个真正的风景画流派——哈德逊河流派。哈德逊河流的景色是他们的主要创作资源和灵感来源。这些画家关注画作的细节,极力表现美国壮丽的自然风景,并从自然风景的角度,表达了对美国壮丽风景的崇拜。他们是当时为大众重新创作美国独特美丽景观的先驱者。

② 托马斯·科尔(1801—1848)是一位出生在英国、后移居美国的艺术家。当他在费城美术学院学习时,他就开始发展一种独具美国特色的风格。这种风格在科尔1825年的一次素描之旅中得到了发展,他找到了自己的标志性题材——纽约州的哈德逊河。随着其他几位有抱负的艺术家的加入,他们后来被称为哈德逊河流派。See Christopher John Murray, *Encyclopedia of the Romantic Era, 1760-1850*, New York: Fitzroy Dearborn, 2004, p.200.

③ Judith Farr, "Disclosing Pictures", p.69.

④ "Thomas Cole", in John P. O'Neill, Barbara Burn, Teresa Egan, and Mary-Alice Rogers, eds., *American Paradise: The World of the Hudson River School*, New York: The Metropolitan Museum of Art, 1987, p.119.

将其映照在你自己辉煌的画布上。①

Thine eyes shall see the light of distant skies:
Yet, Cole! thy heart shall bear to Europe's strand
A living image of thy native land,
Such as on thy own glorious canvass lies. ②

布莱恩特对科尔有很高的赞赏和期望，但如保罗·兰德霍夫（Paul Landshof）所说，科尔"被卷入"一场"更纯粹的美国风景"与"自以为的优越"（assumed superiorities）的争论③：究竟歌颂美国的独特风景是就事论事还是一厢情愿？布莱恩特认为科尔永远不会复制任何以既定印象来描绘自然的方式，在他的笔下，大自然被独特地赋予了新的生命和意义，无论是树林还是田野，美国的风景不仅具有自己的地貌，而且具有一种独特的美国氛围④。所以布莱恩特说：科尔唤醒的是美国的天性和感受⑤。

因此对于19世纪50年代的大多数美国人来说，科尔的艺术代表了道德景观的高度，大自然被转化成了他认知中的新天堂⑥。同样，当作家们开始颂扬美国风景的独特美丽并将上帝等同于自然时，科尔独树一帜的风景画有助于将美国文化与欧洲文化明确地分开⑦。对于鲜明的美国浪漫主义时期来说，科尔的贡献不仅在于呈现了美国原生态景观的壮丽意象，同时也在确认不同的、具有启发

---

① 本书诗歌除标明译者外，其他诗歌均由笔者译出，译文仅供参考。
② William Cullen Bryant, "Sonnet - to an American Painter Departing for Europe", (February 2015), https://archive.vcu.edu/english/engweb/webtexts/Bryant/sonnettocole.html.
③ Paul Landshof, "The American Sonnet: Barometer of Change in American History", *Yale-New Haven Teachers Institute*, (February 2015), https://teachers.yale.edu/curriculum/viewer/initiative_11.02.03_u.
④ William Cullen Bryant, "The Academy of Design", in Parke Godwin, ed., *Prose Writings of William Cullen Bryant*, New York: D. Appleton, 1884, p.232.
⑤ William Cullen Bryant, "The Academy of Design", p.232.
⑥ Judith Farr, *The Passion of Emily Dickinson*, p.70.
⑦ Tammis K Groft, W. Douglas McCombs, and Ruth Greene-McNally, eds., *Hudson River Panorama: A Passage through Time*, New York: State U of New York, 2009, p.112.

性的、不可或缺的属于美国人自己的文明和身份。

　　无论意象是源于生活还是来自想象,画家都可以将其呈现在画布上,同样,作家和诗人在生活和想象中的意象也会跃然纸上。为了回应鲜明的美国浪漫主义,风景画家不再只是简单地复刻大自然,他们借由自己独特的艺术风格来评判历史的发展和人类的精神与道德,他们对精神生活、道德领域、政治立场的愿景越多,意图诠释的内容就越复杂①,作家与诗人亦然,他们将历史、社会和心理发展的通识展示于世②。在鲜明的浪漫主义时期,风景画家、作家和诗人"交相呼应",他们都试图从自然之美中寻找新的契合自己的艺术风格。

　　作为浪漫主义在清教徒背景下最显著的爆发③,文学中的超验主义甚至将"自然"视为任何美国超验主义意识的基础④。爱默生不仅强调个体所蕴含的能力,而且相信每一个自然事实都表达了人们只能感受到却不能理性分析出的精神真理,这种真理可以被自由地寻求,无须向教条或权威求助⑤。这正是美国原生态风景所蕴藏的、可被挖掘的新的意识和体验感⑥。像科尔这样的风景画家也撰写文章来歌颂美国的原生态并强调它与欧洲风景的不同,他对具有"超验基因"的美国大自然的惊喜和爱慕与爱默生《自然》中的讲述是对等的⑦。因此在建立一个不同于欧洲的新的民族身份的历史

---

① Anthony Comegna, "Art as Ideas: Thomas Cole's *The Course of Empire*", (August 2017), https://www.libertarianism.org/columns/art-ideas-thomas-coles-course-empire.

② Anthony Comegna, "Art as Ideas: Thomas Cole's *The Course of Empire*", (August 2017), https://www.libertarianism.org/columns/art-ideas-thomas-coles-course-empire.

③ James Elliot Cabot, *A Memoir of Ralph Waldo Emerson*, Volume 1, 1887, London: Forgotten Books, 2013, p.248, qtd. in Barbara L. Packer, *The Oxford Handbook of Transcendentalism*, p.84.

④ Graham Clarke ed., *The American Landscape: Literary Sources & Documents*, Volume II, East Sussex: Helm Information, 1993, p.3.

⑤ Graham Clarke ed., *The American Landscape: Literary Sources & Documents*, Volume II, p.3.

⑥ Graham Clarke ed., *The American Landscape: Literary Sources & Documents*, Volume II, p.3.

⑦ Graham Clarke ed., *The American Landscape: Literary Sources & Documents*, Volume II, p.337.

进程中，正如马克斯·奥斯克拉格（Max Oelschlaeger）在《保护的根源：爱默生、梭罗和哈德逊河流派》（"The Roots of Preservation: Emerson, Thoreau, and the Hudson River School"）中所说，超验主义者和哈德逊河流派的艺术家功不可没①。

芭芭拉·格罗塞克罗斯（Barbara Groseclose）在《19世纪美国艺术》（Nineteenth-Century American Art）中提到，只要谈论美国风景，就不可能不提到超验主义，因为它们拥有相同的原则，即认识上帝或超灵（Over-Soul）的唯一途径就是"寻求"，尤其是在大自然的孤独交融中寻求，这一点对超验主义者和风景画家的实践都是极为重要的②。格罗塞克罗斯还提到了超验主义和哈德逊河流派之间的"意想不到的桥梁"——中产阶级。19世纪中产阶级的崛起使他们逐渐步入上流社会并成为一个群体，他们也开始在闲暇时间通过观赏风景、旅游、林间漫步、品鉴画作来丰富自己的精神世界③。

风景画在当时可以提供一种独特的视觉印象，因此当"观赏艺术"日渐盛行时，自然有越来越多的人，尤其是作家和诗人会从绘画中寻求灵感。不可否认的是，在一个绘画比摄影还流行的时代，它是人们艺术、精神生活的主要娱乐方式和创造性的来源。在美国浪漫主义时期，美国人开始追求与众不同、独一无二的风格，艺术与文学的融合成为其向世界宣告崭新身份的强大推动力。

三 托马斯·科尔与艾米莉·狄金森

托马斯·科尔的《生命之旅》④是一组名为《童年》《青年》《成年》《暮年》的系列油画。从教区到医院，从酒店到餐馆，从

---

① Max Oelschlaeger, "The Roots of Preservation: Emerson, Thoreau, and the Hudson River School" (March 2018), https://nationalhumanitiescenter.org/tserve/nattrans/ntwilderness/essays/preserva.htm.
② Barbara Groseclose, *Nineteenth-Century American Art*, Oxford: OUP, 2000, p. 124.
③ Barbara Groseclose, *Nineteenth-Century American Art*, p. 125.
④ 19世纪30年代末，托马斯·科尔旨在通过表达人类存在、宗教信仰以及自然界的普遍真理来推动风景画这一流派的发展。他在1836年构思《生命之旅》的四幅油画——《童年》《青年》《成年》《暮年》中实现了这一愿景。完成这四幅作品后，1840年他在国家设计学院展出了它们。在1841—1842年第二次前往欧洲之前，他创作了《生命之旅》的描摹版本，并在欧洲两次展出了这一版。从1843年到1846年，他的后期作品分别在波士顿、费城和纽约展出。

学校到居所，它家喻户晓，无处不在①。随着1840年科尔的画作在纽约、波士顿、费城和其他新英格兰地区被广泛地传印，他声名远播②。1848年他去世的那一年，他的原版《生命之旅》展览向公众开放，十万人排队竞相观看③。因此，朱迪思·法尔的说法并非空穴来风：狄金森"定是看到了《生命之旅》的副本，无论是哪一个版本"④。

《生命之旅》在当时如此轰动，狄金森确实是有机会看到它的，因为从1847年到1848年，她正在玛丽·里昂神学院（Mary Lyon's seminary）学习⑤。由于玛丽·里昂对宗教的狂热，她极可能把《生命之旅》系列挂在神学院的墙上，这样她的学生就可以沉浸在基督教的信仰、柏拉图式的高尚和对大自然的浪漫享受之中⑥。科尔那时已经在新英格兰声名鹊起，他最有影响力的画作——《牛弓》("The Ox-Bow")，即《雷雨之后的马萨诸塞州北安普敦霍利奥克山的景色》("View from Mount Holyoke, Northampton, Massachusetts, after a Thunderstorm", 1836) 对康涅狄格河谷（Connecticut River Valley）的居民来说是非常熟悉的，玛丽·里昂和艾米莉·狄金森也不例外⑦。

由于《生命之旅》的影响力极大，以至于在19世纪50年代和60年代甚至出现了关于它的滑稽剧和漫画⑧。作为《哈珀月刊杂志》（Harper's Monthly Magazine）的忠实读者，狄金森有机会看到1858年12月杂志上的名为《斯普里金斯的生命之旅》（"Spriggins's Voyage of Life"）的漫画⑨。虽然它只是滑稽也并未展示任何《生命之旅》的抒情之美，却通过模仿《生命之旅》中的经典元素反映了一个酗酒男人的不幸人生⑩。另一个证据表明，布莱恩特的十四行诗《致一位前往欧洲的美国画家》出现在苏珊·狄金

---

① Judith Farr, *The Passion of Emily Dickinson*, p. 69.
② Judith Farr, *The Passion of Emily Dickinson*, pp. 68-69.
③ Judith Farr, *The Passion of Emily Dickinson*, p. 69.
④ Judith Farr, *The Passion of Emily Dickinson*, p. 69.
⑤ Judith Farr, *The Passion of Emily Dickinson*, p. 70.
⑥ Judith Farr, *The Passion of Emily Dickinson*, pp. 70-71.
⑦ Judith Farr, *The Passion of Emily Dickinson*, p. 71.
⑧ Judith Farr, *The Passion of Emily Dickinson*, p. 70.
⑨ Judith Farr, *The Passion of Emily Dickinson*, p. 70.
⑩ Judith Farr, *The Passion of Emily Dickinson*, p. 70.

森的《诗歌》(1849，布莱恩特的作品）副本的目录里，且这首诗所在的那一页是折叠起来的①。考虑到苏珊和狄金森的亲密关系，就不难理解这两人对科尔和布莱恩特的熟悉程度。

除了《生命之旅》，法尔还指出由于科尔的另一画作《逐出伊甸园》(*Expulsion from the Garden of Eden*) 在新英格兰地区的广泛流行②，狄金森应该早已看过并对其了如指掌，因为她在给托马斯·P. 菲尔德（Thomas P. Field）夫人的一封信中曾使用到"逐出伊甸园"这样的形容（L552）③，这说明她很熟悉这幅画并对其中的意象有独特的理解。并且她用"科尔"这个名字给苏珊写过一张便条（L214）④，内容如下：

致苏珊·吉尔伯特·狄金森　　　大概是1859年
我的"状况"！
科尔。
附言：免得你误会，左边那只倒霉的虫子是我自己，而右边的爬行动物是我的近朋和亲戚。
一如既往，
科尔。

由此看出，首先她熟知科尔，其次她熟悉他在《逐出伊甸园》中所刻画的那些意象，因为"爬行动物"作为一个典故出现在便条中⑤。

1992年，法尔的《艾米莉·狄金森的激情》(*The Passion of Emily Dickinson*) 出版。一年之后，《艾米莉·狄金森学术期刊》发表了她的文章《浮出水面的图片：艾米莉·狄金森所引用的托马斯·科尔、弗雷德里克·丘奇和霍尔曼·亨特画作》("Disclosing Pictures: Emily Dickinson's Quotations from the Paintings of Thomas Cole, Frederic Church, and Holman Hunt"）。法尔在这篇文章中再

---

① Judith Farr, *The Passion of Emily Dickinson*, p. 70.
② Judith Farr, *The Passion of Emily Dickinson*, p. 70.
③ 在这封信中，狄金森写道："逐出伊甸园的记忆，在美丽花朵的陪伴下变得模糊不清，对《创世纪》毫无不敬之意，天堂依然存在。"
④ Judith Farr, *The Passion of Emily Dickinson*, p. 69.
⑤ Judith Farr, *The Passion of Emily Dickinson*, p. 69.

次强调了她的观点：不仅科尔的《生命之旅》和《逐出伊甸园》对于狄金森来说意义重大，弗雷德里克·埃德温·丘奇（Frederic Edwin Church，1826—1900）的《安第斯山脉之心》（"The Heart of the Andes"）、《钦博拉索峰》（"Chimborazo"）和威廉·霍尔曼·亨特（William Holman Hunt，1827—1910）的《世界之光》（"The Light of the World"）都对她意义匪浅[1]。与英国画家亨特不同，丘奇出生在康涅狄格州，是科尔的学生，虽然狄金森与他不如与科尔那般关联直接，但丘奇也在不同程度上影响了狄金森的诗歌创作[2]。

法尔坦陈，确实没有无可辩驳的证据表明狄金森确实看过了科尔、丘奇或亨特的作品[3]，因为狄金森从未在写作当中直言："我看过《生命之旅》或《钦博拉索峰》"，然而当这些作品被高度关注时，她与这类艺术产物是息息相关的。如今读者越来越有兴趣找寻关于狄金森的物质痕迹，以揭示一个将自己的人生寄情于诗却又真实鲜活的女人[4]，这样的找寻与关于她的传记或历史记载恰好对应[5]。法尔使用了乔尔乔内（Giorgione）和马奈（Manet）[6] 的例子，意

---

[1] Judith Farr, "Disclosing Pictures", p. 69.
[2] 法尔相信，作为狄金森家族最喜爱的画家之一，丘奇的作品，比如《安第斯山脉之心》和《钦博拉索峰》为狄金森创作一些描绘火山或攀登山脉的诗歌带来了灵感。在453诗中，狄金森用"钦博拉索峰"来描述"爱"，她描述的场景正类似于丘奇作品中所描绘的钦博拉索峰的景象。Judith Farr, "Disclosing Pictures", pp. 68, 73-74.
[3] Judith Farr, "Disclosing Pictures", p. 70.
[4] Gillian Osborne, "A More Ordinary Poet: Seeking Emily Dickinson", p. 72.
[5] Judith Farr, "Disclosing Pictures", p. 70.
[6] 乔尔乔内（约1477/8—1510），意大利画家，于约1512年完成了画作《乡间聚会》（"Fête Champêtre"），这幅画长期以来一直被认为影响了法国画家埃杜瓦·马奈（1832—1883）。在其臭名昭著的《野餐》（"Déjeuner sur l'Herbe"）中，马奈设计了穿着衣服的男人和裸体女人共处，并称此为"沐浴"，而这在1863年引起了剧烈的骚动。有证据表明，学生时期的马奈曾在卢浮宫临摹过乔尔乔内的绘画，艺术史学家也一致认为，作品本身所提供的内在证据——构图和主题——清楚地表明马奈了解乔尔乔内的作品。更重要的是他将一个现代女性的裸体与男性一起，漫不经心地放置在拿破仑三世时期的巴比松森林中，意在批评一个虚假的时代，只有艺术家（而男性通常是艺术家）和他们的模特才能理解乔尔乔内画作中的田园风和情欲之美，他还暗示，对待性的开放态度只在现代才被视为肮脏。他的画作得到的评价如他所愿，知识分子们无不强烈地认为，与乔尔乔内"纯洁"相比，马奈是多么的"堕落"。Cf. Judith Farr, "Disclosing Pictures", pp. 69-70.

在说明在艺术和文学的领域中都有后者受前者影响的诸多情况①，虽然很难证明前者的作品确实已经被后者看到了，然而无论从形式、元素还是内容，都会透露出或多或少的相似性②。

科尔和狄金森有着共同的艺术属性，两人都是各自所在领域的佼佼者，他们的作品都极具原创性而并非简单的模仿，都被视为脱离了欧洲影响、体现美国新身份和多样性的最佳典范。巴顿·列维·圣·阿尔芒（Barton Levi St. Armand）称狄金森将《生命之旅》中所蕴含的精神"个人化"并更加翔实地一致化了，正是这种方式使狄金森对"谜一样的时光"充满了激情。③"激情"是法尔形容狄金森的关键词，她试图提出一个与狄金森对诗歌感受一致的词汇去形容狄金森的真情实感。

有许多迹象表明狄金森对绘画情有独钟。例如她在玛丽·里昂神学院学习了透视和线性绘图，她总在自己的诗歌作品中夹上绘画草图，她经常在给朋友的书信中将绘画用作典故④。法尔认为，无论从传记或历史层面去探索狄金森，绘画毋庸置疑已成为影响狄金森诗歌创作的一个分支。通过强调画家们对狄金森创作的影响，法尔意在关注画作中所呈现的"象征性意象"⑤。科尔的画作不仅提供了一个通向狄金森旅行世界的视觉参考，同时也提供了一种比较来凸显她独具一格的旅行意象。

总之，在建立美国新身份、新文化的需要之下，19世纪的艺术家和文学家通过崇敬大自然的美感和力量，携手找寻一个新的美国"伊甸园"。在那个时代，绘画和文字形成的意象丰富着人们的生活、思想和心灵，无论人们是居家还是旅行，书籍和绘画中的意象都为他们打开了想象大门。在社会变革的洪流中，时代的伟大性体现在艺术与文学之间更多、更紧密的关系中，狄金森也毫无例外地身处这些关系里，并通过作品展现着自己的世界观。她独特的意象表达和回应文化影响的方式，使她在美国文学史上独树一帜。

---

① Judith Farr, "Disclosing Pictures", p. 70.
② Judith Farr, "Disclosing Pictures", p. 70.
③ Barton Levi St. Armand, *Emily Dickinson and Her Culture*, Cambridge: CUP, 1984, p. 278.
④ Judith Farr, "Disclosing Pictures", p. 76.
⑤ Judith Farr, "Disclosing Pictures", p. 74.

第二节　激情的航海之旅

朗费罗在他的《海边：大海的奥秘》("By the Seaside: The Secret of the Sea")中是这样描述大海的："像浩渺的波涛席卷了海滩，/沙砾在水中泛着银光，/伴随那轻柔而单调的节奏，/流动着无韵的抒情诗行"①。惠特曼在他的《在海上有舱房的船里》("In Cabin'd Ships at Sea")写道："在海上有舱房的船里，/四周扩展着无边无际的蓝色，/风在呼啸，波涛的音乐，巨大蛮横的波涛"②。霍桑将大海拟人化："大海虚怀若谷，/深邃、沉静、孤独，/表面上狂风怒浪，/其下却如此平静"③。爱默生赞美"乳白色"的大海"丰富而强大"，如"六月的玫瑰一样艳丽，/如七月的涓涓彩虹般清新；/物产富饶，哺育万物，/净化大地，人之良药"④。无论是颜色还是形状，这些作家都使用了特定的词语和具体的描述来呈现大海的各种意象。与他们具体的描述相反，狄金森的海洋意象显得更为抽象且充满了隐喻。

威廉·C. 斯潘格曼（William C. Spengemann）认为，狄金森的用词不仅被极大地赋予了个人层面的意义，还蕴含各种各样的诠释⑤。例如"大海"这个词在狄金森的作品中就有不同的含义和意义：

> 大海代表眼前的这个世界——充满变化和麻烦（1235），代表"不免一死"（16）和"生命本身"（125）。它代表"死亡"（514，685），即"无法逃脱"（1284）和"无情"［原文如此］（1654）。作为一个长眠之地，大海有时"可憎"

---

① 李正平译《大海的奥秘》：百度文库，https：//wenku. baidu. com，2023 年 12 月 30 日。See Henry Wadsworth Longfellow, "By the Seaside: The Secret of the Sea", (February 2019), www. poemhunter. com.
② ［美］沃尔特·惠特曼：《草叶集》，邹仲之译，上海译文出版社 2016 年版，第 3 页。
③ Nathaniel Hawthorne, "The Ocean", (February 2019), www. poetryfoundation. org.
④ Ralph Waldo Emerson, "Seashore", (February 2019), www. poemhunter. com.
⑤ William C. Spengemann, *Three American Poets: Walt Whitman, Emily Dickinson, and Herman Melville*, p. 91.

(1446)，有时又"好过坟墓"（1255）。它预示着来世：永恒（143，720），不朽（750，1250），关于信仰已知的部分（800），或完全未知的事情（32，59）。

大海可能象征着诗中人自我的某些方面：她的欲望（712），她被救赎的心（757），她的绝望（737），她对所爱的人的依恋（387），无论这份依恋来自人还是神。然而它也可能只是简单地代表了一个人：一个匿名的爱人（206、219），一个情人（349，969），一个追求者（1275），一个诱惑者（152，1766），一个性捕食者（656），一个无情的破坏者（746）或一个救世主（1542）。大海还可以代表存在于诗中人与她/他心仪的对象之间的空间或时间：这对象包括远方的亲人（940），不在场的朋友（898），或是永恒（713）。大海可以被认为是更为稀有的一种气氛形态，无论是在诗中人所处的当下（359、1295、1297、1647），还是在灵界（1362年），又或是存在于这两者共存的转瞬即逝的时空中（1599）。[1]

"隐私"是狄金森诗歌的一个重要特征[2]。她大部分诗歌生前都未曾发表，尽管其中有一些被认为可能是要"取悦大众的"[3]，但基本上狄金森并不打算取悦任何读者，因此对于她来说很难以一个较为普通、标准、明确和连贯，且容易让人接受的方式进行创造[4]。但如果读者花一些工夫以贴近她的生活为突破口去理解她的作品，他们仍然有机会理解她诗歌中的"几乎完全的隐私"，而这些隐私只有诗中人才有权决定"是在表达什么"[5]。

---

[1] 引文中的诗歌编号出自富兰克林版的《艾米莉·狄金森诗歌集》。See William C. Spengemann, *Three American Poets: Walt Whitman, Emily Dickinson, and Herman Melville*, p. 92.

[2] William C. Spengemann, *Three American Poets: Walt Whitman, Emily Dickinson, and Herman Melville*, p. 84.

[3] William C. Spengemann, *Three American Poets: Walt Whitman, Emily Dickinson, and Herman Melville*, p. 86.

[4] William C. Spengemann, *Three American Poets: Walt Whitman, Emily Dickinson, and Herman Melville*, p. 85.

[5] William C. Spengemann, *Three American Poets: Walt Whitman, Emily Dickinson, and Herman Melville*, p. 85.

在创作中坚持保有隐私会导致一些不可避免的后果：一方面，读者将会挖掘更多意想不到的、非常个人化的特质；另一方面，在阅读诗歌的过程中，这些特质要么成为理解障碍，要么成为充满诗意的闪光点。例如"大海"在她的诗中具有非常明显的比喻性，但"大海"同时还肩负了她浓厚的个人情感以及她对事物的独特理解。尽管读者在阅读后的第一时间可能无法理解"大海"在她诗歌中蕴含的所有意义，但每一种不同的理解使欣赏"大海"这个意象的过程变得丰富多彩。

狄金森的航海意象意在何为？梅尔维尔《捕鱼说》（"We Fish"）中的航海是为了捕鲸[1]，哈里特·比彻·斯托（Harriet Beecher Stowe）的《来到自由之国》（"Arrival in the Land of Freedom"）中的航海是人们为了寻求自由的途径[2]，华金·米勒（Joaquin Miller）《哥伦布》（"Columbus"）中的航海是为了名留青史，被后人传颂[3]。而狄金森的航海意象与探索精神世界有关。尽管人们对狄金森的航海意象有各种各样的解释，但有一点是一致的：她对到达"最终目的地"的期许和探索始终如一。

约翰逊版的《艾米莉·狄金森诗歌全集》中的第四首诗《在这片神奇的海洋》[4] 就是一首有关航海的诗，又或者，"大海"是狄金森诗歌创作中出现较早的有关旅行的意象，"航海"可被视为她早期的创作兴趣之一：

> 在这片神奇的海洋
> 静静地扬帆远航，
> 嗨哟！领航员！
> 你是否知道
> 没有狂涛呼啸——
> 风消雨歇的海岸？

---

[1] Cf. Herman Melville, "We Fish", (February 2019), www.poemhunter.com.
[2] Cf. Harriet Beecher Stowe, "Arrival in the Land of Freedom" (February 2019), www.poemhunter.com.
[3] Cf. Joaquin Miller, "Columbus", (February 2019), www.poemhunter.com.
[4] 《狄金森全集》第一卷，第9—10页。

和平宁静的西方
许多船只在休航——
抛锚停泊稳如磐——
我领你前进——
嗨，陆地！永恒！
船终于 靠岸！

On this wondrous sea
Sailing silently,
Ho! Pilot, ho!
Knowest thou the shore
Where no breakers roar—
Where the storm is o'er?

In the peaceful west
Many the sails at rest—
The anchors fast—
Thither I pilot thee—
Land Ho! Eternity!
Ashore at last!

朱迪思·法尔在她的《艾米莉·狄金森的激情》中指出，狄金森的一些信件和诗歌"直接"将《生命之旅》纳入自己描述人类"通过时间的长河最终进入不朽"的过程中①。诗中的"狂涛"（breakers）和"风消雨歇"（storm）等意象就是最好的证明。

《生命之旅》描绘了在守护天使的陪同下，人类在生命之河中从童年、青年、成年到暮年的一场人生的旅程，其中《成年》一作特别描绘了"洪水之路"② 这一主题。

---

① Judith Farr, *The Passion of Emily Dickinson*, p. 78.
② Judith Farr, *The Passion of Emily Dickinson*, p. 74.

图 2-1 《成年》(第一版,1840 年)
(Munson-Williams-Proctor 艺术学院)

图 2-2 天使

图 2-3 恶灵

这幅画的风景透露着阴郁和恐惧:奇形怪状的礁石上布满了扭曲枯萎的树木,天空乌云密布。相比《童年》和《青年》,平和如镜的水面变成了波涛汹涌的洪水,黑暗湍急的水流仿佛从悬崖峭壁上倾泻而下,守护天使在天空中注视着湍流中的男子,在天使和男子之间,邪灵操纵着所有的黑暗和折磨。守护天使、恶灵、男子在三个视觉维度上呈现着他们不同的层级,对于凡人而言,这样的层级呈现的是不可抗拒的宿命。小船没有舵柄,男子也并未尝试掌舵,而是在乞求和祷告(见图 2-4)。图 2-5 是 1841 年至 1842 年科尔第二次去欧洲旅行前创作的第二版《生命之旅》。与第一版相比,第二版将男子描绘得更为虔诚：他仰望天空，下跪祈祷。

图 2-4　　　　　　　　　　图 2-5

弗雷德里克·戈达德·塔克曼（Frederick Goddard Tuckerman）在其诗中也描述过如此危险、绝望的境地，似乎与科尔画中男子的心境不谋而合：

>　……
>
>　啊！我为此悲叹：我在人生的风雨路上
>　含泪徘徊得太久，
>　日复一日，没有避风港也没有希望。
>　可我疲惫的目光仍凝视着远方，
>　如同一位航行者，在汹涌的海上，
>　日复一日，渴望着陆地
>　看着天水交接、起起伏伏，
>　心已绝，——却还在行云与眩晕的波涛之间
>　不安地漂泊。
>
>　…
>
>　Ah! 'tis for this I mourn: too long I have
>　Wandered in tears along Life's stormy way,
>　Where, day to day, no haven or hope reveals.
>　Yet on the bound my weary sight I keep,
>　As one who sails, a landsman on the deep,
>　And, longing for the land, day after day

>   Sees the horizon rise and fall, and feels
>   His heart die out, —still riding restlessly
>   Between the sailing cloud, and the seasick sea. ①

"悲叹"一词揭示了诗中人的悲惨境遇,作为一个在海上漂泊、长期被孤独和绝望折磨的人,自我哀悼是诗中人唯一可以做的事情。但画作《成年》似乎保留了希望,尽管整幅画呈现的是黑暗、恐怖的景象,但在暴风雨的背景之中有一抹落日般的光芒——暖色调仿佛象征着希望,使黑暗的情境不那么令人生畏和绝望。这一抹落日暖光可能在暗示:生命的旅程总会有一个最终的目的地,而此刻的黑暗正是必经的考验。科尔成功地诠释了他传统的基督教思想②:生命是通向不朽的旅程。

而狄金森的《在这片神奇的海洋》中,虽然有一些代表"危险"和"艰辛"的意象,但与其说它们象征彻底的绝望或温暖的希望,不如说是象征明确的乐观和坚定的信念。大卫·普雷斯特(David Preest)说,这首诗的重要意义在于,它是第一首涉及狄金森"洪水题材"(flood subject)③的诗歌。在写给希金森的一封信中狄金森说:"你提到了永生。那就是洪水题材"④(L319);她将"永生"视为她诗歌的中心主题,而这一主题不可避免地涉及"死亡"、"来世"和其他宗教传统。因此,一些学者如唐·吉利兰(Don Gilliland)在他的《文本的顾虑与狄金森的"不确定

---

① Ben Mazer, ed., *Selected Poems of Frederick Goddard Tuckerman*, Cambridge: The Belknap P of HUP, 2010, p.110.
② Alfred H. Marks, "Thomas Cole as Poet", *The Hudson Valley Regional Review*, Vol.1, No.2, 1984, p.92.
③ 在一封给苏珊的信中,狄金森写道:"写啊!伙伴儿,写啊!"其目的是鼓励苏珊写诗。大卫·普雷斯特称,在第一节中,她询问领航员(领航员可能是上帝或是天使),是否可以引导她穿越这片神奇的海洋,到达永恒安宁的避风港,第二节是领航员确信的回答。普雷斯特还提到,自从苏珊1850年来到阿默斯特后,狄金森与其关系日益密切,经常写下"充满激情"的信件表达对苏珊的爱意。狄金森在诗中表示,如果苏珊问她在哪里可以找到一个安全的避风港,答案是她会陪伴苏珊在"和平宁静的西方"找到这个避风港。因此,这首诗似乎是狄金森"洪水主题"的第一个证据。David Preest, "Emily Dickinson: Notes on All Her Poems", p.2.
④ 《狄金森全集》第四卷,第234页。

的确定性"》("Textual Scruples and Dickinson's 'Uncertain Certainty'")①一文中将狄金森的"洪水"解释为对"创世记中惩罚性的滔天洪水"的暗示,"尽管最终完成了净化,却造成了毁灭和死亡"。另外一些学者如山姆·S. 巴斯克特(Sam S. Baskett)在《意象的形成:艾米莉·狄金森的蓝蝇》("The Making of an Image: Emily Dickinson's Blue Fly")中,已直接将洪水题材等同于死亡②。然而当人们只关注洪水题材是什么或象征什么时,可能会忽略一个方面,即狄金森为什么选择"洪水"这个词来描述她对永生的看法。

"flood"(洪水)作为名词时有以下几个释义:首先,它指"圣经中的洪水"(Flood in the Bible);其次,它描绘了"大量的水覆盖了原先干燥的区域";最后,它可以描述"大量的人或事物同时移动或到达某个地方"③。当它作动词时,《麦克米伦英语词典》提供了一种较为生动的描述:"如果一种情绪涌入你的身体或者你被一种情绪淹没,你就会突然强烈地感受到它。"④ 这恰巧回应了狄金森在识别诗歌时所充斥在她体内的感受——感到浑身发冷,好似天灵盖都被揭掉了。

不管狄金森是否选择"洪水"这个词来修饰"题材",还是用"洪水题材"来定义"永生",她那主观、强烈的,有时甚至古怪的情感被"洪水"一词充分地表达了出来。《在这片神奇的海洋》的重要地位,从狄金森对它的安排便可窥知一二。她特别从她的第一部册子(fascicle)中誊下了两首诗:一首是《漂流!一条小船漂流!》,另一首是《在这片神奇的海洋》⑤。她并没有在册子中以时间顺序安排这两首诗,她对出版一事也兴趣鲜少,但如果出版,《在这片神奇的海洋》会是她的第一选择。这首诗因其所呈现的"太平盛世之乐观主义"(chiliastic optimism)而格

---

① Don Gilliland, "Textual Scruples and Dickinson's 'Uncertain Certainty'", *The Emily Dickinson Journal*, Vol. 18, No. 2, 2009, p. 38, *Project MUSE*, 10 February 2018.
② Sam S. Baskett, "The Making of an Image: Emily Dickinson's Blue Fly", *The New England Quarterly*, Vol. 81, No. 2, 2008, p. 340, *JSTOR*, 10 February 2018.
③ *Macmillan English Dictionary*, p. 530.
④ *Macmillan English Dictionary*, p. 530.
⑤ Judith Farr, *The Passion of Emily Dickinson*, p. 79.

外引人注目①。

狄金森善于在诗中营造浓烈的情绪来吸引读者。这首诗第一节的第五行和第六行展现了喧嚣的大海：咆哮的海浪和无尽的风暴预示着航行中的危险和艰辛，齿擦音（如"*th*is""*s*ea""*S*ailing""*s*ilently""*th*ou""*s*hore""*s*torm"）营造出紧张的气氛，三个长音字（"shore""roar""o'er"）一方面暗示航线的漫长，另一方面模仿诗中人夹杂在海浪和风暴中的呼喊声。一船人在海上"静静地"航行，此时的寂静不仅与大海的嘈杂形成对比，也映衬出了船上人的恐惧和焦虑。因此船员询问领航员："你是否知道/没有狂涛呼啸—/风消雨歇的海岸？"海上难免风浪，但作为全诗唯一的一个形容词，狄金森用"神奇的"（wondrous）来告诉读者，即使环境恶劣，这趟航程也注定是史诗般的壮丽。

法尔认为这首诗是狄金森受到科尔《生命之旅》影响却未臻完美的一次尝试②。她认为诗的第一节可能是在模仿《成年》中的场景，而且因为身处险境，船员的提问凸显着绝望③。但深究之后便会发现，年轻的狄金森在1853年写给苏珊·吉尔伯特的一封信中，这首诗是紧接在"写啊！伙伴儿，写啊！"这句话下面的。考虑到苏珊在狄金森的生活和"职业生涯"中扮演着至关重要的角色，如果狄金森写这首诗意在鼓励苏珊写作，且如普雷斯特观察到的，第二节诗是领航员确信的回答，那么狄金森就有可能假想自己是领航员而非船员，是她作为引导者，引领苏珊到达最终的目的地。

虽然海浪汹涌、风暴猛烈，恶劣的自然环境并不适合航行，狄金森却选择了"神奇的"而不是"危险的"或者"骇人的"作为此次航行的前奏。可见诗中的情绪是正面的，甚至是兴奋的。在约翰逊版的诗歌和信件中，"你"（thee）在"Thither I pilot *thee*—"中被打印成了斜体，如果追溯狄金森的原版手稿，"你"这个字在手稿中也被画了下划线。狄金森想以"强调"的方式引起苏珊的注意，强调将由她带领苏珊到达最终的目的地。为了表达她的决心，

---

① Roland Hagenbüchle, "Emily Dickinson's Poetic Covenant", *The Emily Dickinson Journal*, Vol. 2, No. 2, 1993, p. 23, Project MUSE, 12 February 2018.
② Judith Farr, *The Passion of Emily Dickinson*, p. 80.
③ Judith Farr, *The Passion of Emily Dickinson*, p. 80.

第二章 航海之旅：狄金森与视觉文化

狄金森在诗的最后两行用了三个感叹号以展示她的坚定无比，无论在航行中遇到任何困难，领航员都会引领全船人员到达"永生"之地。狄金森在诗中使用了"呼应"（call and response）① 的方式：船员在第一节中提出的问题在第二节中得到回答，提问和回答的形式较特别，两节中都有的感叹词"ho"与感叹号的结合，为这种一唱一和增添了亲密感。领航员和船员之间的关系也并非《成年》中天使与男子之间的不平等：男子代表着凡夫俗子，而地位更高的天使则代表着不朽；当男子在恶浪中挣扎时，天使从遥远的空中向下注视着他，他们在共同的场景中并无交集，男子必须自己面对一切，祈祷是他唯一能做的，而且他需要下跪以示虔诚。相比之下，狄金森诗中的"呼应"形式揭示了领航员与船员在一条船上同心协力共赴目的地的决心，并且领航员向船员保证，他们必将安全抵达。

这般亲密无间、风雨同舟使狄金森的这首诗与众不同。贝亚德·泰勒（Bayard Taylor）的《风暴之歌》（"Storm Song"）也显露着乐观的态度和决心，隔行韵（alternate rhyme）呈现出航海者与大海之间的斗争：

> ……
> 兄弟们，这夜幕下的恐惧和阴霾
> 在云层中低吟到汇聚成咆哮
> 感谢上帝，他赐予我们宽阔的海房，
> 离岸一千英里远。
> ……
> 然而，拿出勇气，兄弟们！我们信赖这海浪，
> 上帝在我们之上，是我们的海图：
> 无论驶向港湾还是海上的坟墓，
> 我们都满心欢畅！
>
> …

---

① Susan Kornfeld, "The Prowling Bee" (March 2015), http://bloggingdickinson.blogspot.com/2011/06/f3-1853.html.

> Brothers, a night of terror and gloom
> Speaks in the cloud and gathering roar;
> Thank God, He has given us broad sea-room,
> A thousand miles from shore.
> ...
> Yet, courage, brothers! we trust the wave,
> With God above us, our guiding chart:
> So, whether to harbor or ocean-grave,
> Be it still with a cheery heart![1]

尽管危险的处境随时会夺走航海者的生命，但他们仍在海浪倾覆的包围中航行着[2]。与《成年》中的描绘相似，这些航海者也向上帝祈祷，但他们并非祈求帮助，而是心存感激，因为上帝已经给了他们一个"宽阔的海房"（broad sea-room），这是上帝的旨意和考验，死亡也不会消磨他们的意志。上帝在这场航行中仍然扮演着神圣而高层级的角色，他是神圣的决定，是看不见的指引，却并非同伴。

在梅尔维尔的《马尔迪与远航》（Mardi: And a Voyage Thither）第82章中，也出现了相似的情形：一场大风暴过后，惊魂未定的航海者们被一位"奇迹般"出现在水面上的老人说服并带领他们前往一个叫作塞雷尼亚（Serenia）的小岛。这个小岛被称为"爱之地"，一群当地的居民用一首歌曲欢迎他们，这首歌曲赞美着岛上美景，同时也唱出对他们的忠告："不要上当受骗；弃绝虚妄之事"（"Be not deceived; renounce vain things"）[3]。梅尔维尔在诗的最后一节说：

......

---

[1] Bayard Taylor, "Storm Song", *Poems of Home and Travel*, Boston: Ticknor and Fields, 1855, pp. 120-121.

[2] Bayard Taylor, "Storm Song", p. 121.

[3] Herman Melville, "Chapter LXXXII: They Sail from Night to Day", *Mardi: and a Voyage Thither*, Volume II, 1849, (February 2019), https://en.wikisource.org/wiki/Mardi.

第二章　航海之旅：狄金森与视觉文化

> 万岁！航海者啊，万岁！
> 岁月匆匆如梭；生命转瞬即逝；
> 你们可能会哀叹：
> 因为来到这里，
> 你们抛下了我们美好的海岸。
>
> ……
>
> Hail! voyagers, hail!
> Time flies full fast; life soon is o'er;
> And ye may mourn,
> That hither borne,
> Ye left behind our pleasant shore. ①

诗行结尾的四个同韵长音词"o'er"、"mourn"、"borne"和"shore"在音韵上强调着说服力，生命短暂，因此停留在这样一个美丽的地方是一个明智的选择；但另一方面，这样的音韵似乎也暗示着航海者对是否应该就此停止航行、从此居住在此小岛上的一种犹疑不决。"奇迹般"出现的老人看似在指引，但又像是在诱惑，暂时而不可靠的安全和乐观似乎更具危险性。

无论是科尔的《成年》还是泰勒和梅尔维尔的航海诗都存在积极的元素或一个看似圆满的结局，然而他们作品中的"指引者"和"被指引者"之间都缺乏同舟共济的决心和彼此信任的亲密感。狄金森的《在这片神奇的海洋》中所呈现的勇敢、自信、乐观和亲密无间的情感，以及坚定的信心，在她的关于旅行的诗歌中难得一见，也成了与其他航海诗歌的最大区别。她仿佛一位史诗般的英雄，决心驾着小船坚定地引领着它到达最终目的地，这首诗也因此成为"太平盛世之乐观主义"的最佳代表②。狄金森和科尔都在自己的作品中呈现了壮丽的海景，且作品中的主人公都将到达最终的目的地。或许科尔作品中的意象影响了狄金森的创作，但读者更需

---

① Herman Melville, "Chapter LXXXII: They Sail from Night to Day", *Mardi: and a Voyage Thither*, Volume II, 1849, (February 2019), https://en.wikisource.org/wiki/Mardi.

② Roland Hagenbüchle, "Emily Dickinson's Poetic Covenant", p. 23.

要确定的是《在这片神奇的海洋》中所展露的无比的自信和坚定的决心,一种真正的艾米莉·狄金森式的激情。

她的情感、自信、乐观和决心也在另一部作品中流露出来。在《夜夜狂风雨骤—夜夜雨骤风狂!》①("Wild Nights-Wild Nights!",J249/Fr269)中,不仅亲密感到达顶峰,她对性的感受的表达也是奔放的:

夜夜狂风雨骤—夜夜雨骤风狂!
如果有你在身旁
哪怕夜夜雨骤风狂
都该是我们的温柔富贵乡!

风狂—白费气力—
因为心儿已经入港—
罗盘已经入库—
海图早已下放!

泛舟伊甸园—
啊,一片汪洋!
今夜—但愿我能系缆于—
你的心上!

Wild Nights—Wild Nights!
Were I with thee
Wild Nights should be
Our luxury!

Futile—the Winds—
To a Heart in port—
Done with the Compass—
Done with the Chart!

---

① 《狄金森全集》第一卷,第172页。

> Rowing in Eden—
> Ah, the Sea!
> Might I but moor—Tonight—
> In Thee!

主流评论将这首诗视为一首情诗，而且大概是狄金森"最热情满满"[1]的一个作品了。尽管有很多关于"你"（thee）可能是谁的猜测，但至少有一件事情是非常明确的：诗中人正在"爱之海"中航行[2]。这里的"爱"与狄金森写给一些人的书信中所提到的"爱"略有相似，例如在给凯瑟琳·斯科特·特纳·安东（Catherine Scott Turner Anthon）的信中，她说："我快乐地住在深海，爱会把你划出去，如果她的手力大无比……"[3]（L209）；她对奥蒂斯·P. 洛德（Otis P. Lord）说："我承认我爱他—我高兴我爱他—我感谢天地的创造者—把他交给我爱—狂喜的洪流把我淹没。我找不到该走的渠道—想起你来—小溪归海。"[4]（L559）然而在这首诗中，"水的意象"尤其代表着"性强度"[5]，明确无误的情欲的语气和语言[6]远远超出了含蓄的羞涩。狄金森诚实坦率地抒发着她的爱情宣言，无论"你"是否代表着一个"想象中的人物"，或一个"秘密爱人"，或男性或女性[7]，她用航海意象生动地传达着她强烈的情感。

评论家们通常认为艾米莉·勃朗特的作品影响过狄金森，加里·李·斯托纳姆（Gary Lee Stonum）就发现狄金森的一些诗歌内容恰巧呼应了希斯克厉夫在《呼啸山庄》下半部分的困境[8]。与希

---

[1] Harriet F. Bergmann, "'A Piercing Virtue': Emily Dickinson in Margaret Drabble's The Waterfall", *MFS Modern Fiction Studies*, Vol. 36, No. 2, 1990, p. 190, *Project MUSE*, 22 September 2016.

[2] David Preest, "Emily Dickinson: Notes on All Her Poems", pp. 78-79.

[3] 《狄金森全集》第四卷，第185页。

[4] 《狄金森全集》第四卷，第299页。

[5] Harriet F. Bergmann, "'A Piercing Virtue': Emily Dickinson in Margaret Drabble's The Waterfall", p. 190.

[6] David Preest, "Emily Dickinson: Notes on All Her Poems", p. 79.

[7] Gary Lee Stonum, "Emily's Heathcliff: Metaphysical Love in Dickinson and Brontë", *The Emily Dickinson Journal*, Vol. 20, No. 1, 2011, p. 22, *Project MUSE*, 22 September 2016.

[8] Gary Lee Stonum, "Emily's Heathcliff", p. 24.

斯克厉夫相比，狄金森和艾米莉·勃朗特对待爱人的态度更加极端，她们把心爱的人当作可以让她们完整存在的神①，她们相信，与自己心爱的人重聚可以成就天堂也可以造就地狱，与真心相爱的人在一起，就是对自己的圆满和完整②。

狄金森的《夜夜狂风雨骤—夜夜雨骤风狂!》就是这样一首描绘重逢场景的诗。她在信中所写的"狂喜的洪流把我淹没"正是这首诗反映的强烈情绪，即狂喜、自信和被情欲所淹没的感觉。"夜夜狂风雨骤"这一句的重复出现，体现了诗中人的慨叹呐喊，"温柔富贵乡"这一形容表明"重聚"对于诗中人来说是多么珍贵无价。为了描述这种狂喜和珍视之感，狄金森将这次"重聚"比作一次大胆的航行，无论风有多大、航程有多危险，这些困难的阻挠在诗中人的眼里都是"白费力气"，即使没有指南针和航海图，这次航行也依然可以顺利完成。换言之，强烈的情感使诗中人放弃了她/他的理智，目的地或航行的结果此时都变得无关紧要，"重聚"和"深爱"带来的强烈情绪太过庞大，以至于不可能被冷静、理智地叙述出来。

狄金森用如此感性的航海意象表达了她与心爱的人在一起的狂喜，相较如此浓烈的情感，"你"究竟暗指谁这一问题就显得无足轻重了。狄金森可以坦率、自由地表达自己的情感，不仅因为她拥有一个可以启发她的"神"，同时也因为这种猛烈涌入并将其淹没的极端的身体体验再一次让她有了诗意的连接。狄金森的情感在这两首短小的诗歌中毫无保留地被外化和展现，读者在阅读时可能会感到惊讶甚至困惑，因为无法确定她的情感为何如此浓烈或是无法了解她所要倾诉的对象；但他们会被诗中强烈的情感所吸引，一旦读者进入狄金森描绘的情境，他们或许会认同这种情感，同时也会体验到被情感所淹没的感觉。在狄金森的诗歌创作中，"被情感淹没"可能是帮助她描述"永恒"意象以及其他主题的一个元素，而"航海"这个意象可能是她选择来表达自己"被情感淹没"的状态所使用的意象之一。

---

① Gary Lee Stonum, "Emily's Heathcliff", p. 26.
② Gary Lee Stonum, "Emily's Heathcliff", p. 31.

第三节 船之航

狄金森显然对"船"这一意象非常感兴趣，本章入选的九首关于航海的诗歌中有六首出现了这一意象，如《漂流！一叶小舟漂流！》《我的船是否下海》《狂喜就是内陆的灵魂》《是那样一只小小—小小的船》①（"'Twas such a little—little boat"，J107/Fr152）、《我们被迫扬帆》②（"Down Time's quaint stream"，J1656/Fr1721）和《它颠呀—颠—》③（"It tossed—and tossed—"，J723/Fr746）。其中，《它颠呀—颠—》描绘了一艘小船沉船时的情景，狄金森专注地刻画了一桩想象中的沉船事故：

> 它颠呀—颠—
> 一只我熟识的双桅横帆船—被狂风卷—
> 它转呀—转—
> 迷迷瞪瞪，把黎明刺探—
>
> 它滑呀—滑—
> 像个醉汉—步履蹒跚—
> 它的白脚绊倒了—
> 然后就踪影不见—
>
> 啊，双桅横帆船—晚安
> 你和你的船员—
> 海洋的心太光—太蓝—
> 无法为你破残—
>
> It tossed—and tossed—
> A little Brig I knew—o'er took by Blast—

---

① 《狄金森全集》第一卷，第79页。
② 《狄金森全集》第三卷，第248页。
③ 《狄金森全集》第二卷，第178页。

It spun—and spun—
And groped delirious, for Morn—

It slipped—and slipped—
As One that drunken—stept—
Its white foot tripped—
Then dropped from sight—

Ah, Brig—Good Night
To Crew and You—
The Ocean's Heart too smooth—too Blue—
To break for You—

她目睹了船的沉没，仿佛目睹了一个相识之人的垂死过程。通过拟人化的描写，这个"相识之人"似乎被一种"不治之症"折磨着（o'er took by Blast）。第二节诗中的齿擦音如"slipped"、"that"、"stept"、"foot"、"from"和"sight"从听觉上暗示情形的不顺利和不容乐观。通过重复的动词和重复的句子结构如："它颠呀—颠—""它转呀—转—"和"它滑呀—滑—"，然后像醉汉一样步履蹒跚，并最终从视线中消失了，这只小船的整个"死亡过程"被不间断地记录下来。狄金森的语气平静祥和而非悲伤低沉，那如同松了一口气的感叹——"啊，双桅横帆船"——并不是"再见"或"永别"，而是用"晚安"来表明，拥有一颗光滑而又深蓝的心脏的海洋会为双桅横帆船哀悼，海洋的怀抱可能是一个更好、更合适的安息之地。

除了这个沉船的故事，许多狄金森学者认为狄金森笔下的"船"的意象象征着人类的灵魂。像梅尔维尔和理查德·亨利·达纳（Richard Henry Dana）这些作家，描述的大多是航海的真实体验。例如在梅尔维尔的《桨手之歌（节选）》["Song of the Paddlers（excerpt）"]中，船被比作鲨鱼：

潜，潜，我们潜在海水里的桨，
潜，潜，我们行船的鳍！

当我们急速前进，
海水就此分开的；
我们锋利的船头飞驰，
高高地卷曲，
如同疾驰的鲨鱼鳍，
急速追逐着他的目标！
像他一样，我们猎捕；
像他一样，我们杀戮；
向敌人驶去，
我们的船头就是一击！

Dip, dip, in the brine our paddles dip,
Dip, dip, the fins of our swimming ship!
How the waters part,
As on we dart;
Our sharp prows fly,
And curl on high,
As the upright fin of the rushing shark,
Rushing fast and far on his flying mark!
Like him we prey;
Like him we slay;
Swim on the foe,
Our prow a blow![①]

扬扬格（spondee）听起来像鼓点，用来彰显船的气势，全韵（perfect rhyme），如"dip"和"ship"、"part"和"dart"、"shark"和"mark"的运用强调了这艘船的完美无瑕，明喻（simile）表达着这艘船如鲨鱼般完美，无敌且充满力量，鲨鱼的意象和人称代词"他"、"他的"展现着强烈的阳刚之气。志向、抱负、自信和决心在这首诗中被展现得淋漓尽致，诗人赋予了这艘船积极的情感以及

---

① Herman Melville, "Song of the Paddlers (excerpt)", (February 2019), www.poets.org.

不可战胜的品质。

而达纳《愉悦之船》（"The Pleasure Boat"）一诗中对船的喜爱从他女性化的描述中可窥一斑：

> 涟漪轻轻拍打着小船。
> 放开吧！——把她交给风！
> 她飞驰前行：——他们都浮动着：
> 离岸已远。
> ……
> 这时，像扑食的海鸥一般，
> 小船俯冲；
> 然后，飞升，沿途疾驶，
> 像海鸥一般轻而易举。
> ……
> 风势正劲——她驶得飞快。
> 在鼓起的浪头上，
> 起伏的帆和轻摇的桅杆，
> 与她并肩前行。
> ……

> . . .
> The ripples lightly tap the boat.
> Loose! —Give her to the wind!
> She flies ahead：—They're all afloat：
> The strand is far behind.
> . . .
> Now, like the gull that darts for prey,
> The little vessel stoops；
> Then, rising, shoots along her way,
> Like gulls in easy swoops.
> . . .
> The winds are fresh—she's driving fast.
> Upon the bending tide,

第二章　航海之旅：狄金森与视觉文化

  The crinkling sail, and crinkling mast,
  Go with her side by side.
  ...①

  与梅尔维尔男性化的人称代词相比，达纳用女性化的人称代词"她"不仅展现了小船的优雅和精致，也突出了他对它的喜爱。他用眼韵（eye rhyme）如"wind""behind"和全韵如"fast""mast""tide""side"，从视觉上强调了小船的完美。海上没有暴风雨，海水温柔地对待小船，海风是值得信赖的，"海鸥"的明喻展现了小船的敏捷，"起伏的帆"和"轻摇的桅杆"从视觉上呈现了小船的轻柔。这艘小船像是被庇佑的，它的航程是完美的展现。

  如果梅尔维尔和达纳所用的修辞是要呈现一个生动的船的形象，狄金森的"船"本身是一个隐喻，且很容易就与科尔的船的意象联系起来。科尔的意图非常明确，因为在男子从童年到暮年的人生旅程中，他驾驶的船的外观和状况也发生了改变。在《童年》和《青年》中小船是崭新、闪亮的，外观和状况都是极好的；然而随着时光的流逝，《成年》中的小船受尽摧残，于是在《暮年》中所展现的生命旅程的尽头，小船受损并失去了光彩——它象征着灵魂的载体。狄金森似乎接受了这样的象征意义，但她的小船承载的更多的是对自我的情感和对"永恒"的思考。这一点通过对比惠特曼的航海意象便可窥见一斑。

  惠特曼的"母亲海"是他众多有关"水"的意象中最著名的一个。因他早年生活在海边，"母亲海"这一意象多次出现。他在《曼纳哈塔》("Mannahatta"，1860）中描述了海上的生活和曼哈顿岛的经济，在《欢乐之歌》("Song of Joys"，1860）中描写了捕鲭鱼、捕鲸、捕龙虾和划船的经历。他的航意象不仅描绘了美国的海洋历史，而且为美国民主拓展了新的有关英雄主义的海洋神话，同时也是对他个人和诗歌创作的传记式的记录②。

---

① Richard Henry Dana, "The Pleasure Boat", *Poets' Corner*, (February 2019), https://www.theotherpages.org/poems/dana01.html.
② Philip A. Greasley, "Whitman, Walt", *Searchable Sea Literature*, (February 2019), https://sites.williams.edu/searchablesealit/w/whitman-walt/.

例如他在《从巴门诺克开始》("Starting from Paumanok", 1860)中展现了一个他对过往人生的理想化的描述,在《从永远摇荡的摇篮里》("Out of the Cradle Endlessly Rocking", 1859)中,大海、潮汐、两只鸟和一个关于生死的故事这些意象暗示着他的"觉醒契约"(awakening pact),即他将以吟唱人生的痛苦和喜悦的"融合观"去看待自己的诗歌使命。在《从加利福尼亚海岸向西看》("Facing West from California's Shores", 1860)中,"西方大海"的经典意象揭示了即将到来的死亡,他的与阿尔弗雷德·丁尼生(Alfred Tennyson)的《尤利西斯》("Ulysses", 1842)齐名的《老年之船与狡猾的死亡之船》("Old Age's Ship and Crafty Death's", 1890)讨论面对资源匮乏和年龄增长时继续保持战斗信念的决心[1]。

他将"土地"描述为具有稳定性和确定性的领土,但他将"海洋"描绘成不断的变化或不确定的结果[2]。因此,现实、野心、冒险和英雄主义是他笔下航海者的综合特质[3]。惠特曼在《在海上有舱房的船里》("In Cabin'd Ships at Sea")写道:

> ……
> 这里有我们的想法,航海人的想法,
> 这里出现的不光是陆地,坚实的陆地,
> 这里有拱起的天空,我们感觉到脚下颠簸的甲板,
> 我们感觉到长久的脉搏,无穷尽的潮涨潮落;
> 从看不见的奥秘中传来的音调,流动的歌谣,海水世界含糊宏大的暗示,
> 咸香的气味,缆绳轻微地嘎嘎作响,忧郁的节奏,
> 无边无际的景象,遥远朦胧的地平线,都在这里,
> ……

---

[1] Philip A. Greasley, "Whitman, Walt", *Searchable Sea Literature*, (February 2019), https://sites.williams.edu/searchablesealit/w/whitman-walt/.

[2] Philip A. Greasley, "Whitman, Walt", *Searchable Sea Literature*, (February 2019), https://sites.williams.edu/searchablesealit/w/whitman-walt/.

[3] Philip A. Greasley, "Whitman, Walt", *Searchable Sea Literature*, (February 2019), https://sites.williams.edu/searchablesealit/w/whitman-walt/.

加速前进，我的书！张开白帆，我的小船，越过蛮横的波涛，

歌唱吧，航行吧，从我这里驶向无边无际的蓝色，驶向每一片大海，①

...

Here are our thoughts, voyagers' thoughts,
Here not the land, firm land, alone appears, may then by them be said,
The sky o'erarches here, we feel the undulating deck beneath our feet,
We feel the long pulsation, ebb and flow of endless motion,
The tones of unseen mystery, the vague and vast suggestions of the briny world, the liquid—flowing syllables,
The perfume, the faint creaking of the cordage, the melancholy rhythm,
The boundless vista and the horizon far and dim are all here,

...

Speed on my book! spread your white sails my little bark athwart the imperious waves,
Chant on, sail on, bear o'er the boundless blue from me to every sea,
...②

他从航海者的角度富有诗意地展示了它们多变的音调、节奏和不断变化的力量③。他想将《草叶集》比作一艘帆船的航行④，所

---

① [美] 沃尔特·惠特曼：《草叶集》，邹仲之译，上海译文出版社 2018 年版，第 3—4 页。
② See Walt Whitman, "In Cabin'd Ships at Sea", *The Walt Whitman Archive*, (February 2019), https://whitmanarchive.org/item/ppp.00270_00273.
③ Philip A. Greasley, "Whitman, Walt", *Searchable Sea Literature*, (February 2019), https://sites.williams.edu/searchablesealit/w/whitman-walt/.
④ Philip A. Greasley, "Whitman, Walt", *Searchable Sea Literature*, (February 2019), https://sites.williams.edu/searchablesealit/w/whitman-walt/.

以从触觉、视觉、听觉、嗅觉和动态方面描述了一个多变的、不可预测的大海的意象，这种多变的不可预测性必定需要他像个航海者一样拥有野心、冒险精神和英雄气概。

然而大卫·库布里希（David Kuebrich）认为"大海"在《草叶集》中似乎更像是一个宗教象征，因为它确立了一个中心——一个包含海风、雨水、河流和其他与水有关的事物的一个更庞大的"水生符号"（aquatic symbolism）①。海洋象征着人类及其创造的神圣源泉，惠特曼将自然世界这一实体设想为从神海中浮现。在他的《当我和生命之海一起退潮》（"As I Ebb'd with the Ocean of Life"）中，他认为自己精神体系的建构与长岛（Long Island）的形成一样都是从神海中浮现的。为了建立一种"永恒精神国度"的理念，海港水域的象征之力在他的《横渡布鲁克林渡口》（"Crossing Brooklyn Ferry"）中也有所体现，而且在《给老年》（"To Old Age"）中讨论芸芸众生之死以及灵魂回归于上帝时，他用了如下比喻："在你身上，看见了那注入大海的河口，它庄严地扩大了，展开了"②（"I SEE in you the estuary that enlarges and spreads itself grandly as/it pours in the great sea"）③。

正如库布里希所说，惠特曼经常将死亡和灵魂进入来世的旅程与船的航行进行比较④。在《快活，船友，真快活！》（"Joy, Shipmate, Joy!"）中，他表达了死亡时刻他对自己灵魂愉悦的召唤⑤：

> 快活，船友，真快活！
> （我要死去的灵魂高兴地喊起来，）

---

① David Kuebrich, "Sea, The", *The Walt Whitman Archive*, (February 2019), https://whitmanarchive.org/item/encyclopedia_entry647.
② [美] 沃尔特·惠特曼：《草叶集》，邹仲之译，上海译文出版社2018年版，第321页。
③ David Kuebrich, "Sea, The", *The Walt Whitman Archive*, (February 2019), https://whitmanarchive.org/item/encyclopedia_entry647.
④ David Kuebrich, "Sea, The", *The Walt Whitman Archive*, (February 2019), https://whitmanarchive.org/item/encyclopedia_entry647.
⑤ David Kuebrich, "Sea, The", *The Walt Whitman Archive*, (February 2019), https://whitmanarchive.org/item/encyclopedia_entry647.

> 我们的生活结束了，我们的生活开始了，
> 我们离开抛锚很久的地方，
> 船终于卸完了货，她跳起来！
> 她飞快地离岸启航，
> 快活，船友，真快活！①
>
> JOY, shipmate, joy!
> (Pleas'd to my soul at death I cry,)
> Our life is closed, our life begins,
> The long, long anchorage we leave,
> The ship is clear at last, she leaps!
> She swiftly courses from the shore,
> Joy, shipmate, joy.②

惠特曼将灵魂所寄存的肉身比作一艘停泊的船，"离岸启航"预示着灵魂得到解脱，可以航行到更高的境界③。库布里希强调，因为惠特曼创造了一种新的理解：将"来世"看成一个持续的过程，即"此生的延续"。因此，他的航海的象征意义揭示了他试图将航海的传统象征与当代进化科学相联系的愿景，即人死后的灵魂之旅，绝不是他的最终旅程；相反，这段旅程是灵魂进入更高灵态的入口④。

对于"船"的象征性，或许狄金森与科尔或惠特曼的认知略有所同，但与其说她的小船的意象是在讨论通向"最终目的地"或是进入更高的境界，不如说她更想表达自己是否能够到达"最终目的地"的复杂的情感。她的第一首关于小船意象的诗写于大约1858年，诗歌语气积极，比较乐观：

---

① [美]沃尔特·惠特曼：《草叶集》，邹仲之译，上海译文出版社2018年版，第571—572页。
② Walt Whitman, "Joy, Shipmate, Joy", *The Walt Whitman Archive*, (February 2019), https://whitmanarchive.org/item/ppp.01663_01962.
③ David Kuebrich, "Sea, The", *The Walt Whitman Archive*, (February 2019), https://whitmanarchive.org/item/encyclopedia_entry647.
④ David Kuebrich, "Sea, The", *The Walt Whitman Archive*, (February 2019), https://whitmanarchive.org/item/encyclopedia_entry647.

漂流！一叶小舟漂流！
而黑夜就要降临！
难道无人将一叶小舟
引向最近的城镇？

水手们说——昨天——
正当暮色昏黄
一叶小舟放弃了拼搏
随波往下瞎闯。

天使们说——昨天——
正当曙光泛红
一叶小舟——苦遭浪打风卷——
重修桅杆——再扯风帆——
欢欣鼓舞——勇往直前！①

Adrift! A little boat adrift!
And night is coming down!
Will *no* one guide a little boat
Unto the nearest town?

So Sailors say—on yesterday—
Just as the dusk was brown
One little boat gave up its strife
And gurgled down and down.

So angels say—on yesterday—
Just as the dawn was red
One little boat—o'erspent with gales—
Retrimmed its masts—redecked its sails—
And shot—exultant on!

---

① 《狄金森全集》第一卷，第30—31页。

第二章 航海之旅：狄金森与视觉文化

法尔认为这首诗并未完成，而且幼稚的风格像是故意为之。她也提到狄金森对"沉船"这一主题很感兴趣①，还详细阐述了狄金森在这首诗中与科尔在《成年》和《暮年》中的那些相似的意象，如天使、褐色的黄昏、红色的黎明②。

《暮年》再次讨论了"上帝与人类的盟约伴随着天使的出现而显现"③ 这一理念，它的表达方式与《童年》有一个相似之处，在《童年》中天使掌舵并保护着幼儿从黑暗的石洞驶入灿烂的阳光下，《暮年》中天使带领老人从黑暗的大海驶入天堂的光辉。小船此时已经失去了闪亮鲜艳的色彩，变得破旧不堪，失去了舵柄和船头。举着沙漏的天使雕像不仅象征着生命的余晖阶段，也展现着曾经所受的辛苦和磨难。天空中，有许多天使挥手欢迎老人，此时的老人既非站立，也非下跪，而是坐在船里期待着被带到天堂。为了营造一个庄严肃穆的氛围，科尔大面积地使用深色调，且并未着墨于任何风景和植物，因此也能使观众特别留意天空和小船（见图 2-6、图 2-7、图 2-8）。

类似的场景也出现在露西·拉科姆（LucyLarcom）的《一条蓝带》（"A Strip of Blue"）中：

>……
>有时他们好似活了的形状，——
>天空中的人们，——
>穿着白色的衣裳，从天堂降临
>天堂近在咫尺；
>当他们一个接着一个地走近，
>我用熟悉的名字呼唤他们。
>那么洁白，那么轻盈，那么灵动，
>他们从紫色的薄雾中绽放！
>未知的苦痛荒原
>已有一半摆脱了阴暗，

---

① Judith Farr, *The Passion of Emily Dickinson*, p. 79.
② Judith Farr, *The Passion of Emily Dickinson*, pp. 79-80.
③ Judith Farr, *The Passion of Emily Dickinson*, p. 74.

图 2-6 《暮年》（第一版，1840 年）

（Munson-Williams-Proctor 艺术学院）

图 2-7 天使指引老人   图 2-8 空中的天使们

因为在生命的好客之海上
所有的灵魂都找到了航行的空间。
……

. . .
Sometimes they seem like living shapes, —
The people of the sky, —
Guests in white raiment coming down
From heaven, which is close by;
I call them by familiar names.

> As one by one draws nigh.
> So white, so light, so spirit-like,
> From violet mists they bloom!
> The aching wastes of the unknown
> Are half reclaimed from gloom,
> Since on life's hospitable sea
> All souls find sailing-room.
> ...①

齿擦音在这节诗中被用来强调惊奇的语气，特别是在"那么洁白，那么轻盈，那么灵动"(So white, so light, so spirit—like)这句中。虽然天使从天而降并与诗中人近距离接触，但与其说这是在展现一种亲密关系，不如说是诗中人被圣灵包围，处于一种友好祥和却仍有距离感的氛围中。诗的最后一节解释了这种距离感：

> ……
> 我坐在这里，像个小孩子；
> 上帝之门的门槛
> 是那条清澈的绿玉髓；
> 现在那广阔的寺庙地面，
> 那穹顶光辉耀眼
> 我俯首敬畏。
> 对我来说；无论多高多深；
> 上帝啊，你的宇宙是家，
> 然而在你的绿色脚凳上，
> 我心满意足；
> 当我需要时，
> 只要能见到你大海般的一瞥，我就心满意足。
> ...

---

① Lucy Larcom, "A Strip of Blue", in Susan L. Rattiner, ed., *Great Poems by American Women: An Anthology*, New York: Dover Publications, 1998, p. 75.

> Here sit I, as a little child;
> The threshold of God's door
> Is that clear band of chrysoprase;
> Now the vast temple floor,
> The blinding glory of the dome
> I bow my head before.
> Thy universe, O God, is home,
> In height or depth, to me;
> Yet here upon thy footstool green
> Content am I to be;
> Glad when is oped unto my need
> Some sea-like glimpse of Thee.①

即便诗中人已经获得了"永生",但她/他仍然保持谦卑,毕竟诗中人的"渺小"与上帝的浩瀚和耀眼的荣光相比,"有无神性"是本质的区别。由此可看出,与"异教徒"狄金森相比,科尔与拉科姆都是虔诚的宗教信徒。

《漂流!一叶小舟漂流!》中的黄昏、红色黎明和天使的意象表面上很容易与科尔的画作联系起来。普雷斯特认为这首诗的主题显而易见,因为小船被比喻为人的灵魂,航行在奇妙的生命之海上②;康菲尔德也认为这首诗中的所有意象都是基于传统典故而被创造出来的③。实际上这首诗可以从另一个不同的视角来解读,如果把它看成一首儿童旅行诗,那么以下的诠释或许就可以成立。首先,狄金森是一个讲故事的人,她用拟人化的方式讲述小船在海上的冒险经历。诗中第一节通过使用三个感叹号来强调紧张的气氛:天黑了,但小船仍在大海上漫无方向地漂泊着。第三行中的"no"这个词在约翰逊的版本中是斜体字,在狄金森的手稿中用下划线的方式强调,它的功能类似于感叹号,不仅强调了情况的危急,同时可以使读者在视觉上感受到焦虑和紧迫感。虽然狄金森用一个问句来结

---

① Lucy Larcom, "A Strip of Blue", p. 76.
② David Preest, "Emily Dickinson: Notes on All Her Poems", p. 11.
③ Susan Kornfeld, "The Prowling Bee", (March 2015), http://bloggingdickinson.blogspot.com/search? q=Adrift%21+A+little+boat+adrift%21.

第二章 航海之旅：狄金森与视觉文化

束第一节，但这个问句被用作祈求而不是询问。

第二节诗继续讲述着一个不幸的结局：水手们说小船放弃了求生意志，沉没在黑暗中。第三节的结局与其相反：说话的人由水手转变为天使，从而使情境从凡人状态转变为永生状态，周围的环境由褐色的黄昏转变为红色的黎明，小船的状态从放弃奋斗转变为战胜困难："重修桅杆—再扯风帆—/欢欣鼓舞—勇往直前！"第三节重复了第二节诗的结构，以模仿对话儿歌的方式呈现了两种不同的对小船的态度，而愉快的结尾传达了一种解脱和慰藉。这首诗对孩子们来说有一定的教育意义：悲观的人只能看到褐色的黄昏和一艘沉船，而乐观的人会从困境中寻找灵感和力量。无论这首诗在表达传统意象还是以天真的方式展现世界观，它都与《在这片神奇的海洋》一样饱含积极的态度和信念，狄金森坚信小船会幸存下来并到达最终目的地。尽管狄金森在《在这片神奇的海洋》和这首诗中创造了两种声音，但这两首诗的最后都给出了非常坚定的答案。

狄金森之后又写下了《我的船是否下海》，与《漂流！一叶小舟漂流！》同年完成。这首诗没有了之前的坚定，狄金森似乎对她的小船是否能够到达最终目的地充满了怀疑：

> 我的船是否下海
> 她是否与狂风遭遇—
> 她系住她驯顺的风帆
> 是否对着着魔的岛屿—
>
> 什么神秘的锚链
> 今天把她系住—
> 这是已到海湾的
> 眼睛的任务。[①]
>
> Whether my bark went down at sea—
> Whether she met with gales—
> Whether to isles enchanted

[①] 《狄金森全集》第一卷，第43—44页。

> She bent her docile sails—
>
> By what mystic mooring
> She is held today—
> This is the errand of the eye
> Out upon the Bay.

这首诗充满了无可奈何和淡淡的忧伤，一个音节为 8676 的诗节后跟一个 6575 的较短音节的诗节，显示了低落的情绪。表面上诗中人担心着小船是否已经踏上航程、航行如何、停靠在哪里，实际上她/他即便已经确切地知道了小船的命运，也无能为力。诗中第一节使用的过去时和第二节使用的现在时暗示着诗中人早已与小船失去了联系。最后两行诗展现了一种矛盾的情绪：一方面，小船消失得无影无踪已是不争的事实，而两眼望着海湾的期待可能是无助的心唯一能做的事情；另一方面，这首诗用"海""狂风""着魔的岛屿""神秘的锚链"等意象描绘着小船的旅程——狄金森似乎接受了科尔《生命之旅》的过程，但她并未接受《生命之旅》的结果。虽然她通过"眼睛的任务"这样的表达流露出某种可以再次见到小船的期待，但她似乎仍然被不确定性所困扰。

不确定性使期待变得无能为力。之后狄金森写了《狂喜就是内陆的灵魂》来定义"深入永恒"的狂喜：

> 狂喜就是内陆的灵魂
> 向大海的投奔，
> 经屋宇—过海岬—
> 深入永恒—
> 我们是山里人，
> 海客岂能体谅
> 离开陆地头一里格的
> 那种心醉神往？①

---

① 《狄金森全集》第一卷，第 60—61 页。

Exultation is the going
Of an inland soul to sea,
Past the houses—past the headlands—
Into deep Eternity—
Bred as we, among the mountains,
Can the sailor understand
The divine intoxication
Of the first league out from land?

两段8787音节的诗节用交替的音韵暗示着矛盾和质疑：陆地与海洋天差地别，而海客又怎能理解内陆灵魂的狂喜？克里斯坦尼·米勒在参加"狄金森与东方的相遇"（Dickinson's Encounters with the East）学术讨论会上指出，"深入永恒"无疑代表着死亡[①]，死亡成了"深入永恒"的一个必要"关卡"。对死亡的焦虑是"深入永恒"之前最真实的情绪之一。拉科姆在她的《跨越河流》（"Across the River"）中写道：

当无声的桨
分开了寂静的河流，
而我站在岸边
面对陌生的永远，
我会错过所爱所知吗？
我会徒劳地寻找我的归属吗？

在那群前来迎接的人中间
那些得到宽恕的灵魂，——
聆听着他们阵阵回响的脚步声
穿过天堂的街道，——
我能认出靠近的脚步声
是我在此倾听和等待的那个吗？

---

① Georgiana Strickland, "Dickinson's Encounters with the East", *Emily Dickinson International Society Bulletin*, Vol. 19, No. 2, 2007, p. 34.

......

WHEN for me the silent oar
Parts the Silent River,
And I stand upon the shore
Of the strange Forever,
Shall I miss the loved and known?
Shah I vainly seek mine own?

Mid the crowd that come to meet
Spirits sin-forgiven, ——
Listening to their echoing feet
Down the streets of heaven, ——
Shall I know a footstep near
That I listen, wait for here?
...[1]

虽然诗中人在终了时刻并不惧怕跨越河流,但诗中的齿擦音、破折号、问号、重复的句子结构和首字母大写的"永远"(Forever)暗示着强烈的犹疑不定。

然而狄金森却毫无犹疑,"向大海的投奔"就是"狂喜"。米勒认为在狄金森的《狂喜就是内陆的灵魂》中隐含着一个被认为是"西方人踏上永恒的东方之旅"的原型[2]。但广义上,如保罗·吉尔斯(Paul Giles)所说,狄金森的诗歌不仅注重描写火山和地震,同时也经常回归一个理念——总有某处隐藏着一个突变,即更广阔的海洋侵蚀着人类的视角[3]。狄金森对海洋的隐喻,浅一点可以追

---

[1] Lucy Larcom, "Across the River", *American Verse Project*, (February 2019), https://quod.lib.umich.edu/a/amverse/BAC5685.0001.001/1:78?rgn=div1;view=fulltext.

[2] Georgiana Strickland, "Dickinson's Encounters with the East", p.34.

[3] Paul Giles, "'The Earth reversed her Hemispheres: Dickinson's Global Antipodality'", *The Emily Dickinson Journal*, Vol.20, No.1, 2011, p.6, *Project MUSE*, 20 August 2017.

溯到她曾写给苏珊的信："因为我一直住在海里，认识路"①（L306），深一点可以追溯到她所关注的地球中心观与人类中心观之间的"相交点"（interface）②。

虽然在《狂喜就是内陆的灵魂》中并未提到小船，狄金森在诗中所表达的愿景依旧可以使读者联想到科尔的《生命之旅》。她将"相交点"置于"内陆的灵魂"和"大海"之间，"屋宇"、"海岬"和"永恒"之间，"山里"和"离开陆地"之间。这是一个遥远的、会经过许多不同地貌的旅程，为了描述距离的遥远，三个意象解释了旅程中地貌的变化："屋宇"代表着人类的居住地，而"内陆的灵魂"必须穿越并最终远离人类的居所才能进入像"海岬"这样人迹罕至的地方。"海岬"可被看作"水的暗示"，看到"海岬"等于逼近大海，然而大海并非最终的目的地，进入大海才能"深入永恒"。

杰德·德普曼（Jed Deppman）曾解释，"狂喜就是内陆的灵魂/向大海的投奔"这种表达属于狄金森的"定义诗"③。作为她诗歌的重要组成部分，定义诗凝聚了狄金森"最集中、最核心的思想"④。"最无法定义的概念和经验"便可以激活狄金森想要定义它的冲动，比如"狂喜"⑤。因此，"内陆的灵魂/向大海的投奔，/经屋宇—过海岬—/深入永恒"就是经历"狂喜"的必要过程。狄金森定义了"狂喜"的概念，而矛盾在于：一方面，她是土生土长的内陆人，从未见过大海，也不会有第二次机会去体验所谓的"永恒"，这是她唯一获得狂喜的机会，因此她不愿感到任何失望；另

---

① 《狄金森全集》第四卷，第225页。
② Paul Giles, "'The Earth reversed her Hemispheres: Dickinson's Global Antipodality'", p. 6.
③ 德普曼认为狄金森的诗歌体现了多种下定义的方式，其中一种，如《狂喜就是内陆的灵魂》或《真理—岿然不动—》（"The Truth—isstirless—", J780/Fr882）等就属于她的"要点"式的定义诗。此类诗歌着重展现经验或概念的基本组成部分，以"……是……"的形式出现。See Jed Deppman, "'I Could Not Have Defined the Change': Rereading Dickinson's Definition Poetry", *The Emily Dickinson Journal*, Vol. 11, No. 1, 2002, p. 53, *Project MUSE*, 1 May 2016.
④ Jed Deppman, "'I Could Not Have Defined the Change': Rereading Dickinson's Definition Poetry", *The Emily Dickinson Journal*, Vol. 11, No. 1, 2002, p. 49, *Project MUSE*, 1 May 2016.
⑤ Jed Deppman, "Definition Poetry", p. 52.

一方面，她表达了疑虑，因为她并不认为她的"心醉神往"和"深入永恒"能够被人理解。在"海客"的眼中，大海的力量使人生畏，"投入大海的怀抱"意味着死亡，但对于渴望"深入永恒"的内陆灵魂来说，大海是"永生之门"。

然而"狂喜"并非常态，在《是那样一只小小—小小的船》中，狄金森回到了"不确定"的状况中：

> 是那样一只小小—小小的船
> 蹒蹒跚跚驶过海湾！
> 是那样一片殷勤—殷勤的海
> 招引它向前！
>
> 是那一股贪馋—贪馋的波涛
> 离开海岸把船儿狂舔—
> 高贵的帆从未猜到
> 我的小船已经失散！①

> 'Twas such a little—little boat
> That toddled down the bay!
> 'Twas such a gallant—gallant sea
> That beckoned it away!
>
> 'Twas such a greedy, greedy wave
> That licked it from the Coast—
> Nor ever guessed the stately sails
> My little craft was *lost*!

这首诗并未表现出任何期待，而是通过一只小船的不幸呈现了一个不同寻常的大海的意象。句子结构（'Twas such a）的重复和形容词"小小"（little）、"殷勤"（gallant）、"贪馋"（greedy）都体现了此诗明显的意图：狄金森重复"小"字来展现小船的天真无邪和无能

---

① 《狄金森全集》第一卷，第79页。

为力,重复"殷勤"和"贪馋"来营造大海充满诱惑、倾覆小船的负面意象。她用"殷勤"来强调大海的热情和主动,但"贪馋"一词表明,小船并非自愿行驶而是被诱惑——它被殷勤的大海所诱惑。狄金森使用"蹒蹒跚跚"将小船拟人化为蹒跚学步的孩童,对世界充满好奇又缺乏航海经验,极易被海浪"舔"卷而走。尚未到达最终目的地,小船就已经"失散"了(约翰逊的版本中将"*lost*"一词斜体化,狄金森也在她的手稿中标记了下划线强调)。

"诱惑"也出现在科尔的《青年》中,这幅画被描述为"罪恶以及因骄傲与野心所要承受的痛苦"①。

图 2-9 《青年》(第一版,1840 年)

净洁的天空中映衬出一座白色城堡,海市蜃楼般悬挂在天上,富有异国气息的树木枝繁叶茂地生长在河水的两边。一个年轻人独自在河上驾驶着小船,头也不回,岸边天使与他挥手告别。年轻人似乎很渴望旅行,因为他向前推进的姿势和被风吹鼓的衣服②揭示了他的企图心(见图 2-9、图 2-10)。平静的水面和茂盛的植物象征着此时人生的顺利和繁华,在如此平顺的环境之下,年轻很容易被骄傲和野心所诱惑。无论"青年"的幼稚是否导致了"成年"的痛苦,但"青年"还是被天使所拯救并最终于"暮年"到达了

---

① Judith Farr, *The Passion of Emily Dickinson*, p. 74.
② Sandra L. Bertman, "Cole, Thomas, Voyage of Life: Childhood/Youth/Manhood/Old Age", *George Glazer Gallery*, (February 2015), https://www.georgeglazer.com/archives/prints/art-pre20/colevoyage.html.

图 2-10　天使与年轻人

(Munson-Williams-Proctor 艺术学院)

目的地。

狄金森并未遵循《生命之旅》的逻辑，而是描述着大海的罪恶。如果大海在这首诗中还代表着"永恒"，代表着灵魂完成生命之旅的最终目的地，那么青年的不幸不是因为天真，而可能是因为海的"辉煌"和"贪婪"引诱他走向自我毁灭。这里的讽刺意味不仅体现在"渺小"与"宏伟"或"纯真"与"世故"之间的对比，而且体现在"失散！"(*lost*!) 上。视觉上，斜体字和感叹号这样的组合会使读者对最终令人吃惊的结果印象深刻。"永恒"本该是非常确定的目的地，小船的航行本应受到确定的指引，然而小船的"失散"更像是狄金森在控诉，所谓"永恒"只是大海用来迷惑的手段和不负责的引诱。

《我们被迫扬帆》[①] 中，尽管狄金森以幽默的方式描述着航行过程，但诗中的讽刺愈加明显：

> 我们被迫扬帆
> 不用划桨
> 顺着流光的古河而下

[①] 《狄金森全集》第三卷，第 248 页。

我们的港口是个秘密
我们可能遭到狂风猛刮
什么样的船长
会招致风险
什么样的海盗能够
在风向变化无常
潮汐没有规律的情况下漂流——

Down Time's quaint stream
Without an oar
We are enforced to sail
Our Port a secret
Our Perchance a Gale
What Skipper would
Incur the Risk
What Buccaneer would ride
Without a surety from the Wind
Or schedule of the Tide—

她在诗的第一句（Down Time's quaint stream）就制造了歧义，因为"Time"既可能代表"此时之旅"（the present life），又可能代表"彼时之旅"（eternity）①。因此这句至少有两种解释，如果是前者，它可能是对狄金森当时的超验主义体验的描述②。R. C. 艾伦（R. C. Allen）认为，尽管梭罗等超验主义者都选择了隐居生活，但狄金森依旧决定与她的家人和一些亲密的朋友分享自己的生活，并未完全践行一个超验主义者的生活理念，因此拥有超验主义思想的她可能认为自己的身份并不清晰，前途未卜，就像她越来越多被藏匿起来的诗歌一样③，她的身份仍然不为世人所知。

如果是后者，那么此次航行将要驶向"永恒"。在"流光的古

---

① 参见《艾米莉·狄金森词典》。
② R. C. Allen, *Emily Dickinson: Accidental Buddhist*, Indiana: Trafford, 2007, p. 196.
③ R. C. Allen, *Emily Dickinson: Accidental Buddhist*, p. 196.

河"上,"我们"对航行毫无准备("不用划桨")且感到危机四伏("我们可能遭到狂风猛刮"),"我们"是被迫("我们被迫扬帆")驶向未知的目的地("我们的港口是个秘密")。"怀疑"和"不情愿"处处尽显,即使是船长和海盗,都不会接受如此的危险和困难。"无桨"和"被迫"暗示着作为凡人,对于自己死后的来世将要去向何处是别无选择的。诗中的讽刺是通过幽默的修辞问句表达的,即使是船长和海盗这两种最有经验的航海人也可以当即一口回绝:"在风向变化无常/潮汐没有规律的情况下漂流—",是他们听过的最鲁莽的航行了。

  不管狄金森所展现的是怀疑还是讽刺,她对航行最终的目的地似乎仍然抱持着一丝信念。正如她写的那样,"如果我的小舟沉没/那是向另外的海洋下沉—/无常的底层/就是永生—"①("If my Bark sink/'Tis to another sea—/Mortality's Ground Floor/Is Immortality—",J1234/Fr1250)。无论矛盾情绪是如何挥之不去,或许存在于她潜意识的"永恒"是一种慰藉。1881年7月25日,年过半百的狄金森写信给希金森问候他刚出生的女儿玛格丽特,下面的诗句写在信的最后:

   "去跟我们一起旅行!"
   她每天的旅行就是在
   按照迷狂的路线
   走向傍晚的大海—②

   "Go traveling with us!"
   Her travels daily be
   By routes of ecstasy
   To Evening's Sea—

  在表达了她的喜悦和美好祝愿后,狄金森写下的第一行诗像是

---

① 《狄金森全集》第三卷,第33页。
② 《狄金森全集》第三卷,第177页。

对婴儿的召唤①："我们"在这里代表着婴儿的父母和她自己②，他们一同庇佑并祝福着婴儿的人生旅途将会是一条"迷狂的路"，并终将抵达"傍晚的大海"，即"永恒"。

在科尔的《童年》中，他描绘了一个在天使的守护和带领下开始人生旅程的婴儿。大约2/3的画布被乌云笼罩的洞穴所占据，它象征着母体的产道，同时营造一种庄严肃穆的氛围。许是清晨的阳光拨开了乌云、给岩石镶上了金边，给大地带来了温暖，水面上和水周围盛开的花朵象征着"春天"和"觉醒"。《童年》中鲜花盛开的小船与《成年》和《暮年》中的小船形成了鲜明对比。站在婴儿身后掌舵的天使温柔地注视着婴儿，婴儿举起的双臂象征着开始一段新旅程的欢欣和兴奋。在船头，一个天使雕像手中举着沙漏，记录着时间的开始，小船无桨，水面平静（见图2-11、图2-12）。

图2-11 童年（第一版，1840年）
（Munson-Williams-Proctor 艺术学院）

无论狄金森是否有意表达任何的宗教信仰，《"去跟我们一起旅行！"》恰巧符合科尔《生命之旅》的主题。第一行诗的语气展现着一种欢乐、充满活力的精神，狄金森不仅用引号使这句话在诗中脱颖而出，还用感叹号来强调激动的情绪，仿佛暗示着她对即将开

---

① David Preest, "Emily Dickinson: Notes on All Her Poems", p. 458.
② David Preest, "Emily Dickinson: Notes on All Her Poems", p. 458.

图 2-12 天使和婴儿

始的旅程充满乐观和信心。"我们"这个词表达着亲切感,首行诗以亲切的语气,透露出类似于科尔在《童年》中所描绘的"欢乐启航"的意象,而且这个航程将会更加快乐、安全,因为婴儿满载亲友们的庇佑和引领,"狂喜之路"和"傍晚的大海"的意象也与科尔在《青年》和《暮年》中的意象有异曲同工之处。

如果科尔的四幅画作代表了一个完整的人类通过时间变迁到达期望中的"永恒"的宗教过程,那么狄金森在这首诗中其实避免提及了《成年》中的意象。原因有二:作为贺词,她自然要表达自己最美好的祝愿,祝愿婴儿在她的人生旅途中一帆风顺、平安喜乐且没有任何痛苦和困难。同时,虽然她在自己的"小船故事"中流露出忧虑、讽刺、失望和怀疑,但在这首诗中,她展现了自信和乐观,这意味着除了礼貌之外,她或许认为远航是可以达到"永恒"的。现实中狄金森从未远航过,但在她的想象里远航是狂喜的,是可以期待的。

从小船的意象来看,狄金森对到达最终目的地的情感是复杂的。与梅尔维尔和达纳对船的直接、具体的描绘不同,狄金森笔下的小船意象承载着她的情绪和期望;与拉科姆的虔诚和惠特曼的喜悦相比,狄金森小船的航行更多地展现着她的犹疑和不确定。无论小船航行象征着生命旅程的自始至终还是寄托着她的期望,对"凡人是否终将不朽"的哲学思考在狄金森的小船航行中逐渐显露。

  本章旨在探索狄金森早年关于旅行意象的创作,有关航海的意象展现了她的热情,也展现了她对"人生之旅"以及"永恒"的深刻思考。虽然航海始终停留在她的想象中,但"内陆的灵魂/向大海的投奔"是鼓励她通过想象的方式继续远航的灵感之源,因为在"投奔"大海的这一过程中,她或许有机会体验到所谓的"狂喜"。本章在第二节尝试分析了狄金森的情感是如何涌入并淹没她,同时影响她的创作的一个动态过程,无论是《在这片神奇的海洋》中的坚定,还是《夜夜狂风雨骤—夜夜雨骤风狂!》中的狂喜,她的激情和欲望通过汹涌的海水和勇敢航行的意象得以表达。第三节通过"小船"这一意象,揭示了狄金森对"来世"和"永恒"的沉思。尽管"永恒"一向是她最关心的问题之一,但她对最终是否能够达到"永恒"的情绪是复杂的。这些热情、期待和探索"永恒"中所遇到的困难与困惑共同成就了她的航海意象。

狄金森在家宅的卧室是采光、通风和视野最好的那一间，她从卧室可以清晰地看到西边的长青居和南边的霍利奥克山。还有天空——无论暴风骤雨、晴空万里，还是余霞成绮、月朗星稀，狄金森在这个抬头可见的世界，挥洒着想象，抒发着感叹。她将道路与海洋延伸到天空中，在描绘美景时实践着"崇高""周缘"等理论。更重要的是狄金森保持了一贯的风格，在有关"天空之旅"的意象中，继续了自己充满隐喻的意象、高度发散的想象力和颇具个性的理论杂糅。她的"天空之旅"展现了对美的记录、对壮丽的思考、对更广大宇宙的认知。

第三章　天空之旅：狄金森与美学

狄金森隐居时，当她望向自己卧室窗外的天空，她会想些什么呢？布拉德·里卡（Brad Ricca）认为狄金森创作的关于天空的意象绝不仅仅是一种消遣，而是属于她的一个充满诗意且高度符号化的"创新事业"①。她上学时唯一的天文学课本是一位从事自然哲学研究的耶鲁大学教授丹尼森·奥姆斯特德（Denison Olmsted）撰写的《天文学纲要》（*A Compendium of Astronomy*，1841）②，但她那些精彩的描述宇宙的用词③有力地证明了她对天空的热爱由来已久。以下便是众多例子中的一小部分，如："仿佛灵魂并未经过/能使万物更新的至点—"④（"As if no soul the solstice passed/That maketh all things new—"，J322/Fr325），"地球把她的半球颠倒—/我碰到了宇宙—"⑤（"The Earth reversed her Hemispheres—/I touched the Universe—"，J378/Fr633），"我看—要我估算—/诗人—居先—其次为太阳—/再次是夏天—接下来是上帝的天堂—"⑥（"I reckon—when I count at all—/First—Poets —Then the Sun—/Then Summer—Then the Heaven of God—"，J569/Fr533），"当那位天文学家停止寻找/他的昴星团的面目"⑦（"When the Astronomer stops seeking/For his Pleiad's Face—"，J851/Fr957），"对于我们—太阳们熄灭—/在

---

① Brad Ricca, "Emily Dickinson: Learn'd Astronomer", *The Emily Dickinson Journal*, Vol. 9, No. 2, 2000, p. 96, *Project MUSE*, 18 June 2017.
② Brad Ricca, "Emily Dickinson: Learn'd Astronomer", p. 98.
③ Brad Ricca, "Emily Dickinson: Learn'd Astronomer", p. 96.
④ 《狄金森全集》第一卷，第229页。
⑤ 《狄金森全集》第一卷，第271页。
⑥ 《狄金森全集》第二卷，第61页。
⑦ 《狄金森全集》第二卷，第258页。

我们的对面—/他们美化—新的地平线—"①（"Unto Us—the Suns extinguish—/To our Opposite—/New Horizons—they embellish—"，J972/Fr839），"极光就是/天脸的努力"②（"Aurora is the effort/Of the Celestial Face"，J1002/Fr1002）等。

惠特曼曾说，一种更有趣、更有意义的学习天文学的方式就是要抛弃所有的"证据""数据"，各种"表格"和"示意图"，甚至是离开那些在演讲厅中讲解得惟妙惟肖、备受推崇和尊敬的天文学家，然后徘徊在"夜，神秘潮湿，万籁俱寂，我时不时地抬头仰望星星"③。惠特曼追求准确的、令人印象深刻的、融入自然的感觉，因为受到她自己的生活方式和超验主义的影响，狄金森也追求这种感觉。关于"天空"的各种用词和意义于她而言是一种天然的确定，因此她使用的关于宇宙的词汇更多地揭示了这种确定，借助天空，她可以毫不犹豫、毫无疑问地描述自己隐喻性的创作④。

第一节　空中小路

19世纪的人们对天空不如对陆地那么熟悉，但天空的多姿多彩和广袤无垠却是抬头可见的。既然狄金森可能已经将头顶的天空当作自己实践诗意创作的一个"事业"，不难想象她会将"天空"写进自己的诗歌以探寻更复杂的哲学观念。例如在《一条小道—不是由人建造—》（"A little Road—not made of Man—"，J647/Fr758）中，她描述了一条人类无法行驶其上的小路，因为它太精致、太纤弱：

　　一条小道—不是由人建造—
　　由于眼睛的许可—

---

① 《狄金森全集》第二卷，第326页。
② 《狄金森全集》第二卷，第341页。
③ 参见惠特曼的诗歌《当我听见博学的天文学家》（"When I Heard the Learn'd Astronomer"）。
④ Brad Ricca, "Emily Dickinson: Learn'd Astronomer", p. 103.

可以接近蜜蜂的辕——
或者蝴蝶的车——

如果城镇有了它——在城外面——
它就是那样——我没法讲——
我只知道——没有双轮轻车滚过那里
把我载上——①

A little Road-not made of Man-
Enable of the Eye—
Accessible to Thill of Bee—
Or Cart of Butterfly—

If Town it have—beyond itself—
'Tis that—I cannot say—
I only know—no Curricle that rumble there
Bear Me—

克里斯托弗·D.莫里斯（Christopher D. Morris）认为狄金森对于这条小路的沉思可被视为有关女权主义的宣言，因为她描述的那条小路不是由"男人"（man）所建造②。普雷斯特认为狄金森可能在仰望天空时想象出了一条不由人所建的小路，而且可能通向天堂③。对于诗中的"城镇"（Town）有各种各样的解释：如果狄金森是在宣告她的女权宣言，那它可能象征着一个拥有女性自由的理想场所；如果它象征着天堂，那狄金森也许是在表达对于是否能够到达它的不确信；如果它是狄金森想象中的仙境，那它可能就是蜜蜂、蝴蝶或任何自然精灵的天空家园。

这首诗的第一节中特别指出，这条小路不属于人间，因为人类不能行走其上。为了详细说明这条小路为何不属于人间，狄金森给

---

① 《狄金森全集》第二卷，第128页。
② Christopher D. Morris, *The Figure of the Road: Deconstructive Studies in Humanities Disciplines*, New York: Peter Lang, 2007, p. 47.
③ David Preest, "Emily Dickinson: Notes on All Her Poems", p. 218.

出了两个例子：只有"蜜蜂的辕"或"蝴蝶的车"可以在这条路上通行。然而第二节并没有延续第一节中奇幻、神秘的描述方式，由欢快转变为讽刺的语气间接表达了狄金森的怀疑和沮丧。如果第一节描述了一种仙境的气氛，在第二节中这种气氛已经被"没有双轮轻车滚过那里"这一事实所打破，换言之，狄金森不可能到达她所向往的目的地。

  但这首诗引人入胜之处在于，狄金森在如此短小的诗节中用到了三个不同的词语来形容交通工具，不仅生动，更是精准。首先，她运用了提喻法，用"辕"（Thill）来指代蜜蜂的马车；其次，她使用另一种叫作"cart"的简单交通工具来形容蝴蝶的马车；最后，她想象如果有交通工具愿意带她去期待中的"城镇"，那可能是一辆双轮轻车（Curricle）。众所周知，蜜蜂和蝴蝶是狄金森最喜爱的昆虫意象之一，在这首诗中它们再次被拟人化，不仅被赋予了在这空中小路上行走的特权，而且拥有专有的行驶工具。相较之下，狄金森似乎处于劣势，即便有双轮轻车，也未必可以带她在那条小路上行驶。

  无论这一原因是否导致了狄金森在第二节诗中的语气既讽刺又略带悲观（因为在此节诗中，一行有十二个音节的长句之后紧跟一行只有两个音节的短句，这在一定程度上透露出讽刺的语气），这条天空之路在听觉层面（蜜蜂的声音）和视觉层面（蝴蝶的颜色）被形象、生动地映射了出来。只是这条路不同以往，她不能在这条小路上旅行，因为她不仅没有翅膀，唯一可能的交通工具又似乎不愿载她而隐身不现。这样的遗憾与这条只为"某些人"开放的"专属路线"形成鲜明对比，这样的遗憾似乎比是否能够达到最终的目的地更令人黯然伤神。

  虽然狄金森在本诗中记录了一次失败的旅行尝试，但这条奇特非凡的路线留给读者的是无限的想象空间，这首诗也从侧面证明了狄金森将自己的旅途延展到了天空。同时，天空代表着一片与土地相对立的空间，它是各种天体和天文现象的聚集地，但它为狄金森提供了一个施展艺术灵感的源泉。在西方文学传统中天空是代表自由和天堂的一个特殊的空间，因此无论她信仰如何、追求如何，与许多19世纪的美国旅行作家一样，狄金森也试图描绘和表达她对天空的喜爱和仰慕。

第二节 "西海"

假如人类像鸟儿一样拥有翅膀，就能在天空中翱翔——如此想象令人振奋，当飞机尚未成为大众交通工具之时，鸟类是征服天空的先行军。惠特曼的《给军舰鸟》("To the Man—of—War—Bird")就是一个令人信服的例子。在海上经历了一个暴风雨的夜晚，诗中人满是惊恐和虚弱，诗句"我自己也是个小点，在茫茫世界飘浮"("Myself a speck, a point on the world's floating vast")对此有所体现。然而军舰鸟"整夜睡在风暴之上，/伸展着巨大的翅膀你苏醒了，精神焕发"①("hast slept all night upon the storm, / Waking renew'd on thy prodigious pinions")，它没有被风暴打败，而是征服了天空并将其作为自己的摇篮。与诗中人相比，军舰鸟是"是一个蓝点，在远远的、远远的天际飘浮"②("a blue point, far, far in heaven floating")，它"生来要和暴风对抗，（你浑身是翅膀，）/和天、和地、和海、和狂飚较量"③ [born to match the gale! (thou art all wings;) /To cope with heaven and earth, and sea and hurricane]。惠特曼不仅具体而生动地从飞行过程中捕捉军舰鸟的动态，还对军舰鸟在天空中翱翔和对抗危险大自然的能力表达了惊讶、羡慕和赞美之情。

鸟类还代表了自然的力量。梭罗在他的《致春天的灰鹰》("To a Marsh Hawk in Spring")中写道：虽然灰鹰可能被视为"身披现代羽翼的古董"(modern-winged antique)，甚至被拟人化的质疑"你的女人不觉得厌倦吗？"("Was thy mistress ever sick?")，但梭罗依旧认为：

你灰色的翅膀健康有力，

---

① [美]沃尔特·惠特曼：《草叶集》，邹仲之译，上海译文出版社2018年版，第296页。
② [美]沃尔特·惠特曼：《草叶集》，邹仲之译，上海译文出版社2018年版，第296页。
③ [美]沃尔特·惠特曼：《草叶集》，邹仲之译，上海译文出版社2018年版，第296页。

那是大自然赐予你的康健。
……
在你的每一次展翅中
你召唤着健康与悠闲,
你赶走了疾病和痛苦
以便重启新的生活。

There is health in thy gray wing,
Health of nature's furnishing.
…
In each heaving of thy wing
Thou dost health and leisure bring,
Thou dost waive disease and pain
And resume new life again. ①

只要灰鹰施展它翱翔的才能,它就可以一次又一次地重生。在布莱恩特的《致水鸟》("To a Waterfowl")中,鸟类被福泽庇佑且代表无畏和信念:

……
有个神将你照管,
教你认清自己的路,——
在海边、沙漠和空间
孤身漂泊不迷途。

整日拍着双翼,
不管天高空气稀冷,
从未倦得扑向大地,

---

① Henry David Thoreau, "To a Marsh Hawk in Spring", (January 2019), https://www.poetryfoundation.org/poems/52352/to-a-marsh-hawk-in-spring.

虽然暮色已昏蒙。①
…

There is a Power, whose care
Teaches thy way along that pathless coast, —
The desert and illimitable air
Lone wandering, but not lost.

All day thy wings have fanned,
At that far height, the cold thin atmosphere;
Yet stoop not, weary, to the welcome land,
Though the dark night is near.②

诗歌以交叉韵的方式暗示着一个挣扎却不妥协地奔向最终目的的进程。鸟类在理查德·亨利·达纳的《小小海滩鸟》（"The Little Beach-Bird"）中还代表了本应是自由，却被困、被折磨的灵魂。通过鸟的声音，如"忧郁之声"（melancholy voice）、"不吉之泣"（boding cry）、"你那虚弱又惊恐的哭泣"（"Thy cry is weak and scared"），通过鸟的动作，如"你飞来飞去的身影是那么的幽暗而苍白，/犹如被海上狂风暴雨所驱赶"（"Thy flitting form comes ghostly dim and pale/As driven by a beating storm at sea"），以及通过鸟的栖息之处，如"墓穴与灵柩"（"both sepulchre and pall"）、"你阴沉的牢房"（"thy gloomy cell"）等描述，呈现了海滩鸟所处的恶劣境地，因此诗人邀请它"来吧，离开这岸/去那个夏鸟歌唱的地方/为了欢乐与光明"③（"Come, quit with me the shore, /For gladness and the light, /Where birds of summer sing"）。

而在大多数情况下，狄金森诗歌中的鸟类扮演着歌手的角色，

---

① ［美］威廉·卡伦·布莱恩特：《致水鸟》，江水华译，可可诗词网，https://www.kekeshici.com/shige/waiguoshige/62975.html? ivk_sa = 1024320u，2023 年 8 月 15 日。

② William Cullen Bryant, "To a Waterfowl", (January 2019), https://www.poetryfoundation.org/poems/51861/to-a-waterfowl.

③ Richard Henry Dana, "The Little Beach-Bird", in Louis Untermeyer, ed., *Early American Poets*, NE: iUniverse.com, 2001, p. 74.

如"一片三声夜鹰掉下的羽毛/它的歌儿永唱不完!"①("A feather from the Whippoorwill/That everlasting-sings!", J161/Fr208),"鸟儿们四点开始——……/一种音乐浩如太空"②("The Birds begun at Four o'clock—.../ A Music numerous as space—", J783/Fr504),"我认识或见过的最得意的小鸟/……他却莫名其妙地放声歌唱/只不过要表现内心的欢畅"③("The most triumphant Bird I ever knew or met ... sang for nothing scrutable/But intimate Delight", J1265/Fr1285),"大自然传授给小小的蓝鸟—没有商量/她那认真的声音将会冷静地翱翔/……她的颤音激扬我们—像朋友一样—"④("Nature imparts the little Blue—Bird—assured/Her conscientious Voice will soar unmoved/... Her panting note exalts us—like a friend—", J1395/Fr1383);又或是扮演着"信使"的角色如"百鸟从南方飞来—/向我报告一则快讯—"⑤("The Birds reported from the South/A News express to Me—", J743/Fr780),"旅鸫就是那个/扰乱清晨的家伙/用的是匆忙—少许—快捷的报告"⑥("The Robin is the One/That interrupt the Morn/With hurried—few—express Reports", J828/Fr501),等等。

狄金森笔下的鸟儿们似乎被刻画成"回归者"而不是渴望旅行的冒险家;狄金森的天空也不是鸟儿的征途,她的天空被另一个"物体"占据,那就是风景如画的落日。西方的天空为她提供了幻游"空中海洋"的可能性,是她诗歌中"西海"的意象。她大部分关于幻游天空的诗歌创造了令人印象深刻的视觉意象,或者说一种崇高(sublime)。法尔在《艾米莉·狄金森的花园》(*The Gardens of Emily Dickinson*)一书中强调,狄金森深受19世纪风景画的影响,《山上的花儿—陈述—》⑦("Bloom upon the Mountain—

---

① 《狄金森全集》第一卷,第115页。
② 《狄金森全集》第二卷,第217页。
③ 《狄金森全集》第三卷,第49页。
④ 《狄金森全集》第三卷,第117页。
⑤ 《狄金森全集》第二卷,第192页。
⑥ 《狄金森全集》第二卷,第247页。
⑦ 《狄金森全集》第二卷,第143页。

stated—", J667/Fr787) 就是一首颇具绘画性的诗歌①。法尔还认为哈德逊河流派画家关于日落的画作对于狄金森来说也不陌生, 其中包括弗雷德里克·埃德温·丘奇的《日落》(Sunset, 1856), 桑福德·吉福德 (Sanford Gifford) 的《暮光之湖》(A Lake Twilight, 1861) 和沃辛顿·惠特里奇 (Worthington Whittredge) 的《肖瓦岗山的黄昏》(Twilight on Shawangunk Mountain, 1865)② 等。

19 世纪的风景画家几乎都受到埃德蒙·伯克 (Edmund Burke) 美学的影响③。例如科尔的《逐出伊甸园》中的右半部分就是在实践着伯克的美学原则:那令人印象深刻的瀑布、美丽的花园和茂密的植物,无不展示着伊甸园的优雅和精致④。而左半部分的画面则充满了黑暗的色调、危险的动物、枯萎的树木和怪诞的岩石,这一切都暗示着被逐出伊甸园的亚当和夏娃将要遭受的苦难和惩罚⑤。

可以说科尔使用了伯克的"崇高理论"⑥。伯克的"崇高理论"认为:

> 当自然界的伟大和崇高以最强烈的形式作用于人时,人便产生了惊惧。惊惧是一种灵魂完全终止活动的状态,而且还伴随着某种恐惧。
>
> 当人们感到惊惧时,物体就会完全占据内心;这时,我们不再受他物影响,也无法再对物体做出理性分析。这时便生成

---

① Judith Farr (with Louise Carter), *The Gardens of Emily Dickinson*, Massachusetts: HUP, 2004, p. 202.
② Judith Farr, *The Gardens*, p. 202.
③ Judith Farr, *The Passion of Emily Dickinson*, p. 82. 法尔在《艾米莉·狄金森的激情》一书中提到,18 世纪英国美学最重要关注点是对 "崇高" 的讨论。一般来说, "崇高" 可被评论家们放在将审美愉悦置于新古典主义观念之外的范畴。埃德蒙·伯克对于 "崇高" 作出了重要贡献, 他通过一种生理学理论解释了美与崇高的对立, 他把愉悦与痛苦的对立作为这两种审美范畴的源头: 从愉悦中得出美, 从痛苦中得出崇高。对 "美与崇高" 的生理学理论的解释使他成为第一个用纯审美来解释这些生理效果的英国作家, 这也意味着伯克是第一个从感知过程及其对感知者的影响的角度解释 "美与崇高" 的人。
④ Judith Farr, *The Passion of Emily Dickinson*, p. 82.
⑤ Judith Farr, *The Passion of Emily Dickinson*, p. 82.
⑥ Judith Farr, *The Passion of Emily Dickinson*, p. 82.

图 3-1　《逐出伊甸园》（1828 年）
(*Museum of the Fine Arts*)

了崇高的强大力量，它先于理性，与初期力量相去甚远，让人类无法抗拒……惊惧是崇高的最高表现形式，次一点的便是羡慕、崇敬和敬佩了。[1]

除了这位盎格鲁—爱尔兰哲学家的影响，绘画领域尤其是哈德逊河流派也受到超验主义观念的影响。例如"美国崇高理论"[2] 第一人爱默生宣称，对于诗人来说：

> 你将拥有整个大地当作你的猎苑和庄园，整个海洋供你畅游和航行，无人征税，无人嫉妒；你将拥有森林和河流；你当占有那里的一切，别人在那里只不过是佃户和食客。你是陆海空的真正主宰！哪里大雪纷飞、长河奔流、百鸟飞翔，哪里的昼夜在暮色中相逢，哪里的蓝天上浮动着白云，或者缀满了星斗，哪里的形体玲珑剔透，哪里有进天宇之路，哪里有危险、

---

[1]　[爱尔兰] 埃德蒙·伯克：《伯克文集》，廖红译，北京理工大学出版社 2014 年版，第 37 页。

[2]　Joanne Feit Diehl, *Women Poets and the American Sublime*, Indiana: Indiana UP, 1990, p. 1.

有敬畏、有爱情，哪里就有美，像雨水一样充沛的美为你飘洒，哪怕你走遍世界，你都会发现万事如意而高尚。[1]

美国崇高理论经历了一场跨越大西洋的意识形态巨变[2]。罗伯·威尔逊（Rob Wilson）说过，人们可以推测出，启蒙时期的崇高代表着"无法描述、迎头而来的匮乏"，"语言"为了努力表达对广阔无垠的大自然和宇宙无限性的想象，已被迫达到描述的极限[3]。而美国化的崇高代表了"民族的内化"，它被认为是"美国化的自我"的"不可分割的基础"[4]。通过对广袤无垠、广为认同的风景的描述，美国化的崇高对"美国身份"的巩固大有裨益[5]。正如爱默生所述，无论是在大自然的任何部分还是在任何危险、敬畏、爱等感受里，都有美的存在。美国人民在拥有这些美丽的同时感受着崇高，因为整个土地都是他们的"公园"和居住地，他们是真正的大地之主、海洋之皇、天空之王。

肖恩·阿尔弗雷（Shawn Alfrey）认为狄金森是"崇高"的"拥护者"[6]，法尔也将狄金森关于日出、日落、风暴和降雪的诗歌命名为风景诗，并认为这些诗歌中的美丽或崇高的时刻在以科尔、

---

[1] ［美］拉尔夫·沃尔多·爱默生：《爱默生思想小品》，蒲隆译，上海社会科学院出版社2018年版，第189页。

[2] Rob Wilson, "Introduction", *American Sublime: The Genealogy of a Poetic Genre*, Wisconsin: The U of Wisconsin, 1991, p.4.

[3] Rob Wilson, "Introduction", p.5.

[4] Rob Wilson, "Introduction", p.5.

[5] Rob Wilson, "Introduction", p.5.

[6] 学者们从各个角度探讨狄金森的"崇高"。除了肖恩·阿尔弗雷以外，杰德·德普曼在他的文章《狄金森、死亡与崇高》中研究了诗歌《我试图把死亡想成这样—》（Of Death I try to thrnk like this—, J1558/Fr 1588）中"存在的极限"；多米尼克·拉克斯福德（Dominic Luxford）意识到狄金森诗歌中的"巨大情感强度"，写下了《探寻卓越之美：狄金森灵感的"完整乐章"》一文，探讨了她诗歌语言的"声音质量效应"。Cf. Shawn Alfrey, "Against Calvary: Emily Dickinson and the Sublime", *The Emily Dickinson Journal*, Vol.7, No.2, 1998, p.48, Project MUSE, 15 April 2018; Jed Deppman, "Dickinson, Death, and the Sublime", *The Emily Dickinson Journal*, Vol.9, No.1, 2000, pp.1–20, Project MUSE, 15 April 2018; Dominic Luxford, "Sounding the Sublime: The 'Full Music' of Dickinson's Inspiration", *The Emily Dickinson Journal*, Vol.13, No.1, 2004, pp.51–75, Project MUSE, 15 April 2018.

丘奇、吉福德和惠特里奇等艺术家为代表的哈德逊河流派①的一些作品中也有体现。由于科尔和哈德逊河流派在定义"美国身份"中具有特殊意义，狄金森当然也对美国化的崇高耳濡目染。尽管如此，阿尔弗雷坚称狄金森那著名的以身体感受来定义诗歌的方式，"显然属于一种崇高的震撼"②。这种崇高的震撼就是所谓的"张力"。伯克在《论崇高与美丽概念起源的哲学探究》（"A Philosophical Enquiry into the Origin of Our Ideas of the Sublime and Beautiful"）中，通过快乐与痛苦的生理学理论进一步解释了属于不同美学范畴的两种相反的感受：美源于享乐，而崇高源于痛苦，因为美的喜悦能够放松神经，而崇高的感受只能让神经紧绷③。

　　阿尔弗雷还指出，尽管狄金森对"崇高"兴趣盎然，但对于学者而言，要决定她究竟意指哪种崇高模式依旧困难重重④。无论狄金森所指的崇高是"美国化的"还是"生理化的"，在阅读她的诗歌时，二者并不矛盾。事实上，她的关于天空的诗歌中，两种模式交相呼应，都在不同程度上丰富了对她的旅行意象的解读。以下将深入探讨狄金森的"天空诗歌"，并通过两种交相呼应的崇高以及她的周缘概念，探索她对于"无常"和"永恒"的思考。

一　杂糅的崇高：色彩与惊奇

　　狄金森将她的海上航行拓展到了天空，一些诗歌如《紫色的船只—轻轻地颠簸—》⑤（"Where Ships of Purple—gently toss", J265/Fr296），《这—是夕照涤荡的—大地—》⑥（"This—is the land—the Sunset washes", J266/Fr297）和《一只琥珀小舟滑开》⑦（"A Sloop of Amber slips away", J1622/Fr1599）生动地描述了海洋般的天空，而这片"海洋"的原型就是日落风光。日落常常展现出华丽的色

---

① Judith Farr, *The Passion of Emily Dickinson*, pp. 82—83.
② Shawn Alfrey, "Against Calvary: Emily Dickinson and the Sublime", p. 48.
③ ［爱尔兰］埃德蒙·伯克：《伯克文集》，廖红译，北京理工大学出版社 2014 年版，第 96—97 页。
④ Shawn Alfrey, "Against Calvary: Emily Dickinson and the Sublime", p. 48.
⑤ 《狄金森全集》第一卷，第 183 页。
⑥ 《狄金森全集》第一卷，第 183—184 页。
⑦ 《狄金森全集》第三卷，第 232 页。

彩，狄金森在《外层天空由黄色》①（"Of Yellow was the outer Sky", J1676/Fr1733）中对"黄色"一词的重复，一方面强调了夕阳色彩的纯净，另一方面暗示着金色的阳光穿透了黄色的背景，丰富了天空色彩的层次。她还在描述日落的过程中捕捉到了天空从藏红花色到朱红色的颜色渐变，是一首充满了饱和、温暖色彩的诗歌。

据伯克的理论：

> 在所有色彩中，属于柔和与欢乐的色调（让人愉快的鲜红除外）都不太适合产生壮美的意象。与阴沉、黑暗的高山相比，一座布满鲜亮绿草坪的高山，又算得了什么呢？要知道，乌云密布比蔚蓝的天更壮美，黑夜也比白昼更显崇高、肃穆。因此，在古往今来的画作中，若不假思索地调配花哨色彩，绝不会产生满意的效果。若建筑物想传达无与伦比的崇高，那么它的建筑装饰材料，就不应是白、绿、黄、蓝、浅红、紫罗兰色或带有条纹的颜色，相反，它们应是深紫、黑色、褐色等阴郁的深色调……当事物显得悦人、轻浮时，我们就得警惕了，因为没有什么能比这更能破坏整体的崇高感！②

狄金森式的崇高出现在《一只琥珀小舟滑开》里，其中的颜色在某种程度上印证了伯克的色彩理论：

> 一只琥珀小舟滑开
> 在一片以太海上，
> 平静中一名紫色船员遭难，
> 迷狂的儿郎——③
>
> A Sloop of Amber slips away
> Upon an Ether Sea,

---

① 《狄金森全集》第三卷，第259页。
② [爱尔兰] 埃德蒙·伯克：《伯克文集》，廖红译，北京理工大学出版社2014年版，第54页。
③ 《狄金森全集》第三卷，第232页。

And wrecks in Peace a Purple Tar,
The Son of Ecstasy—

普雷斯特把"Purple Tar"（紫色柏油）比作一位"紫色船员"，他认为船员正在兴高采烈地享受他在这场美妙的日落中所扮演的角色①。在另一首诗中，他对形如紫色柏油的云彩亦作了同样的解释：

紫色的船只—轻轻地颠簸—
在水仙花的海洋上—
怪异的水手们—混杂在一起—
然后—码头平静异常！②

Where Ships of Purple—gently toss—
On Seas of Daffodil—
Fantastic Sailors—mingle—
And then—the Wharf is still!

这首诗中的云彩被形容为"紫色的船只"，普雷斯特认为这些船只在第三句中被描绘成为"了不起的水手"③。狄金森以一个港口的场景描写一场日落："船只"轻轻地颠簸着，在港口恢复平静之前相互"交会"，正如夕阳中紫色的云彩，在夜幕降临之前逐渐融合、消失在静谧之中。"了不起的水手"这样的比喻不仅是拟人化的修辞，更凸显了狄金森的惊叹之情。这首诗的语气虽平静，却透露着愉悦，因为狄金森选择修饰"水手"和"海洋"的词积极、喜悦，体现了她高度的赞美之情。

这两首诗中美轮美奂的夕阳跃然纸上，而紫色带来的崇高感并非使人神经紧绷。伊迪丝·沃顿（Edith Wharton）的《秋天的日落》（"An Autumn Sunset"）更符合伯克的崇高理论：

---

① David Preest, "Emily Dickinson: Notes on All Her Poems", p. 496.
② 《狄金森全集》第一卷，第183页。
③ "fantastic"在口语中有"了不起，极好的"之意。这里的中文译诗中，译者取"荒诞的，奇异的"之意。笔者认为"了不起的水手"似乎更好。

第三章 天空之旅：狄金森与美学

在火中结盟
海岸边狂野的黑色海角延伸着
它们野蛮的轮廓；
太阳在这场宇宙大屠杀中落下，
高高升起的，
是那停滞的、聚集了阴沉威胁的暴风云，
如暴徒的剑尖一般渐渐逼近，
……

Leaguered in fire
The wild black promontories of the coast extend
Their savage silhouettes；
The sun in universal carnage sets，
And，halting higher，
The motionless storm—clouds mass their sullen threats，
Like an advancing mob in sword—points penned，①
…

不同于狄金森凝练的"abcb"的押韵格式，这首诗以复杂的押韵（abccacbddeedceec）、长诗句和多音节，使诗歌更具"描述性"。沃顿不仅把天空比作大海，她还拟人化地将日落场景比作一场宇宙的大屠杀：在"火"海中，狂野的、黑色海角般的乌云展现着自己野蛮的轮廓，太阳似乎未被卷进这场"大屠杀"，而暴风云却如同"暴徒的剑尖一般渐渐逼近"。生动的比喻呈现了一个混乱、危险的场景。沃顿在本诗中的色彩和修辞技巧可谓是对伯克的崇高理论的直接体现。

凝练的诗句使狄金森的日落更像是一种隐喻的表达而非完全专注于"崇高"的描述。这意味着她日落场景中的意象饱含丰富的意义和情感（"琥珀小舟"，"以太海""紫色船员""迷狂的儿郎""紫色的船只""水仙花的海洋"，"了不起的水手"和"码头"），

---

① Edith Wharton，"An Autumn Sunset"，(January 2019)，https：//www. poetryfoundation. org/poems/52024/an-autumn-sunset.

每一个意象都使人浮想联翩。《紫色的船只—轻轻地颠簸—》全诗没有标点的停顿，狄金森使用破折号连接每一个动作，呈现了一个持续流动的进程。从主题和形式来看，《一只琥珀小舟滑开》与《紫色的船只—轻轻地颠簸—》虽异曲同工，但《一只琥珀小舟滑开》中的破折号并未给整首诗增添流动性。与"sloop of amber"相比，诗歌以"a Purple Tar"这一意象结尾，虽然后者的原型被理解为天空中的云彩，但狄金森并未提及云彩的大小，因此这一片"紫色"亦有可能是夕阳西下后沉寂而深邃的天空。无论"紫色"是否暗示着些许异国情调或是神秘色彩[1]，又或是描述深邃天空中云层的外观，"以太海"被刻画得庄严、肃穆，而并非被笼统地称为"天空中美丽的霞光"；从颜色角度来讲，琥珀色到紫色更像是完成了蜕变而非依次衔接。此外，"wreck"作为诗中仅有的两个动词之一，较直接地表达了"崇高"，一叶在"黄昏海洋"中平静沉没的小舟的"毁灭过程"，正是狄金森时代大众眼中表达"崇高"的经典范例。

《一只琥珀小舟滑开》结尾处唯一的破折号要么表达省略，要么暗示诗歌的不完整性，这两者都会在某种程度上引起读者的联想。尤其是最后一行中的"ecstasy"一词，它是普雷斯特口中的"仅仅是一个形容词"，还是另有深意？狄金森曾祝福希金森刚出生的女儿能够在她的人生旅途中踏上"狂喜之路"（routes of ecstasy），她也曾声称："把一切从我这里拿走，只把迷狂（狂喜）留给我/这样一来我比所有的同类还富有"[2]（"Take all away from me, but leave me Ecstasy, /And I am richer then than all my Fellow Men"，J1640/Fr1671）。由此可见，"狂喜"无论作为对朋友的祝福还是对她自己都是非常重要的。宝拉·贝内特提到，法语单词"jouissance"等同于狄金森所说的"ecstasy"、"bliss"或"transport"，她相信狄金森拥有各种渠道去体验它们[3]。在文学世界里，她可能会通过阅读伊丽莎白·巴雷特·布朗宁的作品或是进行诗歌创作去体验狂喜；在自然界中，她可能会因为看到知更鸟起

---

[1] 参见《艾米莉·狄金森词典》中"purple"的含义。
[2] 《狄金森全集》第三卷，第240页。
[3] Paula Bennett, *Emily Dickinson: Woman Poet*, p. 181.

飞，凝视日出、日落，或通过观察金缕梅的茎而体验狂喜①。这样的体验不仅使她成为自我欲望的主宰和自我话语的创造者，甚至为她提供了从诗和爱中产生的高潮②。

图 3-2　棕色包装纸上的"a woe of ecstasy"③

一个小插曲：在研究狄金森手稿时出现了一个写在一小块棕色包装纸上的残句，这个残句以变体的形式出现在《一只琥珀小舟滑开》的最后④，它就是"狂喜之恸"（A Woe—of Ecstasy）。究竟哪一句才是狄金森真正心仪的？玛尔塔·L.维尔纳（Marta L. Werner）认为，这个变体无论从相关资料还是句法上看都显得与原诗格格不入⑤，因为它与诗的其余部分脱节。如果将这个变体植入诗中，虽然会使它与诗的其余部分产生导向上的分歧，却成了体现狄金森作品"内在矛盾"的一个证据⑥。事实上在狄金森的一封

---

① Paula Bennett, *Emily Dickinson：Woman Poet*, p.181.
② Paula Bennett, *Emily Dickinson：Woman Poet*, p.181.
③ "A woe of ecstasy", Digiral Collections of Amherst college/Library, (September 2022), https：//acdc.amherst.edu/view/EmilyDickinson/ed0112.
④ Marta L. Werner, "'A Woe of Ecstasy'：On the Electronic Editing of Emily Dickinson's Late Fragments", *The Emily Dickinson Journal*, Vol.16, No.2, 2007, p.44, *Project MUSE*, 25 September 2016.
⑤ Marta L. Werner, "'A Woe of Ecstasy'：On the Electronic Editing of Emily Dickinson's Late Fragments", p.45.
⑥ Marta L. Werner, "'A Woe of Ecstasy'：On the Electronic Editing of Emily Dickinson's Late Fragments", p.46.

写有"请收下一份夕阳"("Please accept a sunset")的书信中,《一只琥珀小舟滑开》可能作为礼物,送给了塔克曼教授(Prof Tuckerman),然而"狂喜之恸"并未出现在诗中①。根据克莉丝汀·克莱德尔(Kristen Kreider)的说法,在狄金森手稿的不同副本中并未出现"狂喜之恸"这一变体,"狂喜之子"(The Son of Ecstasy)显得更为妥当②,所以它可能是最终版本。

  尽管狄金森并未将变体句③写入给塔克曼教授的信中,但与"The Son of Ecstasy"的并置为理解"A Woe—of Ecstasy"提供了一个思路④。"the"表示特指和确定,而"a"表示非特指和不确定;"Son"是指"父亲和母亲的后代,其性别为男性",而"The Son"中大写的"T"和"S"极有可能暗示着耶稣——上帝之子⑤。"Woe"在描述一种感觉、一种情绪或是一种精神状态,这些属于非特定,因此克莱德尔认为二者传达着不同的意义⑥。然而即便克莱德尔认为"狂喜之恸"在一定程度上更接近紫色所要表达的氛围⑦,"狂喜之子"似乎更适合伯克的色彩理论。"狂喜"意味着"强烈的情感"⑧,正是唤起崇高的象征。因此"Purple Tar",即"狂喜之子",是黑夜的前奏,因为深色很容易唤起崇高感。如果把这首诗分成两部分,第一部分以较长篇幅具体描述了小舟消失在海面上的过程;第二部分虽只提到了"Purple Tar",却呈现了一个无

---

① Kristen Kreider, "'Scrap,' 'Flap,' 'Strip,' 'Stain,' 'Cut': The Material Poetics of Emily Dickinson's Later Manuscript Pages", *The Emily Dickinson Journal*, Vol. 19, No. 2, 2010, p. 75, *Project MUSE*, 25 September 2016.
② Kristen Kreider, "'Scrap,' 'Flap,' 'Strip,' 'Stain,' 'Cut': The Material Poetics of Emily Dickinson's Later Manuscript Pages", p. 75.
③ Kristen Kreider, "'Scrap,' 'Flap,' 'Strip,' 'Stain,' 'Cut': The Material Poetics of Emily Dickinson's Later Manuscript Pages", p. 76.
④ Kristen Kreider, "'Scrap,' 'Flap,' 'Strip,' 'Stain,' 'Cut': The Material Poetics of Emily Dickinson's Later Manuscript Pages", p. 77.
⑤ Kristen Kreider, "'Scrap,' 'Flap,' 'Strip,' 'Stain,' 'Cut': The Material Poetics of Emily Dickinson's Later Manuscript Pages", p. 77.
⑥ Kristen Kreider, "'Scrap,' 'Flap,' 'Strip,' 'Stain,' 'Cut': The Material Poetics of Emily Dickinson's Later Manuscript Pages", p. 77.
⑦ Kristen Kreider, "'Scrap,' 'Flap,' 'Strip,' 'Stain,' 'Cut': The Material Poetics of Emily Dickinson's Later Manuscript Pages", p. 77.
⑧ 参见《艾米莉·狄金森词典》。

限的状态。在一首如此短小精练的诗中,"崇高"被惨烈的事件("遭难")[1]和深色调("琥珀""紫色")所表达。此外"以太"一词的比喻意义又为此诗提供了另一种解读:作为形容词,它的意思是"精神的""不朽的",或如《艾米莉·狄金森词典》中所说是"天堂般的"[2],因此诗中的一些意象与科尔《暮年》中的一些意象交相呼应。例如,诗中的"以太海"在《暮年》中是老者最后的目的地;诗中的"Purple Tar"是"狂喜"的前奏,而《暮年》中的天空颜色虽如浓墨一般,但来自天堂的圣光中天使向老者挥手,昭示着狂喜的来世;最终,"琥珀小舟"和老者的金舟融进了"永恒"。

安德里亚·马里亚尼(Andrea Mariani)在她1996年的文章《艾米莉·狄金森诗歌的色彩系统:初步观察》("The System of Colors in Emily Dickinson's Poetry: Preliminary Observations")中称,狄金森运用颜色创造了许多"看似荒谬的意象",例如"似乎有一道紫色的阶梯/身着黄衣的童男幼女/一直在攀爬不息"[3]("There seemed a purple stile/That little Yellow boys and girls/Were climbing",J318/Fr204),"如果白—必须成为——一种红"[4]("If White—a Red—must be",J689/Fr284)和"天下天上—/被更光艳的蓝色遮暗"[5]("The Heaven below the Heaven above—/Obscured with ruddier Blue —",J756/Fr767)[6]。狄金森的色彩技巧还有助于创造"通感",如"在我与亮光—之间—/有蓝色的—磕磕碰碰的嗡嗡声出现"[7]("With Blue—uncertain stumbling Buzz—/Between the light—and me—"),"别让日出黄色的喧嚣/干扰这块地面"[8]("Let no

---

[1] Kristen Kreider, "'Scrap,' 'Flap,' 'Strip,' 'Stain,' 'Cut': The Material Poetics of Emily Dickinson's Later Manuscript Pages", p. 76.
[2] 参见《艾米莉·狄金森词典》。
[3] 《狄金森全集》第一卷,第226页。
[4] 《狄金森全集》第二卷,第156页。
[5] 《狄金森全集》第二卷,第202页。
[6] Andrea Mariani, "The System of Colors in Emily Dickinson's Poetry: Preliminary Observations", *The Emily Dickinson Journal*, Vol. 5, No. 2, 1996, p. 40, *Project MUSE*, 27 September 2016.
[7] 《狄金森全集》第一卷,第334页。
[8] 《狄金森全集》第二卷,第248页。

Sunrise' yellow noise/Interrupt this Ground", J829/Fr804), "一声祖母绿的反响—/一阵胭脂红的奔腾"①（"A Resonance of Emerald—/A Rush of Cochineal", J1463/Fr1489）和"在酷暑上蒙上一层清凉/一路上气势凶恶"②（"And a Green Chill upon the Heat/So ominous did pass", J1593/Fr1618）③。

狄金森的色彩具有明确的象征意义。韦斯利·金（Wesley King）在《艾米莉·狄金森的白色象征》（"The White Symbolic of Emily Dickinson"）④中提到，"白色"这个词出现在狄金森30多首诗歌中。他的这一发现鼓励着读者们观察狄金森诗歌中大量的"白色事物"，例如她笔下的"空白的风景"、"大理石"、"骨头"、"新娘的礼服"、"裹尸布"和许多其他描述性的术语，都在增强她的意象所蕴含的诗意⑤。"白色"对于狄金森而言不仅是一种颜色，更是一种"主观身份的价值和存在的范畴"⑥。

然而从意象主义角度来看，无论狄金森是直接使用颜色，还是用"水仙花""黄鹂"等词间接呈现颜色，它们都保持着原义，并从视觉上为美轮美奂的日落增添色彩。狄金森描绘"以太海"所用的颜色词汇不仅生动地记录着日落的过程，更表达了她狂喜的惊叹。这是她特有的展现崇高的方式，她大部分关于天空旅行的诗歌都写得热情澎湃，如《这—是夕阳涤荡的—大地—》⑦（"This—is the land—the Sunset washes—", J266/Fr297），《"红海，"真的！给我免谈》⑧（"'Red Sea,' indeed! Talk not to me", J1642/Fr1681）等。伯克认为当宏伟壮丽到达顶点之时，"惊惧"是崇高的最高表现形式，这是一种倾覆头脑的感觉，它既不能使头脑放松娱乐，也不能使其继续保持理智。狄金森

---

① 《狄金森全集》第三卷，第152页。
② 《狄金森全集》第三卷，第218页。
③ Andrea Mariani, "The System of Colors in Emily Dickinson's Poetry: Preliminary Observations", p. 43.
④ Wesley King, "The White Symbolic of Emily Dickinson", *The Emily Dickinson Journal*, Vol. 18, No. 1, 2009, p. 44, *Project MUSE*, 27 September 2016.
⑤ Wesley King, "The White Symbolic of Emily Dickinson", p. 44.
⑥ Wesley King, "The White Symbolic of Emily Dickinson", p. 45.
⑦ 《狄金森全集》第一卷，第183—184页。
⑧ 《狄金森全集》第三卷，第241页。

的《这—是夕阳涤荡的—大地—》中的第一节就对"惊惧"作了很好的诠释：

> 这—是夕阳涤荡的—大地—
> 这些—是黄海的海堤—
> 它起于何处—它奔向何方—
> 这些—都是西方的秘密！
>
> 夜复一夜
> 她紫色的商贸
> 把蛋白色的货包撒满码头—
> 商船—在天际保持平衡—
> 下沉—如同金黄鹂化为乌有！

> This—is the land—the Sunset washes—
> These—are the Banks of the Yellow Sea—
> Where is rose—or whither it rushes—
> These—are the Western Mystery!
>
> Night after Night
> Her purple traffic
> Strews the landing with Opal Bales—
> Merchantmen—poise upon Horizons—
> Dip—and vanish like Orioles!

第一节诗的语气中充满了惊叹，被破折号划分开的"这"和"这些"引导着介绍性的诗句，读者被明确告知，这是一片广袤的被落日余晖覆盖的土地，这又是一片浩浩荡荡的黄色海洋的海岸。然而狄金森已被这片黄色海洋的壮丽所震撼，她并不能解释这片海洋从何来又往何去，只能将它归为"西方的秘密"，即这片"海"如此壮丽以至于无法用科学的方式来解释。

科恩菲尔德称"西方的秘密"是对死亡的暗示，因为如果东方的日出象征着生命的出生,那么西方的日落则象征着生命的消逝①。因此在第二节中,装载了"蛋白色的货包"的商船"下沉",即从生命中消逝②。将日落与生命旅程的结束联系起来是合理的,而这首诗的特点在于狄金森如何创造了一个日落意象的视觉冲击。如果《一只琥珀小舟滑开》和《紫色的船只—轻轻地颠簸—》是传统大小的风景画,那么《这—是夕阳涤荡的—大地—》无疑是巨幅的风景画。狄金森自豪地呈现这如画的风景,她充满自信的展现方式与爱默生的表达不谋而合——这幅美景是自我化的、民族化的、美国化的,作为一位诗人,她可以是真正的大地之主、海洋之皇、天空之王。

与狄金森相比,惠特曼笔下的日落是他赞美生命中的喜悦和生活中的奇迹的一部分③。他将诗歌取名为《日落时的歌》("Song at Sunset"),以此歌颂生命的深邃和纯粹④。狄金森和惠特曼都十分感叹大自然的力量,然而不同于狄金森的第三人称视角,惠特曼结合了第一人称(lyrical I)和第二人称视角(you = sunset)来表达他对日落的感悟和赞美,这种混合的视角体现了一种亲密:

> 白日消逝时的光辉使我心绪饱满,浮想联翩,
> 这是预示未来的时刻,回到过去的时刻,
> 多少话涌上喉头,你,神圣的平凡,
> 你,大地和生命,我要歌唱,直到落日收敛最后一线光芒。
> ……
> 我热切地赞美你们和我自己是美妙的!
> 我的思想多么敏锐地思考着周围的景象,

---

① Susan Kornfeld, "The Prowling Bee", (March 2015), http://bloggingdickinson.blogspot.com/search? q = This%E2%80%94is + the + land%E2%80%94the + Sunset + washes%E2%80%94.

② Susan Kornfeld, "The Prowling Bee", (March 2015), http://bloggingdickinson.blogspot.com/search? q = This%E2%80%94is + the + land%E2%80%94the + Sunset + washes%E2%80%94.

③ Frederick J. Butler, "'Song at Sunset'", in J. R. LeMaster and Donald D. Kummings, eds., *The Routledge Encyclopedia of Walt Whitman*, New York: Routledge, 1998, p. 651.

④ Frederick J. Butler, "'Song at Sunset'", p. 651.

云怎样悄悄在头顶飘过！
地球怎样向前奔突！日月星辰怎样向前奔突！
……
啊，落日！尽管时候到了，
我依然在你的下面唱出我对你满怀的崇敬。①

SPLENDOR of ended day floating and filling me,
Hour prophetic, hour resuming the past,
Inflating my throat, you divine average,
You earth and life till the last ray gleams I sing.
...
Wonderful how I celebrate you and myself!
How my thoughts play subtly at the spectacles around!
How the clouds pass silently overhead!
How the earth darts on and on! and how the sun, moon, stars, dart on and on!
...
O setting sun! though the time has come,
I still warble under you, if none else does, unmitigated adoration.②

大写的"SPLENDOR"、重复使用的感叹号和最后两行诗中的谦逊，无不透露着诗人的惊叹。惠特曼将人类融入美丽的自然景象之中，他惊叹着大自然的力量以及人类的辉煌，他不仅拥有这美景，他自己也是其中的一部分。

而狄金森的第三人称视角更体现出敬畏之情，她对自然美景的惊叹和赞美延续到了诗的第二节。"夜复一夜"代表着不停地循环，如此壮丽的景象每天都出现，狄金森的惊叹也再次被强化。为了强调"Purple Tar"的动态，狄金森使用了"traffic"这个词，

---

① [美]沃尔特·惠特曼：《草叶集》，邹仲之译，上海译文出版社2018年版，第564—567页。
② Walt Whitman, "Song at Sunset", The Walt Whitman Archive, (January 2019), https：//whitmanarchive.org/item/ppp. 01663_01955.

"merchantmen"之间的空隙，使码头看起来散布着"Opal Bales"。这片壮丽、繁忙的景象抬头可见，这是"西方的秘密"，而狄金森却有幸成为一位见证者。关于"金黄鹂"这一意象普雷斯特给出了一个有趣的解释，他认为"金黄鹂"从外形上来说是一个恰当的比喻，因为当鸟儿快速向下飞时它的翅膀和上尾的黑色羽毛看起来并不显眼[1]，因此通体还是黄色。如果狄金森是在描绘落日的速度，那么最后一行的明喻就是在动态地描述夕阳西下的速度就如金黄鹂敏捷的俯冲。狄金森感叹大自然的神奇，这日复一日的壮丽和它的转瞬即逝都是令人惊叹的崇高。

狄金森在描述落日的诗歌中实践的两种崇高理论，都为其刻画增添了色彩。她将对大海的想象延续到了天空，在描绘时所创造的一些颜色的意象回应着伯克的崇高理论，而描述时的句式和语气，又与爱默生的崇高理论不谋而合。与其他诗人相比，狄金森杂糅的崇高理论虽不像伊迪丝·沃顿那般直接地实践着伯克的崇高理论，却和惠特曼一样通过对夕阳的赞美，热情地实践着美国的崇高理论。狄金森诗中对杂糅的崇高理论的实践，为读者阅读关于"西海"的丰富多彩的意象提供了多样的体验。

二 周缘

在《"红海，"真的！给我免谈》中，除了惊叹之外狄金森还大胆地表达了她的雄心和对"周缘"[2]（circumference）的思考：

"红海，"真的！给我免谈
佩紫的法老——
在西方我有一支海军
会把他的纵队穿透——
没有心计，然而一切沿着
那条光辉灿烂的路线
它是不是航海线——

---

[1] David Preest, "Emily Dickinson: Notes on All Her Poems", p. 84.
[2] "周缘"意为"绕着走或环绕"，强调"包含"。通常狄金森使用"周缘"来表达敬畏与崇高，或意识指导下的"我"与"非我"之间进行的每一次对话。

第三章 天空之旅：狄金森与美学

它是不是神圣非凡—
眼光叹息一声询问
大地竟然如此宽广—
悲苦中多大的欢欣—
疲惫中多好的玉液琼浆！①

"Red Sea," indeed! Talk not to me
Of purple Pharaoh—
I have a Navy in the West
Would pierce his Columns thro'—
Guileless, yet of such Glory fine
That all along the Line
Is it, or is it not, Marine—
Is it, or not, divine—
The Eye inquires with a sigh
That Earth sh'd be so big—
What Exultation in the Woe—
What Wine in the fatigue!

乍一看"红海"意指地名，再将其与"佩紫的法老"这一意象联系起来，就有可能是对《出埃及记》的暗示②。然而带有感叹号的"真的！"一词直白地告知读者，"红海"这一意象并非地名那样简单。根据《艾米莉·狄金森词典》所释，"红海"旨在比喻"多彩的日落"③，因此这首诗可被认为是狄金森又一次对夕阳的描绘。

因为拥有"西方的海军"（日落），狄金森对她超越法老军队的能力充满信心。在这首诗中狄金森一改"小舟"、"船只"、"商船"等形容云彩的意象，为了呈现"凶猛无敌"这一特质，她用"海军"这一意象来代表训练有素、纪律严明的部队，以宣示她作

---

① 《狄金森全集》第三卷，第241页。
② David Preest, "Emily Dickinson: Notes on All Her Poems", p. 501.
③ 参见《艾米莉·狄金森词典》。

为君主的权威，就连法老的军队也无法与其相比。然而雄心勃勃的宣言之后却是慨叹："它是不是航海线—/它是不是神圣非凡—"。新英格兰壮丽的日落似乎无法满足或是说服她接受"大自然足以证明上帝的存在"这一观点，相反她像是被一种无力感所笼罩着[1]。

换个角度看，这种无力感或许暗示狄金森最喜欢的"business"——周缘。在众多诠释中，法汉·埃尔法尼（Farhang Erfani）提到了狄金森式的亲密存在主义现象学[2]。他解释，对于存在主义者来说，亲密意味着"密切地追求一种真实的生活"，且"爱"也参与其中，因为只有在他人世界的语境中，一个人才能开启她/他的探求[3]。但这并不意味着人们不得不失去或转移自己的个人特征，相反，当残酷的存在开始被有意义地叙述和描绘时，亲密的本体将意识到"叙述和赋予意义"是通过与他人合作完成的，并且爱作为一种理解，协助肯定了这种"共同的、创造性的努力"[4]。因此埃尔法尼认为，狄金森的著名言论："我的事情是去爱"（My business is to love）（L269），"我的事情是歌唱"（My business is to sing）（L269）和"我的事情是周缘"（My business is Circumference）（L268）实际上是一样的事情[5]——它们都是以"爱"这一行为去容纳人们真正的认知[6]。

在讨论狄金森的空间、时间和视角的概念时，里拉赫·拉赫曼（Lilach Lachman）称，如果爱默生的周缘理论关注的是一个固定、永恒的想法或是"被真实化的一种流动能量"的形式，就如"无

---

[1] Andrea Mariani, "The System of Colors in Emily Dickinson's Poetry: Preliminary Observations", p. 41.

[2] Farhang Erfani, "Dickinson and Sartre on Facing the Brutality of Brute Existence", in Jed Deppman, et al., eds., *Emily Dickinson and Philosophy*, New York: CUP, 2013, p. 187.

[3] Farhang Erfani, "Dickinson and Sartre on Facing the Brutality of Brute Existence", p. 187.

[4] Farhang Erfani, "Dickinson and Sartre on Facing the Brutality of Brute Existence", p. 187.

[5] Farhang Erfani, "Dickinson and Sartre on Facing the Brutality of Brute Existence", p. 187.

[6] Farhang Erfani, "Dickinson and Sartre on Facing the Brutality of Brute Existence", p. 187.

限的扩张的眼睛"（infinite expansion of the eye）[1]，那么狄金森的"business"就是去记录、定位和重新定位那些碎片化的主体，即展现那些在沿虚空和圆圈之间的边界移动的点，这与以上帝为中心的观点大相径庭，与爱默生将人解释为"固定的、统一的、超验的核心"也形成鲜明对比[2]。拉赫曼还引入了"空间的零度概念"并得出结论：狄金森的周缘是一个对主题的暗示，其中，对立的观点和身份可以被不断地接受和改变[3]。

这种以"爱"去容纳、去拥抱和改变对立的观点和身份的方式表明，狄金森的"周缘"是她的另一个表达自己热情和哲学思想的重要理论。因此，与其说《"红海，"真的！给我免谈》的最后几句是在表达一种无力感，不如说从"That all along the Line"这句开始，狄金森变化的语气表明了她对周缘的思考。如果这首诗的前半部分呈现了狄金森对壮丽场景的热情和崇拜，那么后半部分则是由感性描述切换到理性渗透，然后用周缘的概念进行如下诠释。

从外观上看，句尾词"fine"、"Line"、"Marine"（眼韵）、"divine"和"sigh"的同韵似乎形成了一个圆圈，如果出现在中间的"Marine"代表中心，那么其他四个词可代表东、南、西、北。此外，"Line"一方面代表着"Red Sea"的位置，另一方面代表着"限制"和"边界"[4]，因此"Marine"体现了一个具体而有限的意义。然而作为双重隐喻，"Line"（周缘）[5] 体现了与"中心意象"形成对比的"延伸意象"，因此狄金森想知道这"延伸"是否"神圣"。如此壮观的景象，如此耐人寻味的惊奇，只能用好奇的眼睛带着惊叹去探索，原因如诗所释：如果地球就是周缘，它太巨大了以至于不能被了解，有形和无形同时存在于其边界中。诗中最后两行继续描写狄金森在狂喜中挥之不去的矛盾情绪，以及未知的、忧郁的无力感。虽然对立的立场如"Exultation"和"Woe"、"Wine"

---

[1] Lilach Lachman, "Time-Space and Audience in Dickinsonis Vacuity Scenes", *The Emily Dickinson Journal*, Vol. 12, No. 1, 2003, p. 88, *Project MUSE*, 8 March 2018.
[2] Lilach Lachman, "Time-Space and Audience in Dickinsonis Vacuity Scenes", p. 90.
[3] Lilach Lachman, "Time-Space and Audience in Dickinsonis Vacuity Scenes", p. 90.
[4] "limit" or "boundary" 参见《艾米莉·狄金森词典》中"line"的含义。
[5] "circumference" 参见《艾米莉·狄金森词典》中"line"的含义。

和"Fatigue"并列出现在诗中,但狄金森并未展现一种对比的关系,而是试图呈现一种相融的感觉——它们在虚空和圆圈之间相互依存,因此很难清晰地辨别它们,仿佛狂喜与痛苦共生,爽快①与疲惫共存。

狄金森在《仿佛北极边上的/某朵小小的北极花》②("As if some little Arctic flower",J180/Fr177)中更加具体地描绘了周缘这一概念。1835年至1860年,一种频发的强烈天文现象(北极光)影响了新英格兰③。据狄金森的传记可知,为了亲眼看到这一奇观,1851年,阿默斯特教堂常以钟声提醒人们以免错过④。在1859年12月的《大西洋月刊》中一篇名为《极光》的文章中也有记载,这一奇观对当时的电报这项新技术产生了影响⑤。狄金森很可能见证了这一强烈的极光事件,于是她在诗歌创作中展现了一些极光的意象⑥,例如"青铜—烈焰—/北方—今晚—"⑦("Of Bronze—and Blaze—/The North— Tonight—",J290/Fr319)、"我看不见路—天被缝上了—"⑧("I saw no Way —The Heavens were stitched—",J378/Fr633)和"极光就是/天脸的努力"。卡罗尔·奎因(Carol Quinn)认为《仿佛北极边上的/某朵小小的北极花》也许就是狄金森对极光意象的初探⑨。

大约写于1860年的夏天,《仿佛北极边上的/某朵小小的北极花》这首诗被认为是个谜⑩。奎因指出,与《青铜—烈焰—》中拟态描写极光不同的是,狄金森在以下诗中并未专注于描写极光花朵般的形态,而是将在向赤道方向降落的"北极之花"与一个不具名的事物相比⑪:

---

① "refreshment"参见《艾米莉·狄金森词典》中"wine"的含义。
② 《狄金森全集》第一卷,第129—130页。
③ Carol Quinn, "Dickinson, Telegraphy, and the Aurora Borealis", *The Emily Dickinson Journal*, Vol. 13, No. 2, 2004, p. 58, Project MUSE, 4 October 2016.
④ Connie Ann Kirk, *Emily Dickinson: A Biography*, p. xviii.
⑤ Carol Quinn, "Dickinson, Telegraphy, and the Aurora Borealis", p. 58.
⑥ Carol Quinn, "Dickinson, Telegraphy, and the Aurora Borealis", p. 58.
⑦ 《狄金森全集》第一卷,第202页。
⑧ 《狄金森全集》第一卷,第271页。
⑨ Carol Quinn, "Dickinson, Telegraphy, and the Aurora Borealis", p. 73.
⑩ Carol Quinn, "Dickinson, Telegraphy, and the Aurora Borealis", p. 73.
⑪ Carol Quinn, "Dickinson, Telegraphy, and the Aurora Borealis", pp. 73-74.

第三章 天空之旅：狄金森与美学

仿佛北极边上的
某朵小小的北极花——
顺着纬度漫游而下
最后莫名其妙地到达
夏天的大陆——
太阳的天空——
奇异艳丽的花丛里——
说外语的鸟群中！
我说，仿佛这朵小花
漫游到了伊甸园——
那会怎样？哎，从那里
产生的只有你的推断！

As if some little Arctic flower
Upon the polar hem—
Went wandering down the Latitudes
Until it puzzled came
To continents of summer—
To firmaments of sun—
To strange, bright crowds of flowers—
And birds, of foreign tongue!
I say, As if this little flower
To Eden, wandered in—
What then? Why nothing,
Only, your inference therefrom!

如果狄金森的周缘指的是记录、定位和重新定位那些碎片化的主体，即展现那些在沿着虚空和周线之间的边界移动的点[1]，那么这首诗就是一个生动的例子。首先，如果将此诗划为四行一个小节，那么其押韵格式 abcb/adad/aeed 中重复的韵律"a"或许在展示一个花朵的连续运动过程。"仿佛"表明"小小的北极花"只是一个

---

[1] Lilach Lachman, "Time-Space and Audience in Dickinsonis Vacuity Scenes", p. 90.

比喻，但究竟何物并未具名。这不具名的物体在"北极边上"开始了它的旅程，像自由落体一样飘落到热带夏天的天堂①。如果"北极"、"纬度"和赤道（"夏天的大陆"）的意象代表着地球，那么地球的周缘可以被看作"虚空与圆圈之间的边界"②，而这个不知名的物体就好似一个碎片，沿着纬度移动。

事实上，此时的不具名物体究竟为何物已不再重要，更重要的是它的运动展现了狄金森对于"周缘"这一抽象概念的描述。普雷斯特指出，狄金森在这首诗中省略了一个重要的细节，因此读者所面临的挑战就是猜出诗的最后两行中到底省略了什么③。狄金森可能通过改变角度——从天空到陆地、从极地跨纬度到夏天的大陆间接表明，如果人们将地球换作伊甸园，或许就能了解她在诗句中到底省略的是什么④。

狄金森通常使用不朽、永恒、伊甸园或大海等意象来指代最终的目的地，而与这些想象中的目的地相比，这首诗里色彩斑斓的花鸟、充满异国情调的意象描绘出了一个类似伊甸园的地方。这个地方美不胜收，甚至比狄金森在其他诗中所描述的天堂还要美，因为她并没有使用"天堂里的金色大街处处是天使"的传统意象⑤。而伊甸园似乎与她描述的这个美丽的地方形成对比，因为她在这首诗里展现的意象有一个共同点：它们不是神圣的而是凡世间的。诗的最后两行提出的问题以及感叹号正是在鼓励读者继续探索未知谜底。诗中语气透露出一种乐观的精神，仿佛如果读者像她一样欣赏地球的美丽，他们就会感知到那未知的谜底。

在梅尔维尔的《北极光——纪念在和平中解散的军队》（"Aurora Borealis—Commemorative of the Dissolution of armies at the Peace"）中，他将军队比作北极光：

是什么力量解散了北极光

---

① David Preest, "Emily Dickinson: Notes on All Her Poems", p. 56.
② Lilach Lachman, "Time-Space and Audience in Dickinsonis Vacuity Scenes", p. 90.
③ David Preest, "Emily Dickinson: Notes on All Her Poems", p. 56.
④ David Preest, "Emily Dickinson: Notes on All Her Poems", p. 56.
⑤ Susan Kornfeld, "The Prowling Bee", (March 2015), http://bloggingdickinson.blogspot.com/search? q=As+if+some+little+Arctic+flower.

在他们顽强的战斗之后？
孤独的守望者面对大自然的支配
心生敬畏，
他记录着它们一经显现的
闪亮飞升
在寒冷的阴霾中——
进着退着，
（如厄运缠绕），
流转着强化着，
以及那些血色的光线。

幻影之主已全然消逝，
辉煌与恐惧同归于尽
预兆或诺言让位于
苍白温柔之黎明；
来着往着，
犹如奇幻之秀——
又如上帝一般，
发号施令
那闪闪发光的百万刀刃，
那集结与解散——
午夜与清晨。

What power disbands the Northern Lights
After their steely play?
The lonely watcher feels an awe
Of Nature's sway,
As when appearing,
He marked their flasheduprearing
In the cold gloom—
Retreatings and advancings,
(Like dallyings of doom),
Transitions andenhancings,

And bloody ray.

The phantom—host has faded quite,
Splendor and Terror gone
Portent or promise—and gives way
To pale, meek Dawn;
The coming, going,
Alike in wonder showing—
Alike the God,
Decreeing and commanding
The million blades that glowed,
The muster and disbanding—
Midnight and Morn.①

诗的第一节是 abcbddefefb 的押韵格式，第二节重复这个格式。与狄金森《仿佛北极边上的/某朵小小的北极花》中变幻的韵律节奏不同，这首诗第一节和第二节的前四行有着不同的音节数（9583 vs. 8684），但其余诗行都保持了相同数量的音节（5747674），这种回归一致的方式在某种程度上体现了诗歌想要表达的庄严肃穆。

和伊迪丝·沃顿一样，梅尔维尔的刻画也十分细致。首先，短句不仅增强了确定的语气，掷地有声，同时也暗示着军队的敏捷和勇猛。其次，几组对比——"进—退"、"来—往"、"集结—解散"、"流转—强化"、"辉煌—恐惧"、"预兆—诺言"和"午夜—清晨"体现了军队的灵活性和力量。再次，代表主动语态和持续动作的现在进行时，在某种程度上表达着诗人对"军队之精神永存"的纪念。最后，以两个"alike"开头的明喻揭示了军队骁勇善战的原因：似魔幻，如神助。然而，正如诗人在诗的开头所说，"大自然的支配"才可能是唯一可以解散这些军队的力量。相较而言，狄金森以更为抽象和意象主义的方式来展现她的"小花之旅"，而不像梅尔维尔，用"军队"与北极光的颜色、速度和动态作类比。

---

① Herman Melville, "Aurora Borealis", (January 2019), https://www.poemhunter.com/poem/aurora-borealis-8/.

通过对壮丽优美的夕阳和对好似"北极小花"之物的动态想象,狄金森试图寻求一个存在于宇宙的维度,而地球于她而言,不仅是代表周缘的重要主体之一,也是周缘这一抽象概念的动态化身。本章探索了狄金森对天空的想象,展现了她对自然之美的崇拜,她将道路与海洋延伸至天空,创造出别具一格的意象,描绘了天空中风景如画的秀丽景色,也展现着天空动态变幻的方式。狄金森的"天空之旅"并未延续她对最终目的地的探寻,她幻想出的天空小路不会带她到她向往的目的地,然而她依旧相信自己拥有天空中如此美丽的"风景",并通过周缘概念,重新定位了她的天空之旅,将思考拓展到更广泛的自然和宇宙中。

虽为"隐士",但资料显示狄金森的书信中确实存在有关非虚构旅行的写作。或许陆地旅行更贴近她的生活,狄金森不仅关注交通和交通工具的发展,更将自己对"最终目的地"的认知在陆地上进行了更多层面的深入探讨。她从普通人的角度出发,表达了在通往"最终目的地"的旅程中所要面对的艰难和困苦,对是否能够到达那里持有疑问,并再次通过想象,构建出理想的终极旅途。

第四章　陆地之旅：狄金森与她的"洪水题材"

如果"航海"基于想象，"天空之旅"是大海意象的再现，那么狄金森关于"陆地之旅"的部分描述是真实而非虚构的。她在隐居之前确实有过旅行经历。两岁的时候，她的姨妈拉维尼娅·诺克罗斯（Lavinia Norcross）搭马车带她去了马萨诸塞州汉普登县的蒙森（Monson）小镇，那是她人生当中第一次旅行①。和所有的孩子一样，童年时期她会时不时地拜访住在阿默斯特附近的亲戚们，安菲尔德（Enfield）和米德尔敦（Middletown）等城镇都留下了她的足迹。十几岁的时候她到南哈德利（South Hadley）的霍利奥克山求学，在那里待了一年。② 1842年她前往波士顿探望拉维尼娅姨妈，1844年她在那里目睹了她的朋友索菲亚·霍兰（Sophia Holland）的去世，之后又于1846年和1851年重返波士顿探望亲戚③。除1855年出州旅行到华盛顿特区、弗农山和费城之外，她还于1853—1854年两次前往马萨诸塞州的斯普林菲尔德（Springfield）拜访乔塞亚·霍兰（Josiah Holland）博士和他的妻子伊丽莎白④。1864年4—11月和1865年4—10月，狄金森由于眼疾在剑桥接受特殊治疗⑤。

狄金森的日常旅行似乎与逃离现实、探索世界、重新思考人生的意义并无多少关联，与大多游记作家、诗人找寻真实自我的人生

---

① Connie Ann Kirk, *Emily Dickinson: A Biography*, p. 57.
② Connie Ann Kirk, *Emily Dickinson: A Biography*, p. 58.
③ Connie Ann Kirk, *Emily Dickinson: A Biography*, pp. 66-67.
④ Connie Ann Kirk, *Emily Dickinson: A Biography*, pp. 58-59.
⑤ Connie Ann Kirk, *Emily Dickinson: A Biography*, pp. 68-69.

目标也毫不相干。她很少提及旅行中的个人感受，即便有，也很少被详细描述。例如她在华盛顿时写给苏珊的信中对旅行只提到了一句："虽然父亲还没有决定，但我们觉得我们下周要去费城"（L 178）；又如她写的一首小诗《我和一些人离开了家—》①（"Away from Home are some and I—"，J821/Fr807），有学者认为，这首描绘了在波士顿这样的大都市中艰难求生的小诗，可能是她在接受眼部治疗时因孤独才有感而发②。事实上狄金森的"陆地之旅"除了延续了她的想象之旅，同时也记录了在现实生活中她与铁路的不解之缘。

第一节　关于铁路

一　火车里的故事

1851年，狄金森和妹妹拉维尼娅在结束波士顿的探访回到家乡后，便给奥斯汀写了一封回信③。信中狄金森提到，这次旅行她们不仅参观了新成立的波士顿博物馆，还观看了莎士比亚的《奥赛罗》④。由于火车成了运输工具，运输新鲜牛奶更为便利，且运输途中冰柜的状况又得到了改善，因此冰激凌被大量生产，甚至比自制的还便宜。这对于两个年轻的女孩来说是无比开心的，她们能够在一个新潮时尚的冰激凌沙龙中尽情地享用冰激凌⑤。姐妹俩显然很喜欢去这个沙龙，拉维尼娅在日记中写道，她们在波士顿停留的那段时间就去了这个沙龙三次⑥。

这次旅程中不同的路线和各式各样的时间表再次证明铁路运输在这一时期的蓬勃发展。例如狄金森姐妹的回程可能是波士顿到伍斯特（Worcester）这条铁路或是西部铁路，又或是从波士顿出发，穿越菲奇堡（Fitchburg）、佛蒙特州（Vermont），最后到达马萨诸

---

① 《狄金森全集》第二卷，第242—243页。
② David Preest, "Emily Dickinson: Notes on All Her Poems", p. 277.
③ Connie Ann Kirk, *Emily Dickinson: A Biography*, p. 66.
④ Connie Ann Kirk, *Emily Dickinson: A Biography*, p. 66.
⑤ Connie Ann Kirk, *Emily Dickinson: A Biography*, p. 67.
⑥ Connie Ann Kirk, *Emily Dickinson: A Biography*, p. 67.

塞州（L52）。狄金森自己也说，她已"陷入了这种流动性的变化之中"①。于是就有了回信中的这一段——狄金森先抱怨了从波士顿回到家中的寂寞，然后描述了她在火车上遇到的一件趣事：

> 维妮和我平安回来，没碰上一点儿不顺——花还没谢，瓶子也没碎。有维妮和我在座，我们的东西又是这一路上唯一的行李，货车可真走运。那天和我们一起旅行的人看上去很滑稽——他们黯然无神，就像已经去世了似的——售票员拿着半打车票，一副神气活现的样子，他一边发票，一边要求耽误大家一会儿时间——我断定只有少数人那天上路，看到我们的票友一路走过去，我忍不住笑了，不管我对那为数寥寥的旅客感到多么难过。他看上去好像因为没有更多的旅客陪他而要道歉似的。
>
> 行车路线和车厢似乎都很奇怪——没有叫卖水果的男孩，也没有兜售小册子的男孩——一个神情惶恐的小家伙硬着头皮上了车，手里拿着些看上去像是出版物和小册子模样的东西——他不主动兜售，也没有人问他要，没有人想买似乎反而叫他大大松了一口气。②（L52）

对于不太描述"社交细节"的狄金森来说，关于 19 世纪铁路旅行中的众多细节出现在这封信中，实属不同寻常③。

这一记录旅途见闻的片段虽短，但与旅行写作相关的要素相对完整。考特尼·卡彭特（Courtney Carpenter）提到，旅行写作应该包括以下几个基本要素：引子（lead）、地点（where）、人物（who）、何事（what）、起因（why）、经过（how）和结尾（end）④。尽管这些要素未必依次出现或是全部出现在一部作品中，

---

① Domhnall Mitchell, *Emily Dickinson: Monarch of Perception*, p. 56.
② 《狄金森全集》第四卷，第 69 页。
③ Domhnall Mitchell, *Emily Dickinson: Monarch of Perception*, p. 57.
④ Courtney Carpenter, "Breaking into Travel Writing: The 5 Elements of Writing Travel Articles", *Writer's Digest*, (August 2016), https://www.writersdigest.com/write-better-nonfiction/breaking-into-travel-writing-the-5-elements-of-writing-travel-articles.

但在狄金森的这个片段中大部分的要素都出现了，从而使短短的描述变得生动、有趣。狄金森抛出了一个吸引人的"开场白"（引子）①："幸运"一词并非形容狄金森（人物）在这次旅行中的心情，恰恰相反，这个词是用来告知读者，这辆幸运的火车因狄金森姐妹的乘坐而蓬荜生辉；车上（地点）的乘客"黯淡无神"，他们"就像已经去世了似的"，但她被两个有趣的人吸引：一个是售票员，一个是小男孩。

对于一向热爱自然的狄金森来说，这一次她并未注意到沿途的风景，也正因如此，这个片段成了研究狄金森的珍贵的史料，其意义不仅在于"她提到了什么"，更在于"她省去了什么"②。多姆纳尔·米切尔（Dombnall Mitchell）对此有两种"可能"的解释：首先，乘车旅行对于狄金森来说早已不再新鲜，因为火车旅行已经成了她日常的旅行方式③，她可能并未注意到窗外的风景，而是与妹妹相谈甚欢④。其次，与马车相比，火车的速度快得多，因此细细欣赏窗外风景也未必合适⑤。这不仅解释了为什么狄金森会对观察火车内发生的事情更感兴趣，也解释了为什么会有小男孩售卖消遣读物来打发时间⑥。

与大部分因为火车的速度、噪声和震动带来的不适而看起来"就像已经去世了似的"乘客形成鲜明对比，狄金森的兴奋在她幽默的语气与特别的选词中一览无余。她并未使用"people"或是"travelers"而是使用了"folks"使描述的语气显得更为亲近，她称售票员为"我们的票友"，称试图推销阅读资料的小男孩为一个"小家伙"这些都在暗示着她在公共场合下轻松惬意的心情。或许因为售票员和小男孩是"黯然无神"的车厢中极少数走来走去的人，所以狄金森特别注意到了他们并且详细地描述了一番。这些

---

① Courtney Carpenter, "Breaking into Travel Writing: The 5 Elements of Writing Travel Articles", *Writer's Digest*, (August 2016), https://www.writersdigest.com/write-better-nonfiction/breaking-into-travel-writing-the-5-elements-of-writing-travel-articles.
② Domhnall Mitchell, *Emily Dickinson: Monarch of Perception*, p. 57.
③ Domhnall Mitchell, *Emily Dickinson: Monarch of Perception*, p. 57.
④ Domhnall Mitchell, *Emily Dickinson: Monarch of Perception*, p. 57.
⑤ Domhnall Mitchell, *Emily Dickinson: Monarch of Perception*, p. 57.
⑥ Domhnall Mitchell, *Emily Dickinson: Monarch of Perception*, pp. 57-58.

"细节"、"轶事"或"事实"① 体现着"何事"这一要素，使描述生动有趣。

狄金森不仅观察他们的动作，还观察他们微妙的表情。她用"神气活现"（grand）描述售票员的傲慢和优越，仿佛他是整个火车上唯一重要且权威的人。然而他手里也只有五六张票，在短时间内匆匆发放完毕，丝毫没有体现出他的重要性与权威感。狄金森的这一观察究竟是准确还是偏向猜测还有待讨论，因为她在表达时使用的例如"看上去"和"我断定"都在表明假设，但这并不影响读者感受到她的幽默。下一段中狄金森将车厢中的尴尬延续了下去，一个"小家伙"竟敢克服"恐惧"冒险走进这群"死气沉沉"的乘客之中。或许因为他是唯一在车厢里贩卖的孩子，又或者他可能是第一次向大众推销，所以他才会胆怯。小男孩的出现并未引起乘客们的注意，也无人问津，这似乎让他松了一口气，尴尬终于被化解了。

写完火车的故事后，狄金森讲了她在桑德兰（Sunderland）停留的时光。与之前的片段不同，她向哥哥汇报了她见到的朋友，转达这些朋友对哥哥的问候，并未多加任何描述，回归一贯的"极简风格"。但如果简单地认为狄金森在信中对售票员和小男孩的描述仅仅是她在一封信中的小幽默，便会忽略了这段旅行写作所提供的重要价值。这段描述不仅记录了她真实的旅行经验，还从历史的角度呈现了狄金森时代的铁路旅行状况和旅行中的铁路文化。这段描述使读者感受到一个19世纪的女孩真实的日常生活，与她的"隐士"头衔形成了鲜明的对比。

二 关于"铁马"

"铁马"即火车。虽然狄金森鲜少旅行，但对科技创新的兴趣使"火车"这一意象频频出现在她的诗歌里，如《我从未见荒野—》、《我以为火车永远不会来—》②（"I thought the Train would

---

① Courtney Carpenter, "Breaking into Travel Writing: The 5 Elements of Writing Travel Articles", *Writer's Digest*, (August 2016), https://www.writersdigest.com/write-better-nonfiction/breaking-into-travel-writing-the-5-elements-of-writing-travel-articles.

② 《狄金森全集》第三卷，第145页。

never come—", J1449/Fr1473)、《一行人穿过墓地的大门》①("A train went through a burial gate", J1761/Fr397)等。约翰逊解释说，在《我从未见过荒野—》中，狄金森使用的"checks"是铁路车票的通俗说法②，无论这一说法是否能证明狄金森相信天堂的存在，但至少从字面上可以证明天堂是一个可以乘火车到达的地方。在《我以为火车永远不会来—》中唯一能吸引狄金森的是火车的汽笛声，因为她雀跃地期待着她的情人奥蒂斯·洛德法官的到来③，虽然她满心希望而又惴惴不安地期待着，但她依旧认为"火车永远不会来"，汽笛声也遥遥无期。在《一行人穿过墓地的大门》中，一列送葬队伍被比喻为一列火车，身着丧衣的队伍好似火车漆黑的车身，缓慢地穿过墓地的大门④。这三首诗中"火车"的意象不仅在狄金森的旅行意象中占有重要一席，在她的信仰、爱情、死亡等主题中的作用也不可小觑。

她那首著名的《我喜欢看它舔一哩哩的路—》之所以被广泛讨论，不仅因为它的创作是基于狄金森的亲身经历，还因为它展现了阿默斯特铁路在19世纪中期的历史事实。工业革命为19世纪的美国社会带来了诸多繁荣，火车、贸易和利润紧密地结合在一起⑤。如爱默生所讲，工业革命的出现和扩张，使一个比巴比伦或罗马更为专制的普适君主制拔地而起⑥。如此背景之下，作为振兴阿默斯特经济的精英之一，狄金森的父亲爱德华·狄金森自然对铁路线这一国家事业兴致勃勃⑦。虽然阿默斯特有一些工业和制造业，但它们中大多数的影响力日益渐失，马车、货车、机械和金属工具等产品可以给小镇带来相当稳定的经济收入，但微薄的利润经不起工业时代洪流的冲击。因此对于阿默斯特的领导者来说，当务之急便是创造更多机会将这个小镇"安插"在主要的铁路线上以刺激其经济

---

① 《狄金森全集》第三卷，第298页。
② David Preest, "Emily Dickinson: Notes on All Her Poems", p. 334.
③ David Preest, "Emily Dickinson: Notes on All Her Poems", p. 440.
④ David Preest, "Emily Dickinson: Notes on All Her Poems", pp. 525-526.
⑤ Domhnall Mitchell, *Emily Dickinson: Monarch of Perception*, p. 15.
⑥ A. W. Plumstead and Harrison Hayford, eds., *The Journals and Miscellaneous Notebooks of Ralph Waldo Emerson*, 1838-1842, Cambridge: HUP, 1969, p. 268.
⑦ Domhnall Mitchell, *Emily Dickinson: Monarch of Perception*, pp. 15-16.

增长①。

经历两次失败的尝试后，小镇的精英们如阿默斯特学院院长爱德华·希区柯克（Edward Hitchcock）、法学专家伊塔马尔·康基（Ithamar Conkey）、与狄金森家族关系密切的商界代表卢克·斯威瑟（Luke Sweetser）以及爱德华·狄金森于1851年，在阿默斯特和马萨诸塞州普通法院第137号众议院法案，以及贝尔彻敦铁路公司的支持下，成为阿默斯特铁路项目的受托人②。在爱德华·狄金森1852年写给儿子的一封信中，他掩饰不住自己对这一项目的喜悦心情和雄心勃勃：

> 你会从今天的"快报"上看到编辑对北美贝尔铁路的赞美，这条铁路就是"一个确定的事实"。合同已经签订了——工人们将于下周在"洛格敦"开工——我们会很快看到那些充满活力的棚屋，看到那些用旧面粉桶做的烟囱冒着滚滚的烟。男孩们欢喜地鸣枪庆贺——老人们心满意足地观看着——一切如梦一般……
> 阿默斯特历史上的两个伟大的事件是：
> 1. 学院的建立。
> 2. 铁路的建成。
> 我们在这里"竖起了我们的埃比尼泽。"
> 哈哈！！！③

（这个小片段中也有不少破折号，而这一现象引出了一个开放性的问题，即狄金森偏爱使用破折号是否在某种程度上受到她父亲的影响）片段中的语气、标点以及被明确列出的阿默斯特的两个伟大的时代，无不展示着爱德华的兴奋和喜悦。他还使用了一些情态动词，如"会从……看到"、"将在"和"将很快看到"来强调建造铁路的确定性，使用引号来强调重要的信息，如"快报"、"一个确定的事实"和"洛格敦"。破折号不仅突出了他贯穿于整个片

---

① Domhnall Mitchell, *Emily Dickinson: Monarch of Perception*, p. 16.
② Domhnall Mitchell, *Emily Dickinson: Monarch of Perception*, p. 16.
③ Millicent Todd Bingham, *Emily Dickinson's Home: Letters of Edward Dickinson and His Family*, New York: Harper and Brothers, 1955, p. 219.

段的欢喜思绪,还代表了可能被省略的单词和对细节的描述——因为父亲有太多想要与儿子分享的事情,碍于时间或书信的限制,无法尽兴地表达。"一切如梦一般":爱德华感性地宣布,此时此刻一切都像一个美丽的梦,他知道这个美梦必将成真。

片段的另一部分,爱德华用"1"和"2"来为发生在他生命中的重大历史事件编号,并称它们为"我们的埃比尼泽(Ebenezer)"。据《圣经》记载,"撒母耳拿了一块石头,竖起来,放在密斯巴(Mizpah)和示恩(Shen)之间,并起名叫埃比尼泽",以纪念他击败非利士人的胜利。对于爱德华·狄金森来说,这两件大事对阿默斯特的现代化作出了重大贡献,它们是如此伟大,以至于可以与埃比尼泽相提并论。片段结尾的"哈哈!!!"更是直观地表达了爱德华对狄金森家族在家乡历史上创造了里程碑的极大喜悦。

紧接着的1853年,一条从帕尔默到阿默斯特的全新铁路竣工,它的建立无疑成了爱德华·狄金森人生当中一个辉煌的成就[1]。这是一个轰动性的事件。1853年5月3日,阿默斯特举行了一场庆祝游行活动,爱德华·狄金森"走在队伍的最前面"[2]。他的女儿虽没有参加游行,但因这次庆祝活动太过轰动,她"仍透过树丛悄悄地观察……"[3] 狄金森于同年6月13日在写给她哥哥的信中说道:

> 所有人都说——"新伦敦日"过得非常精彩——虽然天气很热,尘土飞扬,但无人在意。父亲依旧成为当天的总元帅,带着新伦敦的人们绕城而行,就像古罗马将军在胜利日游行一样……马车如花火般快速穿梭,大家都说好极了。我想应该是吧——我坐在泰勒教授的树丛里看着火车离开,然后再跑回家,生怕有人看到我或者问候我。(L127)

米切尔指出了这个片段中的幽默语气和"潜在的钦佩感"[4]。有时候幽默的语气是表达反讽的一种有趣的方式,然而在这个片段

---

[1] Domhnall Mitchell, *Emily Dickinson: Monarch of Perception*, p. 17.
[2] Domhnall Mitchell, *Emily Dickinson: Monarch of Perception*, p. 17.
[3] Domhnall Mitchell, *Emily Dickinson: Monarch of Perception*, p. 17.
[4] Domhnall Mitchell, *Emily Dickinson: Monarch of Perception*, p. 17.

中，幽默的语气侧面地体现了狄金森对于新伦敦日热闹气氛的默认。这一天恢宏盛大地过去了，虽然狄金森强调了她的缺席并用"所有人都说"的第三人称方式来试图与公众保持距离，但她补充道，其实并没有人注意到天气的炎热和尘土飞扬，因为所有人都专注于庆祝活动。像往常一样，她的父亲是"总元帅"，那天是他的"胜利日"，他"带着新伦敦的人们绕城而行，就像古罗马将军"；到处都是穿梭的马匹和马车车队，所有见证者都在庆祝活动中享受着这份喜悦，甚至狄金森也承认，那场景一定很壮观。语气虽然诙谐，但从用词和比喻中确实能够感受到狄金森"潜在的钦佩感"和对她的父亲在阿默斯特政治、公共事务中所扮演的主导角色的自豪①。

即便冒着被他人发现的风险，还有一件事情使她兴致勃勃——因为她可以坐在泰勒教授的树丛中悄悄地观察火车②。阿默斯特火车站就在狄金森家花园尽头的马路对面③，她时常有机会看到火车，还可以听到铁路沿线发出的所有声音。这种经历在一定程度上丰富了她对铁路的想象，然而这种经历又与大多19世纪美国参与壮游的作家对铁路的体验大相径庭，甚至与没有参与壮游的梭罗和惠特曼也大不一样。梭罗曾称：

> 铁路依我看是什么呢？
> 我不去张望
> 它的尽头在何方。
> 它填高一些沟壑，
> 又给燕子筑好堤岸，
> 它让黄沙满处飞扬，
> 又叫黑莓随地生长。④

What's the railroad to me?

---

① Domhnall Mitchell, *Emily Dickinson: Monarch of Perception*, p. 17.
② David Preest, "Emily Dickinson: Notes on All Her Poems", p. 195.
③ David Preest, "Emily Dickinson: Notes on All Her Poems", p. 195.
④ [美] 亨利·戴维·梭罗：《瓦尔登湖》，潘庆舲译，上海译文出版社2015年版，第150页。

> I never go to see
> Where it ends.
> It fills a few hollows,
> And makes banks for the swallows,
> It sets the sand a—blowing,
> And the blackberries a—growing. ①

铁路似乎无法吸引这位瓦尔登湖的隐士，诗中诸如"沟壑""黄沙""黑莓"等意象太微不足道，以至于无法形容这个在当时振奋人心的科技成就。相较之下，惠特曼不仅写了《印度之行》（"Passage to India"）来庆祝科学与工业的成就，更在他的《致冬天的一个火车头》（"To a Locomotive in Winter"）中通过拟人的修辞手法生动描述了机械化的力量，令人振奋②。

正如迈克尔·科利尔（Michael Collier）所说，惠特曼在这首诗中将自己那"包罗万象、兼容、奇特、痴迷以及现代之感性"③ 赋予了火车头：

> ……
> 你黑色圆柱的躯体，金黄的铜、银白的钢，
> 你笨重的侧杆、平行的连杆，在你两肋旋转、穿梭，
> 你有韵律地喘息、呼吼，一会儿陡然高涨，一会儿消失在远方，
> 你巨大突出的头灯，固定在前面，
> 你飘扬的灰白浅紫的蒸汽像面长三角旗，
> 你的烟囱吐出阴沉浓黑的云，
> 你紧凑的体形，你的弹簧和活门，你的轮子闪闪烁烁，
> 后面的车厢顺从而乐颠颠地跟着你，
> 你穿过狂风或宁静，时快时慢，总是坚定地挺进；

---

① Henry David Thoreau, "What's the Railroad to Me?", (March 2019), https://poets.org/poem/whats-railroad-me.

② Michael Collier, "On Whitman's 'To a Locomotive in Winter,'" *The Virginia Quarterly Review*, Vol. 81, No. 2, 2005, p. 205, *JSTOR*, 2 March 2019.

③ Michael Collier, "On Whitman's 'To a Locomotive in Winter,'" p. 205.

现代的典范——运动和力量的象征——大陆的脉搏,
……①

…

Thy black cylindric body, golden brass and silvery steel,
Thy ponderous side—bars, parallel and connecting rods, gyrating, shuttling at thy sides,
Thy metrical, now swelling pant and roar, now tapering in the distance,
Thy great protruding head—light fix'd in front,
Thy long, pale, floating vapor—pennants, tinged with delicate purple,
The dense and murky clouds out—belching from thy smoke—stack,
Thy knitted frame, thy springs and valves, the tremulous twinkle of thy wheels,
Thy train of cars behind, obedient, merrily following,
Through gale or calm, now swift, now slack, yet steadily careering;
Type of the modern—emblem of motion and power—pulse of the continent,
…②

拟人的修辞手法引人注意,但更值得一提的是惠特曼充满科学精神地"肢解"了火车头,此处的拟人呈现了火车头的力量感,而这扑面而来的力量感使读者无法错过每一个欣赏机械之美的瞬间。例如"黑色圆柱"、"银白的钢"、"金黄的铜"、"侧栏"、"突出的头灯"、"烟囱"、"弹簧和活门"、"轮子"等词语,准确地刻画了火车头的外部结构;"平行的连杆,在你两肋旋转、穿梭","飘扬

---

① [美]沃尔特·惠特曼:《草叶集》,邹仲之译,上海译文出版社2016年版,第539—540页。
② Walt Whitman, "To a Locomotive in Winter", *The Walt Whitman Archive*, (March 2019), https://whitmanarchive.org/item/xxx.00273.

的灰白浅紫的蒸汽像面长三角旗","烟囱吐出阴沉浓黑的云","轮子闪闪烁烁","穿过狂风或宁静,时快时慢,总是坚定地挺进"生动地捕捉了火车头的动态;"现代的典范——运动和力量的象征——大陆的脉搏"作为赞美式的总结在诗人的描述中展现得淋漓尽致。"你"这个第二人称称谓,不仅抒发着惠特曼对科学力量的热爱和崇拜,还体现了描述者(惠特曼)与称被描述者(火车头)的亲密感。

狄金森在《我喜欢看它舔一哩哩的路—》中的拟人修辞也是首尾贯穿,而她却选取了一个相对疏离的第三人称"它"作为对火车的称谓:

> 我喜欢看它舔一哩哩的路—
> 看它舔去了一条条河谷—
> 看它停在水槽边饮饱自己—
> 随后—又迈出惊人的步幅
>
> 绕过了叠嶂层峦—
> 对于路边简陋的小屋
> 送去一瞥白眼—
> 再把采石场削去
>
> 以适合自己的肋条
> 从中间慢慢爬过
> 一路不住地抱怨
> 带着怕人的—呜呜的节奏—
> 然后自己猛冲下山—
>
> 一声长嘶如雷灌耳—
> 然后—准时得如同星辰
> 停住—温顺而又万能
> 驻足自己的厩门—[①]

[①] 《狄金森全集》第二卷,第74—75页。

第四章　陆地之旅：狄金森与她的"洪水题材"

I like to see it lap the Miles—
And lick the Valleys up—
And stop to feed itself at Tanks—
And then—prodigious step

Around a Pile of Mountains—
And supercilious peer
In Shanties—by the sides of Roads—
And then a Quarry pare

To fit its Ribs
And crawl between
Complaining all the while
In horrid—hooting stanza—
Then chase itself down Hill—

And neigh like Boanerges—
Then—punctual as a Star
Stop—docile and omnipotent
At its own stable door—

米切尔称，这首诗是狄金森最受欢迎的有关火车的作品①。对这首诗大概有四类讨论：第一，狄金森创造了一个谜语，因为整首诗并未提到"它"的名称，对于读者来说，找到答案可能不难，但"谜语"这一方式使这首诗变得活泼有趣，更富戏剧化。第二，这首诗使用了拟人的修辞手法，使无生命的事物变得活灵活现②。科恩费尔德认为在这首诗中，主角仿佛是一列卡通火车，它啜饮、舔舐、进食、追逐、嘶鸣等，就像一部迪士尼的老黑白电影③。第三，

---

① Domhnall Mitchell, *Emily Dickinson: Monarch of Perception*, p. 17.
② Domhnall Mitchell, *Emily Dickinson: Monarch of Perception*, p. 19.
③ Susan Kornfeld, "The Prowling Bee", (March 2015), http://bloggingdickinson.blogspot.com/search? q=I+like+to+see+it+lap+the+Miles%E2%80%94.

火车发出的声音也是本诗的亮点。狄金森在 1853 年写给她哥哥的信中,相当正面地描述了她对火车的听觉印象:"我写作的时候,汽笛在响,车子正在驶入站台。每次它响起来的时候,就会给我们所有人带来新的生命力。你回来后一定会很喜欢听到它的声音。"(L123) 目睹周围的新变化而产生的兴奋无疑让她对父亲更为钦佩,父亲是铁路项目的倡导人和支持者,这首诗亦证明了她对父亲的赞许和支持。

在众多分析中海伦·文德勒(HelenVendler)的分析颇具新意。她使用音乐学的术语"半音音阶"来解释这首诗的音乐感①。她声称这首诗的结构,"我喜欢看它作 X 和 Y……然后……然后……然后……和……然后",非常类似一个充满了全音和半音的音阶序列②。从意象主义的角度来看,这种连续的、交相呼应的音阶结构展示了狄金森创作中极强的专注力,这与惠特曼的专注力不同,因为惠特曼是通过"平行"和"一一列举"的并列形式体现的。首先狄金森在诗的第一行直接表达了她的态度——"我喜欢看它",接下来的"惊人"(prodigious)、"准时"(punctual)、"温顺"(docile)、"万能"(omnipotent) 等修饰语延续了狄金森的赞许态度,为整首诗奠定了一种积极、欢欣的基调。接着狄金森通过连续使用"and"和"then"设定了"音节序列"的结构,这些连接词的运用,仿佛摄像镜头般记录了火车所有的运动,在想象中构建了一列火车行驶的完整过程。这列火车可能从火车站出发,然后自由地穿越不同的地貌,它需要"饮饱自己"或抱怨着"爬过"山脉,但当它准时到达目的地时,它犹如"波阿内格雷斯"(Boanerges),即"强大的呼喊者"③ 一样惊天动地的鸣笛,像是在宣告自己的全能。

狄金森还专注于火车的速度。诗的第一节中,"lap"(舐舐) 可理解为"gulp"(吞食) 和"swallow"(吞咽),"lick"具有相似的意思,且根据《艾米莉·狄金森词典》,它被解释为

---

① Helen Vendler, *Poets Thinking: Pope, Whitman, Dickinson, Yeats*, Massachusetts: HUP, 2006, p. 66.
② Helen Vendler, *Poets Thinking: Pope, Whitman, Dickinson, Yeats*, p. 66.
③ David Preest, "Emily Dickinson: Notes on All Her Poems", p. 195.

"devour"（吞咽）和"eat up"（吃光）①，因此，"lap the Miles"和"lick the Valleys up"不仅表示火车的速度很快，而且表明火车在自然环境，如"河谷"（valleys）和"山脉"（mountains）以及人造环境，如"路边简陋的小屋"（Shanties—by the sides of Roads）之侧也能风驰电掣、勇往直前。这些描述再次证明了火车的速度给狄金森留下了深刻的印象，且这种印象一直持续到这首诗的最后一节——"准时得如同星辰"。即便火车可能会像马一样"停在水槽边饮饱自己"，但它仍比马更为准时、有力量。因此狄金森对火车运动和速度的专注无疑体现了她面对这种科技创新的敬畏之情。

这首诗一方面从视觉上生动地呈现了对一列火车在行驶过程中的动态捕捉，另一方面为读者阅读时增添了许多听觉上的体验。与乘客的视角不同，狄金森的视角似乎更高，如同鸟瞰，因此更容易从宏观的角度捕捉这匹"铁马"的全部动态。这首诗是狄金森为她父亲的成就而感到自豪的一个有力证明，同时也是她全然身处新科技洪流中的一个有力的证明。作为她旅行体验中的珍贵而罕见的记录，火车里的故事和有关"铁马"的诗歌体现了她对科技创新的勃勃兴致。她对它们的描述不仅展示了她在描述情节和事物时的专注力，同时也展示了她书写旅行故事的能力。作为隐士，狄金森对现实旅行的描写为她的读者带来了别样的风景，丰富了读者与其一同踏上旅途、找寻最终目的地的体验。

第二节 关于旅程的"最终目的地"

一 "魔崖"

与讲述铁路旅行时积极、乐观的态度相比，狄金森对于"旅程"和"旅程的终点"的认知是复杂的。她对物质世界的感知很容易与她的精神世界联系在一起。例如在《道路被月亮和星星照亮—》②（"The Road was lit with Moon and star—"，J1450/

---

① 参见《艾米莉·狄金森词典》。
② 《狄金森全集》第三卷，第145—146页。

Fr1474）这首诗中，狄金森捕捉到的是她卧室窗外月光下的场景①：

道路被月亮和星星照亮—
林木宁静而明朗—
借助那遥远的亮光—我发现
一个旅人在山岗上—
正向那些魔崖攀登
尽管都是土的—
他闪光的终点不明—
但他已把那光辉认可—

The Road was lit with Moon and star—
The Trees were bright and still—
Descried I—by the distant Light
A Traveller on a Hill—
To magic Perpendiculars
Ascending, though Terrene—
Unknown his shimmering ultimate—
But he indorsed the sheen—

在狄金森的想象中，她在月光下看到的那个"旅人"有可能代表地球上的每一个人，他们都希望能够在一生中攀登那神奇的"魔崖"，触碰那"闪光的终点"②。

朱秀英（Seo-Young Jennie Chu）在她的文章《狄金森与数学》（"Dickinson and Mathematics"）中对"闪光的终点"做了进一步解释。她指出，终点之所以会闪光，是因为它的未知性，它存在于狄金森的想象中，在她的头脑中的抽象边缘徘徊③。朱秀英用 x 轴和 y 轴将夜空分割，演示了两轴交会形成的"夜空中的网格"④。她将

---

① David Preest,"Emily Dickinson: Notes on All Her Poems", p. 441.
② David Preest,"Emily Dickinson: Notes on All Her Poems", p. 441.
③ Seo-Young Jennie Chu,"Dickinson and Mathematics", *The Emily Dickinson Journal*, Vol. 15, No. 1, 2006, p. 47, Project MUSE, 12 April 2016.
④ Seo-Young Jennie Chu,"Dickinson and Mathematics", p. 47.

"山岗上的旅人"解释为"即将死亡的人",而他的旅程就是从地面到天空中的"网格空间"①。"山"成了旅人的"终点",从那里他开始向"魔崖"攀升,攀升得越高,就越靠近垂直渐近线(魔崖),他的攀升路径会形成一条"曲线状路径",他亦通过这种攀升,最终消失在人的视野中②。

无论是透过窗子看到了一个旅人,还是完全出自她的想象,狄金森通过"魔崖"这一意象创造了凡间和天堂或永恒之间的对比。在前四行中她描绘了一个平静的场景,有光("月亮和星星"),有颜色("明朗"),有生命("树"和"旅人"),而从第五行到整首诗结束,平静的凡间景象变成了未知的、雾蒙蒙的天空。诗歌的后半部分也充满了不同的光——"闪光"和"光辉"象征着神秘和荣耀,而它们代表的却是与诗歌的前半部分大相径庭的事物。

这首诗最引人注目的意象便是"魔崖"。对它有两种解释:如果它是一条垂直渐近线,它可能是一条通向"终极"的路线,而"终极"正代表着天堂或永恒,因此诗中的"我"可能见证了一个凡人转化为不朽的史诗般的旅程。如果它是悬崖,那么诗中的"我"可能会见证一场悲剧,因为旅人继续向前就可能会从悬崖上跌落并最终死亡,这又与不明确的"闪光的终点"相呼应,因为诗中的"我"无法确定旅人到底去了天堂还是地狱。如果这条垂直渐近线代表悬崖,那么"魔法"(magic)、"他已把那光辉认可"(he indorsed the sheen),甚至诗的前两行中的意象都透露出一种讽刺。与缥缈的"闪光的终点"形成对比的是那条道路,它呈现的是凡间的生机和美,而这生机和美却成了一种诱惑,一步步引导旅人走向"魔崖"。无论他最后是否到达了他的"终点",他尝试通过坠崖而跌入"不朽"或许能为他的一生增添几分荣耀。这首诗中狄金森所暗示的,或许与传统中的认知大相径庭:"不朽"并非在静静地等待中来临,旅人那无法确定的命运,伴随着他从地球上的消失,也成了一个永恒的谜题。

对狄金森而言,艰难险阻、诱惑和不确定是通往永生的必经考验。为了成为永恒的存在,一个人必须在克服各种困难的同时经受

---

① Seo-Young Jennie Chu, "Dickinson and Mathematics", p. 47.
② Seo-Young Jennie Chu, "Dickinson and Mathematics", p. 47.

住考验。亚瑟·阿萨·伯杰（Arthur Asa Berger）称，并不是每个人都喜欢被当作"旅客"，一些人更喜欢把自己称为"旅人"，因为"旅客"更容易使人联想到旅行时的轻松和愉悦，而忽略了跋涉的辛苦。①《词源字典》（Online Etymology Dictionary）给出了"旅行"（travel）一词的来源："travel"来源于"travail"，此词源指的是"工作、劳动、辛苦、遭罪或痛苦的努力、麻烦"，以及"艰辛的旅程"。虽然"travail"一词包含的意义已经过时，但它提供了一种不同的思考角度，毕竟大多数重要且有意义的旅程需要在克服困境和苦难中进行自我反思。这样的旅程在美国文学中屡见不鲜，例如梅尔维尔的《白鲸记》、海明威的《太阳照常升起》、克鲁亚克的《在路上》等。

而狄金森亦是通过丰富的苦难和痛苦意象凸显了"travail"的意义。如玛格丽特·弗里曼（Margaret Freeman）所说，与她的航海诗所营造的氛围不同，狄金森描绘的有关道路、旅途的意象"几乎总是消极的"，她笔下的道路总是孤独的，或被描述为"羞耻之路"，旅行经历则与痛苦、舍弃，以及十字架上的受难相关联，并且除了诗中的旅人或是感觉不适，或是迷茫以外，诗中的道路好似也不能指引旅人通往或到达最终的目的地②。

"人生如旅"这一古老的隐喻并没有为狄金森提供任何安全感或指明人生方向，她反将其转化为一种"抵制人生之旅"的意象，以表达她对此隐喻的反感③。在这个隐喻中，如果"出生"是旅程的开始，"死亡"是最终的目的地，那么这就与狄金森受到的来自清教徒和加尔文主义神学的影响相矛盾。对于清教徒而言，死亡可以被理解为旅程中的一个点，即清教徒灵魂去向天堂或地狱的"一扇门"，此门并非终点，而是"节点"；对于加尔文主义者而言，"人生如旅"需要被构建为一个封闭的线性路径（开始+沿途+结束），真正的路径是"要超越生命去珍视永恒"，即死亡（结

---

① Arthur Asa Berger, *Deconstructing Travel: Cultural Perspectives on Tourism*, California: Alta Mira, 2004, p. 7.
② Margaret H. Freeman, "Nature's Influence", p. 62. Margaret H. Freeman, "Nature's Influence", in Eliza Richards, ed., *Emily Dickinson in Context*, New York: CUP, 2013, p. 62.
③ Margaret H. Freeman, "Nature's Influence", p. 62.

束）才是追寻永恒的开始①。于狄金森而言，生命是自然属性的，具有其季节性的循环，一草一木、一花一物每年都会回归，不同的自然现象每季都会重演，周而复始，生生不息②。与古老的隐喻不同，狄金森"交替更迭"的旅程永远不会结束，而是包含更多探索未知和超越线性封闭的表述方式③。

某种程度上，狄金森的"个人宗教哲学"可以解释她沉迷于探讨"永恒"的原因（因为"永恒"时常出现在她的诗歌的不同主题中），她的创作展现了"魔崖"的二重性，即天堂之路与地狱之门的重合——终点即起点。下文将尝试通过对她的道路、旅行者和旅行方式等意象的分析，揭示她独特的通向"永恒"的旅程。

二 道路意象

惠特曼的《大路之歌》（"Song of the Open Road"）可被视为美国旅行文学中最具代表性的佳作之一。之所以广受欢迎，不仅因为它动人心弦的音乐性和动态的人物形象，还因为它对人类脆弱性的深刻见解与对团结和自由的振奋呼吁相辅相成④。19世纪中叶，"大路"（the open road）成为美国独有的进步的象征，人们可以自由地成长，自由地与大自然交流，自由地探索自我，自由地进行灵性重生，因为惠特曼创造了一条逃离通道，这条通道通往想象中的半神话的开放空间。⑤

《大路之歌》中有许多令人印象深刻的旅行意象。诗中的旅行者被描述为一个轻松愉快、强壮满足的人，愿意在整个旅程中肩负"多年喜爱的责任"，道路被描绘为一条安全的、可以通向任何目的地的"长长褐色的大路"。如果读者将"褐色"与土壤的颜色联系起来，那么这条路不仅象征着自然之路，也暗示着"孕育希望"。

---

① Margaret H. Freeman, "Nature's Influence", p. 62.
② Margaret H. Freeman, "Nature's Influence", p. 62.
③ Margaret H. Freeman, "Nature's Influence", p. 62.
④ Harold Aspiz, "'Song of the Open Road'（1856）", *The Walt Whitman Archive*, （March 2019）, https：//whitmanarchive.org/item/encyclopedia_entry668.
⑤ Harold Aspiz, "'Song of the Open Road'（1856）", *The Walt Whitman Archive*, （March 2019）, https：//whitmanarchive.org/item/encyclopedia_entry668.

旅途中会集了各种人物，无论阶层、职业、性别，旅行者还宣称："从此我不再希求好运气，我自己就是好运气，／从此我不再抱怨，不再迟疑，什么也不需要……"以此表达强烈的自信，这份自信，正是实现成功旅程的重要条件。在诗歌的结尾，诗人呼吁读者接受他的爱和热情，放弃那些物质需求，踏上开放之路。

惠特曼以积极、充满激情的方式描述心中的道路的意象，以呈现他的理论和理想，而狄金森的道路意象更像是她探索"永恒"过程中另一个有关"艰难困苦"的代名词。她在接下来的两首诗中，就表现出对"道路"的抗拒态度。她曾看过科尔的《逐出伊甸园》，这一点在她写给托马斯·P. 菲尔德夫人（Mrs. Thomas P. Field）的信中已得到证实。因此下面这首《穿过小巷—穿过荆棘—》①（"Through lane it lay—through bramble—", J9/Fr43）中的某些意象与科尔《逐出伊甸园》中的意象十分类似：

穿过小径—穿过荆棘—
穿过树林和林间空地—
在荒僻的大道上
草寇常常与我们擦肩而去。

好奇的野狼前来窥视—
鸱鸮投下困惑的目光—
蟒蛇的锦缎身条儿
偷偷儿地滑向前方—

风雨吹打我们的衣衫—
雷电闪动它的利剑—
我们头上的危岩
饿鹰尖厉的叫声令人丧胆—

林神举起手指招呼—
"来吧"山谷喃喃发出轻唤—

---

① 《狄金森全集》第一卷，第14页。

第四章 陆地之旅：狄金森与她的"洪水题材"

这些就是所有的伙伴——
这就是唯一的道路
这些孩子急匆匆地往家赶。

Through lane it lay—through bramble—
Through clearing and through wood—
Banditti often passed us
Upon the lonely road.

The wolf came peering curious—
The owl looked puzzled down—
The serpent's satin figure
Glid stealthily along—

The tempests touched our garments—
The lightning's poinards gleamed—
Fierce from the Crag above us
The hungry Vulture screamed—

The satyr's fingers beckoned—
The valley murmured "Come" —
These were the mates—
This was the road
These children fluttered home.

与意大利画家马萨乔（Masaccio）不同[①]，科尔通过不同的景观，描绘出天堂与尘世的鲜明对比：一座石拱门不仅象征着通往天

---

① 在科尔之前，马萨乔（1401—1428）绘制了《伊甸园驱逐图》。这是一幅壁画，位于佛罗伦萨圣玛利亚德尔卡尔米内的布兰卡奇小教堂中。马萨乔专注于对亚当和夏娃的刻画，他们被驱逐出伊甸园，进入被迫劳作和遭受罪恶后果的世界。而亚当和夏娃的"情感"被特别强调，因为根据描绘，夏娃尖叫着，亚当捂住了他的脸。

堂的门户，同时也是两个对立领域（天堂与尘世）的交会之地①。画作的右侧通过各种绽放的花朵展现着伊甸园的和谐和美丽，而左侧则呈现出一个危险的未知世界，怪石嶙峋、满眼荒芜、野狼潜伏②。通往天堂的石拱门是两个对立领域的分割线——神圣与邪恶一线之隔。

从以下的两幅特写可看出，左侧的特写描绘了亚当和夏娃手牵手走在未知世界中的一条昏暗道路上，右侧是一匹狼的特写，似乎在暗示亚当和夏娃在旅程中将面临的不祥和危险（见图4-1、图4-2）。

图4-1　《逐出伊甸园》局部　　**图4-2　《逐出伊甸园》局部**

并且这里还刻画了一幕死亡场景：狼脚踩在一头鹿的身上，与一只像秃鹫一样渴望窃取鹿肉的飞禽对峙。这一场景出现在亚当和夏娃的旅途中，仿佛在映射亚当和夏娃离开伊甸园后要面临的艰难险阻都是注定的。

哥特元素是这首诗的底色。狄金森与哥特元素之间的关系就如她与自然的关系一样紧密。查尔斯·L. 克罗（Charles L. Crow）在《美国式哥特》（*American Gothic*，2009）中称，与霍桑、梅尔维尔、爱伦·坡和詹姆斯这些作家一样，狄金森也延续着哥特式的写作传统③。尽管她的诗歌看似与哥特风格毫不相关，但实际上有别具一

---

① Thomas Cole, "Expulsion from the Garden of Eden", *Museum of Fine Arts Boston*, (March 2015), https：//collections.mfa.org/objects/33060/expulsion-from-the-garden-of-eden? ctx=4e54cfda-bcb2-47a5-9051-eedac06fbe43&idx=5.

② Thomas Cole, "Expulsion from the Garden of Eden", *Museum of Fine Arts Boston*, (March 2015), https：//collections.mfa.org/objects/33060/expulsion-from-the-garden-of-eden? ctx=4e54cfda-bcb2-47a5-9051-eedac06fbe43&idx=5.

③ Charles L. Crow, *American Gothic*, Cardiff：U of Wales, 2009, p.1.

格的哥特效果（因为诗歌与哥特小说不同，前者有篇幅限制，而后者能使读者渐入恐惧）①。狄金森的诗歌短小而紧凑，读者一眼便可看出诗歌的长短，因此哥特式的紧张情绪无法在诗句中累积②。然而，尽管这种紧凑的形式无法使读者恐惧尖叫，但她的语言构思仍然产生了"如魅随形"的效果，随即引发了语音恐惧与认识冲击③。

即便狄金森的灵感或许来源于科尔的《逐出伊甸园》，她还是在诗中增添了更多的意象来描述这段危险旅程。三个7676的诗节后是一个出其不意的76446诗节，重复的形式不仅用于短语，还用于句子。首先，诗中人走在一条漫长而艰难的道路上，"穿过小径"，"穿过荆棘"，"穿过树林"；随即，"草寇"、"野狼"、"鸱鸮"、"蟒蛇"、"风雨"、"雷电"、"危岩"、"饿鹰"——出现在路上，神秘的"林神"和"山谷"的意象将哥特式的氛围推向顶峰。与《这—是夕阳涤荡的—大地—》中的自豪展示不同，这首诗中的"These"和"This"在狄金森的手稿中用斜体标出，语气严肃，以示告诫。

科尔的画作中强调亚当和夏娃在被驱逐出伊甸园后的旅途中可能遇到的隐藏的危险和艰辛，如果狄金森确实将这隐藏的危险和艰辛的意象引入她神秘的"山谷"之旅，她又在此之上增添了更多哥特式的意象，使读者从视觉方面（"小径"、"荆棘"、"空地"、"树林"、"草寇"、"野狼"、"鸱鸮"、"蟒蛇"、"危岩"）、听觉方面（"饿鹰尖厉的叫声"）和触觉方面（"风雨吹打我们的衣衫"）来全方位地体验这段旅程。这条路不仅孤独、充满危险和艰辛，其所通向的目的地也模糊不清，狄金森只将目的地描述为"山谷"，"林神举起手指招呼"像是在引领。虽然诱惑在向这些旅途中的"孩子"招手，但他们仍旧逃回家中，因为他们不仅太

---

① Daneen Wardrop, "'Goblin with a Gauge': Dickinson's Readerly Gothic", *The Emily Dickinson Journal*, Vol.1, No.1, 1992, p.40, *Project MUSE*, 2 May 2017.
② Daneen Wardrop, "'Goblin with a Gauge': Dickinson's Readerly Gothic", p.40.
③ Daneen Wardrop, "'Goblin with a Gauge': Dickinson's Readerly Gothic", p.50.

天真以至于无法体验这样的旅程，而且更可能被危险和艰辛吓倒，无法完成这样的旅程。狄金森使用看似放纵、消极的意象来描绘通往神秘山谷的道路，假使这个山谷代表天堂或"永恒"，那么这首诗中的意象和诗的最后一句，表明了她对"天堂"的抗拒。

在《去天国的路十分平坦》①（"The Road to Paradise is plain"，J1491/Fr1525）这首诗中，狄金森用另一种方式表达了抗拒：

> 去天国的路十分平坦，
> 但路上行人少见。
> 并非它不够坚实
> 只是我们预计
> 道路坎坷一点
> 更受人们喜欢。
> 天国的美女寥寥无几——
> 不是我——也不是你——
> 而是些未曾想到的东西——
> 宝矿不长翅翼。

> The Road to Paradise is plain,
> And holds scarce one.
> Not that it is not firm
> But we presume
> A Dimpled Road
> Is more preferred.
> The Belles of Paradise are few—
> Not me—nor you—
> But unsuspected things—
> Mines have no Wings.

普雷斯特对此解释说："去天国的路十分平坦"是因为通向天

---

① 《狄金森全集》第三卷，第167页。

170

堂的路显然是在教会的教导中"铺设"的①。狄金森在诗中对比了两种不同的道路的意象：一条通过教会教导的路是平坦的，而另一条是崎岖不平的，平坦之路人迹罕至，而崎岖之路则更受青睐。平坦之路虽由教会的教导"铺设"，看起来毫无惊险、一帆风顺，但却因为有"未曾想到的东西"而被抛弃。平坦之路既已设定，怎会有"未曾想到的东西"？这个结局并不符合对平坦之路的期待。此外更有"天国的美女"与深藏地底的"宝矿"形成对比，以此延伸，便可联想到"明亮"与"黑暗"、"轻盈"与"沉重"等对比。在地下埋藏着的东西没有翅膀，如何飞到天上？也因此不配走一条平坦的路。狄金森在告诉读者，那条由教会提供的路实际上对于大多数人来说不合适，而"things"和"Wings"的全韵则展示了她略显调侃的讽刺性回应。

本质上，这两首诗中不存在不确定性和期望，因为道路的意象过于消极以至于不包含任何的犹豫和模棱两可。无论是从哥特式的元素还是从反讽的对比来看，狄金森将走上通往永恒道路的凡人置于一种低、弱、小的状态。与惠特曼的开放之路不同，狄金森的道路不仅充满各种危险和艰辛，而且对于普通人来说也注定是艰难的。因此道路的意象暗示了狄金森的旅人在通向永恒之路上将会遭受的痛苦和磨难。

三 迷惘的旅人：她、他和我们的旅程

《去天国的路十分平坦》中"小而谦卑"的感觉被狄金森在接下来的诗歌中继续强化。她描述了三次失败的通向永恒之路的经历，诗中主人公的悲惨结局正是由他们的渺小所注定的。首先，《那是条老—路—穿越痛苦》②（"'Twas the old—road—through pain"，J344/Fr376）中讲述了一个女孩的心碎故事：

　　那是条老—路—穿越痛苦—
　　一条人迹罕至的—路—
　　曲折、荆棘—不计其数—

---

① David Preest, "Emily Dickinson: Notes on All Her Poems", p. 452.
② 《狄金森全集》第一卷，第245—246页。

到了天国—方能止步—

这就是—她经过的—城镇—
上次—她在—那里—休整—
然后—她步子迈得更紧—
那些小径—挤得很近—
然后—不是那么迅疾—
慢了—又慢—随着双脚变得—疲惫—
然后—停下来—没有别的路好去!

等等!瞧瞧!她的小书—
那一页—在爱上—折回—
她的那顶帽子—
以及这只旧鞋正适合这条小道—
不过—她自己—却逃之夭夭!

另一张床—短的一张—
女人们铺—今晚—
在明亮的卧室里面—
不过—看不见—
我们粗哑的晚安—
传不到她的头边!

'Twas the old—road—through pain—
That unfrequented—one—
With many a turn—and thorn—
That stops—at Heaven—

This—was the Town—she passed—
There—where she—rested—last—
Then—stepped more fast—
The little tracks—close prest—
Then—not so swift—

Slow—slow—as feet did weary—grow—
Then—stopped—no other track!

Wait! Look! Her little Book—
The leaf—at love—turned back—
Her very Hat—
And this worn shoe just fits the track—
Herself—though—fled!

Another bed—a short one—
Women make—tonight—
In Chambers bright—
Too out of sight—though—
For our hoarse Good Night—
To touch her Head!

"小书"、"帽子"、"旧鞋"这些意象传递着酸楚的伤感①。约翰·麦克（John Mack）曾介绍了一种根据人体进行"测量"的方法：自古以来，手指和脚等身体部位被用作传统的测量单位②。在狄金森的诗句中"脚"的意象比比皆是，比如《旅人迈步回家》③（"The feet of people walking home"，J7/Fr16），《这些低落的脚蹒跚了多少回—》④（"How many times these low feet staggered—"，J187/Fr238），《剧痛之后，感觉恢复正常—》⑤（"After great pain, a formal feeling comes—"，J341/Fr372）中的"双脚，机械地，转悠—/一种木然的动作"（"The Feet, mechanical, go round—/Of Ground, or Air, or Ought—"），以及《我无法证明岁月有脚—/但

---

① Susan Kornfeld, "The Prowling Bee", (March 2015), http://bloggingdickinson.blogspot.com/search?q=%E2%80%99Twas+the+old%E2%80%94road%E2%80%94through+pain%E2%80%94.
② John Mack, *The Art of Small Things*, Massachusetts: HUP, 2007, p.53.
③ 《狄金森全集》第一卷，第12—13页。
④ 《狄金森全集》第一卷，第133页。
⑤ 《狄金森全集》第一卷，第243页。

确信它们在奔跑》①（"I could not prove the Years had feet—/Yet confident they run", J563/Fr674）等。"脚"不仅是衡量距离的单位，甚至成了一种衡量困难或时间的方法。

上引诗中"旧鞋"作为"脚"这一意象的延伸，暗示着一段漫长的旅程。诗中第一节是通向天堂的典型场景，第二节描绘了女孩徒步的过程：她走过城镇，稍事小憩后加快了脚步，但越来越慢，最终停了下来。她蹒跚的足迹和"旧鞋"透露着旅程的艰辛和漫长，然而当她终于被找到时，她像是中途被劫似的仓皇而逃，她的小书、帽子、鞋子凌乱不堪。无人知晓她是否到达了天堂，但"短床"的意象表明她被放进了棺材里，即时举行葬礼。也许她没有到达天国，也许她在去天国的路上被找到了，而"粗哑的晚安"可能正是为她或为每一个平凡的人哀悼，毕竟，通往天国的旅程对于小而平凡的人来说太过危险。狄金森通过诸如小书、帽子、鞋子等纤弱的意象来展示凡人的渺小与微不足道，就如在《胜利姗姗来迟—》②（"Victory comes late—", J690/Fr195）中的知更鸟与麻雀一样[3]，与老鹰的"金色早餐"相比，这些小鸟要么只能吃樱桃或面包屑，要么必须具备忍耐饥饿的能力[4]，它们的饥饿是由于"缺乏上帝的爱"而造成的，尽管它们曾经被保证生活富足、永无后顾之忧[5]。通过强调小鸟的"小胃口"，诗中人明白，她/他无法得到上帝的垂怜[6]。

事实上狄金森诗中的主人公不仅无法得到上帝的垂怜，而且似乎也迷失了方向，因为他们从未得到任何指引来帮助他们克服困

---

① 《狄金森全集》第二卷，第56—57页。
② 《狄金森全集》第二卷，第156—157页。
③ Joanna Yin, "'Arguments of Pearl': Dickinson's Response to Puritan Semiology", *The Emily Dickinson Journal*, Vol. 2, No. 1, 1993, p. 71, Project MUSE, 8 June 2016.
④ Joanna Yin, "'Arguments of Pearl': Dickinson's Response to Puritan Semiology", p. 71.
⑤ Joanna Yin, "'Arguments of Pearl': Dickinson's Response to Puritan Semiology", p. 71.
⑥ Joanna Yin, "'Arguments of Pearl': Dickinson's Response to Puritan Semiology", p. 71.

难。在《向伊甸园跋涉，回头一望》①（"Trudging to Eden, looking backward", J1020/Fr1031）中，狄金森创造了一个名叫特罗特伍德的男孩形象，表面上她似乎给出了一个正向的结局，但读者很容易从她委婉表达中发现一个悲伤的真相：

> 向伊甸园跋涉，回头一望，
> 我遇见了某人的小子
> 问他姓甚名谁——他咬舌给我讲"特罗特伍德"——
> 夫人，他是不是属于你？
>
> 知道我见过他——而且他面无惧色——
> 会不会给人欣慰？
> 我不能哭——为了与如许笑脸相迎的
> 新相知——这个孩子结识——
>
> Trudging to Eden, looking backward,
> I met Somebody's little Boy
> Asked him his name—He lisped me "Trotwood" —
> Lady, did He belong to thee?
>
> Would it comfort—to know I met him—
> And that He didn't look afraid?
> I couldn't weep—for so many smiling
> New Acquaintance—this Baby made—

这个小男孩的原型来自查尔斯·狄更斯（Charles Dickens）的小说《大卫·科波菲尔》②（*David Copperfield*），这是狄金森最喜欢的书籍之一。在第13章和第14章中，狄更斯写道，年轻的大卫·

---

① 《狄金森全集》第二卷，第347—348页。
② 狄更斯时代的读者相信《大卫·科波菲尔》是一部稍加掩饰的自传，它是狄更斯第一次以第一人称写作的小说。See Holly Hughes, *Charles Dickins's David Copperfield*, New York: Barron's Educational Series, 1985, pp. 1-7; David Preest, "Emily Dickinson: Notes on All Her Poems", p. 328.

科波菲尔决定通过逃避现实、寻求他的姑妈贝茨·特罗特伍德（Miss Betsey Trotwood）的帮助来结束他的悲惨生活。经过六天的一路打听，他终于找到了姑妈的小屋。在得知他的悲惨经历后，贝茨姑妈决定将他收养，并给他起了一个新名字叫"特罗特伍德·科波菲尔"（Trotwood Copperfield）①。

伊丽莎白·A. 佩特里诺（Elizabeth A. Petrino）从"孩子夭折"的角度讨论了狄金森这首诗中的小男孩，她认为狄金森见证了一个孩子死后其灵魂无所畏惧的平静和满足（"知道我见过他——而且他面无惧色——"），并感性地将死亡看作合情合理的结局且具有疗愈作用②。简·多纳休·埃伯温提到，在19世纪中产阶级社会背景的约束下，狄金森所塑造的儿童角色，尤其是男孩，特别受文学评论家和心理学家的青睐③。诗中的男孩角色似乎是需要家庭特别培育和保护的局外人，男孩们对于远行的幻想，看似是这一性别独有的征服世界的权利，但由于"需要家庭特别培育和保护"，这项权利成了一种"可悲的愿景"④。

维维安·R. 波拉克（Vivian R. Pollak）解释说，任何女性都会对特罗特伍德这样的孩子感到同情，"特罗特伍德"这一特定的形象很容易表现出令人印象深刻的感人之处⑤。表面上，狄金森为这个不幸的孤儿设定了一个美好的结局，因为他在通往天国的旅途中找到了"同伴"⑥；事实上，这首诗中的第一个词"跋涉"就已经暗示诗中人在通往天国的旅途中所受的艰辛和无可奈何。从"咬舌给我讲"可以看出，这个男孩甚至比狄更斯笔下的特罗特伍德还年幼，这无形中为诗歌增添了更多的悲剧性。诗的最后两行"我不能哭——为了与如许笑脸相迎的/新相知——这个孩子结识——"深情而又

---

① Charles Dickens, *David Copperfield*, Hertfordshire: Wordsworth Editions, 1992, pp. 157-173, 174-186.
② Elizabeth A. Petrino, *Emily Dickinson and Her Contemporaries: Women's Verse in America, 1820-1885*, New Hampshire: UP of New England, 1998, p. 87.
③ Jane Donahue Eberwein, *Dickinson: Strategies of Limitation*, Massachusetts: U of Massachusetts, 1985, p. 98.
④ Jane Donahue Eberwein, *Dickinson: Strategies of Limitation*, p. 99.
⑤ Vivian R. Pollak, "Emily Dickinson's Literary Allusions", *Essays in Literature*, Vol. 1, No. 1, 1974, p. 61.
⑥ Vivian R. Pollak, "Emily Dickinson's Literary Allusions", p. 62.

矛盾，诗中人本应替这个男孩开心，因为他一路有伴，不再孤单；但诗中人内心十分明了，这并不是男孩甚至所有在这条通往天国之路跋涉的旅人的真正结局。这首诗中没有任何迹象表明他们将最终到达天国。尽管诗歌第一节（9798）与第二节（9898）的音节数略有不同，或许暗示着男孩的加入，在这群跋涉的旅人中激起了小小的浪花，但似乎这样的变化带来的影响微不足道。在旅途中加入新的伙伴或许是一种安慰，然而悲哀在于诗中人知道这种安慰只是暂时的，毕竟，因为缺乏上帝的爱，他们注定是渺小无助的，这才是真相。

这种被抛弃、被流放的感觉，在《我们的旅行已经向前—》[①]（"Our journey had advanced—"，J615/Fr453）中也有所体现：

> 我们的旅行已经向前—
> 我们的脚几乎出现
> 在生命之路的单岔边—
> 永恒—按照期限—
>
> 我们的步伐突生畏惧—
> 我们的脚—勉强—领着前进—
> 前面—是城市—但中间隔着—
> 死者的森林—
>
> 撤退—没有希望—
> 后面——一条封死的路线—
> 永恒的白旗—在前—
> 上帝—在每个门边—
>
> Our journey had advanced—
> Our feet were almost come
> To that odd Fork in Being's Road—

[①] 《狄金森全集》第二卷，第101页。

Eternity—by Term—

Our pace took sudden awe—
Our feet—reluctant—led—
Before—were Cities—but Between—
The Forest of the Dead—

Retreat—was out of Hope—
Behind—a Sealed Route—
Eternity's White Flag—Before—
And God—at every Gate—

根据利-安妮·厄本诺维奇·马塞林（Leigh-Anne Urbanowicz Marcellin）的说法，狄金森有可能关注过美国内战，她认为这首诗是一位即将面临死亡的内战士兵的"独白"[1]。士兵讲述着他和他的战友在城市与城市之间行军，穿越过无数的尸体，而"冷酷的上帝"阻挡了他们所有逃脱的出路，迫使他们必须面对死亡这一终极失败[2]。

"白旗"这一意象使人浮想联翩，辛西娅·格里芬·沃尔夫（Cynthia Griffin Wolff）对此进行了详细的阐述。"白旗"通常被认为是投降的颜色，"上帝—在每个门边"间接表明了这座城池戒备森严，虽有人向其逼近，但它未被攻陷，因此"白旗"并不是此城出示的投降之旗，而是在昭告那些想要进城的人：先投降，再进入[3]。这种投降类似于当基督徒决定接受上帝的信仰契约条件时必需的皈依行为，换言之，在通向"永恒"的命运之旅中，一个人必须失去真实自我才能做到这一空洞的"同一性"，而"投降"正是对真实自我侵蚀与泯灭的开始[4]。"白旗"是一个前提条件：入城之人须放弃自我，屈服于上帝的威严。这类似于画家科尔在他的

---

[1] Leigh-Anne Urbanowicz Marcellin, "Emily Dickinson's Civil War Poetry", *The Emily Dickinson Journal*, Vol. 5, No. 2, 1996, p. 108, Project MUSE, 15 July 2018.
[2] Leigh-Anne Urbanowicz Marcellin, "Emily Dickinson's Civil War Poetry", p. 109.
[3] Cynthia Griffin Wolff, *Emily Dickinson*, New York: Alfred A. Knopf, 1986, p. 338.
[4] Cynthia Griffin Wolff, *Emily Dickinson*, p. 338.

第四章 陆地之旅：狄金森与她的"洪水题材"

《成年》中所描绘的情景：在面对洪水的考验时，男人虔诚地下跪祈祷，选择"投降"。因此"白旗"看似是橄榄枝，其实是最后通牒。科恩菲尔德似乎也支持这一点，尽管她的解释在某些方面似乎持中，但她也认为，"永恒的白旗"表示投降，永恒是一个向上帝（征服者）投降个人意志的地方[①]。

如《那是条老—路—穿越痛苦》和《向伊甸园跋涉，回头一望》一样，《我们的旅行已经向前—》明确地开启了通向永恒的旅程，却含糊地以未解决的困境结束。读者被留在原地，看似面临抉择，但又隐隐觉察到将会面对一个令人失望的结局。狄金森制造了一个极端的情境。首先，"岔路"（fork）或许暗示着一条路通向天堂，另一条路通向地狱，但其所传递的更为重要的信息是：何去何从，旅人们需要在此作出抉择了。然而用"odd"修饰"fork"表明虽然旅人们已知路的尽头有"永恒"在等待着他们，但眼前的这条"单岔"（odd Fork）却让他们隐隐不安，似乎有一种不祥笼罩着前方。其次，诗中第二节尽管没有使用被动语态，但前两行诗已经表明了一种被迫前进的无奈——前方耸立着"永恒之城"，一片"死者的森林"却横在旅人与"永恒"之间。若"永恒"是对灵魂的承诺，为何兑现的过程如此艰难？除了"永恒的白旗"这一似迎接而又非迎接的意象之外，既无后退之路，又无前进之望，也没有第二个选择，因为唯一的路线已被封闭。旅人们被操控、被践踏，他们的渺小（"一条封死的路线"）与上帝的全能（"上帝—在每个门边—"）形成鲜明对比。他们被打败，得到的唯一的仁慈是投降，虽然诗中并未交代他们的最终命运，但可以肯定的是他们毫无选择。

对于微不足道的凡人来说，通往永恒的旅途充满了艰辛：一方面，这条路是孤独而痛苦的，另一方面，它是不可预测的。即便所谓的"终极目标"就在眼前，但结果仍然未知。如埃伯温所言，"旅行"于狄金森而言是一个"求索"的过程，它揭示了她的旅人们在苦苦求索"不确定的终极目标"时所遭遇的"巨大障碍"[②]。

[①] Susan Kornfeld, "The Prowling Bee", (March 2015), http://bloggingdickinson.blogspot.com/search?q=Our+journey+had+advanced%E2%80%94.

[②] Jane Donahue Eberwein, *Dickinson: Strategies of Limitation*, p.110.

事实上，上文提到的旅行与其说是求索，不如说是一种被迫承受的苦难，在求索永恒的旅途上，这"不确定的终极目标"和遭遇的"巨大障碍"注定了旅人们失败的结局。

四 "抒情我"（Lyric I）的旅程

关于通往永恒的旅程，狄金森特别呈现了她理想中的方式。在《以利亚的车子知道车辕》[①]（"Elijah's Wagon knew no thill", J1254/Fr1288）中，她使用"不可思议的绝活"来描述以利亚的旅程：

> 以利亚的车子知道车辕
> 不会缺失轮子
> 以利亚的马儿同他的车
> 一样独一无二——
>
> 要描绘以利亚的旅程
> 技艺随他一起终止
> 它以不可思议的绝活
> 证明以利亚有理——
>
> Elijah's Wagon knew no thill
> Was innocent of Wheel
> Elijah's horses as unique
> As was his vehicle—
>
> Elijah's journey to portray
> Expire with him the skill
> Who justified Elijah
> In feats inscrutable—

《圣经·列王纪下》（2:11）中对这段旅程的描述是："他们正

[①] 《狄金森全集》第三卷，第42页。

走着说话，忽有火车火马将二人隔开，以利亚就乘旋风升天去了。"① 以利亚因乘旋风升天而闻名。这段神奇旅程像是出自上帝之手，其目的地十分明确，就是天堂。与世俗理解和想象中的死亡、葬礼等过程不同，充满戏剧性效果地乘风升天就可以直达天堂②。埃伯温认为以利亚的故事令狄金森心驰神往，她甚至认为自己就是如此精彩绝伦的冒险中的主角③。

或许因为狄金森羡慕以利亚乘风升天、直达天堂的方式，便将这一意象大胆地融入她的创作中，这在19世纪的女性中是独树一帜的。读者也许会发现，以利亚在如此烈焰之中并未死亡，如耶稣升天一般，突然从世俗消失了，这种"消失"的方式被解释为圣徒到达天堂的手段，留给世人的只有惊讶和崇拜④。当然，狄金森并非将自己与圣人相较，但她对以利亚乘风升天、直达天堂的羡慕，在某种程度上揭示了她对于无死亡的、不寻常的通往永恒之旅的满心期待。

人类对死亡的恐惧是一个永恒的话题，许多诗人描绘过生命最后时刻的场景，并赋予死亡不同的角色和特点，尤其是女性诗人。例如露西·拉科姆（Lucy Larcom）在她的《越过河流》（"Across the River"）中写道：

  行于尘世之路，
  他叮嘱我们相互扶持——
  我们挚爱的主啊
  予我们以兄长之情——
  倘若我们在天相遇
  他定会更加紧握这份爱的羁绊。

  因此，我不惧跨越
  那寂静的河流。
  死亡啊，你划桨匆匆近；

---

① "他们"在这里指"以利亚"和"以利沙"（Elisha）。
② Jane Donahue Eberwein, *Dickinson: Strategies of Limitation*, p. 37.
③ Jane Donahue Eberwein, *Dickinson: Strategies of Limitation*, p. 37.
④ Jane Donahue Eberwein, *Dickinson: Strategies of Limitation*, p. 37.

请将我带到那彼岸，
越过河流，通向彼岸，
亲人先行在彼边！

He who on our earthly path
Bids us help each other—
Who his Well—beloved hath
Made our Elder Brother—
Will but clasp the chain of love
Closer, when we meet above.

Therefore dread I not to go
O'er the Silent River.
Death, thy hastening oar I know;
Bear me, thou Life—giver,
Through the waters, to the shore,
Where mine own have gone before![1]

诗中大量使用了全韵，如"path"和"hath"，"other"和"brother"，"love"和"above"等，完美的押韵在一定程度上体现了诗人对这次旅程的虔诚和崇拜。而对重点信息的大写（如"Well—beloved"、"Elder Brother"）不仅强调了虔诚和崇拜，还营造出一种庄严的氛围。死亡被塑造成了一个充满关怀和引领的角色，负责引导凡人进入天堂。因此诗中人明确地表达了当跨越寂静的河流时，她/他毫无恐惧，因为死亡在旅途中的关怀和引领已充分地安抚了她/他。

有趣的是，狄金森的诗中也出现了这样一个引领者，在《在这片神奇的海洋》中，她将自己描绘成一名自信的领航员、一位亲切的向导，引领着"旅人"苏珊前往最终目的地。而另一些安

---

[1] Lucy Larcom, "Across the River", *American Verse Project*, (February 2019), https://quod.lib.umich.edu/a/amverse/BAC5685.0001.001/1:78?rgn=div1; view=fulltext.

抚性的角色似乎与其更加亲密。格雷格·米勒（Greg Miller）指出，在《"'对我？'我不认识你—"》①（"'Unto Me？' I do not know you—", J964/Fr825）中，狄金森的灵魂伴侣似乎与耶稣或"毁灭车夫"有关。而在她早期的一些书信中，狄金森就构想了驾着战车或骑着马的男子，有时她受到他们的威胁，有时她又被他们追求②。

在19世纪中叶的美国，人们普遍认为健康的婚姻应该建立在浪漫的爱情这一坚实的基础之上，已经庆祝了几个世纪的情人节（Valentine's Day）毫无疑问成为浪漫爱情的纪念日。19世纪40年代初，随着情人节卡片备受欢迎并被商业化生产，那些通过细致的穿孔和有浮雕的花边纸张来表达浪漫情感和对浪漫爱情的渴望成为一种时尚，情人节至此已扎根于美国文化③。在此背景下，年轻情侣非常看重求爱期（courtship）并认为这是他们生命中的特殊时光。这是相识和正式订婚之间的一个时期，年轻情侣可以此加深对浪漫爱情的感受，了解对方的真实性格，并确保他们之间形成的联结是基于彼此的钦佩和尊重，彼此间的吸引力是基于相互的爱慕和欣赏④。

狄金森似乎也将求爱阶段放进了她的诗歌创作中，她塑造了一个追求她的"情人"来安抚、守护她，并偕她一同踏上逃离家庭束缚的旅程。《由于我无法驻足把死神等候—》⑤（"Because I could not stop for Death—", J712/Fr479）中就描述了一个与求爱者共赴旅程的场景，死亡和永恒所形成的末日时刻跃然纸上⑥：

---

① 《狄金森全集》第二卷，第320页。
② Greg Miller, "'Glorious, Afflicting, Beneficial': Triangular Romance and Dickinson's Rhetoric of Apocalypse", *The Emily Dickinson Journal*, Vol.11, No.2, 2002, p.88, *Project MUSE*, 15 March 2017.
③ Ann Haddad, "Romance and Sweet Dreams: Mid-19th Century Courtship", *Merchant's House Museum*, (March 2019), https：//merchantshouse.org/blog/courtship/.
④ Ann Haddad, "Romance and Sweet Dreams: Mid-19th Century Courtship", *Merchant's House Museum*, (March 2019), https：//merchantshouse.org/blog/courtship/.
⑤ 《狄金森全集》第二卷，第171—172页。
⑥ Greg Miller, "Glorious, Afflicting, Beneficial", p.89.

	音节
由于我无法驻足把死神等候—	8
他便好心停车把我接上—	6
车上载的只有我们俩—	8
还有永生与我们同往。	6
我们驾车款款而行—	8
他也知道无须匆忙	6
为了报答他的礼貌，	8
我把劳逸搁置一旁—	6
我们经过学校，学生娃娃	8
围成一圈—争短斗长—	6
我们经过庄稼瞻望的田野—	8
我们经过沉没的夕阳—	6
或者不如说—夕阳经过我们身旁—	6
露珠儿颤悠悠阴冷冰凉—	8
只因我长袍薄似蝉衣—	8
我的披肩也跟薄纱一样—	6
我们停在一座房舍前	8
它好似土包隆起在地上—	6
屋顶几乎模糊难辨—	8
檐口—也隐没在地中央—	6
自那时起—已过了几个世纪—	8
然而感觉起来还不到一日时光	6
马头朝着永恒之路	8
这也是我最初的猜想—	7

	syllables
Because I could not stop for Death—	8

第四章 陆地之旅：狄金森与她的"洪水题材"

He kindly stopped for me—	6
The Carriage held but just Ourselves—	8
And Immortality.	6
We slowly drove—He knew no haste	8
And I had put away	6
My labor and my leisure too,	8
For His Civility—	6
We passed the School, where Children strove	8
At Recess—in the Ring—	6
We passed the Fields of Gazing Grain—	8
We passed the Setting Sun—	6
Or rather—He passed Us—	6
The Dews drew quivering and chill—	8
For only Gossamer, my Gown—	8
My Tippet—only Tulle—	6
We paused before a House that seemed	8
A Swelling of the Ground—	6
The Roof was scarcely visible—	8
The Cornice—in the Ground—	6
Since then—'tis Centuries—and yet	8
Feels shorter than the Day	6
I first surmised the Horses'Heads	8
Were toward Eternity—	7

学者们大多深入地讨论了这首著名诗歌中的死亡、不朽和永恒等意象，他们的关注点主要集中在死亡的"车夫形象"、"抒情我"的"新娘形象"、抽象时间维度的形象，以及墓穴的形象上。这首诗涉及从"不朽"到"来也"的更替，从"不死"到"永存"的

转化，读者能够想象甚至体验到与"抒情我"一起从"没有死亡的状态"到达"没有时间的状态"的旅程①。

  读者可能还会惊讶地发现，表面上这首诗的英文诗句长短不一，但音节的数量几乎保持稳定（四个8686的诗节）。音节数的两个变化暗示了两个重要时刻：第四节诗（6886）描述了死亡进入"我"身体的方式和过程，而最后一节诗（8687）则暗示"我"意识到自己可能已经处于不同的状态。此外，"马车"（carriage）这一意象也颇为有趣。正如上文提到，日益发展的工业使美国的经济景观发生了重大改变，大型企业的发展为社会带来了巨大财富，因此为了与欧洲的华丽园林相媲美，政府建造了许多公园为新兴的城市富人们服务。其中纽约市的中央公园是新型城市公园的原型，它颇具特色地保留了一系列专门为马车行驶的车道。"出行方式"是阶级地位的一个明显的标志，拥有马车且能够在公园内驾驶马车是纽约市上层阶级的标志。而到了19世纪70年代，社会经济的繁荣使马车的价格不断下跌，对它的使用也愈发普遍化。19世纪末，最受欢迎的车辆"buggy"（轻便四轮马车，带或不带可折叠式车顶，可容纳一到两个人）风靡一时。

  在这首大约写于1863年的诗中，狄金森使用马车的意象至少表达了两层含义：首先，根据她的家庭背景，马车可能是她日常的交通工具之一，因为她对这一交通工具十分熟悉，所以在一定程度上能给她带来安全感。其次，由于马车可以在公园中驾驶，因此它具有休闲和娱乐的特质。"马车"这一意象在某种程度上揭示了狄金森的期望：即便无法逃避死亡，至少她可以被友好地对待，通往死亡旅程可以轻松、有趣。与她"迷惘且渺小"的旅人相比，这首诗的第一节就显露出些许傲慢，诗中人并非解释，而是直接宣称"我无法驻足把死神等候"；相反，死亡作为车夫，"好心"地停下来载她。死亡与诗中人之间的关系似乎很亲密，因为马车是私人的，只有"我们俩"和另一个朋友——永生。马车慢悠悠地行驶，

---

① DeSales Harrison, "Timeless Faces and Faceless Clocks: Mortal Memory and Eternity's Countenance in the Work of Emily Dickinson, Catherine Pozzi, and Medardo Rosso", *Yearbook of Comparative and General Literature*, Vol. 53, 2007, p. 37; Natalie Adler, "Dickinson's Mastery", *The Emily Dickinson Journal*, Vol. 25, No. 2, 2016, pp. 12-13, *Project MUSE*, 20 March 2017.

第四章　陆地之旅：狄金森与她的"洪水题材"

为了回报死亡的礼遇，诗中人将"劳逸搁置一旁"，认真地体验着这一旅程。

这个温柔、亲密、体贴的"车夫"令人深刻印象，读者甚至可能会忘记诗中人此程的目的正是一步步走向死亡，获得永生。狄金森期望的不仅仅是以一种温和、文明甚至轻松的方式离开尘世，她还期望得到引领，使她能够在回顾一生的同时面对死亡和死后未知的恐惧。"薄纱"这一意象暗示着灵魂逐渐离开了身体变得愈发轻盈——"我"正在经历死亡的过程。墓穴被描述为一个房舍，他们"停在"了房舍前，无论"我"留在了房舍还是继续行程，诗的最后一节明确表明，"我"到达了永恒。这次旅程中唯一的痛苦也许是"露珠儿颤悠悠阴冷冰凉"的时刻。

在《那是一条安静的路——》①（"It was a quiet way—"，J1053/Fr573）中，狄金森也表达了想被温柔引领、被坚定信任的渴望：

> 那是一条安静的路——
> 他问我是否属于他——
> 我嘴不回话
> 却眼睛作答——
> 然后他载着我前行
> 在这尘世的喧嚣前面
> 飞快，仿佛乘着车辇
> 距离，如同左右车轮之间。
> 这个世界落在后边
> 仿佛一噘噘土地离开
> 一个探出气球的人的脚
> 走上一条空中的街道。
> 后面的海湾不在，
> 大陆十分新奇——
> 那就是永恒应到
> 之前的永恒。
> 对于我们没有四季——

---

① 《狄金森全集》第二卷，第363页。

那既非黑夜又非清晨——
但朝阳却停在该地
并在黎明时将它拴紧。

It was a quiet way—
He asked if I was his—
I made no answer of the Tongue
But answer of the Eyes—
And then He bore me on
Before this mortal noise
With swiftness, as of Chariots
And distance, as of Wheels.
This World did drop away
As Acres from the feet
Of one thatleaneth from Balloon
Upon an Ether street.
The Gulf behind was not,
The Continents were new—
Eternity it was before
Eternity was due.
No Seasons were to us—
It was not Night nor Morn—
But Sunrise stopped upon the place
And fastened it in Dawn.

  罗伯特·麦克卢尔·史密斯（Robert McClure Smith）和朱迪思·法尔都指出了这首诗中存在的"诱惑"感。作为典型的诱惑叙事[①]，约翰·弥尔顿（John Milton）的《失乐园》甚至被用作霍利奥克山女子神学院毕业班的考试题目，而在学院度过了一年的狄金

[①] 史密斯称，弥尔顿的史诗就像《创世纪》一样，撒旦是第一个引诱女人犯罪的罪魁祸首，他是成功诱惑的典范。撒旦对夏娃的巧妙说服，正是他对她的"诱惑修辞"，使人类语言出现了利用语言符号进行欺骗的可能性。Robert McClure Smith, *The Seductions of Emily Dickinson*, Alabama: U of Alabama, 1996, p. 26.

森不可避免地受其影响，并且在狄金森的家庭图书馆中也有一本《失乐园》①。因此史密斯认为，这首诗中狄金森展现了一种模棱两可的态度：一方面，她似乎抵制了一种危险的外在诱惑；另一方面，她又与这种诱惑藕断丝连②。法尔甚至称这首诗的前两行就像是一首订婚诗的开场自白③。

无论是通过旅途的艰辛或是旅人迷惘、渺小等意象，还是通过绅士的车夫意象，对于狄金森来说，永恒一直都是一种诱惑，否则它就不会成为她的"洪水题材"。在这首诗中，车夫与诗中人的关系似乎非常亲密，不仅因为车夫问出了诗中人"是否属于他"这一问题，还因为诗中人"嘴不回话/却眼睛作答"的行为，以及"他载着我"这样的近距离接触。大卫·普雷斯特称，狄金森十分大胆地作了一个比喻，因为"飞快，仿佛乘着车辇/距离，如同左右车轮之间"这一描述，表明了她或许希望自己可以像以利亚一样，乘旋风升天④。事实上诗中人所描述的升天过程更加平和、优美。"那就是永恒应到/之前的永恒"表明诗中人将要到达的新大陆上没有季节、昼夜的概念，时间是无尽的，一切存在于永恒的日出⑤。诗中唯一的"死亡场景"蕴含在"在这尘世的喧嚣前面"一句中，尘世中的喧嚣可能是下葬前的哀悼或哭泣，然而诗中人早已前往永恒了。

在《主啊，用绳子拴住我的命》⑥（"Tie the Strings to my Life, My Lord"，J279/Fr338）中也能看到车夫与隐藏的马车的意象：

主啊，用绳子拴住我的命，

---

① Fred D. White, *Approaching Emily Dickinson: Critical Currents and Crosscurrents since 1960*, p. 174.
② Robert McClure Smith, *The Seductions of Emily Dickinson*, p. 29.
③ Judith Farr, *The Passion of Emily Dickinson*, p. 7.
④ David Preest, "Emily Dickinson: Notes on All Her Poems", p. 335.
⑤ "日出"和"黎明"象征着新的一天的开始。朱迪思·法尔指出，与大多数19世纪的风景诗人和画家一样，狄金森也研究一天或一个季节中的戏剧性的变化，将其视为"崇高"的证据……爱默生描述自己等待清晨来临的过程，以便提醒他永恒与时间、上帝与人类之间的关系……早晨标志着新的一天的奇迹，是想象力和创造新生命的象征。Judith Farr, *The Passion of Emily Dickinson*, pp. 51-53.
⑥ 《狄金森全集》第一卷，第192—193页。

然后，我就去！
只是把马儿瞧一瞧—
好快！没问题！

把我安顿在最牢靠的一边—
好让我永不坠落—
我们必须奔向最后的审判—
部分山路，是下坡—

悬崖峭壁我毫不在意—
茫茫大海也绝不畏惧—
在永恒的赛跑中不松劲—
靠的是我的抉择，还有你—

告别昔日的生活—
还有我曾经熟悉的世界—
替我把群山只吻一遍—
然后—我就诀别！

Tie the Strings to my Life, My Lord,
Then, I am ready to go!
Just a look at the Horses—
Rapid! That will do!

Put me in on the firmest side—
So I shall never fall—
For me must ride to the Judgment—
And it's partly, down Hill—

But never I mind the steepest—
And never I mind the Sea—
Held fast in Everlasting Race—
By my own Choice, and Thee—

第四章 陆地之旅：狄金森与她的"洪水题材"

> Goodbye to the Life I used to live—
> And the World I used to know—
> And kiss the Hills, for me, just once—
> Then—I am ready to go!

这辆马车并未上升，反是一路向山下冲去。"山丘"的意象可以与前文所提到的"魔崖"做联想，例如"我们必须奔向最后的审判—/部分山路，是下坡"、"悬崖峭壁"以及"茫茫大海"都在表明，诗中人准备垂直下冲。狄金森通过"永恒的赛跑"来暗示"永恒"可能是最终目的地，除此以外她还运用了重复，如"毫不"、"绝不"（"never l mind"），以及扬抑格代替抑扬格的坦白、宣誓的语气来展示诗中人下冲的决心。

然而如此语气似乎并未完全服务于"决心"，诗中人并不确定，因此一再重复自己的决心更像是为自己鼓劲打气，而非坚定不移。莫里斯·S. 李（Maurice S. Lee）认为，基于这首诗的神学背景，狄金森像是在讽刺清教徒为救赎做准备时的困境：一边早已知晓将要面对死亡，一边又不确定死后的永恒究竟是什么[①]。的确，"把我安顿在最牢靠的一边—/好让我永不坠落"揭示了诗中人的恐惧，诗歌最后一节甚至透露出诗中人对凡间的不舍和眷恋，然而这样的决心是两者共同选择（"靠的是我的抉择，还有你—"）的结果，其中的悲怆更像是因挫败的爱情而产生自杀倾向的绝望感。冲向死亡是可怕而悲惨的，诗中人虽勇敢地宣布了这一决心，但恐惧和不情愿仍萦绕在她的潜意识中。

庄严和忐忑是狄金森面对永恒的主要态度，虽然她塑造的车夫或是引领者，或是追求者，她笔下的马车或形如战车，或扶摇直上，但这些外部的有利条件似乎无法证明她确信自己已做好了万全的心理准备，在面对死亡以及未知的永恒时，她依旧惴惴不安。尽管如此，与她所塑造的"迷惘的旅人"相比，"抒情我"的旅程还是在某种程度上安慰了狄金森的读者，毕竟在追寻永恒的旅途中，未知好过毫无期盼。简言之，狄金森关于陆地之旅的诗歌大致分为

[①] Maurice S. Lee, "Dickinson's Superb Surprise", *Raritan*, Vol. 28, No. 1, 2008, p. 61.

两类:她对铁路货车的描写足可以使其获得"旅行作家"的称号,她以幽默的笔触讲述了货车上发生的琐事,刻画了不同人物的不同性格,而她的"铁马"则生动地展现了技术创新的力量,抒发了她对科技进步的赞叹。通往永恒的旅程则回归了她的想象世界,在探讨这一旅程的过程中,狄金森不仅描述了通往永恒之路的艰难险阻,塑造了不被上帝垂怜的渺小的旅人形象,表达了他们被动之中的毫无选择,还试图以自己的身份,寻找一种更为优雅、更少痛苦的方式来面对死亡,以到达最终的目的地。

学者大多注意到狄金森诗歌中各种各样的地名，这些地名也大多饱含着狄金森式的隐喻。狄金森的地名不仅展现了她强大的空间思维，还以更为浓缩的"代码"形式将诗歌中的旅行意象拓展到更广阔的空间。这些地名有些表达了她对历史与时事的见解，有些暗示着她对东方文化的好奇，还有些作为对陆地之旅的延伸，继续呈现了她对通向"最终目的地"之旅的思考。无论是长段的描述，还是俳句般的凝练，狄金森以地名的形式展示着自己博古览今、融会贯通的创作能力。

第五章 狄金森诗歌中的地名

第一节 编码式地名

许多学者都注意到，尽管狄金森是个隐士，但她诗歌中却出现了各种各样的地名①。无论是引用典故还是单纯的叙述，狄金森对异国地域名词尤为偏爱②，她可以在她的想象中去往任何她想去的地方，而书籍就是她到达目的地的交通工具之一。但读者可能会直接将这些地名等同于实际的旅行目的地，而不是对旅行的隐喻。为了解释这一现象，马丽娜·尼尔森（Malina Nielson）和辛西娅·L.哈伦（Cynthia L. Hallen）在《艾米莉·狄金森的地名》（"Emily Dickinson's Placenames"）③中解释了原因，并在表5-1中以五种命名分类展示这些地名。

如表5-1所示，狄金森提到的欧洲地名数量最多，这源于那些在阿默斯特的家族与欧洲国家的历史联系；其次，19世纪新英格兰著名的作家如爱默生、哈丽特·比彻·斯托（Harriet Beecher Stowe）和路易莎·梅·奥尔科特（Louisa May Alcott）都曾游学欧洲以提升自己的教育水准或文学素养④，在这种特殊的时代文学氛围中，作为博览群书、博闻多识之人，狄金森也颇受欧洲元素和美国特色的双重影响。例如在《我想铁杉喜欢耸立》⑤（"I think the

---

① See Christopoher Morris, ed., *Academic Press Dictionary of Science and Technology*, California: Academic, 1992, p.2234.
② Vivian R. Pollak, "Emily Dickinson's Literary Allusions", p.63.
③ Malina Nielson and Cynthia L. Hallen, "Emily Dickinson's Placenames", *Names: A Journal of Onomastics* 54.1, 2006, pp.7-16.
④ Malina Nielson and Cynthia L. Hallen, "Emily Dickinson's Placenames", p.7.
⑤ 《狄金森全集》第二卷，第30页。

Hemlock likes to stand", J525/Fr400)中,她使用了三个地名——挪威、顿河和第聂伯河。表面上"北风"如"挪威佳酿"一般"滋养着铁杉树"这一比喻,从语义及音韵上呼应着"拉普兰"("Lapland",极寒之地),然而对于地名的运用正体现出狄金森诗歌中的精髓,即地名所蕴含的是使人浮想联翩的比喻,寓意满满的地名使其诗句更加紧凑、简短、专注、朴素、知性,蕴含丰富的思想①。

表 5-1　　　　　　　　艾米莉·狄金森的地名②

区域	地名				
	地域名称	居住地名称	水文名称	山峰名称	其他地名名称
欧洲	盎格鲁—佛罗伦萨 阿拉贡 奥地利 比斯开湾 布吉 波旁 不列颠 勃艮第 哥林多的 丹麦的 英格兰 伊特鲁里亚的 芬兰 希腊 意大利 拉普兰 拉丁 挪威的 撒克逊的 斯巴达 瑞士 塞萨利亚 约克郡	雅典 伯明翰 布鲁塞尔 达勒姆 埃克塞特 法兰克福 日内瓦 热那亚 根特 霍沃思 海布拉 基德明斯特 利物浦 曼彻斯特 那不勒斯 巴黎 庞贝 比利牛斯山脉 梵蒂冈 威尼斯 韦韦	波罗的海 第聂伯河 顿河 莱茵河 西西里岛	阿尔卑斯山 阿平尼诺山 埃特纳火山 色摩比利山口 维苏威火山	卡拉拉 林肯 帕里亚 塞夫雷 圣詹姆斯 威斯敏斯特

---

① Malina Nielson and Cynthia L. Hallen, "Emily Dickinson's Placenames", p. 9.
② 狄金森诗歌中的"地名实体"分不同种类,例如,区域名称,如大陆、国家和地区;城市名称,如城镇和都市;山丘名称,如小山、高山和火山;水域名称,如海洋和河流;星体名称,如行星和星座;以及其他各种地名实体,如语言、花园、战场、教堂、墓地和采石场。"城市"是狄金森提及最频繁的地名实体,共28处;"国家"其次,其诗歌中提及了16个不同的国家。See Malina Nielson and Cynthia L. Hallen, "Emily Dickinson's Placenames", p. 7.

续表

区域	地名				
	地域名称	居住地名称	水文名称	山峰名称	其他地名名称
中东	迦南 犹太 拿撒勒 俄斐尔 波斯	伯利恒 耶路撒冷 拿撒勒 锡安	约旦 红海	骷髅地 尼波 佩尼尔	客西马尼园（一个花园） 泰瑞安（来自提尔古城的皇家紫色染料）
北美	新英格兰地区 马里兰州	阿默斯特 伯利姆（新罕布什尔州） 列克星敦（马萨诸塞州）	无	无	邦克山（战场） 奥伯恩（墓地）
非洲	非洲 埃塞俄比亚 利比亚 的黎波里	廷巴克图 突尼斯	桑给巴尔	撒哈拉 特内里费岛	埃及人 来自开罗郊区的纺织品"斜纹棉布"
中美洲	美洲通称 墨西哥巴利萨 哥伦布印度群岛西印度群岛	曼萨尼拉 维拉克鲁斯	巴哈马 圣多明各 牙买加	波波卡特佩尔	无
欧亚大陆	索卡西亚的 土耳其国	直布罗陀	亚速夫 博斯普鲁斯海峡 凯斯宾 地中海	亚拉腊山	无
亚洲	亚洲 亚洲的 缅甸 克什米尔 印度 东印度公司的船只 马来	葛康达	无	喜马拉雅	无
南美洲	南美洲 玻利维亚 巴西 秘鲁	布宜诺斯艾利斯 波托西	无	安第斯山脉 科迪勒拉山脉 钦博拉索	无

第五章 狄金森诗歌中的地名

续表

区域	地名				
	地域名称	居住地名称	水文名称	山峰名称	其他地名名称
神圣空间和天文空间	摩羯座 土星	无	赫斯珀里得斯 忘川	无	伊甸园 极乐世界
南岛和北极	北极	无	范迪门之地	无	无

狄金森还对《圣经》非常熟悉，她使用的大多数中东地名是《圣经》典故的暗示①。例如，"骷髅地"（Calvary）是狄金森使用最频繁的第二个地名，此地位于圣地耶路撒冷之外，是基督受难时所在的山丘，也可以被视为凡人在遭受极度痛苦时的代名词②。在《只有——一次十字架蒙难被记录下来——》③（"One Crucifixion is recorded—only—"，J553/Fr670）中，狄金森提到了"骷髅地"、"客西马尼园"（Gethsemane，耶路撒冷附近的一座花园，为耶稣受难之处）和"朱迪亚"（Judea）以描绘灵魂所处的地貌和圣地的地理状况。在《我本该太高兴—我懂得—》④（"I should have been too glad, I see—"，J313/Fr283）和《踢开那孟浪—》⑤（"Spurn the temerity—"，J1432/Fr1485）中也出现了"骷髅地"和"客西马尼园"，以强调基督无限牺牲的主题。⑥ 一些北美的地名如《先生，当玫瑰停止开花》⑦（"When Roses cease to bloom, Sir"，J32/

---

① Malina Nielson and Cynthia L. Hallen, "Emily Dickinson's Placenames", p. 9.
② Malina Nielson and Cynthia L. Hallen, "Emily Dickinson's Placenames", p. 9.
③ 《狄金森全集》第二卷，第49页。
④ 《狄金森全集》第一卷，第222—223页。
⑤ 《狄金森全集》第三卷，第136页。
⑥ Malina Nielson and Cynthia L. Hallen, "Emily Dickinson's Placenames", pp. 9-10.
⑦ 《狄金森全集》第一卷，第31—32页。

Fr8)中的"奥伯恩",可能是指狄金森1846年在参观马萨诸塞州剑桥的公墓后,被其庄严肃穆所震慑,因此对其印象深刻,也可能是指出现在威廉·戈德史密斯(William Goldsmith)的诗《被遗弃的村庄》("The Deserted Village")中的欧洲地名,表达他对"田野上最美丽的村庄——甜美的奥伯恩"的怀旧之情,后被狄金森所引用①。

瑞贝卡·帕特森(Rebecca Patterson)认为狄金森使用的大多数地名都来自彼得·帕利(Peter Parley)的地理文本②。彼得·帕利是美国作家萨缪尔·格里斯沃德·古德里奇(Samuel Griswold Goodrich)的笔名,他写过学校的教科书和儿童历史书,因此尼尔森和哈伦认为,狄金森可能通过帕利的作品了解过18世纪初期北非的的黎波里港(Port of Tripoti)和美国之间的战争历史③。此外她还使用中美洲和南美洲的地名来代表丰富的自然资源,象征异域的力量和精神的探险,使用亚洲和欧亚大陆的地名代表财富和自然之美的概念,而她似乎更关注西亚,对远东的中国和日本只字未提④。

关于大洋洲和北极的地名,狄金森可能从帕利编写的"东半球地图"上看到过范·迪门之地(Van Dieman's Land),在其他诗歌中,她使用"北极"来指代富兰克林夫人(Lady Franklin)⑤:

当那位天文家停止寻找
他的昴星团的面目
当那位孤独的不列颠女士
放弃北极地区的角逐

When the Astronomer stops seeking

---

① Malina Nielson and Cynthia L. Hallen, "Emily Dickinson's Placenames", p. 11.
② Rebecca Patterson, *Emily Dickinson's Imagery*, Massachusetts: U of Massachusetts, 1979, p. 141.
③ Malina Nielson and Cynthia L. Hallen, "Emily Dickinson's Placenames", p. 12.
④ Malina Nielson and Cynthia L. Hallen, "Emily Dickinson's Placenames", p. 13.
⑤ 1845年,约翰·富兰克林爵士(1786—1847)开始他的最后一次北极探险,但有去无回。他的遗孀简富兰克林夫人资助搜救队搜寻达十年之久,直到1858年她丈夫的不幸遇难才被认定。

For his Pleiad's Face—
When the lone British Lady
Forsakes the Arctic Race"
(J851/Fr957)

还在《仿佛北极边上的/某朵小小的北极花》中描述过"北极花"从北极沿经线运动的过程。最后，星球和其他天体以及杂项地名如"伊甸园"、"艾利西亚姆"、"赫斯佩里亚"、"赫斯佩里德斯"和"莱忒"，都被狄金森用来暗指神圣的外太空[①]。

狄金森在她的诗歌中使用不同的地名有两个基本原因：第一，由于课程安排，她在求学时期花了很多时间学习地理，不仅需要学习地图，还需要学习古代和现代历史、地质学、植物学、经济学以及社会和文化关系。并且根据学校的建议，所有学生都必须有自己的地图集，因此在狄金森家中可以找到好几本地图集。第二，狄金森拥有一种能够从所生活的物质世界中感知并发掘抽象概念的能力，这不仅使她摆脱了周围环境的限制，而且利于她将自己所处的环境投射到更广阔的思维领域中。正如苏珊妮·朱哈斯（Suzanne Juhasz）所说，

> 除了"封闭"的特质以外，以空间方式构思的头脑还具有其他属性，比如，它的面积和周缘不是固定的，而是可变的。头脑可以在经验的要求下不断扩展，变得越来越宽广。为了描述她对这种发展方式的体验和感受，狄金森经常使用更广大的地理名词而不是建筑名词。[②]

这在一定程度上解释了狄金森著名的论断："闭上眼睛即是旅行"。如果她确实具有变"具象"为"抽象"的能力，她就被赋予了更高、更广的视角——鸟瞰图的视角，能将看似毫无联系的事物联系起来，自由自在地漫游在她自己创造的不同场景地域之中。

[①] Malina Nielson and Cynthia L. Hallen, "Emily Dickinson's Placenames", pp. 15–16.
[②] Suzanne Juhasz, *The Undiscovered Continent: Emily Dickinson and the Space of the Mind*, Indiana: Indiana UP, 1983, p. 20.

因此，狄金森在诗歌中使用地名这一现象不能简单地等同于旅行或出国。首先，这些地名各有自己的功能，代表了狄金森独特的表达方式，展现了她对思想如何成长和拓展的感知①；其次，它们还起到了某种"代码"的作用，狄金森用它们来解释自己的情感和观点。威廉·斯潘格曼认为，

> 对于狄金森来说，遥远的地方（异域）仅仅是象征性的存在。在她的诗歌中，与其说"布宜诺斯艾利斯"、"秘鲁"和"印度"（J299/Fr418）是拥有居民、政治、历史的地理实体，不如说它们代表一种遥远的财富，是一种渴望的对象，"芬兰"意味着冬天（J1696/Fr1705），"奥地利"（J1694/Fr1703）是"无情"的代名词，而"伯明翰"就等于工厂（J1374/Fr1407）。②

事实上狄金森更愿意使用这些地名的本意或比喻意来表达自己对他人的关切③。1881年霍兰先生去世后，狄金森在写给霍兰夫人的信中写下了《秋天拦截的寒气》④（"No Autumn's intercepting Chill"，J1516/Fr1563）这首诗，诗中提到了"非洲的繁茂"和"亚洲的安闲"（L738）。狄金森回忆了她和妹妹与霍兰先生一起度过的时光，她相信霍兰先生温暖的爱会永存，就像她相信霍兰先生定会了解非洲般的热情和亚洲般的平静⑤。这首诗中，"非洲"特指"热情"，"亚洲"特指"平静"，狄金森用地名特别表达了她对霍兰先生的赞美与怀念。

尽管狄金森使用这些地名的本意或比喻意时可能存在刻板印象或不尽客观、不尽准确的情况，但她"代码"式的写作方式仍然是她诗歌中最重要的特点之一。除了斯潘格曼提到的一些，还有许多

---

① Suzanne Juhasz, *The Undiscovered Continent: Emily Dickinson and the Space of the Mind*, p. 20.
② William C. Spengemann, *Three American Poets: Walt Whitman, Emily Dickinson, and Herman Melville*, p. 83.
③ William C. Spengemann, *Three American Poets: Walt Whitman, Emily Dickinson, and Herman Melville*, p. 83.
④ 《狄金森全集》第三卷，第179页。
⑤ David Preest, "Emily Dickinson: Notes on All Her Poems", p. 460.

第五章 狄金森诗歌中的地名

诸如此类的"代码"诗歌。克里斯坦尼·米勒称，狄金森在 1860 年写的 54 首诗歌（基于富兰克林的版本）中，有 30 首提到了异域国家及其人民或旅行和逃亡的意象①，这 30 首诗歌中的异域地名和旅行大体分为两类，由此可看出狄金森对借用不同的异国元素来创作诗歌一事颇有兴趣②。

然而如果就此得出结论，认为狄金森所使用的地名词汇只是为了表达象征意义或是她的个人喜好，则并不全面。更有意义的研究应聚焦于，如果不同的地名词汇和旅行意象之间存在交会，狄金森是如何将它们结合在一起的？如果永恒依然是她求索的目标，她又是如何通过这些地名的意象来表达的？狄金森对地名的使用是否还存有其他的可能性？在之前的章节中已讨论过如伊甸园、天堂、永

---

① Cristanne Miller, *Reading in Time: Emily Dickinson in the Nineteenth Century*, p. 201.
② 在克里斯坦尼·米勒的著作《时间中的阅读：19 世纪的艾米莉·狄金森》(*Reading in Time: Emily Dickinson in the Nineteenth Century*) 中，她将"附录 B"命名为"关于旅行、逃亡、外国地名或外国人的诗歌（1860 年）"。很明显，米勒并没有将"旅行"或"出国"与"外国地名"联系起来，它们分别属于不同的类别。米勒所选择的诗歌也印证了这个副标题，（以下诗歌源自富兰克林的版本）例如，关于"逃亡"、"外国地名"和"外国人"的诗歌包括《虽然我的命运是棉麻混纺品—》(Fr131)、《我获救时，正好沉沦！》(Fr132)、《你的加冕礼悄无声息—》(Fr133)、《如果风信子对情人蜜蜂》(Fr134)、《一点点面包——块皮—一粒屑—》(Fr135)、《谁从未失去冠冕》(Fr136)、《给我把落日用杯子端来》(Fr140)、《她在游玩时死去》(Fr141)、《上有茧子！下有茧子！》(Fr142)、《我一听到"逃"这个字》(Fr144)、《约旦东边一点》(Fr145)、《处处长满了狡猾的青苔》(Fr146)、《果真会有一个"清晨"？》(Fr148)、《伟大的凯撒！请屈尊》(Fr149)、《她悄悄地走了，就像露珠》(Fr159)、《雏菊悄悄地跟着太阳转—》(Fr161)、《某一条虹—从集市来！》(Fr162)、《我从来没有见过"火山"》(Fr165)、《直等到死亡的威严》(Fr169)、《最后，要查明身份！》(Fr172)、《如果我收买他们只需玫瑰一朵》(Fr176)、《仿佛北极边上的/某朵小小的北极花》(Fr177)、《以痛苦品味狂喜—》(Fr178)、《如果愚人，管它们叫"花"—》(Fr179)、《多少岁月飞逝以后，崇敬地往乌木盒子里凝视》(Fr180) 以及《今天下午我遇见一位国王！》(Fr183)。而米勒所选的关于"旅行"的诗歌包括《狂喜就是内陆的灵魂》(Fr143)、《是那样一只小小—小小的船》(Fr152)、《我有一位默不作声的国王—》(Fr157)、《除了对于天堂，她等于零》(Fr173) 以及《仿佛北极边上的/某朵小小的北极花》(Fr177)。See Cristanne Miller, *Reading in Time: Emily Dickinson in the Nineteenth Century*, p. 201.

恒、不朽等相关的旅行意象①，而《啊，特内里费!》②（"Ah, Teneriffe!"，J666/Fr752）中的特内里费山的意象、《埃特纳晒着太阳呼呼打盹之时》③（"When Etna basks and purrs"，J1146/Fr1161）中的埃特纳火山的意象和《火山在西西里》④（"Volcanoes be in Sicily"，J1705/Fr1691）中的维苏威火山的意象，无不暗示着狄金森对苏珊·吉尔伯特的爱意，却并非对永恒的追求。下文将地名分为四类，具体探讨地名与旅行意象的融合，它们分别是：1. 大陆、国家和地区，代表诗歌：《我们的生命像瑞士——》、《孤独者不知道——》；2. 城市和小镇，代表诗歌：《小小的天使们——误入了歧径》；3. 海洋、河流和岛屿，代表诗歌：《丧失了一切，我奔往他乡——》；4. 杂糅地名，代表诗歌：《我翻越一座山/直到我——身心疲弱——》、《我没有到你的身边》。

第二节　地名与旅行意象的融合

一　"阿尔卑斯山"与"东方的流放者"

由于19世纪早期、中期的欧洲在美国人的生活中扮演着特殊角色，作为美国受过良好教育的中产阶级，狄金森也颇受欧洲政治和文化的影响⑤。首先，历史的原因使早期的美国人深受英格兰和其他旧大陆的文化与传统的影响⑥，所以不难理解狄金森与其他美国人一样，认为大西洋的另一边是伟大艺术家的摇篮⑦。其次，由于当时美国的艺术界鲜有大师的作品，因此"新世界"的艺术爱好者和学子都选择"回"欧洲"老家"寻找和学习古典艺术⑧。

莎朗·E. 威廉姆斯（Sharone E. Williams）认为，狄金森对欧

---

① Malina Nielson and Cynthia L. Hallen, "Emily Dickinson's Placenames", p. 17.
② 《狄金森全集》第二卷，第143页。
③ 《狄金森全集》第二卷，第411页。
④ 《狄金森全集》第三卷，第271页。
⑤ Sharone E. Williams, "Europe", p. 317.
⑥ Sharone E. Williams, "Europe", p. 317.
⑦ Sharone E. Williams, "Europe", pp. 317-318.
⑧ Sharone E. Williams, "Europe", p. 318.

洲文学的阅读不仅广泛，而且对其中的内容极其精通①。她的确阅读了许多英国文学家的作品，如乔治·赫伯特、约翰·多恩、莎士比亚、乔治·艾略特、夏洛蒂·勃朗特、伊丽莎白·巴雷特·勃朗宁等，且与她保持通信的友人几乎都有旅行欧洲的经历②，如希金森、塞缪尔·博尔斯、约瑟夫·巴德韦尔·莱曼（Joseph Bardwell Lyman）、霍兰夫人、凯特·斯科特·安东（Kate Scott Anthon）、约翰·朗登·达德利（John Langdon Dudley）和乔治·古尔德（George Gould）③。于狄金森而言，这些友人是她的眼睛，友人们在欧洲旅行期间与她的通信为她提供了追随他们博古览今的机会④。正如威廉姆斯所说："狄金森通过她的亲朋好友的眼睛，在丰富的想象中与欧洲的美景和文化不期而遇。"⑤

而狄金森对他们并非全盘接受⑥，正如她最喜爱的作家朗费罗（Longfellow）、欧文（Irving）、布莱恩特（Bryant）和杰弗里·克雷恩（Geoffrey Crayon）主张的那样，狄金森清楚地知晓如何在欣赏欧洲和美国的文化、历史和艺术时，在两者间仔细权衡⑦。在诗歌《我们的生命像瑞士—》中，她将瑞士和意大利并置，描述了一种矛盾的美国态度，即一种对欧洲似有若无的熟悉感⑧。

    我们的生命像瑞士—
    那么静—那么凉—
    直到某个奇异的下午
    阿尔卑斯山忘挂幕帘
    我们便向更远处极目！

---

① Sharone E. Williams, "Europe", p. 318.
② Sharone E. Williams, "Europe", p. 320.
③ Sharone E. Williams, "Europe", p. 320.
④ Sharone E. Williams, "Europe", p. 320.
⑤ Sharone E. Williams, "Europe", p. 320.
⑥ Sharone E. Williams, "Europe", p. 320.
⑦ Jane Donahue Eberwein, "'Siren Alps': The Lure of Europe for American Writers", p. 176.
⑧ Jane Donahue Eberwein, "'Siren Alps': The Lure of Europe for American Writers", p. 179.

意大利就在对面！
像一名哨兵戍边—
庄严的阿尔卑斯山—
诱人的阿尔卑斯山
永远插足中间！①

Our lives are Swiss—
So still—so Cool—
Till some odd afternoon
The Alps neglect their Curtains
And we look farther on!
Italy stands the other side!
While like a guard between—
The solemn Alps—
The siren Alps
Forever intervene!

简·多纳休·埃伯温在她的《"诱人的阿尔卑斯山"：欧洲对美国作家的诱惑》一文中解释说，在狄金森所处的时代，如果有一个地方可以类比美国，特别是新英格兰地区的话，那一定是瑞士②，因为"那么静"和"那么凉"呼应了狄金森自己"简单而严苛"的生活③。瑞士崎岖不平的地理环境一方面使生活不那么便利、交通不那么通畅，但另一方面可以使人更加独立和自律，这似乎与美国人思想中的独立交相呼应④。因此，对于瑞士和意大利的比喻会有各种各样的解读：例如，瑞士可以代表新教徒，因为新教徒具有文化和宗教的多样性，而以意大利为中心的天主教教会则代表着传

---

① 《狄金森全集》第一卷，第 63 页。
② Jane Donahue Eberwein, "'Siren Alps': The Lure of Europe for American Writers", p. 179.
③ 在一封 1869 年写给希金森的信中，狄金森说："我的生活太单调、太严苛，以至于让人家都觉得难堪。"（L330）
④ Jane Donahue Eberwein, "'Siren Alps': The Lure of Europe for American Writers", p. 179.

统和守旧，与瑞士的意象形成对立①。换言之，这些差异反映了不同地理条件下人们的不同生活方式，因为处于阿尔卑斯山的天然屏障之下，瑞士象征的与世隔绝的生活反衬出意大利作为基督教核心城市的意象②。这些对比不仅代表着欧洲国家之间的关系，也代表着欧洲和美国之间的关系③。

除了宗教与地理的隐喻，这首诗还展现了意大利极具诱惑的一面。海伦·巴罗利尼（Helen Barolini）在《狄金森的意大利基因》（"The Italian Side of Emily Dickinson"）一文中称，与许多19世纪有才华的美国女性，如凯瑟琳·玛丽亚·塞奇威克（Catherine Maria Sedgwick）、朱莉娅·沃德·豪（Julia Ward Howe）、康斯坦斯·芬尼摩尔·伍尔森（Constance Fenimore Woolson）、哈里特·霍斯默（Harriet Hosmer）、阿德莱德·约翰逊（Adelaide Johnson）、夏洛特·卡什曼（Charlotte Cushman）和艾德蒙妮娅·刘易斯（Edmonia Lewis）等一样④，狄金森相信意大利象征自由，与瑞士的"钟表般的精准和不出意外"形成鲜明对比，代表"热情洋溢的诱惑"⑤。因此，诗中斜体的"意大利"更像是一声惊叹，以表现诗中人在意外看到它时的惊奇和兴奋。

许多学者都提到了这首诗中的女性特质（如"阿尔卑斯山忘挂幕帘"）以及男性特质（"像一名哨兵戍边—/庄严的……阿尔卑斯山永远插足中间！"）⑥。对阿尔卑斯山拟人化的描述充分体现了这

---

① 埃伯温称狄金森可能从布莱恩特的《瓦尔登塞斯赞美诗》中读到了欧洲山区与宗教自由斗争之间的关联。Jane Donahue Eberwein, "'Siren Alps': The Lure of Europe for American Writers", p. 180.
② Jane Donahue Eberwein, "'Siren Alps': The Lure of Europe for American Writers", pp. 181–182.
③ Jane Donahue Eberwein, "'Siren Alps': The Lure of Europe for American Writers", p. 181.
④ Helen Barolini, *Their Other Side: Six American Women and the Lure of Italy*, pp. 57–58.
⑤ 巴罗利尼称，在西方建立二元对立的模式中，意大利确实代表了人类经验中的例外：自由胜过纪律，懵懂胜过知识；最具浪漫色彩的特质，就是与北方的道德气质相对立的南方的放纵和感官享乐。Helen Barolini, *Their Other Side: Six American Women and the Lure of Italy*, p. 58.
⑥ Cf. Susan Kornfeld, "The Prowling Bee",(March 2015), http://bloggingdickinson.blogspot.com/search? q=Our+lives+are+Swiss%E2%80%94; Helen Vendler, *Poets Thinking: Pope, Whitman, Dickinson, Yeats*, p. 44.

些特质，而狄金森的用词，如"某个奇异的下午"、"忘"、"幕帘"、"哨兵"、"插足"等也正是拟人化的最好证明。另一位作家玛格丽特·富勒（Margaret Fuller）在《高地》一诗中也使用了拟人化的手法，与狄金森不同的是，她对山峰的描述更为细腻：

初见汝，云雾缭绕；
无欢快之光柔化你伟岸的容貌；
灰翠苍凉更显冷峻，
这繁复之美景将你笼罩。
然而你，哈德逊啊！你冷峻而高傲，
你令我印象深刻，
你向我展示了你那力量的徽号——
你那坚定的决心——就连岩石也不得不屈服求饶；

Saw ye first, arrayed in mist and cloud;
No cheerful lights softened your aspect bold;
A sullen gray, or green, more grave and cold,
The varied beauties of the scene enshroud.
Yet not the less, O Hudson! calm and proud,
Did I receive the impress of that hour
Which showed thee to me, emblem of that power
Of high resolve, to which even rocks have bowed;[①]

富勒通过描绘哈德逊高地的神秘感（"云雾缭绕"，"这繁复之美景将你笼罩"）、其毫无遮掩的大胆和自信（"无欢快之光柔化你伟岸的容貌"）、严酷（"灰翠苍凉更显冷峻"）和威严（"你那坚定的决心——就连岩石也不得不屈服求饶"），以体现它壮丽的景象，并向读者传达了她的敬畏与惊叹之情。

而狄金森笔下的阿尔卑斯山所传达的却不是敬畏与惊叹。虽然斜体的"*Italy*"展现了惊奇和兴奋，但"庄严"的阿尔卑斯山似乎

[①] Margaret Fuller, "The Highlands",(March 2019), https://www.poemhunter.com/poem/the-highlands-2/.

没有承载太多的惊奇、兴奋之情。诗歌开头的齿擦音如"*Swiss*"、"*so*"、"*still*"暗示着生活的艰辛和灰暗，诗歌结尾的齿擦音"*solemn*"、"*siren*"、"*Forever*"则强调着阿尔卑斯山的庄严。"阿尔卑斯山"如同戍边士兵一般站在清苦的"瑞士"和诱人的"意大利"之间，在它的警戒看守下，诗中人仿佛身处监牢，而能够瞥见"意大利"的唯一机会，正因为"某个奇异的下午"。狄金森用了三个词形象地描述了这个巧合："某个"表明诗中人并没有期望能看到意大利，"下午"表明这并不是在清醒、警觉的早晨发生的，而是在午后的慵懒时光，"阿尔卑斯山"可能已经慢慢放松了警惕，"奇异的"用来暗示看到"意大利"的机会是一次太不寻常的经历，不太可能再次发生。如罗兰·哈根布赫（Roland Hagenbüchle）所说，南方温暖的土地（意大利）暗指欲望，与上帝的"阿尔卑斯山"戍边士兵的形象形成了对比①。

将警戒、禁忌之感与具有"天堂"意象的意大利②结合起来，且"阿尔卑斯山"从形态上与《道路被月亮和星星照亮》中的"魔崖"相似，这首诗可以说是狄金森对她的"洪水题材"的又一次阐述。如果封闭、孤立、牢狱般的"瑞士生活"象征着通往永恒旅途中的艰辛和困难，狄金森的诗中人已经非常接近她/他的最终目的地了，因为她/他发现，目的地实际上一直被薄薄的窗帘所遮挡，掀开即得。但"阿尔卑斯山"的存在却体现了强烈的反讽。首先，即便存在偶然瞥见"意大利"的激动人心的时刻，整首诗歌依然被一种屈服感笼罩着。斜体的"*Italy*"一方面与"瑞士生活"形成对比，透露出激动之情，另一方面也预示着更大的失望。诗中人的处境并没有因为她/他知道了自己的"心之所向"一直就在自己身边而发生改变。相反，得知事实后的诗中人意识到"戍边士兵"将永远挡在梦想与现实之间。如果上帝设下"阿尔卑斯山"以阻止诗中人到达最终目的地，那诗中人要么在经受考验，要么就是被中途拒绝。换言之，"庄严"和"诱人"表面上是在赞扬"阿尔卑斯山"的雄伟壮丽，实际上狄金森似乎在表达，人们在通向最终目的地的旅途中，神的旨意才是真正的障碍和困难。"瑞士"、"阿尔卑

---

① Roland Hagenbüchle, "Emily Dickinson's Poetic Covenant", p. 34.
② 根据《艾米莉·狄金森词典》，"意大利"一词具有"天堂"的寓意。

斯山"和"意大利"是诗歌中的三个经典的意象,与富勒的描述相比,狄金森似乎为她笔下的山的形象增添了更多的内涵。"封闭"、"警戒"、"诱惑"这三个意象生动地揭示了现实与渴望之间的距离,如果狄金森创造这三个意象是对如何通向永恒的又一次探讨,那么"阿尔卑斯山"的存在不仅诱惑着旅人们对于"魔崖"趋之若鹜,更代表着不容挑战的限制和禁止。

受到流行文化、文学的吸引,狄金森持续不变地从其中借用不同的元素进行诗歌创作[1]。从1858年到1886年,她越来越多地使用关于异国旅游和东方主义的习语,阅读那些描述异国异域的文章,为她比较东西方文化提供了帮助[2]。对于流行文学中关于亚洲国家和圣地的描述,与她同时代的人一样,狄金森对南亚、西亚和东亚的意象大多是积极的[3],而这些地方也被认为奢华富裕、美丽动人、能满足西方人对东方的渴望[4]。

在《孤独者不知道—》一诗中,狄金森将"驱逐"与"东方的流放者"的意象结合,造成了对"切尔克斯人"(Circassians)的一种暗示。切尔克斯人之所以吸引狄金森有以下原因。历史上,北高加索人民参与了沙俄与切尔克斯之间的战争(1763—1864)[5],由于沙俄屠杀切尔克斯人,他们被迫从自己的土地移居到奥斯曼帝国的各个地方,尤其是在战争最后几年往土耳其

---

[1] 米勒在《时间中的阅读：19世纪的艾米莉·狄金森》中选取了71首狄金森在1858年至1881年创作的关于"东方"的诗歌,这些诗歌序号为(以富兰克林版本为例)：14, 16, 35, 98, 104, 111, 120, 121, 131, 136, 141, 145, 162, 176, 201, 206, 228, 248, 276, 285, 312, 326, 333, 334, 349, 352, 356, 388, 410, 417, 418, 426, 451, 460, 495, 506, 511, 513, 529, 549, 572, 584, 661, 666, 696, 705, 716, 739, 748, 749, 770, 836, 846, 849, 942, 988, 1064, 1090, 1102, 1118, 1147, 1162, 1262, 1462, 1471, 1487, 1488, 1509, 1562, 1563, 1777。See Cristanne Miller, *Reading in Time: Emily Dickinson in the Nineteenth Century*, pp. 197-199.

[2] Cristanne Miller, *Reading in Time: Emily Dickinson in the Nineteenth Century*, p. 118.

[3] Cristanne Miller, *Reading in Time: Emily Dickinson in the Nineteenth Century*, p. 119.

[4] Cristanne Miller, *Reading in Time: Emily Dickinson in the Nineteenth Century*, p. 119.

[5] Cristanne Miller, *Reading in Time: Emily Dickinson in the Nineteenth Century*, p. 124.

的迁徙，导致许多切尔克斯女性沦为土耳其后宫的奴隶①。当时的新闻中报道过"可怕的贸易"，详细地描述了切尔克斯人被进行奴隶贸易的事实。在切尔克斯人为自由和独立而奋斗的征途上，新闻报道在记录历史事件的同时树立了他们不屈不挠的形象②。这些为狄金森提供了充足的材料，促使她创作出《一条虹—从集市来!》这一具有政治色彩的关于东方的诗歌。

此外，切尔克斯人也是神话、文学和新闻的焦点③。据当时《共和报》的报道，切尔克斯的男子充满活力且优雅，女子美貌动人，以至于他们认为自己才是"所有人种中现存的最纯正的血统"④。无论是文化、历史还是传说，有关切尔克斯人的记录都为狄金森创作提供了灵感来源，就如在《孤独者不知道—》中的"流放"意象。

> 孤独者不知道—
> 东方的流放者—为何人—
> 某个更加疯狂的假日
> 他们在琥珀线那边逡巡—
>
> 此后—那紫色的城壕
> 他们奋力攀爬—白费气力—
> 犹如鸟儿—从云端跌落
> 摸索着乐曲—

---

① Cristanne Miller, *Reading in Time: Emily Dickinson in the Nineteenth Century*, p. 124.
② 《伦敦邮报》上一篇题为《在土耳其的切尔克斯妇女惨遭拐卖、婴儿遭杀戮》的文章在1856年8月被《共和党报》转载。文章聚焦切尔克斯奴隶女孩的交易，指出市场上切尔克斯人供应过剩，以至于土耳其的奴隶主们为了买得起白人奴隶，试图以极低的价格出售他们的黑人女奴。虽然奴隶的生活十分艰辛，但切尔克斯人并没有放弃寻求自由的希望。一则1859年的新闻报导了切尔克斯人取得对抗俄国的胜利，并被描述为"供世界思考的好榜样"。See Cristanne Miller, *Reading in Time: Emily Dickinson in the Nineteenth Century*, pp. 124-125.
③ Cristanne Miller, *Reading in Time: Emily Dickinson in the Nineteenth Century*, p. 124.
④ Cristanne Miller, *Reading in Time: Emily Dickinson in the Nineteenth Century*, p. 124.

神圣的以太——教过他们——
某个大西洋彼岸的早晨——
当时天堂——太平常——不配惦念——
太确定——不值得钟情！①

The lonesome for they know not What—
The Eastern Exiles—be—
Who strayed beyond the Amber line
Some madder Holiday—

And ever since-the purple Moat
They strive to climb—in vain—
As Birds—that tumble from the clouds
Do fumble at the strain—

The Blessed Ether—taught them—
Some Transatlantic Morn—
When Heaven—was too common—to miss—
Too sure—to dote upon!

克里斯坦尼·米勒指出，这首诗的结论似乎表明每个人都是"东方的流放者"②。"神圣的以太"③ 教导我们走出天堂，但当我们走了出去，却没有人能再回来④。诗中的"东方"被想象成人类起源的圣地，所有人类都是最初被逐出伊甸园的亚当和夏娃的后代⑤。科恩菲尔德从另一个角度解释了这首诗，她认为狄金森在这首诗中

---

① 《狄金森全集》第一卷，第181页。
② Cristanne Miller, *Reading in Time: Emily Dickinson in the Nineteenth Century*, p. 128.
③ 根据《艾米莉·狄金森词典》，"神圣的以太"是指"圣灵"。
④ Cristanne Miller, *Reading in Time: Emily Dickinson in the Nineteenth Century*, p. 128.
⑤ Cristanne Miller, *Reading in Time: Emily Dickinson in the Nineteenth Century*, p. 128.

描述的情境可能是服用麻醉剂或幻觉药物后产生的感觉或体验①。虽然在狄金森时代她可能只知道鸦片，但她或许了解服用这些药物能使人产生幻觉，能穿越清醒时无法体验的"琥珀线"②。狄金森对"流放"有复杂的情结③，"流放者"与"侨民"、"难民"或"移民"等不同，正如萨尔曼·鲁西迪（Salman Rushdie）在《撒旦诗篇》（*The Satanic Verses*）中称，"流放"是"辉煌归来"之梦想④。而在这首诗中，"孤独"一词暗示着失落感，却不是"辉煌归来"。因此狄金森笔下的"流放"更像是以切尔克斯人的经历为灵感，记录了瘾君子般的神游的体验。

如《艾米莉·狄金森词典》所示，诗歌的第一行营造了一种挥之不去的哀愁：由于人们对某些无法确认的东西存有执着的渴望⑤，从而踏上了寻找这些"无法确认"的东西的旅程；而因为"无法确认"，即并不清楚确切的目标，因此寻找的过程注定是徒劳，"回归"则更无从谈起。第一节诗似乎在说，这些流放者的痛苦是由一个粗心的错误造成的，换言之，如果他们确认"流放东方"实际意味着什么，他们可能不会越过"琥珀线"，而"琥珀线"的意象正类似于科尔《逐出伊甸园》中的石拱门，一经跨越，天壤之别。其余诗节通过两个隐喻，讲述了越过"琥珀线"这一不慎之举的后果："紫色的城壕"可以想象成日落后的黑云，其与科尔《逐出伊甸园》中将天堂和人间分开的"石拱门"形成对比。流放者们努力攀爬"紫色的城壕"是"白费气力"的，就如从云层中骤然跌落的鸟儿，它们的歌声不是自信、舒展的吟唱，而是像在"摸索着乐曲"，断断续续⑥，因为既已跌落，吟唱也是徒劳。这首诗歌再次揭示了人类与不朽之间的界限和矛盾，前者由"东方的流放者"代表，后者则由"琥珀线"代表。与之前"瑞士"、"阿尔卑斯山"

---

① Susan Kornfeld, "The Prowling Bee", (March 2015), http://bloggingdickinson.blogspot.com/search? q=The+lonesome+for+they+know+not+What%E2%80%94.
② Susan Kornfeld, "The Prowling Bee", (March 2015), http://bloggingdickinson.blogspot.com/search? q=The+lonesome+for+they+know+not+What%E2%80%94.
③ Cristanne Miller, *Reading in Time: Emily Dickinson in the Nineteenth Century*, p.121.
④ Salman Rushdie, *The Satanic Verses*, London: Random House, 1988, p.205.
⑤ 参见《艾米莉·狄金森词典》。
⑥ 参见《艾米莉·狄金森词典》中"tumble"和"fumble"的含义。

和"意大利"等地名一并,狄金森通过跨文化的表达方式呈现了她独特的认知,饱含隐喻的地名可以使读者更深刻地感受到神性和人性之间的鲜明对比。

二 "韦韦来的天鹅绒似的人们"

狄金森对外国城市或小镇的隐喻倾向于表达欢快和愉悦。例如她在《花儿不可批评—/追求幸福的蜜蜂》①("The Flower must not blame the Bee—", J206/Fr235)中使用了"从韦韦②来的男仆"以创作一首道歉诗③。由于蜜蜂采蜜时不得已"骚扰"到花朵,并可能对其造成一定的伤害,狄金森认为"那从韦韦来的男仆",因为拥有冷静且有修养的瑞士风度,所以会帮助花朵(女主人)"委婉地拒绝"蜜蜂(殷勤客人)的来访④。

狄金森喜欢对她钟爱的主题保持优雅和浪漫。诗歌《小小的天使们—误入了歧径》⑤("Pigmy seraphs—gone astray—", J138/Fr96)不仅提到了韦韦,还提到了巴黎和威尼斯。虽然这又是关于花朵和蜜蜂的描写,但诗中的欧洲地名使人联想到亨利·詹姆斯的作品。詹姆斯的"国际主题"(international theme)是他作品的一大亮点⑥,因为他大部分时间居住在英国,并有在其他欧洲国家如德国、瑞士、法国和意大利学习和生活的多种经历,这些经历为他的创作提供了丰富的素材。同时他的写作生动而发人深省,因为他致力于捕捉美欧之间,或者说这对跨越大西洋的天真无邪的新世界(New World)与腐朽老派的欧洲(Old World)之间的关系。彼得·布鲁克斯(Peter Brooks)解释了詹姆斯选择在1875年去巴黎的原因,詹姆斯似乎认为巴黎不仅是一个作家和艺术家们的聚集地,适合"写小说这件严肃的事",而且是一个充满思想和精神的

---

① 《狄金森全集》第一卷,第145页。
② 根据《艾米莉·狄金森词典》,"韦韦"(Vevay)是瑞士的一个城市,欧洲的一个豪华度假胜地。
③ David Preest, "Emily Dickinson: Notes on All Her Poems", p. 64.
④ David Preest, "Emily Dickinson: Notes on All Her Poems", p. 64.
⑤ 《狄金森全集》第一卷,第97页。
⑥ Pat Righelato, "Introduction", *Daisy Miller and Other Stories*, Hertfordshire: Wordsworth Editions, 2006, p. vii.

生活之地，一个摆脱家庭和束缚的自由之地①，一个光鲜亮丽、充满乐趣、奢侈和感性的享受之地②。此外，对于詹姆斯来说意大利不仅是一个有着"新的、未知的元素"的地方，而且是一个能使他成为"感伤的旅行者"的地方，使他探索和发掘他灵魂的"最深处"③，而威尼斯代表一座充满阴谋和美丽的城市，使他浮想联翩④。

在《小小的天使们——误入了歧径》中，狄金森这样写：

> 小小的天使们——误入了歧径——
> 韦韦来的天鹅绒似的人们——
> 从某个失落的夏日里来的丽人——
> 排外的圈子里的蜜蜂——
>
> 巴黎无法压平
> 用祖母绿嵌成带子的褶缝——
> 威尼斯没法展露一张面庞
> 它的色彩如此温顺明亮——
> 从来没有那么一股
> 像荆棘和树叶构成的埋伏
> 为我的大马士革小姐展露——
>
> 我宁肯把她的文雅展现
> 也不愿有一张伯爵的玉面——
> 我宁肯生活得像她那样
> 也不想把"埃克塞特公爵"当——
> 高贵足以为我

---

① Peter Brooks, *Henry James Goes to Paris*, New Jersey: Princeton UP, 2007, p. 7.
② Peter Brooks, *Henry James Goes to Paris*, p. 10.
③ Jacek Gutorow, "Figures of Fulfillment: James and 'a Sense of Italy'", in Dennis Tredy, Annick Duperray and Adrian Harding, eds., *Henry James's Europe: Heritage and Transfer*, Cambridge: Open Book, 2011, p. 93.
④ Rosella Mamoli Zorzi, "The Aspern Papers: From Florence to an Intertextual City, Venice", in Dennis Tredy, Annick Duperray and Adrian Harding, eds., *Henry James's Europe: Heritage and Transfer*, Cambridge: Open Book, 2011, p. 104.

叫那蜜蜂顺和。

Pigmy seraphs—gone astray—
Velvet people from Vevay—
Belles from some lost summer day—
Bees exclusive Coterie—

Paris could not lay the fold
Belted down with Emerald—
Venice could not show a cheek
Of a tint so lustrous meek—
Never such an Ambuscade
As of briar and leaf displayed
For my little damask maid—

I had rather wear her grace
Than an Earl's distinguished face—
I had rather dwell like her
Than be "Duke of Exeter" —
Royalty enough for me
To subdue the Bumblebee.

巴黎和威尼斯似乎成了配角，主角是"韦韦来的天鹅绒似的人们"。普雷斯特和科恩菲尔德对诗歌的前两行有不同的解释。普雷斯特认为，这两行可能引发的困惑在接下米的"为我的大马士革小妞"一句中得到了解释[1]。玫瑰是狄金森最喜欢的花，她称之为"从天堂掉下来的小天使"[2]。它们天鹅绒般的质地高贵而优雅，使狄金森联想起那些来自日内瓦湖畔的韦韦的文化人[3]。那些被巧妙地掩映在绿叶中的花苞，层层叠叠，甚至连巴黎的设计师也无法比

---

[1] David Preest, "Emily Dickinson: Notes on All Her Poems", p. 41.
[2] David Preest, "Emily Dickinson: Notes on All Her Poems", p. 41.
[3] David Preest, "Emily Dickinson: Notes on All Her Poems", p. 41.

拟①。科恩菲尔德指出，这首诗歌首先呈现出一幅关于蜜蜂的迷人小像：它们是"撒拉佛"（六翼天使）或"小天使"，比起待在它们"天堂"的住所里，它们更喜欢漫游在花园和尘世②。它们是来自日内瓦湖畔的"天鹅绒似的人们"，似一群美丽的女孩穿梭在花丛中，这个充满大马士革玫瑰的花园成了它们的专属会所③。

　　从不同角度来看，普雷斯特和科恩菲尔德的解释都是合适的。事实上，科恩菲尔德描述的"来自韦韦的天鹅绒似的人们"与詹姆斯对韦韦的描述有几分相似。詹姆斯在小说《黛西·米勒》（*Daisy Miller*）的开头就特别描写了韦韦小镇的宜人和惬意，这个小镇的许多酒店都为游客提供娱乐服务，其中一家颇具"古典气息"，以"奢华而沉稳著称"④。因此，它成了最受欢迎的暑期旅游胜地，"衣着时髦的年轻女孩飘来飘去，裙摆上的莫兰丝饰边沙沙作响，一大早就传来舞曲的喧嚣，高亢的声音随处可闻"⑤。还有"看起来像外交秘书的德国服务员"、"坐在花园里的俄罗斯公主"、"手牵着保姆走来走去的波兰小男孩"、"沐浴在阳光下的丹都峰"和"希永城堡壮丽的塔楼"⑥。

　　在这首诗的最后一节，狄金森写了一个完美的对句，为诗歌增添了优美的韵律，且当她描述自己最亲爱的蜜蜂和玫瑰时，她的语调也展现了柔和与完美。在她的花园里，正在进行着一场高贵而优雅的聚会，她的客人——蜜蜂和玫瑰——是无与伦比的，即便来自巴黎的设计师和威尼斯的艺术家也无法描绘出它们的美。狄金森对蜜蜂和玫瑰的崇拜在这首诗中得到了生动的表达。巴黎、威尼斯和韦韦的意象在狄金森的眼中是纯粹而简单的，韦韦代表一种更加文明、精致的方式，这样的象征在"从韦韦来的男仆"和"韦韦来的天鹅绒似的人们"这两个意象中都得到了体现。

　　作为一个没有太多旅行经历，尤其没有出国旅行经历的人，狄

---

① David Preest, "Emily Dickinson: Notes on All Her Poems", p.41.
② Susan Kornfeld, "The Prowling Bee", (March 2015), http://bloggingdickinson.blogspot.com/search? q=Pigmy+seraphs%E2%80%94gone+astray%E2%80%94.
③ Susan Kornfeld, "The Prowling Bee", (March 2015), http://bloggingdickinson.blogspot.com/search? q=Pigmy+seraphs%E2%80%94gone+astray%E2%80%94.
④ Henry James, *Daisy Miller and Other Stories*, Kansas: Digireads.com, 2008, p.5.
⑤ Henry James, *Daisy Miller and Other Stories*, p.5.
⑥ Henry James, *Daisy Miller and Other Stories*, p.5.

金森或许不像詹姆斯那样准确、深入地理解旅游。例如她没有注意到"天真"与"世故"之间的微妙与复杂性，她只是接受了对于地名的一般的、普遍的印象，就如在她的印象里，冷静且有修养的瑞士风格才是更加优雅的。而对这些地名充满热情和积极的应用至少说明了一点，狄金森在描述心目中最喜爱的主题时，她或许宁愿选择相信隐喻符号在她想象中的完美部分。

三 "丧失了一切，我奔往他乡—"

在《丧失了一切，我奔往他乡—》①（"Bereaved of all, I went abroad—"，J784/Fr886）中，"半岛"和"海洋"的意象将"通往永恒不朽的旅程"这一主题重新提起。

> 丧失了一切，我奔往他乡—
> 在一个新的半岛
> 我的损失仍未见少—
> 坟墓在我前面来到—
>
> 抢先得到我的住所—
> 我还在找我的床—
> 坟墓已安睡在
> 我的枕头上—
>
> 我醒来时发现它先醒来—
> 我起床—它也跟着起—
> 我想把它往人群里一扔—
> 让它失落在大海里—
>
> 在假寐的杯子中
> 把它的形状泡开—
> 坟墓—完了—但铲子
> 仍在记忆中深埋—

---

① 《狄金森全集》第二卷，第218—219页。

Bereaved of all, I went abroad—
No less bereaved was I
Upon a New Peninsula—
The Grave preceded me—

Obtained my Lodgings, ere myself—
And when I sought my Bed—
The Grave it was reposed upon
The Pillow for my Head—

I waked to find it first awake—
I rose—It followed me—
I tried to drop it in the Crowd—
To lose it in the Sea—

In Cups of artificial Drowse
To steep its shape away—
The Grave—was finished-but the Spade
Remained in Memory—

  对于这首诗至少有两种解释。第一种解释，它是一首爱情诗，由于死亡或背叛而失去了所爱之人[1]，诗中人可能正在通过进行一次"自发自愿的长途冒险"[2] 来忘记自己不得不面对的失落。因为发现不可能逃离死亡的阴影，诗中人奔赴半岛开始新生活的计划失败了[3]。无论她/他试图淹没在人群中还是独自在海岸上，她/他所爱之人的坟墓的形象萦绕在她/他心头，挥之不去[4]。在这首诗的结尾，诗中人领悟到一个教训：完成墓地建造意味着结束，并且随着

---

[1] David Preest, "Emily Dickinson: Notes on All Her Poems", p. 265.
[2] T. D. Peter, *Living in Death: A Comparative Critique on the Death Poetry of Emily Dickinson and T. S. Eliot*, New Delhi: Partridge, 2013, p. 205.
[3] David Preest, "Emily Dickinson: Notes on All Her Poems", p. 265.
[4] David Preest, "Emily Dickinson: Notes on All Her Poems", p. 265.

时间的推移，墓地都可能会被遗忘，而挖掘墓地的过程却是永远无法被遗忘的①。

第二种解释，它是一首死亡诗，诗中人似乎被死亡胁迫而想象出一种完全隔离或逃脱的方式，她/他必须面对自己终极的个体性和主观性，并接受自己的孤独②。作为一种萦绕的意象，死亡出现在诗歌的开头，扮演着迫害人的形象③，而"新的半岛"也并非诗中人渴望的最终目的地。狄金森将"狂喜"定义为"向大海的投奔/经屋宇—过海岬—/深入永恒—"。"海岬"的形象与"半岛"相似，因为它们不仅与陆地相连，而且应该是通往永恒旅途中的一站。不幸的是，对于诗中人来说，它似乎成了最后的终点站。

如果将这首诗看作狄金森对其"洪水题材"的又一次思考，那么它延续了她关于通向永恒之旅的构想。"丧失了一切"和"奔往他乡"表明诗中人是悲伤地前往异国他乡，诗的第三行和第四行也暗示了诗中人可能并未到达自己的目的地，而是到达了一个被描述为"新的半岛"的地方，迎接他/她的是"坟墓"。第二节描述了一个典型的"棺材"的形象，狄金森没有描述房间的构造和摆设，唯一提到的就是一个枕头。坟墓紧紧跟随，并未给诗中人任何喘息的机会，它像是某种负担或某种折磨工具，无论诗中人走到哪里都必须承受它。她/他别无选择，无法入睡却强迫自己闭上眼睛，仿佛"假寐"是一个装满液体的杯子，能稀释这份痛苦的折磨。表面上，诗中人似乎在尽力逃避坟墓如影随形，而逃避的过程透露出她/他的无力，因为痛苦的过程不会由于逃避而消逝，她/他的感受一次次被挖掘坟墓的"铲子"折磨着，这种折磨将烙印般"在记忆中深埋"。

对于这首诗中的"丧失"，读者或许有不同的解读，但所有的解读似乎都无法摆脱这首诗营造的压抑氛围。虽然狄金森用"坟墓"和"枕头"等传统的符号来描写死亡，但正因为传统而熟悉，

---

① David Preest, "Emily Dickinson: Notes on All Her Poems", p. 266.
② Katharina Ernst, "'It was not Death, for I stood up…': 'Death' and the Lyrical I", *The Emily Dickinson Journal*, Vol. 6, No. 1, 1997, p. 5, Project MUSE, 4 July 2016.
③ Katharina Ernst, "'It was not Death, for I stood up…': 'Death' and the Lyrical I", p. 5.

这些意象加强了死亡的凄凉感和憎恶死亡这一事实。永恒固然值得期待，但跨越死亡这道界限确实是到达永恒之前最难以面对的困境。本诗对死亡如影随形的描述和无法摆脱其折磨的结论，再一次记录了通向永恒之旅中的一次失败的体验。

四 "直到我—身心疲弱"与"我没有到你的身边"

在《我翻越一座山/直到我—身心疲弱—》①（"I cross till I am weary/A Mountains—in My Mind—"，J550/Fr666）中，狄金森生动地描述了另一次前往最终目的地（诗中称为"圣恩"）的失败经历：

我翻越一座山
直到我—身心疲弱—
还有万重山—随后一片汪洋—
还有千片汪洋相连—然后
发现—一片沙漠—

而我的视野阻塞着
稳定—漂流的—沙粒
铺天盖地，无法推测—
如同亚细亚的雨滴—

这也不能—挫败我的速度—
它阻止一个人到西方
急匆匆赶去休息
但如同敌人的敬礼一样—

目标有何益—
除了插进
淡淡的疑虑—和远方的竞争对手—
把获得置于险境？

---

① 《狄金森全集》第二卷，第46—47页。

终于—圣恩在望—
我对我的双足喊道—
我把整个天国赐予它们
一旦我们相会的时候—

他们努力—但又拖延—
他们消亡—我们是命赴黄泉
还是这只是死亡的实验—
在胜利中—逆转?

I cross till I am weary
A Mountain—in my mind—
More Mountains—then a Sea—
More Seas—And then
A Desert—find—

And My Horizon blocks
With steady—drifting—Grains
Ofunconjectured quantity—
As Asiatic Rains—

Nor this—defeat my Pace—
It hinder from the West
But as an Enemy's Salute
One hurrying to Rest—

What merit had the Goal—
Except there intervene
Faint Doubt—and far Competitor—
To jeopardize the Gain?

At last—the Grace in sight—
I shout unto my feet—

> I offer them the Whole of Heaven
> The instant that we meet—
>
> They strive—and yet delay—
> They perish—Do we die—
> Or is this Death's Experiment—
> Reversed—in Victory?

这首诗中的一些意象可能来自狄金森的朋友查尔斯·沃兹沃斯（Charles Wadsworth）的一篇布道：

> 在遥远的沙漠之边，高耸入云的山峰上闪耀着永恒宫殿！如果我们想最终能够成功地到达那里，必须穿越这些沙漠，渡过这些汹涌的海洋，攀登这些高山！[1]

诗中的"山脉"、"海洋"和"沙漠"等与布道中提到的意象相互呼应，狄金森将它们作为序幕置于她的求索"故事"之中。正如琼·伯比克（Joan Burbick）所说，在漫长的旅途中，满眼的"山脉"、"海洋"和"沙漠"让诗中人的心灵疲惫不堪，不断扫视和搜索着地平线以寻找她/他所期待看到的终点[2]。伯比克认为，诗歌第四节在表达一种"延迟的满足"：长途跋涉是苦行主义的最佳体现，而目的地的遥不可及又能增加苦行主义的价值[3]。作为对欲望的必要障碍，"淡淡的疑虑"和"远方的竞争对手"使诗中人开始思考长途跋涉的意义。尽管狄金森并未澄清这种疑虑是出自对目的地的欲望和期待，还是跋涉过程中挥之不去的阴影[4]。

这首诗充满了疑虑和阻碍，诗歌最后一节将疑虑推向了高潮。

---

[1] "The Story of Emily Dickinson and Rev. Charles Wadsworth: Articles", *Wayne Presbyterian Church*, (Nov. 2023), https://waynepres.org/article/the-story-of-emily-dickinson-and-rev-charles-wadsworth/.

[2] Joan Burbick, "Emily Dickinson and the Economics of Desire", *American Literature*, Vol. 58, No. 3, 1986, p. 369, JSTOR, 28 July 2016.

[3] Joan Burbick, "Emily Dickinson and the Economics of Desire", p. 369.

[4] Joan Burbick, "Emily Dickinson and the Economics of Desire", p. 369.

虽然狄金森使用了全韵如"mind"和"find"、"Grains"和"Rains"、"West"和"Rest"、"feet"和"meet",但此韵律从听觉上依旧透露出沉闷。诗中人已经在长途跋涉后精疲力竭,然而她/他的视野被"稳定"、"漂流的"、"铺天盖地"、"无法推测"的"沙粒"所阻挡。"亚细亚的雨滴"这一意象不仅描述了情况的恶劣,似乎也暗示着诗中人与"东方的流放者"一样的无助和困惑。

事实上,经历了艰难的长途跋涉后,诗中人终于有幸望见了"圣恩"。诗歌第五节通过她/他献上的礼物("整个天国")和心中的渴望("一旦我们相会的时候")描绘了她/他的虔诚和喜悦。然而与苦行般的旅程和赤诚之心相比,"他们"表现得犹豫不决,并没有关注到诗中人所经历的一切。"他们"这一含糊的指代一方面透露出距离感,另一方面暗含着讽刺。在"他们"不负责任地"消亡"之后,诗中人将这一讽刺摆上台面:"我们是命赴黄泉/还是这只是死亡的实验—/在胜利中—逆转?"表面上到达了"圣恩",但实际上似乎是送死。对于诗中人来说,"死亡的实验"并不会使她/他不朽,她/他并没有被"圣恩"接见;如果"圣恩"即永恒,"死亡"似乎无法到达"永恒"。

与《我翻越一座山/直到我—身心疲弱—》不同,《我没有到你的身边》[①]("I did not reach Thee", J1664/Fr1708)更像在诉说诗中人对"你"的特殊感受。整首诗由两个六行诗、两个七行诗和一个八行诗组合而成,复杂的结构预示着旅程的艰辛,但诗中人仍未改写失败的结局。

> 我没有到你的身边
> 但我的脚却一天天地滑近
> 还要跨三条河,翻一座山
> 越过一片沙漠和一片沧溟
> 当我对你诉说时
> 我不会细数一路的行程。

> I did not reach Thee

---

① 《狄金森全集》第三卷,第251—253页。

But my feet slip nearer every day
Three Rivers and a Hill to cross
One Desert and a Sea
I shall not count the journey one
When I am telling thee.

诗歌第一节的最后两行表明，虽然诗中人没有到达"你"的身边，但她/他从未放弃接近"你"，因为她/他还设想着在见到"你"时，她/他"不会细数一路的行程"。从诗歌结尾判断，"你"极有可能是"永恒"，为了到达永恒，三条河流、一座山、两片沙漠甚至一片海洋都不能阻挡诗中人的脚步。只是随着时间的推移，旅途似乎更加艰难：

两片沙漠，但岁月严寒
这样就会改善沙况
穿越了一片沙漠—
第二片
便会像土地一样感到凉爽
撒哈拉太不值价
对你的右手无钱付偿。

Two deserts, but the Year is cold
So that will help the sand
One desert crossed—
The second one
Will feel as cool as land
Sahara is too little price
To pay for thy Right hand.

"岁月严寒"暗示着季节的变迁，然而严峻的环境也无法阻止诗中人的继续前行，因为她/他知道，为了得到"你的右手"，即使横跨撒哈拉沙漠都已是最小的代价。在接下来的诗节中，诗中人与她/他的亲密旅伴——双脚交谈，鼓励它们继续旅程，因为它们已经接近终点。

> 最后来的是大海——欢快地迈步，双脚，
> 我们要走的路好短——
> 我们很可能一起游玩，
> 但我们现在必须苦干，
> 最后的负担一定最轻
> 我们必须把它卸下肩。
>
> 太阳绕弯走——
> 在他转弯前
> 便是夜晚。
> 我们必定越过了中海——
> 我们简直巴望
> 终点更加遥远——
> 它似乎太大
> 无法站到离全体这么近的地方。
>
> 我们迈步酷似毛绒，
> 我们站立如同白雪，
> 流水潺潺新鲜。
> 三河一山已经跨越——
> 两片沙漠一片海洋！
> 现在死亡攫取我的酬金
> 又取得对你的端详。

> The Sea comes last—Step merry, feet,
> So short we have to go—
> To play together we are prone,
> But we must labor now,
> The last shall be the lightest load
> That we have had to draw.

第五章 狄金森诗歌中的地名

The Sun goes crooked—
That is Night
Before he makes the bend.
We must have passed the Middle Sea—
Almost we wish the End
Were further off—
Too great it seems
So near the Whole to stand.

We step like Plush,
We stand like snow,
The waters murmur new.
Three rivers and the Hill are passed—
Two deserts and the sea!
Now Death usurps my Premium
And gets the look at Thee.

虽然诗中人以相对客观、平静的语气描述了通向"你"的旅程，并未暗含讥讽，但无论诗中人是否到达终点或完成了对自己的承诺，她/他都无法摆脱失败的命运，这仿佛也成了狄金森对永恒之旅所设定的一成不变的结局。尽管诗中人到达"你"那里的信念支持她/他蹚过三条河流、翻过一座山、穿越一片沙漠和一片海洋，但"夜晚"、"迈步酷似毛绒"和"站立如同白雪"的意象都在暗示着寒冷、疲倦，甚至是死亡。诗中人克服了重重困难，甚至失去了自己的生命，而让她/他无奈的是，任何决心和努力都无法跨越死亡这条鸿沟，哪怕是"贿赂"，也会被死亡戏耍（"现在死亡攫取我的酬金/又取得对你的端详"）。

通过这两首诗中各种地名的意象，狄金森在展现艰难旅程的同时，一次又一次地回归对"是否能够永生"这一话题的讨论。她在描述自己喜爱的主题，如大自然、植物和动物时，毫不吝啬将她心目中最具代表性的地名作为赞美它们的最高评价。而在回归"洪水题材"时，狄金森的地名则被赋予了流放、囚禁、死亡、阻碍等意象，诗中人无论逃避还是面对，都无法达成所愿，无法到达最终的目的地。

第三节 "俳句式"诗歌中的地名

在接下来的章节中，四首带有地名和旅行意象的诗歌将与俳句（Haiku）① 进行比较。日本的艾米莉·狄金森学会主任岩田美智子（Michiko Iwata）称，虽然许多狄金森学者指出，狄金森的一些诗歌与俳句大有相似之处，然而对于日本读者来说，狄金森的诗歌与俳句截然不同②。比如，狄金森诗句的长度就很少与俳句长度相同，因此，除了意象以外，两者之间的相似之处应从对形式的对比转向对比喻或隐喻的观察③。以狄金森的《一只小鸟落向幽径》和松尾芭蕉（Matsuo Bashō）的俳句"古池蛙跃溅水声"（古池や蛙飛びこむ水の音）为例，前者是：

一只小鸟落向幽径——
并不知道我在看他——

---

① 俳句是一种古老的日本诗歌形式，它的起源已无法追溯。17世纪伟大的日本诗人松尾芭蕉作为俳句的先驱，其作品对俳句内容和形式的发展都有独特的影响。在芭蕉的时代，"発句"（hokku）是一种名为"破俳联歌"（hakai no renga）的联歌形式中的第一句。芭蕉赋予他的发句前所未有的深度和清晰度，这在那个时候并不常见……传统的日本俳句包括一个季节性的提及，并以5音、7音和5音的方式排列，共17个音节。正如哈罗德·古尔德·亨德森（Harold Gould Henderson）所释，首先，日语中没有冠词，几乎没有代词，通常没有单复数的区分；其次，俳句中没有标点符号，而是由象征性的"切句"（kireji）来代替，比如"や"、"かな"、"りり"等，它们没有实际意义，但通常表示一个未完成的句子，并且具有一种难以捉摸的力量；最后，不同于英语，日语没有关系代词——任何描述性从句都必须位于其名词之前……因此很明显，日语和英语的俳句写作之间是不相等的，其中的差异包括：英语俳句有时会有17个音节的情况；英语俳句的格式有时由3行组成，分别是5-7-5（音节）；英语俳句通常会将两个简单的主题并列，且这两个主题通常会被标点符号分隔开，而后会通过比较这两个主题进行特别的观察。See Harold Gould Henderson, An Introduction to Haiku: An Anthology of Poems and Poets from Bashō to Shiki, New York: Doubleday & Company, 1958, pp. vii-viii.
② Michiko Iwata, "Plenary B: Dickinson and Haiku", Emily Dickinson International Society Bulletin, Vol. 19, No. 2, 2007, pp. 11-16.
③ Michiko Iwata, "Plenary B: Dickinson and Haiku", p. 11.

他把一根蚯蚓啄成两半,
再将那家伙生生吞下,

接着他顺便从草上
饮了露珠一颗——
然后又跳到墙边
让一只甲虫爬过——

他用疾眼扫视
急匆匆东瞟西瞅——
如同受惊的珠子,我想——
转动他茸茸的头

他像遇险者一般,小心,
我赏他一点面包皮
他却舒展开羽翼
向家里轻轻划去——

轻于分开大海的双桨
一片银光不见缝隙——
轻于跳离正午沙岸的蝴蝶
游过时没有水花溅起①

A Bird came down the Walk—
He did not know I saw—
He bit an Angleworm in halves
And ate the fellow, raw,

And then he drank a Dew
From a convenient Grass—
And then hopped sidewise to the Wall

---

① 《狄金森全集》第一卷,第234—235页。

227

To let a Beetle pass—

He glanced with rapid eyes
That hurried all around—
They looked like frightened Beads, I thought—
He stirred his Velvet Head

Like one in danger, Cautious,
I offered him a Crumb
And he unrolled his feathers
And rowed him softer home—

Than Oars divide the Ocean
Too silver for a seam—
Or Butterflies, off Banks of Noon
Leap, plashless as they swim.

后者是：

闲寂古池旁—
蛙入水中央，
悄然一声响

The ancient pound—
A frog jumps in,
The sound of the water

　　通过比较可以看出，虽然小鸟"舒展开羽翼向家里划去"和"青蛙跳入水中溅起水花"是不同的意象，但被记录的"瞬间之美"是这两首诗的相通之处①。
　　不难发现《一只小鸟落向幽径》的最后一节似乎与之前诗句中

---

① Michiko Iwata, "Plenary B: Dickinson and Haiku", p. 11.

的情节发展不相符，但这个比喻很可能与狄金森创作诗歌时的情绪或当时获得的某种启示存在一定的关联。岩田也说，狄金森的诗歌中，类似这种需要读者将其作为独立整体去理解的比喻，并非普遍存在①。当这些独立的整体与意象的本质和功能相关联时，它仍然是一种解释她的诗歌的新角度，因此具有某种俳句的特质②。

的确，将两种不同文化背景下的文学形式随意等同是不合适的，然而将狄金森的诗歌与俳句联系起来也是不可避免的。狄金森诗歌中显现出的俳句特质包括了意象、简洁、精准和张力③，并且基于狄金森诗歌的风格，还有两个重要、显著的相似之处值得一提。第一个是"切句"（kireji）。作为俳句的一种标点符号，切句用于表达、暗示或强调诗人的情绪和精神状态④。例如，芭蕉的"古池蛙跃溅水声"的英文译版先提到了古池，然后并未立即转到下一行，而是用一个破折号来吸引读者继续探索⑤，这与狄金森诗歌中的破折号似乎异曲同工⑥。虽然学者们对狄金森诗中频频出现的破折号解释颇多，而创造"悬念"、吸引读者目光这一解释恰巧与切句的作用相似⑦。

第二个相似之处是"空间性而非时间性"这一特点⑧。岩田认为，狄金森的诗歌是"现实而非冥想"的，表达方式"更倾向于断续而非连续"⑨，且狄金森更关注空间而非时间⑩。这种"空间性而非时间性"的概念正属俳句所有，如果一位俳句诗人偶然遇到美丽的人事物，她/他会立即被其吸引，沉浸其中，全然忘记了物体和主体之间的关系，亦忘记了时间的存在⑪。实际上，正如迈克尔·迪伦·韦尔奇（Michael Dylan Welch）所说，

---

① Michiko Iwata, "Plenary B: Dickinson and Haiku", p. 11.
② Michiko Iwata, "Plenary B: Dickinson and Haiku", p. 11.
③ Michiko Iwata, "Plenary B: Dickinson and Haiku", p. 11.
④ Michiko Iwata, "Plenary B: Dickinson and Haiku", p. 11.
⑤ Michiko Iwata, "Plenary B: Dickinson and Haiku", p. 11.
⑥ Michiko Iwata, "Plenary B: Dickinson and Haiku", p. 34.
⑦ Michiko Iwata, "Plenary B: Dickinson and Haiku", p. 34.
⑧ Michiko Iwata, "Plenary B: Dickinson and Haiku", p. 11.
⑨ Michiko Iwata, "Plenary B: Dickinson and Haiku", p. 11.
⑩ Michiko Iwata, "Plenary B: Dickinson and Haiku", p. 11.
⑪ Michiko Iwata, "Plenary B: Dickinson and Haiku", p. 11.

俳句最重要的特征就是通过提议和暗示，传达一个敏锐的感知时刻，或者就是对自然或人性的洞见。可俳句并不是陈述这种洞见，而是在暗示它。①

"暗示而非陈述"——这一点在《许多人用我这只杯子/横渡莱茵河而去》②（"Many cross the Rhine"，J123/Fr107），《与你，共处沙漠—》③（"With thee, in the Desert—"，J209/Fr201），《山不能把我阻挡》④（"Nor Mountain hinder Me"，J1029/Fr1041）和《最小的江河—很听某个大海的话》⑤（"Least Rivers—docile to some sea"，J212/Fr206）这四首诗中得以体现。例如，

许多人用我这只杯子
横渡莱茵河而去。
从我棕色的雪茄里
啜饮老法兰克福的空气。

Many cross the Rhine
In this cup of mine.
Sip old Frankfort air
From my brown Cigar.

科恩菲尔德联想到，狄金森的"假设之人"似乎坐在阳台上俯瞰花园，手握酒杯，吸着一支上好的雪茄，品着老法兰克福的空气⑥。而普雷斯特认为，吸着棕色雪茄的诗中人很可能与狄金森毫无关系，只是某个曾到过欧洲的旅行者，回到家一边喝酒一边抽一支欧洲生产的雪茄，便回忆起自己穿越莱茵河、沐浴在法兰克福空

---

① Michael Dylan Welch, "Becoming a Haiku Poet", *Begin Haiku*, (June 2015), http://www.haikuworld.org/begin/mdwelch.tentips.html.
② 《狄金森全集》第一卷，第87—88页。
③ 《狄金森全集》第一卷，第147页。
④ 《狄金森全集》第二卷，第351页。
⑤ 《狄金森全集》第一卷，第148页。
⑥ Susan Kornfeld, "The Prowling Bee", (March 2015), http://bloggingdickinson.blogspot.com/search?q=Many+cross+the+Rhine.

气中的旅行经历①。诗歌中急促、好似"气喘吁吁"②的语气揭示了一些历史事实：作为欧洲最繁忙的水道，莱茵河是唯一连接阿尔卑斯山和北海的河流，它引导着瑞士、德国、法国和荷兰的贸易③。莱茵河在欧洲的政治、历史和文化中享有非常重要的地位，它的繁荣在一定程度上归功于19世纪的欧洲政治家将其作为商业水道，沿岸建立自由贸易区，逐步打造成国际化的交通要道④。

因此可以想象，作为19世纪欧洲蓬勃经济的象征，作为美国旅行者的梦想之地，莱茵河是多么的繁荣、国际化。表面上，诗中人仅仅因为品尝到了产于欧洲的雪茄而夸张了她/他穿越莱茵河、呼吸着法兰克福空气的体验，实际上，"我这只杯子"和"我棕色的雪茄"看似简单，但由于它们唤起了对旅行的感官记忆，因此意义深刻。狄金森不会在这首四行诗中随意代入两个毫无关联的意象，酒和雪茄可能是诗中人在莱茵河或在法兰克福漫游时品尝到的。这两件事物要么给诗中人留下了深刻的印象，要么是她/他旅行期间常见的物品，因此一旦回到家中还能品尝到它们，她/他就能回忆起在欧洲生活的细节体验。两个平凡的物件不仅体现了诗中人在欧洲旅行时的难忘记忆，还展现出她/他对这段经历的引以为豪的情绪。

在《与你，共处沙漠—》这首诗中，读者可能会被诗中人的决心所感染，诗中人即使不知"你"究竟是谁，也愿意完全追随"你"的身影：

与你，共处沙漠—
与你，同忍干渴—
与你同在罗望子树林里—
豹子呼吸—终于！

---

① David Preest, "Emily Dickinson: Notes on All Her Poems", p. 37.
② Susan Kornfeld, "The Prowling Bee", (March 2015), http://bloggingdickinson.blogspot.com/search? q=Many+cross+the+Rhine.
③ Mark Cioc, *The Rhine: An Eco-Biography*, 1815-2000, Seattle: U of Washington, 2002, p. 11.
④ Mark Cioc, *The Rhine: An Eco-Biography*, 1815-2000, p. xxiv.

> With thee, in the Desert—
> With thee in the thirst—
> With thee in the Tamarind wood—
> Leopard breathes—at last!

桑德拉·M. 吉尔伯特（Sandra M. Gilbert）认为狄金森有许多名字和不同的自我，因此"豹子"是狄金森众多名字中的一个[1]。作为另一个物种，"豹子"意味着一种不同的意识和表达方式，而狄金森也在《文明—唾弃—豹子!》[2]（"Civilization—spurns—the Leopard!", J492/Fr276）中对此作出了解释[3]。吉尔伯特认为，《与你，共处沙漠—》是《文明—唾弃—豹子!》的另一种诠释[4]："你"可能是如同豹子一样的"异人"，同样作为"异人"的狄金森与"你"拥有同样的意识和表达方式，因心有灵犀而无须过多解释[5]。

也许狄金森想象自己是一个坚强的旅行者，坚定、不会被任何困苦所打败。"沙漠"、"干渴"和"罗望子树林"暗指高温环境：一方面，它呈现出一段艰苦的旅程；另一方面，它揭示了追随"你"的热情和决心。从"沙漠"到"罗望子树林"的位置变化表明只有"与你同在"才能征服干渴，最终到达"罗望子树林"并恢复体力蜕变为"豹子"。又或者，狄金森无意过程，只是表达了与"你"在一起的深切渴望，诗中所有的意象只是为了营造宣誓般的氛围。在《山不能把我阻挡》中也是如此：

> 山不能把我阻挡
> 海也无计—
> 波罗的海何许人—
> 科迪勒拉山算老几?

---

[1] Sandra M. Gilbert, "'If a lion could talk…': Dickinson Translated", *The Emily Dickinson Journal*, Vol. 2, No. 2, 1993, p. 3, *Project MUSE*, 15 August 2016.
[2] 《狄金森全集》第一卷，第 353 页。
[3] Sandra M. Gilbert, "'If a lion could talk…': Dickinson Translated", p. 3.
[4] Sandra M. Gilbert, "'If a lion could talk…': Dickinson Translated", p. 4.
[5] Sandra M. Gilbert, "'If a lion could talk…': Dickinson Translated", p. 4.

Nor Mountain hinder Me
Nor Sea—
Who's Baltic—
Who's Cordillera

这首诗中的杨扬格以及被重复使用的否定和疑问句式，强调了坚定的决心；"波罗的海"和"科迪勒拉山"在诗中的"障碍"意象从视觉角度强化了读者在体验这种决心时的感受。

《最小的江河—很听某个大海的话》似乎是一种赞美或告白：

最小的江河—很听某个大海的话
我的里海—就是你呀。

Least Rivers—docile to some sea.
My Caspian—thee

里海是世界上最大的内陆水体，它之所以被认为是一个奇迹，不仅因为它的面积，而且因为每天都有许多河流注入其中，才成就了它的宽阔。狄金森可能并没有将自己视为融入其中的支流，而是将自己视为一条很听话的"最小的江河"。"里海"可以构成一种视觉上的想象，对于像狄金森这样的内陆人来说，"里海"可以满足她对海洋的憧憬，更重要的是，与大海相比，湖泊更加宁静沉寂，这个"你"的意象便更具浪漫色彩。

对于狄金森的忠实读者来说，他们可能会比较了解狄金森的这种表达方式，对她的经典意象心领神会；对于其他读者来说，这些地名是有感召力的，因为每一个地名都可以通过进一步探索，演变为一个过程、一种经历，甚至一个故事。一个好的意象就好似一个大容器，它有很多空间来承载诗人和读者的情绪、情感。一旦读者打开了这个容器，诗人的情感和她/他想传达的信息就会完全呈现出来。狄金森的这几首诗歌，因其简短的形式而容易与日本的俳句联系起来，只是两者间的相似之处并不仅仅在于结构，更在于凝练之后的效果——省略和模糊营造出的想象空间，是读者审美的乐园。

本章中，狄金森使用的各种地名被分为大陆、国家和地区，城市和小镇，海洋、河流和岛屿，以及杂糅地名这四类来一一解读。其中一些地名不仅仅是她的密码式的语言或饱含比喻的意象，还如苏珊妮·朱哈斯所说，在一个更加动态的创作思考中，每个地名都代表了狄金森头脑中的变化、扩张和不断增长；也因如此，她使用地理词汇来描述自己头脑创作思考的过程是合适、准确的[1]。通过这些地名所呈现的意象，狄金森完成了对"最终目的地"的另一番求索。

---

[1] Suzanne Juhasz, *The Undiscovered Continent: Emily Dickinson and the Space of the Mind*, p. 20.

"最终目的地"是哪里？一方面，狄金森看似给出了答案，她的家、她的卧室就是她的归宿；另一方面，狄金森并未给出答案，她心目中的最终目的地既没有迎合她的时代的普适观，也没有被刻画成她心中的理想之地。狄金森对于"家"的意象的表达非常复杂，有时"家"是家，有时"家"是天堂，有时"家"是目的地，有时"家"又是一幢让人无所栖身的房子。无论是基于自己的个人经历，还是基于对"最终目的地"的模棱两可，"家"始终是她的避风港，是她的创作基地，是她心目中那个理想之地的原型。

第六章 "家"是终点？

　　阿默斯特是狄金森眼中的伊甸园。而"家"这个避风港"就是对上帝的定义"（L355）。1851年，哥哥奥斯汀接受了波士顿的教职，离开了阿默斯特，狄金森写了许多信件敦促他记得时常回家，其中一封信后来被收录为约翰逊版《艾米莉·狄金森诗集》中的第二首诗。为了哥哥早日归来，狄金森在信中写下了《另有一片天空》①（"There is another sky"，J2②）这首诗，描绘了一个如伊甸园般的美丽花园，花园里处处生机勃勃、清新隽永。实际上这封信是在奥斯汀将要到家的五天前写的，狄金森写这封信时，阿默斯特的天气阴沉寒冷，但为了催促奥斯汀尽快归来，她向他保证，天气会因他的回归而再次变得美丽、宜人③。

　　为了表达她对奥斯汀深厚的爱和急切的盼归之心，狄金森在诗中使用了不少积极的修饰语，如"永远宁静灿烂"、"树叶长青"、"永不凋谢"和"嗡营不断"，选择的意象都是她自然主题中最喜爱的天空、阳光、花园、花朵和蜜蜂。重复以"管它"和"这里有"开头的句型强调了催促的真诚，而亲密的召唤："哥呀，请你来/我的花园参观！"体现了兄妹间的亲密无间。尽管这首诗中讲的不是著名的家宅（Homestead），但伊甸园般的花园意象不仅象征着狄金森对她哥哥的爱④，同时也透露出了她对"家"的深厚情感。

---

① 《狄金森全集》第一卷，第5页。
② 富兰克林版本《艾米莉·狄金森诗歌集》未收录此诗。
③ David Preest, "Emily Dickinson: Notes on All Her Poems", p. 1.
④ David Preest, "Emily Dickinson: Notes on All Her Poems", p. 1.

第一节　家宅

家宅是那个使狄金森实现隐居生活并见证她"诗人"这一职业的地方，它提供了一个私人环境，使狄金森与社交分离并隐蔽起来。即便狄金森看似古怪且"心无外物"，可往来于家宅的亲朋好友依然会将宅子里发生的事情散播出去，而这些逸闻趣事就成了读者们了解狄金森不同寻常的人生的生动素材①。在搬回位于主街（Main Street）上的家宅之前，狄金森一家遇到了一些困扰。虽然由狄金森的祖父建造的家宅可能是阿默斯特的第一座砖房，在当地首屈一指，但他在 1830 年因财务问题失去了它②。因此狄金森不得不离开了这个她从出生到九岁一直居住的地方，搬到了位于普莱森特街（Pleasant Street）上的另一个住宅中③。

在新家的日子里，年轻的狄金森不仅度过了她"最频繁的社交生活"——她参加了许多活动，比如制糖派对、藏头诗创作、雪橇骑行和乡村游玩，还拥有了一些特殊的体验，比如从新家的北窗观看葬礼队伍，比如遇见了她的终身好友苏珊·吉尔伯特④。1855 年，狄金森的父亲重新将家宅买了回来，举家搬迁了回去，但狄金森却觉得自己是被迫迁回，并非甘愿⑤。从那时起，普莱森特街上的生活就全都成了回忆，狄金森的母亲也在那时开始进入久病的状态⑥。虽然狄金森不情愿，但家宅在完成翻修时，确实成了一个提供给她更多可能性的地方。

爱德华·狄金森花了 5000 美元翻修家宅，只比他为儿子建造的长青居（Evergreens）少了 500 美元⑦。重新翻修是为了符合当时

---

① Diana Fuss, "Interior Chambers: The Emily Dickinson Homestead", *Differences: A Journal of Feminist Cultural Studies*, Vol. 10, No. 3, 1998, p. 1, Project MUSE, 15 November 2016.
② Diana Fuss, "Interior Chambers: The Emily Dickinson Homestead", p. 5.
③ Diana Fuss, "Interior Chambers: The Emily Dickinson Homestead", p. 6.
④ Diana Fuss, "Interior Chambers: The Emily Dickinson Homestead", p. 7.
⑤ Diana Fuss, "Interior Chambers: The Emily Dickinson Homestead", p. 7.
⑥ Diana Fuss, "Interior Chambers: The Emily Dickinson Homestead", p. 8.
⑦ Diana Fuss, "Interior Chambers: The Emily Dickinson Homestead", p. 8.

对支持共和党派家庭所提出的新的国家标准①，而家宅的翻修却对狄金森产生了持久而深远的影响。由于主屋西侧有门廊，此次翻修改变了家宅的南北走向，使其正面朝向长青居，站在家宅的屋顶，长青居的景色便一览无余②。狄金森能够隔窗眺望，在某种程度上就能向对面的苏珊表达牵挂③。

与传统的19世纪美国乡村住宅不同，狄金森一家并未把所有的空间都用作居家安排，他们非常重视书籍，并根据书籍的使用和摆放对家宅的空间进行了改造④。例如，餐厅和厨房必须具有多种用途，因为他们不仅可以在厨房里烹饪和用餐，还可以在这里阅读和写作⑤。厨房更像是一个狄金森家族分享和交流的公共空间，安放了不少狄金森的回忆⑥，而餐厅则成了吃饭、阅读、写作、睡觉甚至进行更为私密的活动的空间⑦。并且由于餐厅与前后门的距离较接近，它成了奥斯汀和梅布尔·卢米斯·托德第一次密会的完美场所⑧。

对于狄金森来说，家宅的卧室是她得以摆脱家庭义务、家务劳动和社会期望的避风港⑨。她的隐居并不只是一种叛逆，因为

> 在19世纪的美国，公共和私人空间的日益区分使得个体的内在世界日益觉醒。在狄金森的时代，商业活动逐渐从家庭范围转移到城镇或工厂，这使居所变得越来越私有化。由于狄金森父亲的律师办公室位于家宅的几个街区之外，于是家宅成了一个只用于居住的私人场所。这样一个场所避免了以商业活动为主的新社交的冲击，为爱德华·狄金森蓬勃发展的法律实践提供了基础。20世纪，中产家庭已不再是农业活动的中心，而是成为个体内在世界的成长的舞台。家成了一个避难所，个

---

① Diana Fuss, "Interior Chambers: The Emily Dickinson Homestead", p. 8.
② Diana Fuss, "Interior Chambers: The Emily Dickinson Homestead", p. 11.
③ Diana Fuss, "Interior Chambers: The Emily Dickinson Homestead", p. 29.
④ Diana Fuss, "Interior Chambers: The Emily Dickinson Homestead", p. 11.
⑤ Diana Fuss, "Interior Chambers: The Emily Dickinson Homestead", p. 11.
⑥ Diana Fuss, "Interior Chambers: The Emily Dickinson Homestead", pp. 11-12.
⑦ Diana Fuss, "Interior Chambers: The Emily Dickinson Homestead", p. 13.
⑧ Diana Fuss, "Interior Chambers: The Emily Dickinson Homestead", p. 13.
⑨ Diana Fuss, "Interior Chambers: The Emily Dickinson Homestead", p. 28.

体可以从公众视线中隐退。当狄金森开始她的诗歌创作的时候，恰逢这一新的文化理想蔚然成风。①

居所的进一步私有化不仅更多地保护了私人生活，更重要的是提供了一个相对不被干扰的创作空间。狄金森在家宅里创作了绝大部分的诗歌，她的卧室就是她的创作中心②。

关于这个"创作中心"，大部分评论的关键字都是围绕着"无助的恐旷症"、"自我隔离"、"忧郁"、"惊恐"、"棺木"、"被困"和"监牢"而展开的③。尽管无法知晓狄金森在这个"创作中心"里的确切感受，但至少存在一个事实：她的卧室是家宅中采光、通风和视野最好的那一间④。从这个房间可以清晰地看到西边的长青居和南边的霍利奥克山，这个房间为狄金森提供了最大范围的视野⑤。街道当然也在她的视线范围内，她可以通过聆听行人不同的声音和谈话来满足耳朵对语言的听觉需求，更重要的是，她可以通过卧室的西窗观看她心爱的日落，眺望她心心念念的苏珊⑥。尽管在普莱森特街上的生活给了狄金森一个无忧无虑的童年和许多珍贵的回忆，而家宅则继续了狄金森家族以书为中心的传统并提供了必要的环境、设施，使狄金森能够把她珍爱的回忆融入她的创作中，实践她的诗意理想。

第二节 房屋/家的隐喻

"房屋"或"家"的意象经常作为喻体出现在狄金森最喜欢的主题中。例如在著名的《我居住在可能里面——》中，"可能"对她而言是"一座比散文更美的房屋"。评论倾向于将"可能"解释为狄金森的诗歌创造力或者就是诗歌；普雷斯特称，对于狄金森而言，散文或许象征着她父亲一向坚持的教条主义或正统宗教观点，

---

① Diana Fuss, "Interior Chambers: The Emily Dickinson Homestead", p. 4.
② Diana Fuss, "Interior Chambers: The Emily Dickinson Homestead", p. 4.
③ Diana Fuss, "Interior Chambers: The Emily Dickinson Homestead", p. 29.
④ Diana Fuss, "Interior Chambers: The Emily Dickinson Homestead", p. 29.
⑤ Diana Fuss, "Interior Chambers: The Emily Dickinson Homestead", p. 29.
⑥ Diana Fuss, "Interior Chambers: The Emily Dickinson Homestead", p. 29.

而诗歌仿佛一座房屋，拥有"数目更多的窗户"且"门——更是超凡脱俗"，这样的环境是通畅的，同时也为其他可能性的进入提供了机会①。法尔持有类似的观点，她认为狄金森可能将她律师父亲沉闷的家庭环境与散文相比较，意在说明这个无限而神秘的"房屋"能够接受诗歌②。玛格达莱娜·扎佩多夫斯卡（Magdalena Zapedowska）认为，这个美丽的房屋是一个豪华的内心王国，在这里，狄金森使用诗歌来庆祝自己的隐居生活③。戴安娜·费斯（Diana Fuss）解释说，狄金森将散文和诗歌视为两种截然不同的建筑内部，前者代表着囚禁和限制，而后者则代表着隐蔽、私密、安全和无限的广阔空间④。

类似的隐喻在如《我自己被培养成——一名木匠——》⑤（"Myself was formed—a Carpenter—"，J488/Fr475）、《支柱扶持着房屋》⑥（"The Props assist the House"，J1142/Fr729）、《回忆有后有前—》⑦（"Remembrance has a Rear and Front—"，J1182/Fr1234）等诗歌中，用来描述诗歌的创作过程是"辛苦和艺术的总和"⑧。在探索宗教主题时，伊甸园和天堂也被描述为"老式房屋"⑨（"old-fashioned House"，J1657/Fr1734）和"老宅"⑩（"old mansion"，J1119/Fr1144）。尼尔森和哈伦发现，"伊甸园"这个既存在于天堂也存在于人间的神圣空间，在狄金森的十七首诗中都出现过，对于狄金森来说，房屋/家就如伊甸园，是狄金森在物质和精神世界里的神圣空间⑪。

在狄金森的作品中，"家"要么以传记、形而上学和宗教的方

---

① David Preest, "Emily Dickinson: Notes on All Her Poems", p. 221.
② Judith Farr, *The Passion of Emily Dickinson*, p. 50.
③ Magdalena Zapedowska, "Citizens of Paradise: Dickinson and Emmanuel Levinas's Phenomenology of the Home", *The Emily Dickinson Journal*, Vol. 12, No. 2, 2003, p. 86, Project MUSE, 21 November 2016.
④ Diana Fuss, "Interior Chambers: The Emily Dickinson Homestead", p. 14.
⑤ 《狄金森全集》第一卷，第351页。
⑥ 《狄金森全集》第二卷，第409—410页。
⑦ 《狄金森全集》第三卷，第5—6页。
⑧ Diana Fuss, "Interior Chambers: The Emily Dickinson Homestead", p. 13.
⑨ 《狄金森全集》第三卷，第248页。
⑩ 《狄金森全集》第二卷，第396页。
⑪ Nielson and Hallen, p. 146.

式呈现，要么以这三者任意组合的方式呈现①。狄金森并没有使用"家"的意象去附和新英格兰正统教义中"天父欢迎被选中者回家"的概念②。相反，作为对正统概念的挑战，她坚定地表示，一个世俗家庭的暂时性本质才是其特殊意义的基础③。心理分析评论所谓的"恐旷症"并没有出现在她涉及"家"的诗歌中，她似乎也没有赋予"家"一个19世纪美国传统对家庭的定义④。虽然有许多同期的女作家致力于创作慰藉文学（consolation literature），狄金森却也不与之为伍，她的"家"的意象并没有围绕着作为家庭道德中心的"母亲"而建立⑤。

莎莉·贝利（Sally Bayley）在《地平线上的家：从艾米莉·狄金森到鲍勃·迪伦的美国空间探索》（*Home on the Horizon: America's Search for Space, from Emily Dickinson to Bob Dylan*）一书中给予狄金森的家庭生活高度的评价。她认为对于狄金森而言，家不仅能够提供内外交流的机会，更是一个任何事情似乎都有可能发生的地方⑥。狄金森利用自己的家庭空间来概括她对文化的态度，家为她提供了一个豪华的宇宙，使她诗意般的内在世界能够不断拓展，家也是她心中"理想美国"的体现⑦。

贝利还认为，基于她的清教徒背景，狄金森可能相信神无所不在、人们时时刻刻都能感知神的存在这一概念，但她调和了这一信仰与家庭生活的关系，使家成为神圣之地，一个文化意识形态的场所，一个日常生活的仪式空间⑧。总之，狄金森诗歌中房"屋/家"的意象并非偶然存在：一方面，由于"家"在狄金森生活和诗歌创

---

① "Home, as Subject", in Jane Donahue Eberwein, ed., *An Emily Dickinson Encyclopedia*, California: Greenwood, 1998, p. 146.
② "Home, as Subject", p. 146.
③ "Home, as Subject", p. 146.
④ "Home, as Subject", p. 146.
⑤ "Home, as Subject", p. 146.
⑥ Sally Bayley, *Home on the Horizon: America's Search for Space, from Emily Dickinson to Bob Dylan*, Oxfordshire: Peter Lang, 2010, p. 1.
⑦ Sally Bayley, *Home on the Horizon: America's Search for Space, from Emily Dickinson to Bob Dylan*, p. 1.
⑧ Sally Bayley, *Home on the Horizon: America's Search for Space, from Emily Dickinson to Bob Dylan*, p. 1.

作中不可替代，它承载了她现实和精神世界中的可能性；另一方面，由于她的"家"的意象与19世纪新英格兰的传统家庭形象以及女性文学不相符，更吸引读者去想象和探索她的诗中人在不同的房屋/家的场景下如何传达其背后的意义。

第三节　关于房屋、门和家的意象

无论是关于陆路还是水路旅行的诗歌，狄金森频繁提到"最终目的地"，它常常指代不朽、永恒、伊甸园、天堂或者天国等意象。然而狄金森对"最终目的地"本身却着墨不多，反倒是通过小船、旅程中的艰难和失败的结局等表达疑虑。在《由于我无法驻足把死神等候—》中她将墓穴形容成一个房子，但她对房屋/家的情结十分复杂，即使是"对洪水题材的思考"也无法全然概括。狄金森笔下的"家"与约翰·霍华德·佩恩（John Howard Payne）的"家，家，甜蜜的家！/没有比家更好的地方，哦，没有比家更好的地方！"[1] 或朗费罗诗中可以寻找到自己青春的"美丽小镇"截然不同[2]。

一　与屋同行

在《我一早出发—带着我的狗—》中，狄金森的诗中人讲述了一段赴约大海的危险经历[3]，过程惊险，但所幸在最后一刻逃脱了凶猛的大海。从她的叙述可以感受到，她极力使梦魇般的经历看起来是可控的[4]：

　　我一早出发—带着我的狗—

---

[1] John Howard Payne, "Home Sweet Home", (April 2019), https://www.poemhunter.com/poem/home-sweet-home/.
[2] SeeHenry Wadsworth Longfellow, "My Lost Youth", (April 2019), https://www.poemhunter.com/poem/my-lost-youth/.
[3] David Cody, "'When one's soul's at a white heat': Dickinson and the 'Azarian School'", *The Emily Dickinson Journal*, Vol, 19, No. 1, 2010, p.46, *Project MUSE*, 26 November 2016.
[4] David Cody, "'When one's soul's at a white heat': Dickinson and the 'Azarian School'", p.48.

去把大海赏玩—
海底美人鱼钻出水面来
一齐盯着我看—

舟楫—浮游在海面
伸出麻索手—
料我是只小耗子—
在沙滩—困守—

但我一动不动—直到海潮
冲过我那简陋的鞋—
冲过我的围裙—我的腰带
连紧身胸衣—也遭劫—

他要把我囫囵吞,弄得我—
就像一颗附在
蒲公英袖管上的露珠—
我大吃一惊—连忙跳开—

可他—他跟上来—紧追不舍—
我感到他的银蹄
碰上了我的脚踝—于是我的鞋
就要四溢珠玑—

最后我们碰见永固城—
他似乎不认识一人—
于是鞠了个躬—瞪了我一眼—
大海便往回奔—①

I started Early—Took my Dog—
And visited the Sea—

---

① 《狄金森全集》第二卷,第26—27页。

The Mermaids in the Basement
Came out to look at me—

And Frigates—in the Upper Floor
Extended Hempen Hands—
Presuming Me to be a Mouse—
Aground—upon the Sands—

But no Man moved Me—till the Tide
Went past my simple Shoe—
And past my Apron—and my Belt
And past my Bodice—too—

And made as He would eat me up—
As wholly as a Dew
Upon a Dandelion's Sleeve—
And then—I started—too—

And He—He followed—close behind—
I felt His Silver Heel
Upon my Ankle—Then my Shoes
Would overflow with Pearl—

Until We met the Solid Town—
No One He seemed to know—
And bowing—with a Mighty look—
At me—The Sea withdrew—

　　杰伊·罗戈夫（Jay Rogoff）在回忆他创作无韵诗《海边的门诺派人》（"Mennonites by the Sea"）的过程时说，当他躺在海滩上，他被一个门诺派家庭所吸引，尤其是这个家庭里穿着19世纪长裙的女性，因为在众多穿着丁字裤和比基尼的年轻女性中，她们显得格外引人注目①。因此当他完成诗歌时，他意识到狄金森的《我一早出发—带着我的狗—》中隐约透露的性感和他创作《海边的门诺派人》时的感官体验有异曲同工之处②。

狄金森的诗中人描述了她与大海的亲密相遇，整个过程游转于现实与奇幻之间③。诗歌始于一个现实的场景，诗中人准备停当，带着她的狗去海边玩，却在那里经历了一次神奇的冒险④。这里有四点需要说明：首先，狄金森使用居家词汇来形容大海——"海底"为"地下室"（basement），"海面"为"上层楼面"（upper floor）；其次，诗中存在着女性和男性之间的对抗——旋涡淹没了诗中人，倘若房子的居家意象是女性化的隐喻策略，那么"淹没"则象征着女性化投降于被男性化的汹涌的海水；再次，大海不仅离开了诗中人的身体，还从她的人类世界中撤退；最后，诗歌所呈现的并非强暴式的性暗示，而是展示一种 19 世纪的舞蹈，大海的行为更像《傲慢与偏见》中的达西而不是《简·爱》中的罗切斯特⑤，因为它最后还是有骑士风度地向诗中人鞠躬，然后离开⑥。

而从另一个角度来看，一个女孩、一只狗和一个房子的意象很容易唤起读者对《绿野仙踪》中的多萝西、托托和从天而降并砸死了东部邪恶女巫的农舍的联想，甚至还有更多类似的意象，比如多萝西的神奇银鞋和大海的"银蹄"，以及多萝西和诗中人在旅程中遇到的不同生物和其他冒险。尽管《我一早出发—带着我的狗—》的风格更像是曲折迷离的格林童话，但它确实曾被选入《艾米莉·狄金森的儿童诗歌选》（Some Emily Dickinson Poems for Children）一书中⑦。女孩、狗、美人鱼和舟楫的形象组成了一个传统的童话故事的开头，随着情节的发展，狗和美人鱼都消失了，舟楫捕捉了女

---

① Jay Rogoff, "Certain Slants: Learning form Dickinson's Oblique Precision", *The Emily Dickinson Journal*, Vol. 17, No. 2, 2008, p. 50, *Project MUSE*, 25 November 2016.
② Jay Rogoff, "Certain Slants: Learning form Dickinson's Oblique Precision", pp. 50-51.
③ Jay Rogoff, "Certain Slants: Learning form Dickinson's Oblique Precision", p. 51.
④ Jay Rogoff, "Certain Slants: Learning form Dickinson's Oblique Precision", p. 51.
⑤ Jay Rogoff, "Certain Slants: Learning form Dickinson's Oblique Precision", p. 51.
⑥ Jay Rogoff, "Certain Slants: Learning form Dickinson's Oblique Precision", p. 52.
⑦ David Preest, "Emily Dickinson: Notes on All Her Poems", p. 175.

孩，潮水几乎将她淹没，女孩被置于危险境地。普雷斯特认为，这里体现了人类生命的寓言，即人类必须向强大的自然屈服，否则就会被其淹没[1]，它也可以是一个女孩征服了各种困难、最终赢得了回家机会的冒险故事，或者可以是一个私密旅程，讲述了诗中人与大海的亲密接触。

"狗"的形象可能是本诗被选入儿童诗选的原因之一。马蒂·罗兹·菲格利（Marty Rhodes Figley）指出，狄金森有一只名叫卡洛（Carlo）的狗，因为卡洛的存在，小读者们不会完全将狄金森想象成一个幼稚、胆小、成天把自己关在卧室里的白裙女人[2]。不管卡洛是圣伯纳犬还是纽芬兰犬，又或是这两种犬的混种，它都温柔而聪明，像个忠实的护卫[3]。菲格利解释说，小读者们非常珍惜他们的宠物朋友，因此他们会理解卡洛对狄金森的重要性[4]；卡洛不仅是一个护卫，还是一个知己般能够引导狄金森走向外界的力量[5]。因此，在一首儿童诗歌的开头安置一只狗的形象是一个很好的选择，它不仅展现了作者与宠物的亲密，同时让读者知晓这是一个安全的旅程，而不是一个充满未知的冒险。

事实上这段旅程是符合预期的。首先，诗中人并没有随意开始旅程，而是选择"一早"出发，以确保有足够的时间来完成旅程。其次，她的"亲密朋友"为她保驾护航，尽管当她到达"房子"时与"亲密朋友"分道扬镳。再次，当舟楫抓住她时她并不害怕，甚至自嘲像一只"小耗子"，直到大海几近吞没了她，她才决定"跳开"而并非逃离。最后，他们似乎达到了目标，相伴到了"永固城"。表面上看，这次旅行似乎危机四伏，而诗中的某种亲密感却不容忽视。

---

[1] David Preest, "Emily Dickinson: Notes on All Her Poems", p. 175.
[2] Marty Rhodes Figley, "'Brown Kisses' and 'Shaggy Feet': How Carlo Illuminates Dickinson for Children", *The Emily Dickinson Journal*, Vol. 14, No. 2, 2005, p. 120, *Project MUSE*, 26 November 2016.
[3] Marty Rhodes Figley, "'Brown Kisses' and 'Shaggy Feet': How Carlo Illuminates Dickinson for Children", p. 121.
[4] Marty Rhodes Figley, "'Brown Kisses' and 'Shaggy Feet': How Carlo Illuminates Dickinson for Children", p. 124.
[5] Marty Rhodes Figley, "'Brown Kisses' and 'Shaggy Feet': How Carlo Illuminates Dickinson for Children", p. 120.

第六章 "家"是终点?

　　如果作为一次亲密的私人旅行,诗中人是在有准备的情况下完成与大海的约会的。"海底美人鱼钻出水面来/一齐盯着我看"的好奇感,仿佛在暗示诗中人是第一个访问大海的人类。她似乎被错误地捕获,但她并不害怕,甚至专注于体验海水逐渐淹没她的鞋子、围裙、腰带和紧身胸衣的过程。当她感觉自己几乎被水淹没而"连忙跳开",大海"跟上来—紧追不舍",追赶她的"银蹄"已碰到了她的脚踝,她似乎被浪潮托着①,她的鞋"四溢珠玑"。最终他们见到了"永固城",而大海则表现得像一位护送骑士,完成护送任务后便行礼撤退了。

　　大海骑士般的举动似乎不陌生,狄金森在《由于我无法驻足把死神等候—》中也将死亡描写为一个贴心的车夫。当诗中人要被海水吞没时,读者可能会担心她的处境,然而读完诗歌最后一节,真相浮现,读者的焦虑也得到了缓解。如果了解狄金森的旅行诗歌,就会好奇一个问题:诗中人原本去往的目的地究竟是大海还是永固城?在狄金森的旅行诗歌里,有些诗歌直接将目的地呈现给读者,如在《在这片神奇的海洋》中,永恒就是目的地,在《夜夜狂风雨骤—夜夜雨骤风狂!》中,伊甸园就是目的地。而这首诗中,旅程因"碰见永固城"而结束,诗中人专注于描述她与大海在旅程中的体验,却对目的地没有进一步的阐述。

　　狄金森不仅使用拟人化的手法赋予大海骑士般的品质,而且特别赋予了它力量和阳刚之气。诗中大海的"房屋"意象反映了狄金森的真正愿望:如《由于我无法驻足把死神等候—》中的车夫一般,大海才是与诗中人一同完成旅程的最终伴侣和保护者。若大海象征着死亡,即便他好似要将诗中人吞没,但诗歌开头隐藏的房屋意象在某种程度上暗示着大海的安全、可靠,就如狄金森的家宅和她的卧室,能提供给她足够的空间和安全感。显然诗中的大海并非科尔《老年》中的大海,因此也不代表永恒,如果"永固城"是此诗中的不朽,狄金森又再一次忽略了这个最终目的地,全诗大篇幅描写与大海的旅行经历,而"永固城"也只是"碰见"而已。如扎佩多夫斯卡所讲,狄金森将可能性积极的一面转化为大众熟悉

---

① 参见《艾米莉·狄金森词典》中"heel"的含义。

的居家内部空间，却又不降低其奢华程度①。作为19世纪的女性，狄金森并未使用房屋的意象来描述家庭生活，而是站在传统的对立面，将房屋的意象放在一段奇幻的旅程中。她至少提供了一个可能性，即她可以与"房"共行。

二 是天堂还是家？

狄金森一生都生活在康涅狄格河谷，这里被称为强硬的加尔文主义者的堡垒②。作为一个在宗教上特立独行的人，她对学习宗教文本没有太大兴趣，但仍不可避免受到了家人、老师、朋友和讲道者的影响③。因此，在探究狄金森诗歌中的信仰问题时，通常需要考虑三种不同思想来源的影响：阿默斯特保守的旧清教主义的残存，以超验主义为高潮的启蒙思想所带来的自由、理性精神和狄金森一生中特有的对家庭的虔诚④。

狄金森的父母奉行的内省主义是一种更为具体的宗教信条，换言之，他们不仅相信上帝和人类之间存在本体论上的差异，还充分理解这种理论的绝对重要性⑤。因此，在狄金森的诗歌中很容易找到关于两组主题的讨论——地球和天堂，时间和永恒⑥。根据加尔文主义的理论，上帝高于所有的审判⑦。尽管狄金森无心神圣公正和至高权能，但她并未否认神性与智慧、恩典、慈善等之间的可能性⑧。或许她曾声讨过流行于19世纪的一些情感主题，但将这些文学作品与其诗歌对比后发现，她的诗歌中仍存在一些与流行主题的共鸣⑨，例如那些被禁止相爱或被迫分离的恋人总是不断遭受厄运，

---

① Magdalena Zapedowska, "Citizens of Paradise: Dickinson and Emmanuel Levinas's Phenomenology of the Home", p. 87.
② Gary Lee Stonum, "Dickinson's Literary Background", in Gudrun Grabher, Roland Hagenbüchle, and Cristanne Miller, eds., *The Emily Dickinson Handbook*, Massachusetts: U of Massachusetts, 1998, pp. 54-55.
③ Gary Lee Stonum, "Dickinson's Literary Background", p. 55.
④ Gary Lee Stonum, "Dickinson's Literary Background", p. 55.
⑤ Gary Lee Stonum, "Dickinson's Literary Background", p. 55.
⑥ Gary Lee Stonum, "Dickinson's Literary Background", p. 55.
⑦ Gary Lee Stonum, "Dickinson's Literary Background", p. 55.
⑧ Gary Lee Stonum, "Dickinson's Literary Background", p. 55.
⑨ Gary Lee Stonum, "Dickinson's Literary Background", p. 56.

他们重聚的希望必定是在死后实现;又如"临终场景"是一个需要着墨较多的核心问题,而"安慰"需要感情化的修辞来完成①。

狄金森对房屋意象的使用似乎受到了上述背景的影响,她特别强调了宗教中的"享物"(material comforts)。她将天堂想象为一个"设备齐全的房子,人们可以感到宾至如归"②。这种"享物"与清教主义背道而驰,它不仅超脱了神学,还强调了罪恶的陷阱而非救赎的承诺③。从性别层面来看,"享物"意义深远:清教主义代表了一种严苛的、男性化的传统,与女性化的内心信仰相对立④。尽管狄金森与这种偏感性的"享物"之间的关系仍有待讨论,但她频繁地比较"房屋/家"与天堂之间的异同,证明了她在这一层面的不断思考。而这又与"物质家庭生活"(material domesticity)的主要代表伊丽莎白·斯图尔特·菲尔普斯(Elizabeth Stuart Phelps)的稳健派情感有所不同⑤。

众所周知,狄金森对宗教的态度是含糊矛盾的。一方面,在呈现她富有灵性的洞察和体验时,她"几乎完全"依赖于基督教和《圣经》的象征;另一方面,她又拒绝相信一些所谓神的真谛⑥,例如,人们不仅了解上帝的计划、本质和人格,他们也清楚有些人可被救赎,而有些人则会灭亡,上帝在乎每一个人,因此每个人的祷告都能被其听到,每个人的求助也会被其回应;由于人们生来就有原罪,因此他们应该充分理解到,上帝通过受难和复活赎回了他们的罪恶灵魂,无论灵魂是入天堂还是下地狱,"来生"是对他们的保证⑦。尽管狄金森一贯的态度是:"关于天堂的存在/我们知道的全部/是那不肯定的肯定—"⑧("Of Paradise' existence/All we know/Is the uncertain certainty—", J1411/Fr1421),简·多纳休·埃伯温指出狄金森对"天堂的喜悦"(joys of heaven)这一说法非

---

① Gary Lee Stonum, "Dickinson's Literary Background", p. 57.
② Gary Lee Stonum, "Dickinson's Literary Background", p. 57.
③ Gary Lee Stonum, "Dickinson's Literary Background", p. 57.
④ Gary Lee Stonum, "Dickinson's Literary Background", p. 57.
⑤ Gary Lee Stonum, "Dickinson's Literary Background", p. 57.
⑥ Glenn Hughes, *A More Beautiful Question: The Spiritual in Poetry and Art*, Missouri: U of Missouri, 2011, p. 72.
⑦ Glenn Hughes, *A More Beautiful Question: The Spiritual in Poetry and Art*, p. 72.
⑧ 《狄金森全集》第三卷,第126页。

常好奇，因为她在诗歌中提到了143次，在信件中提到了123次；而"地狱"的意象在诗歌中仅有11处提及，在信件中则没有出现过①。事实上，狄金森选择用来描述她所期待的天堂的意象大多透露出自怜、孤独和失望之情。如果天堂是一座使人感到宾至如归的"设备齐全的房子"，它与狄金森心中所期待的"家"又不相同。

不信"来生"在《旅人迈步回家》中就有所体现。狄金森先是想象出了灵魂"归家"时艰辛却充满了欢乐的旅程，却又以失望了结了自己的期待：

> 旅人迈步回家
> 鞋也欢腾—
> 番红花—最终挺身而立
> 做了雪的扈从—
> 吟咏赞歌的嘴唇
> 经历了长年的操练
> 终于这些舟子们
> 吟唱着漫步于海岸。
>
> 珍珠是潜水者的小钱
> 从海里强行取来—
> 羽翼—天使的车辇
> 曾经也是步行—亦属吾侪—
> 夜是晨的帐篷
> 失窃—遗产—
> 死亡，不过是我们
> 对永生的迷恋。
>
> 我的算术说不出
> 那个村落有多远—

---

① Jane Donahue Eberwein, "'Earth's Confiding Time': Childhood Trust and Christian Nurture", *The Emily Dickinson Journal*, Vol.17, No.1, 2008, p.10, *Project MUSE*, 30 November 2016.

它的农民是天使——
它的乡镇缀满天——
我的经典遮住了他们的脸——
我的信仰崇敬那片黑暗——
从它庄严的教堂里
复活喷泻如涌泉。①

The feet of people walking home
With gayer sandals go—
TheCrocus—till she rises
The Vassal of the snow—
The lips at Hallelujah
Long years of practice bore
Till bye and bye these Bargemen
Walked singing on the shore.

Pearls are the Diver's farthings
Extorted from the Sea—
Pinions—the Seraph's wagon
Pedestrian once—as we—
Night is the morning's Canvas
Larceny—legacy—
Death, but our rapt attention
To Immortality.

My figures fail to tell me
How far the Village lies—
Whose peasants are the Angels—
Whose Cantons dot the skies—
My Classics veil their faces—
My faith that Dark adores—

---

① 《狄金森全集》第一卷,第12—13页。

> Which from its solemn abbeys
> Such resurrection pours.

  诗中几个意象体现了艰辛与欢乐的对比。除去诗歌措辞这一技巧，"feet"（双脚）出现在整首诗的第一行意味着强调。狄金森似乎尤为关注这个用于行走的身体部分，例如在《剧痛之后，感觉恢复正常—》中，死亡首先抵达头部（"神经正襟危坐，像坟墓一样—"），然后是身体躯干的中部（"僵硬的心发问，他就是那负重的硬汉"），最后是"双脚，机械地，转悠/一种木然的动作/已全然不顾—/是地面，是空气，还是乌有"①。而在这首诗中，"旅人迈步"却有一个清晰的目标，那就是"回家"。虽然"迈步回家"的意象在某种程度上暗示着旅途中徒步的艰辛，但"番红花—最终挺身而立"暗喻着在复活之前必须经历一番磨难②。"吟咏赞歌的嘴唇/经历的长年的操练"表明了虔诚，脚上的"鞋也欢腾"，因为它们最终到达"海岸"，可以继续赞美上帝。使用"嘴唇"和"鞋"的提喻的手法强调了归来者旅途中的虔敬。

  人生好比一次旅途，旅途的尽头是"家"——这比喻看起来合情合理、令人欣慰，然而接下来的几节中，狄金森对这个比喻的犹豫、怀疑和失望逐渐显现。她使用了六组意象来表达她矛盾的情绪，它们是"珍珠"和"小钱"、"潜水者"和"强行取来"、"羽翼"和"车辇"、"天使"和"吾侪"、"夜"和"晨"，以及"死亡"和"永生"，这六组意象分别代表了高贵与廉价、劳作与犯错、轻盈与沉重、神性与人性、黑暗与光明，以及终结与不朽，这些矛盾形成的思想碎片交织在美好的期望和残酷的现实里。在展示了这些颇具讽刺的隐喻后，狄金森将"无知"（"我的算术说不出/那个村落有多远—"）直接归因于失败的"经典"和"信仰"，她与传统教导的脱离使她频频质疑自己是否会被真正接纳。而她的质疑不仅于此，在另一首诗中，她直接呼吁提交一份"证言"，否则她

---

① Carlos Daghlian, "Re-Visions: New Voices-New Perspectives on Dickinson's Poetry-Rescuing 'After great pain' for the Portuguese Language Reader", *The Emily Dickinson Journal*, Vol. 6, No. 2, 1997, p. 161, Project MUSE, 2 December 2016.
② 番红花的寓意是"春天的象征；复活的标志"，详见《艾米莉·狄金森词典》。

将无法知道天堂是否真的是天堂。

> 其实地就是天—
> 不管天是不是天
> 如果不是一份关于
> 那个特定地点的证言
> 那就不仅得向我们确认
> 那不是我们的去处
> 而且将会是对我们的冒犯
> 如果在那样一个地方居住—①

> The Fact that Earth is Heaven—
> Whether Heaven is Heaven or not
> If not an Affidavit
> Of that specific Spot
> Not only must confirm us
> That it is not for us
> But that it would affront us
> To dwell in such a place— （J1408/Fr1435）

在《我知道一座天堂，宛如一顶帐篷—》②（"I've known a Heaven, like a Tent—", J243/Fr257）中，虽无法确定"一座天堂"是否指的是宗教中的天堂，但如果它是一个拯救他人的"家"，它被描述为一个"方便住所"，一个"临时庇护所"③，甚至是一个热闹的"马戏团帐篷"④。然而它却突然消失，只留下了荒凉。帐篷的意象揭示了这个"家"的不牢靠和不切实际，即便它有趣、耀眼、具有吸引力，也无法说服狄金森安住其中。

事实上狄金森想象了去往天堂的经历。在《我到天堂去过—》中，她的诗中人如一位旅行作家，不仅参观了天堂，还描述了来世

---

① 《狄金森全集》第三卷，第125页。
② 《狄金森全集》第一卷，第167—168页。
③ 参见《艾米莉·狄金森词典》。
④ David Preest, "Emily Dickinson: Notes on All Her Poems", p.76.

的空间①：

> 我到天堂去过—
> 那是小镇一座—
> 一颗红宝石照明—
> 以绒毛覆盖城郭—
>
> 宁静—胜过
> 缀满露珠的田野—
> 美丽—把人们绘的—
> 所有图画超越。
> 人—如同飞蛾—
> 梅希林花边的—形体
> 游丝的—责任
> 鸭绒—就是姓名—
> 我简直—是—
> 相当—满意—
> 处在这样一个独特的
> 社会—②
>
> I went to Heaven—
> 'Twas a small Town—
> Lit—with a Ruby—
> Lathed—with Down—
>
> Stiller—than the fields
> At the full Dew—
> Beautiful—as Pictures—
> No Man drew.

---

① Páraic Finnerty, "'If fame belonged to me, I could not escape her': Dickinson and the Poetics of Celebrity", *The Emily Dickinson Journal*, Vol. 26, No. 2, 2017, p. 45, *Project MUSE*, 2 January 2018.
② 《狄金森全集》第一卷，第268—269页。

People—like the Moth—
Of Mechlin—frames—
Duties—of Gossamer—
And Eider—names—
Almost—contented—
I—could be—
'Mong such unique
Society—

通过简短的诗行、些许全韵("Town"和"Down","frames"和"names")和视觉韵("Dew"和"drew")的交织,这趟旅行似乎并没有被详尽地描述,语气也漫不经心。这样的简短描述与传统描绘天堂的方式形成了鲜明对比。诗中人并未因为回到"家"而感到安心、受到安慰,她/他宣称自己只是"到"了那里,然后使用重复的句式结构简单地回忆了她/他所看到的东西。天堂是如此之小,以至于一颗红宝石就可以完全照亮它,而接下来的描述甚至有些敷衍——"宁静—胜过/缀满露珠的田野—/美丽—把人们绘的—/所有图画超越"。

这个天堂的一个显著的特点就是轻盈,狄金森使用了各种"轻"的意象,比如绒毛、梅希林花、游丝和鸭绒来描述它,这些相似的意象和简短而重复的句式,使描述变得并不那么引人入胜。天堂中的人被描述为"飞蛾",其中包含至少两层意思:一方面,飞蛾作为昆虫,虽类似蝴蝶却不像蝴蝶般色彩绚烂,且大多数在夜间飞行,由于趋光性它们被光吸引并可能因光而赴死;另一方面,飞蛾的意象暗喻着听觉和视觉上的迟钝,甚至是无所事事[1]。"不具体"和"不明确"是对这个天堂里人们和他们职责的整体印象,无新意、无趣味,以至诗中人失去了继续描述的兴趣,并以"我简直—是—/相当—满意—/处在这样一个独特的/社会—"[2] 的反讽的语气结束了对这个天堂的介绍。使用同义词和重复的句子结构不仅强化了"天堂"的乏味性,还与"设备齐全的房子"形成了鲜

---

[1] 参见《艾米莉·狄金森词典》。
[2] David Preest, "Emily Dickinson: Notes on All Her Poems", p. 126.

明的对比，更不用去追问是否有宾至如归的感觉。诗歌结尾的反讽，再次表达了狄金森的失望。即便有一个看起来可以居住的去处，它仍然不能满足狄金森心中对"家"的期待。

总之，诗中的天堂似乎与狄金森理想中的天堂大相径庭。一方面，狄金森将自己与其他虔诚的教徒分离开，她无法相信传统教导所传达的信念，因此认为自己没有接受过"正确的"教导而将会被区别对待。另一方面，她心中构想了一个更理想的天堂，也因此她笔下的"小镇"很小、无趣、轻飘飘，用来向读者展示这个"独特的社会"可能不是他们所期望的。对于狄金森而言，天堂无论大小，无论绚烂与否，它就是天堂，不可能宾至如归，不可能是她心中的那个"家"。

三 门外的陌生人

通风、装饰、对称、为日常生活提供方便是门和窗的特点[1]。对于隐居的狄金森来说，她似乎对门和窗的这些特点有着更深刻的认识。戴安娜·福斯认为，狄金森的信件和诗歌中最具可逆性和复杂性的意象是门，它包含着丰富的隐喻，如孤独、失落和死亡[2]。另外，门也意味着回忆、私密和安全，甚至暗示着跨越和穿越的可能性[3]。莎莉·贝利认为，门和窗的意象，或者说"出口"和"入口"的意象经常出现在狄金森的作品中[4]，"分离"、"内外"、"可见和想象"[5] 都是门的隐喻。因此"门"的具体的视觉意象为人和神、有限和无限、死亡和不朽划出了一道边界[6]。

在狄金森的信件中，门窗经常与"离别"有关。她时常在信中描述她冲向窗户或门口，以便能最后看一眼即将离开她的爱人[7]。

---

[1] Sally Bayley, *Home on the Horizon: America's Search for Space*, *from Emily Dickinson to Bob Dylan*, p. 62.

[2] Diana Fuss, "Interior Chambers: The Emily Dickinson Homestead", p. 15.

[3] Diana Fuss, "Interior Chambers: The Emily Dickinson Homestead", p. 15.

[4] Sally Bayley, *Home on the Horizon: America's Search for Space*, *from Emily Dickinson to Bob Dylan*, p. 23.

[5] Sally Bayley, *Home on the Horizon: America's Search for Space*, *from Emily Dickinson to Bob Dylan*, p. 62.

[6] Diana Fuss, "Interior Chambers: The Emily Dickinson Homestead", p. 15.

[7] Diana Fuss, "Interior Chambers: The Emily Dickinson Homestead", p. 15.

例如在她二十三岁时写给苏珊的一封信中充分表达了自己的爱和绝望：

> 我冲到门口，亲爱的苏珊——我穿着拖鞋在雨中奔跑，大喊"苏珊，苏珊"，但你没有看到我；然后我冲向餐厅的窗户，用力拍打着它，而你却继续骑马前行，并不理会我。(L102)

从这段描述来看，一方面，无论狄金森做出何种尝试，苏珊都没有注意到她，这让她备感无助；另一方面，她似乎被困在房子里，无法逃脱。门和窗是固定在墙体的明显标记，人们可以关闭它们来封锁自己，也可以简单地划分区域①。然而在下面这首诗歌中，门却没有封锁诗中人，她信心满满，已经为她旅程做好了充分的准备：

> 我歌唱着利用这次等待
> 只把我的软帽系住
> 并把我的房门关上
> 我再没有事情好做
>
> 直到他最佳的脚步走近
> 我们走向那一天
> 并互相讲我们曾怎样歌唱着
> 远离那黑暗。②
>
> I sing to use the Waiting
> My Bonnet but to tie
> And shut the Door unto my House
> No more to do have I
>
> Till His best step approaching

---

① Sally Bayley, *Home on the Horizon: America's Search for Space, from Emily Dickinson to Bob Dylan*, p. 62.
② 《狄金森全集》第二卷，第257页。

> We journey to the Day
> And tell each other how We sung
> To Keep the Dark away. (J850/Fr955)

　　在与希金森的第二封通信中，狄金森坦白："自九月以来我一直有一种恐惧，却不能向任何人透露——所以我唱歌，就像男孩在墓园唱歌一样，因为我真的很害怕"（L261）；在另一封信中，她表示即使被所有美国人嘲笑，她的任务仍然是"歌唱"（L269）。在上引诗的第一节中，诗中人歌唱是为了利用等待的时间，在第二节中，歌唱成了一种"远离那黑暗"的鼓励。诗中人赴约旅行又一次呈现了爱人与求爱者的意象，仿佛诗中人又一次与死亡结伴而行（"直到他最佳的脚步走近"），"走向那一天"。诗中人明确指出她关闭了房门，"我再没有事情好做"不仅表明诗中人已准备停当，还体现了她离开房子并开始旅程的决心。门将内部与外部分隔开，打开它则是欢迎，关上它则是告别。门是终点，也是起点。

　　福斯认为，狄金森将"家"视为自己最喜爱的精神场所，这里存在永恒、天堂、伊甸园，但她也可能将其简单地视其为位于普莱森特街上的旧居，那里保留了她许多的美好回忆，她时时渴望回到那里[1]。无论家是精神场所还是街道上的旧居，狄金森的诗中人所处的困境都揭示了一种恐惧，恐惧熟悉的屏障之后隐藏着的不可控的未知[2]。扎佩多夫斯卡认为，不必过分高估狄金森诗歌中"家"或"居家"的意象的作用，因为她自己对这种意象的处理本就非常模糊[3]。狄金森确实对普莱森特街的旧居有着很深的情感，但更重要的是她似乎还承受着家宅与长青居之间的"战争"所带来的情感压力[4]。家宅留给她更多的是一个严肃的父亲形象，这一形象即使

---

[1] Sally Bayley, *Home on the Horizon: America's Search for Space, from Emily Dickinson to Bob Dylan*, p. 16.

[2] Sally Bayley, *Home on the Horizon: America's Search for Space, from Emily Dickinson to Bob Dylan*, p. 16.

[3] Magdalena Zapedowska, "Citizens of Paradise: Dickinson and Emmanuel Levinas's Phenomenology of the Home", pp. 83–84.

[4] Magdalena Zapedowska, "Citizens of Paradise: Dickinson and Emmanuel Levinas's Phenomenology of the Home", p. 84.

在父亲去世后也依然支配着她的意识①。或许因为对家宅的疏离,狄金森才决定长时间待在自己的卧室,这也可以解释为何狄金森在描述自己的家宅时,总伴随着一种远观的态度,她眼中的家宅要么是一个无人居住的地方,要么是一个禁地②。

在《离家已经年》("I Years had been from Home", J609/Fr440)中,她就呈现了一种强烈的距离感和陌生感:

> 离家已经年
> 此刻到门前
> 进去我不敢
> 怕有陌生脸
>
> 跟我打照面
> 问我有何干—
> "我要找落下的生活一段
> 看它是否还在里边?"
>
> 我担着几分惊—
> 我留连着先前—
> 那瞬间像海洋滚滚
> 冲击在我的耳边—
>
> 我发出颤悠悠的笑声
> 笑我竟怕一扇门脸
> 因为我领略过惊恐万千
> 从来没有畏缩的表现。
>
> 我小心翼翼,战战兢兢
> 用手按住门栓

---

① Magdalena Zapedowska, "Citizens of Paradise: Dickinson and Emmanuel Levinas's Phenomenology of the Home", p. 84.
② Magdalena Zapedowska, "Citizens of Paradise: Dickinson and Emmanuel Levinas's Phenomenology of the Home", p. 84.

生怕那该死的门迸开
让我扑空倒向地面——

然后我将指头挪开
小心得如同伺候玻璃
然后捂住耳朵，像贼一样
喘着气从那座房子逃逸——①

I Years had been from Home
And now before the Door
I dared not enter, lest a Face
I never saw before

Stare stolid into mine
And ask my Business there—
"My Business but a Life I left
Was such remaining there?"

I leaned upon the Awe—
I lingered with Before—
The Second like an Ocean rolled
And broke against my ear—

I laughed a crumbling Laugh
That I could fear a Door
Who Consternation compassed
And never winced before—

I fitted to the Latch
MyHand, with trembling care
Lest back the awful Door should spring

---

① 《狄金森全集》第二卷，第95—96页。

And leave me in the Floor—

Then moved my Fingers off
And cautiously as Glass
And held my ears, and like a Thief
Fled gasping from the House—

芭芭拉·莫斯伯格（BarbaraMossberg）认为，回家对诗中人来说是一场噩梦，"喘着气"很可能是因为噩梦所带来的窒息①，这种噩梦般的体验至少源于担心门后会藏着无法预料的陌生人②。玛丽安·诺布尔（Marianne Noble）指出，除了对母性的体验，狄金森拒绝自己去体验与其他事物产生情感依恋的喜悦③。她常常表达对爱的强烈渴望，但如果这种渴望被满足，爱又总是无法得到，或者具有威胁性，甚至是禁区④。

无论这首诗的背景是那个回不去的普莱森特街的旧屋，还是狄金森向往回归却被无情拒绝的"精神场所"，渴望与恐惧之间的斗争是显而易见的。多年过去了，诗中人仍然想念着那个家，并将这份思念付诸实践。现在，她/他站在家门前，紧张而又脆弱：一方面，她/他必须控制自己的兴奋和疑虑；另一方面，她/他十分犹豫，害怕这个渴望回归已久的家里可能会有新的成员，有陌生的面孔。然而第二节中发生的事情"打消了"诗中人的顾虑，甚至使她/他感到震惊，门后似乎没有陌生的面孔，有的只是不欢迎她/他的冷漠。诗中人并未被邀请进家，没有欢迎也没有寒暄，不得已诗

---

① Barbara Mossberg, "Through the Transatlantic Lens of 'my George Eliot' and Percy Bysshe Shelley: Emily Dickinson's Expatriate Soul in postcards from the Edge", *The Emily Dickinson Journal*, Vol. 21, No. 2, 2012, p. 69, Project MUSE, 15 January 2018.

② Magdalena Zapedowska, "Citizens of Paradise: Dickinson and Emmanuel Levinas's Phenomenology of the Home", p. 85.

③ Marianne Noble, "Writing Life: Suffering as a Poetic Strategy of Emily Dickinson", *The Emily Dickinson Journal*, Vol. 21, No. 2, 2012, p. 106, Project MUSE, 15 January 2018.

④ Marianne Noble, "Writing Life: Suffering as a Poetic Strategy of Emily Dickinson", p. 106.

中人才问道:"我要找落下的生活一段/看它是否还在里边?"此时的尴尬可能让诗中人意识到,离家那么多年后,她/他已经成了一个陌生人。

诗歌的其余部分充满了不安的意象。当诗中人意识到自己不被欢迎之后,她/他陷入了惊讶与旧日回忆交织的困境中,狄金森从视觉和听觉入手来描述这一令人心碎的体验——"那瞬间像海洋滚滚/冲击在我的耳边—"。突如其来的悲凉使诗中人不禁失笑,"领略过惊恐万千"从未畏缩的她/他竟然如此惧怕一扇门和它背后的人。诗中人可能自己都未曾想到这一结局:这幢房屋像是一颗随时会爆炸的炸弹,从一系列极其谨慎的动作——"小心翼翼,战战兢兢"、"按住门栓"、"将指头挪开"、"小心得如同伺候玻璃"、"捂住耳朵"、"像贼一样"、"喘着气"、"逃逸"可以看出,门就像一只易怒的野兽("生怕那该死的门迸开/让我扑空倒向地面"),它的随时暴怒可能会让诗中人再次受辱。狄金森将"门"放在了导火索的位置,诗中人"成功地"在房屋爆炸之前扑灭了它。表面上这是一个想家的人归家后被家所拒绝的不幸经历,实际上,与其说是悲伤或崩溃,不如说如梦初醒后的失望和幻灭。诗中人已不再有归家时的忐忑,而是毅然逃离了这个房子。

在《一扇临街的门正好打开—》①("A Door just opened on a street—",J953/Fr914)中,诗中人并不敢走进这扇门:

> 一扇临街的门正好打开—
> 我—感到迷惘—从旁走过—
> 瞬间暖融融的气氛泄漏出来—
> 还有财富—和天伦之乐。
>
> 这扇门旋即关上—而我—
> 我—感到迷惘—从旁走过—
> 加倍地迷惘—但对比之下—最—
> 发人深省的—困厄—

---

① 《狄金森全集》第二卷,第313页。

A Door just opened on a street—
I—lost—was passing by—
An instant's Width if Warmth disclosed—
And Wealth—and Company.

The Door as instant shut—And I—
I—lost—was passing by—
Lost doubly—but by contrast—most—
Informing—misery—

  普雷斯特认为诗中人遭受了双重损失的打击：一个是未说明的损失，即她/他之前遭受了什么而"迷惘""困厄"；另一个是明确的损失，当她/他经过街上唯一一扇开着的门，一瞥门缝，看到里面有"暖融融的气氛"、"财富"和"天伦之乐"，可当门瞬间关闭后，她/他没有进一步确定门后面到底有什么[1]。如果诗中人因迷路而感到迷惘，那她/他的不幸不仅仅是因为流浪街头、与门缝里的安宁和满足形成鲜明的对比，更因为这安宁和满足对她/他无情地瞬间关闭。如果回到狄金森对目的地和"家"意象的思考，那么门后面屋里的安宁和满足也许是诗中人期望的。门的意象类似于《我们的生命像瑞士—》中那威严的阿尔卑斯山，而门内的"暖融融的气氛"、"财富"和"天伦之乐"则类似于"意大利"的诱惑。诗中人无意瞥到门内的安宁和满足，而门的瞬间关闭代表着否定——如果"家"代表一个快乐亲密的空间[2]，它依然不可以被得到。

  也许"可能"（Possibility）是狄金森唯一愿意且能居住的房子，这个房子有无数的门窗，但她并不害怕被拒之门外。在她不可进入的家门后面，可能存有旧生活、记忆和她可能依旧渴望的东西，而通过她的描述，简单地打开家门并不能将这些东西轻易获取。作为一个划分区域的界线，门可以是《逐出伊甸园》中分隔伊甸园和尘世的石拱门，可以是雄伟的阿尔卑斯山，也可以是狄金森

---

[1] David Preest, "Emily Dickinson: Notes on All Her Poems", p. 310.
[2] Magdalena Zapedowska, "Citizens of Paradise: Dickinson and Emmanuel Levinas's Phenomenology of the Home", p. 85.

说服自己打开的一道门。通过对"门"的意象的讨论，可以体会到狄金森对"家"的复杂情结。简言之，本章将狄金森的旅行意象延展到对房屋、家、门的意象的讨论。狄金森笔下的"家"的意象与传统意义上的"居家环境"大不相同，"家"一样的大海可以与诗中人一同旅行，但"家"不是天堂，而"门"的意象进一步证明了"家"的遥不可及。对于狄金森来说，无论在她的精神世界还是现实世界，"家"始终在她的生活和写作中扮演着重要的角色。对于一个隐士来说，"家"是她的最终目的地，对于一个诗人来说，它是一个可以通过诗歌创作体验各种可能性的地方。

第七章　结语：闭上眼睛即是旅行

克里斯坦尼·米勒在《1860：艾米莉·狄金森的航海之年》("1860：Emily Dickinson's Year at Sea")中指出，狄金森诗歌中的外来词汇、地名和旅行意象被用来构建"家"与"异国他乡"之间的对比[①]。旅行可以充满创伤也可以充满欢乐，这取决于诗中人的状态，一个人在家中也可以像在国外一样充满了"陌生感"[②]。的确，狄金森的旅行意象为读者们展现了不一样的可能性：一方面，作为一位19世纪的女性和隐士，狄金森能够超越性别和身份的界限去拓宽自己的知识面；另一方面，也因为她的性别和身份，她似乎有更多的自由和可能性穿梭于想象空间，自由自在地漫游。

与许多同时代的人一样，原生家庭的特质、成长过程中的学习和经历塑造了狄金森的世界观，这些元素影响了她的感性、理性和精神世界的发展，为她的创作提供了基础。她受到了诸如内战和工业化扩张的影响，她积极探讨政治并对新科技产生了浓厚的兴趣，她也受到了当时流行的绘画流派的影响，她的新教背景帮助塑造了她对通向天堂的永恒之旅的解释，同时也帮助她理解了不愿因循守旧的严重后果。狄金森是特立独行的，因此她的诗歌作为极具个人特色的文本，直接反映了她思想深处对于世界和人生的认知和思考。本书作为对狄金森旅行意象的探索，一方面收集了狄金森含有旅行意象的诗歌，形成一个主题；另一方面将这些旅行意象分类与狄金森其他著名主题，如死亡、不朽、崇高、周缘等结合讨论。为了充分挖掘狄金森的成长背景并突出她特殊的人生经历，第一章从

---

① Georgiana Strickland, "Dickinson's Encounters with the East", p.12.
② Georgiana Strickland, "Dickinson's Encounters with the East", p.12.

三方面：作为一个幸运的女孩、一个幸运的女人、一个幸运的诗人，介绍了狄金森多姿多彩的童年时期，有着上层社会生活经历和良好教育的青少年时期，沐浴在各种文化思潮并得到导师引领的成年时期。由于其"隐士"的身份，在研究狄金森的旅行意象时，引入了虚构的旅行写作以便与非虚构旅行写作相对比。虚构的旅行写作更强调充分利用作者的直觉和感观，而这一点正与狄金森的写作风格不谋而合。

狄金森生活在一个铁路交通四通八达的时代，这个时代的人们有更多机会四处旅行。虽然很难想象她的隐居生活与旅行有何关联，但不难理解各种各样的阅读资料给她提供了比实际旅行更多的体验机会。基于狄金森的家庭背景和传统，她周围不乏热爱书籍的家庭成员和朋友，这样的氛围使她可以沉浸在知识的海洋，而她的家庭图书馆直接为她提供了源源不断的支持，各种阅读资料是她了解外界的基础，是她成长的土壤。也因此，她与书籍之间有着特殊的纽带。她对书籍的深情厚谊，饱含在如《一种珍奇—销魂的—乐事—》、《将疲倦的日子的遥远目标—/转向我的书—美妙无穷—》、《何物带咱去远方/一只船不如一本书》等诗歌中。

受浪漫主义和超验主义的影响，狄金森相信自己的直觉并珍视个人的特质。在《我们拥有的生命非常伟大》、《头脑—比天阔—》、《脑靠心来生长》、《心灵是头脑的首府》和《我从未见过荒野—》中，她深入展开了对心脏、大脑、心智之间关系的思考和讨论，并在诗中论证了个体的力量，特别是在个体意识到自身本就具备的优越性后，这股力量几乎可以让个体无所不能。而"无所不能"对狄金森的作用之一就是让她充满自信，"乘坐"书籍，遨游世界。事实上许多学者都曾注意到狄金森诗歌中的旅行意象。有的学者认为狄金森可以"出国旅行"是因为她的作品在国际上广泛传播，有的学者认为哥伦布的传记启发了她，有的学者认为她的作品展示了对欧美关系的思考，还有的学者认为她对火车的描述和对地名的频繁使用揭示了她对科技和异域的好奇。众多阐释中有一点是一致的，即狄金森在想象中旅行，尽管鲜少有人对她诗歌中的旅行意象进行详细的分析和论述。

从本书收录的诗歌可看出，狄金森的旅行意象并非罕见。女性旅行写作史中的许多例子证明，旅行可以成为女性获得一种新角

第七章 结语：闭上眼睛即是旅行

色、新身份的手段，旅行使女性从家庭领域脱离出来，投身更广阔的世界[①]。换言之，女性旅行写作似乎超越了任何目的或流派的界限，即便是自传和小说也可以被视为一段旅行或冒险的故事，因为女性旅行写作通过绘制"自我空间"的地图来实践空间性，同时它成为女性检验自己在世界中的处境和行动力的方式[②]。狄金森的旅行意象不仅反映了她在女性旅行写作中的独特声音，更揭示了她对自己写作生涯中一直追寻的人生的终极问题的思考。

由于狄金森独特的写作风格，在阅读和理解她的诗歌以及诗歌中传达的理念时存在各种不可否认的困难。因此，在更为接近她的创作意图却又不会破坏作品美感的愿望之下，揭示或呈现她诗歌中有趣或令人印象深刻的意象，或许优于刨根寻底地为那些诗意的时刻下定义、作结论。这也为阅读此书的读者提供了一个相较连贯和不受干扰的思维空间，能较为流畅地感受到狄金森创作中的动态性和强烈的情感，毕竟狄金森自己也将诗歌定义为她的身体能够感受到的极端体验。狄金森的诗歌从不缺乏意象，她是美国诗歌奠基人中一位具有创新精神的前现代主义诗人，她那凝练、不规则的诗歌也符合意象派的原则。通过她对意象独特的选择和呈现，读者能够在她的诗歌中得到视觉、听觉、嗅觉和触觉上的不同体验。

狄金森的诗歌在许多方面都实践了意象主义的原则，例如使用精确的词语，自由地选择主题，创造新的韵律节奏，以及高度专注的视角等。读者可能会质疑其诗歌中的模棱两可，因为这似乎与意象主义的"明确原则"相矛盾。事实上对于狄金森来说，词汇不仅具有符号的功能，它们被如何选择、排列，以何种方式呈现，都是她思想的表达。她坚持认为她选择的词汇和她选择词汇的方式精准地满足了她的表达。因此从这个角度来看，狄金森十分了解她对词语和意象的选择，而"模棱两可"或许正是她思想的精确体现。

本书不仅基于意象主义的原则来进行讨论，还将绘画和诗歌这两种不同的艺术形式进行比较。19世纪中期美国的变革思潮带来了艺术和文学的多重变化和可能性，此时的美国浪漫主义不仅与欧洲浪漫主义运动逐渐区别开来，而且其鲜明性唤醒了美国艺术界和

[①] Susan Bassnett, "Travel Writing and Gender", p. 234.
[②] Susan L. Roberson, "American Women and Travel Writing", p. 215.

文学界的责任感。绘画在描绘美国独特风景时起到了重要的作用，绘画作品的广泛传播，使美国社会意识到自己区别于欧洲的特性。因此，无论是哈德逊河流派的风景画家还是超验主义者都在意图寻求和描绘美国景观的独特之美。本书第二章在19世纪绘画与诗歌之间建立起联系，呈现多样化的艺术背景，以此来丰富对狄金森旅行意象的讨论。

狄金森喜欢画画，朱迪斯·法尔对此提供了多种证据以证明狄金森受到哈德逊河流派艺术家之一托马斯·科尔的影响。然而，尽管狄金森的旅行诗中确实体现了些许她受到《生命之旅》系列画作启发或影响的蛛丝马迹，但她对于自己笔下的人生旅程以及最终目的地有着特别的理解。她的旅行诗大部分关注在她最喜欢的"洪水题材"上。一方面，"洪水"（flood）的动词含义强调了一种被强烈情绪淹没的体验，因此第二章的第一节讨论了狄金森两首充满激情的诗歌——《在这片神奇的海洋》和《夜夜风狂雨骤—夜夜雨骤风狂！》以呈现她充满热情和决心的旅行意象。另一方面，由于狄金森多次提到"小船"的意象，第二章的第二节和第三节将她的"小船"与科尔、梅尔维尔、惠特曼和达纳等人的船只意象进行比较，并以诗歌创作时间为顺序，深入讨论《漂流！一叶小舟漂流！》、《我的船是否下海》、《狂喜就是内陆的灵魂》、《是那样一只小小—小小的船》、《我们被迫扬帆》和《它颠呀—颠—》中小船和航海的意象，用来呈现狄金森通过航行追求永恒的过程，以及在追求过程中她对"最终目的地"的认识的变化。

与许多19世纪的旅行作家一样，狄金森也将自己的旅行路线延伸到了天空。在第三章中，她的《一条小道—不是由人建造—》在某种程度上延续了对"最终目的地"的讨论，它描述了一条存在于天空中却并不是为人类所建造的路线，揭示了她对"最终目的地"的疑虑。她与其他把天空旅行梦寄托在"鸟儿"意象上的旅行作家不同，她的天空不在乎鸟类，更在乎的是宏伟而绚烂的日落。她把日落比喻为大海，展现着自己对崇高和美景的理解。无论她笔下的"崇高"源于何种理论，它们是杂糅而并非矛盾的，《紫色的船只—轻轻地颠簸—》、《这—是夕照涤荡的—大地—》和《一只琥珀小舟滑开》等诗歌表明，狄金森的"崇高"可能是由庄重的深色调、惊奇的情感与全然的自信相结合而形成的，并非对欧洲或美国的崇高理论的简单模仿。她对周缘的关注在《"红海,"真的!给我免谈》和《仿佛北极边上的/某朵小小的北极花》中得到了证实。她选择了天空中的景象来表达自己的爱和哲学思考,而其中的"周缘"的意象和理论唤起了读者对自然和宇宙哲学思考的共鸣。

事实上狄金森确实在一些信件中写下了她的真实旅行经历。例如第四章开头便介绍了她的一封写于1851年的信,信中记录了她和妹妹在从波士顿探望哥哥后在回家的火车上的旅行经历。这篇记录包含了许多旅行文学的元素,狄金森描绘了一幅火车车厢中生动的场景。这也揭示了一个事实,即便像狄金森这样的隐士也不得不加入19世纪的科技进步潮流之中。由于她父亲对阿默斯特铁路项目的特殊贡献,狄金森为见证如此重要的创举而感到自豪,这种自豪也体现在她的信件以及著名的《我喜欢看它舔一哩哩的路—》中,而在狄金森的旅行诗中,类似对铁路和火车的积极赞颂是极为罕见的。

狄金森笔下的陆地之旅充满了艰辛和危险,除了怀疑和犹豫,折磨、痛苦和绝望也时常与旅途相伴。她笔下的道路要么危机四伏,要么具有特权性,不是人人都可以通过的,如她在《穿过小径—穿过荆棘—》和《去天国的路十分平坦》中所描述的那样。她的诗中人要么在旅途中迷失或失踪,要么在到达目的地时被拒绝,如她在《那是条老—路—穿越痛苦—》、《向伊甸园跋涉,回头一望》和《我们的旅行已经向前—》中所描述的那样。狄金森似乎从未停止怀疑"最终目的地"是否存在,以及凡人是否能够达到"最终目的地",而她对如何到达"最终目的地"也提出了解决方案。比起从死亡到坟墓的过程,她更羡慕乘风升天的以利亚,因此她创造了马车和马车夫的形象来表达她理想的通往"最终目的地"的过程。特别是在诗歌《由于我无法驻足把死神等候—》、《那是一条安静的路—》和《主啊,用绳子拴住我的命》中,她把死亡描绘成一个体贴陪伴、温柔引领她的角色。她创造了这样一个意象来缓解她面对死亡时的恐惧,然而她对自己的安慰似乎并没有释缓她的怀疑和恐惧。

第五章展示了一个有趣的现象:狄金森喜欢使用各种地名,以其为"代码"将那些看似不相关的事物联系起来,并自由穿梭于她创造的不同场景或地点之间。这些地名涵盖了五大洲和极地地区，甚至是太阳系等区域，它们不仅代表着狄金森特殊的空间思维方式，而且是她用来表达自己的情感和观点的一种密码。通过地名，狄金森展现了对历史和政治的思考，也为其诗歌中的囚禁、流放、受阻等经历增添了充满艰难险阻的意象。学者们还注意到了狄金森的诗歌与俳句之间的关联，在《许多人用我这只杯子／横渡莱茵河而去》、《与你，共处沙漠—》、《山不能把我阻挡》和《最小的江河—很听某个大海的话》中可以找到这种关联。在这四首短小的诗歌中，沙漠、山脉、河流和海洋的意象占据了扩展的空间，成了狄金森思想和情感的拓展和蔓延。

　　第六章特别探讨了狄金森的"家"的意象。在《我一早出发—带着我的狗—》、《旅人迈步回家》、《我到天堂去过—》、《离家已经年》和《一扇临街的门正好打开—》中可看出狄金森对"家"特殊且复杂的情感。她喜欢普莱森特街上的家，但她对家宅又有着特殊的依赖，不可否认家宅提供给她隐居生活，并成就了她创作诗歌的过程。她没有将"家"的意象放入任何描述居家生活的诗歌中，而是将它用来呈现神奇的旅程或与天堂作对比。通过"门窗"的意象，她再一次表达了关于"最终目的地"的失败的体验。对于隐士狄金森来说，"家"可能就是她的最终目的地；对于诗人狄金森来说，"家"是一个充满了"可能"的地方。她在《意义如此重大的一生！》①（"One Life of so much Consequence!"，J270/Fr248）中写道，她愿意用它"灵魂的全部收入—／无休无止的—薪水—"去拿到那颗"珍珠"。无论这颗"珍珠"指的是她心中的"家"、她的诗歌创作、她心爱的人，还是她不断求索的人生终极课题，她都会"不住地潜水—／尽管—［她］知道—要拿到它／会把［她］整整一生—耗费！"狄金森的旅行意象与她的隐居生活形成了鲜明的对比，但两者却又不相矛盾，因她"居住在可能里面"，"闭上眼睛即是旅行"。

---

① 《狄金森全集》第一卷，第 185—186 页。

参考文献

[美]艾米莉·狄金森:《狄金森全集》,蒲隆译,上海译文出版社 2020 年版。

A Brief History of Massachusetts. Web. 11 April 2015. < http://www.usgennet.org>.

"About the Series: The Voyage of Life." *Explore Thomas Cole*. Web. 18 February 2015. <http://www.explorethomascole.org>.

Ackmann, Martha and Kathleen Welton. "Q&A: *White Heat.*" *Emily Dickinson International Society Bulletin* 12.2(2009): p.12. Web. 7 September 2014. < http://www.emilydickinsoninternationalsociety.org>.

Adler, Natalie. "Dickinson's Mastery." *The Emily Dickinson Journal* 25.2(2016): pp.1-23. *Project MUSE*. Web. 20 March 2017.

Alfrey, Shawn. "Against Calvary: Emily Dickinson and the Sublime." *The Emily Dickinson Journal* 7.2(1998): pp.48-64. *Project MUSE*. Web. 15 April 2018.

Allen, R.C. *Emily Dickinson: Accidental Buddhist*. Indiana: Trafford, 2007. pp.142-206.

Amitin, Seth. "Breaking Bad: 'Fly' Review." *IGN*. Web. 20 July 2015. < http://www.ign.com/articles/2010/05/24/breaking-bad-fly-review>.

Anderson, Charles R. "The Conscious Self in Emily Dickinson's Poetry." *American Literature* 31.3(1959): pp.290-308. *JSTOR*. Web. 17 May 2018.

"Art, Artists and Nature: The Hudson River School." Web. 16 May 2017. <https://www.albanyinstitute.org>.

Aspiz, Harold. "'Song of the Open Road' (1856)." *The Walt Whitman Archive*. Web. 5 March 2019. <https://whitmanarchive.org>.

Barker, Wendy. "On Dickinson: The Best from American Literature, and: Lyric Contingencies: Emily Dickinson and Wallace Stevens, and: Emily Dickinson: Woman Poet (review)." *The Emily Dickinson Journal* 1.1 (1992): pp. 100-105. *Project MUSE*. Web. 13 July 2018.

Barolini, Helen. *Their Other Side: Six American Women and the Lure of Italy*. New York: Fordham UP, 2006. pp. xi-xxix, 55-84.

Baskett, Sam S. "The Making of an Image: Emily Dickinson's Blue Fly." *The New England Quarterly* 81.2 (2008): pp. 340-344. *JSTOR*. Web. 10 February 2018.

Bassnett, Susan. "Travel Writing and Gender." *The Cambridge Companion to Travel Writing*. Eds. Peter Hulme and Tim Youngs. Cambridge: CUP, 2002. pp. 225-241.

Bauerly, Donna. "Emily Dickinson's Rhetoric of Temporality." *The Emily Dickinson Journal* 1.2 (1992): pp. 1-7. *Project MUSE*. Web. 15 July 2018.

Bayley, Sally. *Home on the Horizon: America's Search for Space, from Emily Dickinson to Bob Dylan*. Oxfordshire: Peter Lang, 2010. pp. 1-90.

Bennett, Paula. *Emily Dickinson: Woman Poet*. Iowa: U of Iowa, 1990. pp. 1-23, 181-184.

Bercovitch, Sacvan, ed. "Emily Dickinson: The Violence of the Imagination." *The Cambridge History of American Literature, Volume Four: Nineteenth-Century Poetry*, 1800-1910. Cambridge: CUP, 2004. pp. 427-480.

Berger, Arthur Asa. *Deconstructing Travel: Cultural Perspectives on Tourism*. California: AltaMira, 2004. pp. 3-22.

Bergmann, Harriet F. "'A Piercing Virtue': Emily Dickinson in Margaret Drabble's The Waterfall." *MFS Modern Fiction Studies* 36.2

(1990): pp. 181-193. *Project MUSE*. Web. 22 September 2016.

Sandra L. Bertman. "Cole, Thomas, Voyage of Life: Childhood/Youth/Manhood/Old Age." *George Glazer Gallery*. Web. 12 February 2015. https://www.georgeglazer.com/archives/prints/art-pre20/colevoyage.html.

Bianchi, Martha Dickinson. *The Life and Letters of Emily Dickinson*. 1924. Connecticut: Biblo and Tannen, 1971. pp. 66-87.

"Billy Collins on Emily Dickinson." *YouTube*. Uploaded by Carlos Barrera. 24 March 2018. <https://www.youtube.com>.

Bingham, Millicent Todd. *Emily Dickinson's Home: Letters of Edward Dickinson and His Family*. New York: Harper and Brothers, 1955. p. 219.

Bollobás, Enik. "Troping the Unthought: Catachresis in Emily Dickinson's Poetry." *The Emily Dickinson Journal* 21.1 (2012): pp. 25-56. *Project MUSE*. Web. 18 August 2018.

Bowman, Donna. "*Breaking Bad*: 'Fly'." *A.V. CLUB*. Web. 20 July 2015. <http://www.avclub.com/tvclub/breaking-bad-fly-41430>.

"Breaking Bad, Awards." *IMDb*. Web. 12 July 2015. <http://www.imdb.com/title/tt0903747/awards>.

"'Breaking Bad,' Episodes Rated by IMDb User Rating." *IMDb*. Web. 12 July 2015. <http://www.imdb.com>.

Brock-Broido, Lucie. *The Master Letters: Poems*. New York: Alfred A. Knopf, 1995. pp. vi-15.

Brooks, Peter. *Henry James Goes to Paris*. New Jersey: Princeton UP, 2007. pp. 7-52.

Brown, Dona. "Introduction." *A Tourist's New England: Travel Fiction, 1820-1920*. Ed. Dona Brown. New Hampshire: UP of New England, 1999. pp. 1-18.

Bryant, William Cullen. "Sonnet-to an American Painter Departing for Europe." Web. 18 February 2015. <http://www.vcu.edu>.

—. "The Academy of Design." *Prose Writings of William Cullen Bryant*. Ed. Parke Godwin. New York: D. Appleton, 1884. pp. 230-

236.

—. "To a Waterfowl. " *www. poetryfoundation. org*. Web. 21 January 2019.

Buffalo & Eric County Public Library. Web. 22 July 2015. <http://www. buffalolib. org>.

Burbick, Joan. "Emily Dickinson and the Economics of Desire. " *American Literature* 58. 3 (1986): pp. 361 – 378. *JSTOR*. Web. 28 July 2016.

Burke, Edmund. "A Philosophical Inquiry into the Origin of Our Ideas of the Sublime and Beautiful. " Web. 1 August 2015. <https://ebooks. adelaide. edu. au>.

Butler, Frederick J. " ' Song at Sunset. ' " *The Routledge Encyclopedia of Walt Whitman*. Eds. J. R. LeMaster and Donald D. Kummings. New York: Routledge, 1998. pp. 651–652.

Caesar, Terry. *Forgiving the Boundaries: Home as Abroad in American Travel Writing*. Georgia: The University of Georgia, 1995. pp. 21–37.

Carpenter, Courtney. "Breaking into Travel Writing: The 5 Elements of Writing Travel Articles. " *Writer's Digest*. Web. 20 August 2016. <http://www. writersdigest. com>.

Castillo, Susan. *American Literature in Context to* 1865. New Jersey: Wiley-Blackwell, 2011. pp. 32–60.

Chaichit, Chanthana. "Emily Dickinson Abroad: The Paradox of Seclusion. " *The Emily Dickinson Journal* 5. 2 (1996): pp. 162 – 168. *Project MUSE*. Web. 13 June 2018.

Chambers, Thomas A. "Tourism and Travel. " *The Oxford Encyclopedia of American Social History*, *Volume* 2. Ed. Lynn Dumenil. New York: OUP, 2012. pp. 420–430.

Chu, Seo – Young Jennie. "Dickinson and Mathematics. " *The Emily Dickinson Journal* 15. 1 (2006): pp. 35 – 55. *Project MUSE*. Web. 12 April 2016.

Cioc, Mark. *The Rhine: An Eco-Biography*, 1815–2000. Seattle: U of Washington, 2002. pp. 3–20.

Clarke, Graham, ed. *The American Landscape: Literary Sources & Documents*, *Volume* II. East Sussex: Helm Information, 1993. pp. 3-38.

Cody, David. "'When one's soul's at a white heat': Dickinson and the 'Azarian School.'" *The Emily Dickinson Journal* 19.1 (2010): pp. 30-59. *Project MUSE*. Web. 26 November 2016.

Cole, Thomas. "Expulsion from the Garden of Eden." *Museum of Fine Arts Boston*. Web. 20 March 2015. <http://www.mfa.org>.

Collier, Michael. "On Whitman's 'To a Locomotive in Winter.'" *The Virginia Quarterly Review* 81.2 (2005): pp. 202-205. *JSTOR*. Web. 2 March 2019.

Comegna, Anthony. "Art as Ideas: Thomas Cole's *The Course of Empire*." Web. 10 August 2017. <https://www.libertarianism.org>.

Cramer, Jeffrey S. *I to Myself: An Annotated Selection from the Journal of Henry D. Thoreau*. Connecticut: Yale UP 2007. pp. 86-87.

Crow, Charles L. *American Gothic*. Cardiff: U of Wales, 2009. pp. 1-16.

Crumbley, Paul. "Emily Dickinson's Life." *Modern American Poetry*. Web. 3 April 2015. <http://www.english.illinois.edu>.

Daghlian, Carlos. "Re-Visions: New Voices-New Perspectives on Dickinson's Poetry – Rescuing 'After great pain' for the Portuguese Language Reader." *The Emily Dickinson Journal* 6.2 (1997): pp. 158-165. *Project MUSE*. Web. 2 December 2016.

Dana, Richard Henry. "The Little Beach-Bird." *Early American Poets*. Ed. Louis Untermeyer. NE: iUniverse.com, 2001. pp. 74-75.

—. "The Pleasure Boat." *Poets' Corner*. Web. 25 February 2019. <http://www.theotherpages.org>.

Decker, William Merrill. "American in Europe from Henry James to the Present." *The Cambridge Companion to American Travel Writing*. Eds. Alfred Bendixen and Judith Hamera. New York: CUP, 2009. pp. 127-144.

Deppman, Jed. "Dickinson, Death, and the Sublime." *The Emily Dickinson Journal* 9.1 (2000): pp. 1-20. *Project MUSE*.

Web. 15 April 2018.

—. "'I Could Not Have Defined the Change': Rereading Dickinson's Definition Poetry." *The Emily Dickinson Journal* 11.1 (2002): pp. 49-80. *Project MUSE.* Web. 1 May 2016.

—. "Trying to Think with Emily Dickinson", *The Emily Dickinson Journal* 14.1 (2005): pp. 84-103. *Project MUSE.* Web. 17 May 2018.

Dickens, Charles. *David Copperfield.* Hertfordshire: Wordsworth Editions, 1992. pp. 157-73, 174-186.

Diehl, Joanne Feit. *Women Poets and the American Sublime.* Indiana: Indiana UP, 1990. pp. 1-25.

Eberwein, Jane Donahue. *Dickinson: Strategies of Limitation.* Massachusetts: U of Massachusetts, 1985. pp. 21-46, 94-127, 159-197.

—. "'Earth's Confiding Time': Childhood Trust and Christian Nurture." *The Emily Dickinson Journal* 17.1 (2008): pp. 1-24. *Project MUSE.* Web. 30 November 2016.

—. "'Siren Alps': The Lure of Europe for American Writers." *The Emily Dickinson Journal* 5.2 (1996): pp. 176-182. *Project MUSE.* Web. 20 June 2018.

Edwards, Justin D. *Exotic Journeys: Exploring the Erotics of U.S. Travel Literature.* New Hampshire: UP of New England, 2001. pp. 63-68.

Emerson, Ralph Waldo. "Essays, Second Series." Web. 20 April 2015. <http://www.gutenberg.org>.

—. "Seashore." *www.poemhunter.com.* Web. 15 February 2019.

"Emily Dickinson Archive." *www.edickinson.org.* Web. 20 May 2018.

"Emily Dickinson and Noah Webster." *Emily Dickinson Lexicon.* Web. 24 February 2015. <http://edl.byu.edu/webplay.php>.

"Emily Dickinson at Amherst College." *Amherst College.* Web. 1 July 2015. <https://www.amherst.edu>.

"Emily Dickinson – Biography." *The European Graduate School: Graduate & Postgraduate Studies.* Web. 4 April 2015. <http://www.

egs. edu>.

"Emily Dickinson: Her Childhood and Youth (1830-1855)." *Emily Dickinson Museum*. Web. 6 April 2015. < https://www.emilydickinsonmuseum.org/childhood_ youth>.

"Emily Dickinson Lexicon." Web. 6 October 2018. < http://edl.byu.edu/>.

"Emily Dickinson's Love Life." *Emily Dickinson Museum*. Web. 9 April 2015. <https://www.emilydickinsonmuseum.org/love_ life>.

Erfani, Farhang. "Dickinson and Sartre on Facing the Brutality of Brute Existence." *Emily Dickinson and Philosophy*. Eds. Jed Deppman, et al. New York: CUP, 2013. pp. 175-187.

Erickson, Marianne. "The Scientific Education and Technological Imagination of Emily Dickinson." *The Emily Dickinson Journal* 5.2 (1996): pp. 45-52. *Project MUSE*. Web. 13 June 2018.

Ernst, Katharina. "'It was not Death, for I stood up…': 'Death' and the Lyrical I." *The Emily Dickinson Journal* 6.1 (1997): pp. 1-24. *Project MUSE*. Web. 4 July 2016.

"Expulsion from the Garden of Eden." *Explore Thomas Cole*. Web. 18 February 2015. <http://www.explorethomascole.org/gallery/items/39>.

Faderman, Lillian. "Rowing in Eden: Reading Emily Dickinson (review)." *The Emily Dickinson Journal* 3.1 (1994): pp. 105-107. *Project MUSE*. Web. 16 July 2018.

Farr, Judith. "Disclosing Pictures: Emily Dickinson's Quotations from the Paintings of Thomas Cole, Frederic Church, and Holman Hunt." *The Emily Dickinson Journal* 2.2 (1993): pp. 66-77. *Project MUSE*. Web. 22 June 2018.

—. *The Passion of Emily Dickinson*. Massachusetts: HUP, 1992. pp. 48-99.

— (with Louise Carter). *The Gardens of Emily Dickinson*. Massachusetts: HUP, 2004. pp. 175-213.

Figley, Marty Rhodes. "'Brown Kisses' and 'Shaggy Feet': How Carlo Illuminates Dickinson for Children." *The Emily Dickinson*

Journal 14.2（2005）：pp. 120-127. *Project MUSE*. Web. 26 November 2016.

Finnerty, Páraic. "'If Fame Belonged to Me, I Could not Escape Her': Dickinson and the Poetics of Celebrity." *The Emily Dickinson Journal* 26.2（2017）：pp. 25-50. *Project MUSE*. Web. 2 January 2018.

"Fly." Web. 20 July 2015. <http：//www.thetvcritic.org>.

"Fly." *Breaking Bad: Season Three*. Screenplay by Sam Catlin and Moira Walley-Beckett. Dir. Rian Johnson. Sony Pictures Entertainment, 2010. DVD.

"Fly (symbol)." *Wikia*. Web. 20 July 2015. <http：//breakingbad.wikia.com/wiki/Fly_ (symbol) >.

Folsom, Ed. "Transcendental Poetics: Emerson, Higginson, and the Rise of Whitman and Dickinson." *The Oxford Handbook of Transcendentalism*. Eds. Joel Myerson, Sandra Harbert Petrulionis, and Laura Dassow Walls. New York: OUP, 2010. 263-288.

Franklin, Ralph William, ed. *The Poems of Emily Dickinson*. Massachusetts: HUP, 1999.

Freeman, Margaret H. "Nature's Influence." *Emily Dickinson in Context*. Ed. Eliza Richards. New York: CUP, 2013. pp. 56-68.

Fuller, Margaret. "The Highlands." *www.poemhunter.com*. Web. 15 March 2019.

Fuss, Diana. "Interior Chambers: The Emily Dickinson Homestead." *differences: A Journal of Feminist Cultural Studies* 10.3（1998）：pp. 1-46. *Project MUSE*. Web. 15 November 2016.

George, Don, ed. *Better Than Fiction: True Travel Tales from Great Fiction Writers*. Victoria: Lonely Planet, 2012.

Gilbert, Sandra M. "'If a lion could talk…': Dickinson Translated." *The Emily Dickinson Journal* 2.2（1993）：pp. 1-13. *Project MUSE*. Web. 15 August 2016.

Giles, Paul. "'The Earth reversed her Hemispheres': Dickinson's Global Antipodality." *The Emily Dickinson Journal* 20.1（2011）：pp. 1-21. *Project MUSE*. Web. 20 August 2017.

Gilliland, Don. "Textual Scruples and Dickinson's 'Uncertain

Certainty.'" *The Emily Dickinson Journal* 18. 2 (2009): pp. 38 - 62. *Project MUSE*. Web. 10 February 2018.

Grabher, Gudrun M. "Emily Dickinson and the Austrian Mind." *The Emily Dickinson Journal* 5. 2 (1996): pp. 10 - 17. *Project MUSE*. Web. 20 June 2018.

Greasley, *Philip A*. "Whitman, Walt." *Searchable Sea Literature*. Web. 27 February 2019. <https: //sites. williams. edu>.

Groft, Tammis K., W. Douglas McCombs, and Ruth Greene - McNally. *Hudson River Panorama: A Passage through Time*. New York: State U of New York, 2009. pp. 95-128.

Groseclose, Barbara. *Nineteenth-Century American Art*. Oxford: OUP, 2000. pp. 117-144.

Gutorow, Jacek. "Figures of Fulfillment: James and 'a Sense of Italy.'" *Henry James's Europe: Heritage and Transfer*. Eds. Dennis Tredy, Annick Duperray and Adrian Harding. Cambridge: Open Book, 2011. pp. 93-102.

Haddad, Ann. "Romance and Sweet Dreams: Mid - 19th Century Courtship." *Merchant's House Museum*. Web. 7 March 2019. <http: //merchantshouse. org>.

Hagenbüchle, Roland. "Emily Dickinson's Poetic Covenant." *The Emily Dickinson Journal* 2. 2 (1993): pp. 14 - 39. *Project MUSE*. Web. 12 February 2018.

Hallen, Cynthia L. "Brave Columbus, Brave Columba: Emily Dickinson's Search for Land." *The Emily Dickinson Journal* 5. 2 (1996): pp. 169-175. *Project MUSE*. Web. 18 June 2018.

—and Laura M. Marvey, "Translation and the Emily Dickinson Lexicon." *The Emily Dickinson Journal* 2. 2 (1993): pp. 130 - 146. *Project MUSE*. Web. 1 August 2018.

Hamera, Judith and Alfred Bendixen. "Introduction: New Worlds and Old Lands - the Travel Book and the Construction of American Identity." *The Cambridge Companion to American Travel Writing*. Eds. Alfred Bendixen and Judith Hamera. Cambridge: CUP, 2009. pp. 1-9.

Harrison, DeSales. "Timeless Faces and Faceless Clocks: Mortal Memory and Eternity's Countenance in the Work of Emily Dickinson, Catherine Pozzi, and Medardo Rosso." *Yearbook of Comparative and General Literature* 53 (2007): pp. 35-49.

Hawthorne, Nathaniel. "The Ocean." *www.poetryfoundation.org*. Web. 15 February 2019.

Henderson, Harold Gould. *An Introduction to Haiku: An Anthology of Poems and Poets from Bashō to Shiki*. New York: Doubleday & Company, 1958. pp. vi-8.

"Henry James." Web. 20 June 2015. <http://www.famousauthors.org/henry-james>.

Higginson, Thomas Wentworth. *Carlyle's Laugh and Other Surprises*. Boston: Houghton Mifflin, 1909. pp. 261-263.

Hirsch, Edward. *How to Read a Poem: And Fall in Love with Poetry*. Massachusetts: Houghton Mifflin Harcourt, 1999. pp. 1-30.

—. "How to Read a Poem." *Poets.Org*. Web. 5 September 2014. <http://www.poets.org>.

Hobbs, Catherine. "Introduction: Cultures and Practices of U.S. Women's Literacy." *Nineteenth-Century Women Learn to Write*. Ed. Catherine Hobbs. Virginia: The UP of Virginia, 1995. pp. 1-26.

"Home, as Subject." *An Emily Dickinson Encyclopedia*. Ed. Jane Donahue Eberwein. California: Greenwood, 1998.

Hughes, Glenn. *A More Beautiful Question: The Spiritual in Poetry and Art*. Missouri: U of Missouri, 2011. pp. 62-82.

Hughes, Holly. *Charles Dickins's David Copperfield*. New York: Barron's Educational Series, 1985. pp. 1-7.

"Interactive Tour." *Explore Thomas Cole*. Web. 20 July 2017. <http://www.explorethomascole.org/tour>.

"Introduction: Transportation in America and the Carriage Age." Web. 20 June 2016. <https://parkcityhistory.org>.

Ionoaia, Eliana. "Shifting Portraits of the American Expatriate between the New and the Old World in Henry James' Works." Web. 20 June 2015. <http://www.academia.edu>.

Iwata, Michiko. "Plenary B: Dickinson and Haiku." *Emily Dickinson International Society Bulletin* 19.2 (2007): pp. 11-16.

James, Henry. *Daisy Miller and Other Stories*. Kansas: Digireads.com, 2008. pp. 3-56.

Jayapalan, N. *An Introduction to Tourism*. New Delhi: Atlantic, 2001. pp. 8-14.

Johnson, Greg. "Emily Dickinson: Perception and the Poet's Quest." *Renascence: Essays on Values in Literature* 35.1 (1982): pp. 2-15. Web. 18 May 2018. <https://www.pdcnet.org>.

Johnson, Thomas H., ed. *The Complete Poems of Emily Dickinson*. New York: Little, Brown and Company, 1960.

—, ed. *The Letters of Emily Dickinson*. 1958. Massachusetts: The Belknap of HUP, 1970. L52, 85, 94, 102, 123, 127, 176, 178, 209, 214, 261, 268, 269, 271, 306, 319, 321, 330, 342a, 354, 355, 552, 559, 738.

Juhasz, Suzanne. *The Undiscovered Continent: Emily Dickinson and the Space of the Mind*. Indiana: Indiana UP, 1983. pp. 1-27. Print.

Kearns, Michael. "Emily Dickinson: Anatomist of the Mind." *Emily Dickinson and Philosophy*. Eds. Jed Deppman, et al. New York: CUP, 2013. pp. 13-29.

Kernohan, Kathryn. "Breaking Bad's Five Greatest Episodes." *JUNKEE*. Web. 20 July 2015. <http://junkee.com/breaking-bads-five-greatest-episodes/20669>.

Kerouac, Jack. *On the Road*. London: Penguin Books, 1972.

King, Wesley. "The White Symbolic of Emily Dickinson." *The Emily Dickinson Journal* 18.1 (2009): pp. 44-68. *Project MUSE*. Web. 27 September 2016.

Kirk, Connie Ann. *Emily Dickinson: A Biography*. Connecticut: Greenwood, 2004.

Kornfeld, Susan. *The Prowling Bee*. Web. 10 March 2015. <http://bloggingdickinson.blogspot.de>.

Kreider, Kristen. "'Scrap,' 'Flap,' 'Strip,' 'Stain,' 'Cut': The Material Poetics of Emily Dickinson's Later Manuscript

Pages. " *The Emily Dickinson Journal* 19. 2（2010）: pp. 67 – 103. *Project MUSE*. Web. 25 September 2016.

Kuebrich, David. "Sea, The." *The Walt Whitman Archive*. Web. 28 February 2019. <https：//whitmanarchive. org>.

Lachman, Lilach. "Time – Space and Audience in Dickinsonis Vacuity Scenes." *The Emily Dickinson Journal* 12. 1（2003）: pp. 80– 106. *Project MUSE*. Web. 8 March 2018.

"Landscapes of the Mind in Dickinson's Writing." *The Geographical Imagination in Whitman and Dickinson*. Web. 1 June 2015. <http：//www. classroomelectric. org>.

Landshof, Paul. "The American Sonnet: Barometer of Change in American History." *Yale – New Haven Teachers Institute*. Web. 19 February 2015. <http：//www. yale. edu>.

Larcom, Lucy. "A Strip of Blue." *Great Poems by American Women: An Anthology*. Ed. Susan L. Rattiner. New York: Dover Publications, 1998. pp. 74–76.

—. "Across the River." *American Verse Project*. Web. 27 February 2019. <https：//quod. lib. umich. edu>.

Lee, Maurice S. "Dickinson's Superb Surprise." *Raritan* 28. 1 （2008）: pp. 45–67.

Leiter, Sharon. *Critical Companion to Emily Dickinson: A Literary Reference to Her Life and Work*. New York: Infobase, 2007. pp. 180– 185.

Longfellow, Henry Wadsworth. "By the Seaside: The Secret of the Sea." *www. poemhunter. com*. Web. 15 February 2019.

—. "My Lost Youth." *www. poemhunter. com*. Web. 10 April 2019.

Lowell, Amy. "On Lowell, Pound, and Imagism." *Modern American Poetry*. Web. 15 July 2015. <http：//maps-legacy. org/poets/g＿l/amylowell/imagism. htm>.

Luxford, Dominic. "Sounding the Sublime: The 'Full Music' of Dickinson's Inspiration." *The Emily Dickinson Journal* 13. 1（2004）: pp. 51–75. *Project MUSE*. Web. 15 April 2018.

Mack, John. *The Art of Small Things*. Massachusetts: HUP, 2007.

pp. 50-60.

Mackintosh, Will B. "Leisure." *The Oxford Encyclopedia of American Social History*, *Volume* 1. Ed. Lynn Dumenil. New York: OUP, 2012. pp. 610-625.

"Major Characteristics of Dickinson's Poetry." *Emily Dickinson Museum*. Web. 10 July 2015. < https://www.emilydickinsonmuseum.org/poetry_ characteristics>.

Marcellin, Leigh-Anne Urbanowicz. "Emily Dickinson's Civil War Poetry." *The Emily Dickinson Journal* 5.2 (1996): pp. 107-112. *Project MUSE*. Web. 15 July 2018.

Mariani, Andrea. "The System of Colors in Emily Dickinson's Poetry: Preliminary Observation." *The Emily Dickinson Journal* 5.2 (1996): pp. 39-44. *Project MUSE*. Web. 27 September 2016.

Marks, Alfred H. "Thomas Cole as Poet." *The Hudson Valley Regional Review* 1.2 (1984): pp. 92-96.

"Mary Lyon." 175 *Mount Holyoke College*. Web. 29 May 2015. <https://www.mtholyoke.edu>.

"Masaccio's Expulsion of Adam and Eve from Eden." *Analysis of the Art of Renaissance Italy*. Web. 22 May 2015. < http://www.italianrenaissance.org>.

Mason, John B. "'Passage to India.'" *The Walt Whitman Archive*. Web. 2 March 2019. <https://whitmanarchive.org>.

Mattoon, Mary Ann. "Obstacles & Helps to Self-Understanding." *Voidspace*. Web. 22 July 2015. <http://www.voidspace.org.uk>.

Mazer, Ben, ed. *Selected poems of Frederick Goddard Tuckerman*. Cambridge: The Belknap of HUP, 2010. p. 110.

Melani, Lilia. "Dying." *Emily Dickinson*. Web. 10 July 2015. <http://academic.brooklyn.cuny.edu>.

Melville, Herman. "Aurora Borealis." *www.poemhunter.com*. Web. 30 January 2019.

—. "Chapter LXXXII: They Sail from Night to Day." *Mardi: and a Voyage Thither*, Volume II (1849). Web. 25 February 2019. < https://en.wikisource.org>.

—. "Song of the Paddlers (excerpt)." *www. poets. org*. Web. 22 February 2019.

—. "We Fish." *www. poemhunter. com*. Web. 20 February 2019.

Miller, Cristanne. "Approaches to Reading Dickinson." *Women's Studies* Vol. 16 (1989): pp. 223-228.

—. *Reading in Time: Emily Dickinson in the Nineteenth Century*. Massachusetts: U of Massachusetts, 2012. pp. 118-146.

Miller, Greg. "'Glorious, Afflicting, Beneficial': Triangular Romance and Dickinson's Rhetoric of Apocalypse." *The Emily Dickinson Journal* 11.2 (2002): pp. 86 – 106. *Project MUSE*. Web. 15 March 2017.

Miller, Joaquin. "Columbus." *www. poemhunter. com*. Web. 20 February 2019.

Mitchell, Domhnall. "Amherst." *Emily Dickinson in Context*. Ed. Eliza Richards. New York: CUP, 2013. pp. 13-24.

—. *Emily Dickinson: Monarch of Perception*. Massachusetts: The U of Massachusetts, 2000. pp. 15-87.

— and Maria Stuart. "Introduction: Emily Dickinson Abroad." *The International Reception of Emily Dickinson*. Eds. Domhnall Mitchell and Maria Stuart. London & New York: Continuum International Publishing Group, 2009. pp. 1-5.

Morris, Christopher D. *The Figure of the Road: Deconstructive Studies in Humanities Disciplines*. New York: Peter Lang, 2007. pp. 16-85.

Morris, Christopoher G., ed. *Academic Press Dictionary of Science and Technology*. California: Academic, 1992. p. 2234.

Mossberg, Barbara. "Through the Transatlantic Lens of 'my George Eliot' and Percy Bysshe Shelley: Emily Dickinson's Expatriate Soul in postcards from the Edge." *The Emily Dickinson Journal* 21.2 (2012): pp. 59-79. *Project MUSE*. Web. 15 January 2018.

"Most Popular Titles with Quotes Matching 'the Fly'." *IMDb*. Web. 20 July 2015. <http://www. imdb. com>.

Murray, Christopher John, ed. *Encyclopedia of the Romantic Era*,

1760-1850. New York: Fitzroy Dearborn, 2004. p. 200.

Murray, Lindley. *An English Grammar Comprehending the Principles and Rules of the Language*. New York: Collins, 1823. p. 278.

Murrin, John M., et al. "A Transformed Nation: The West and the New South, 1856-1900." *Liberty, Equality, Power: A History of the American People, Concise Fifth Edition, Volume Ⅱ: Since 1863*. Massachusetts: Wadsworth, 2011. pp. 487-498.

Nielson, Malina and Cynthia L. Hallen. "Emily Dickinson's Placenames." *Names: A Journal of Onomastics* 54.1 (2006): pp. 5-21.

Noble, Marianne. "Writing Life: Suffering as a Poetic Strategy of Emily Dickinson." *The Emily Dickinson Journal* 21.2 (2012): pp. 106-108. *Project MUSE*. Web. 15 January 2018.

Oelschlaeger, Max. "Emerson, Thoreau, and the Hudson River School." Nature Transformed, Teacher Serve©. National Humanities Center. Web. 10 March 2018. <http://nationalhumanitiescenter.org>.

O'Neil, L. Peat. *Travel Writing*. Ohio: Writer's Digest Books, 2005. pp. 1-29.

Osborne, Gillian. "A More Ordinary Poet: Seeking Emily Dickinson." *Boston Review: On Poetry* (2013): pp. 72-74.

Ostriker, Alicia. "Re-playing The Bible: My Emily Dickinson." *The Emily Dickinson Journal* 2.2 (1993): pp. 160-171. *Project MUSE*. Web. 25 June 2018.

Packer, Barbara L. "Travel Literature." *The Oxford Handbook of Transcendentalism*. Eds. Joel Myerson, Sandra Harbert Petrulionis, and Laura Dassow Walls. New York: OUP, 2010. pp. 396-407.

Patterson, Rebecca. *Emily Dickinson's Imagery*. Massachusetts: U of Massachusetts, 1979. pp. 114-225.

Payne, John Howard. "Home Sweet Home." *www.poemhunter.com*. Web. 10 April 2019.

Peter, T. D. *Living in Death: A Comparative Critique on the Death Poetry of Emily Dickinson and T. S. Eliot*. New Delhi: Partridge, 2013. pp. 185-215.

Petrino, Elizabeth A. *Emily Dickinson and Her Contemporaries: Women's Verse in America*, 1820 – 1885. New Hampshire: UP of New England, 1998. pp. 53–95.

Phillips, Jerry. *Romanticism and Transcendentalism: 1800 – 1860*. New York: Infobase, 2006. pp. 4–82.

Pollak, Vivian R. "Emily Dickinson's Literary Allusions." *Essays in Literature* 1.1 (1974): pp. 54–68.

Pound, Ezra. ' "A Retrospect' and 'A Few Don'ts' (1918)." *Poetry Foundation*. Web. 12 July 2015. <http://www.poetryfoundation.org>.

"Precedents: Explorers and Travelers." *The Geographical Imagination in Whitman and Dickinson*. Web. 1 June 2015. <http://www.classroomelectric.org>.

Preest, David. "Emily Dickinson: Notes on All Her Poems." *Emily Dickinson Poems*. pp. 1–529. Web. 6 March 2016. <http://www.emilydickinsonpoems.org>.

Quinn, Carol. "Dickinson, Telegraphy, and the Aurora Borealis." *The Emily Dickinson Journal* 13.2 (2004): pp. 58–78. *Project MUSE*. Web. 4 October 2016.

Ricca, Brad. "Emily Dickinson: Learn'd Astronomer." *The Emily Dickinson Journal* 9.2 (2000): pp. 96–108. *Project MUSE*. Web. 18 June 2017.

Righelato, Pat. "Introduction." *Daisy Miller and Other Stories*. Hertfordshire: Wordsworth Editions, 2006. vii–xxiv.

Roberson, Susan L. "American Women and Travel Writing." *The Cambridge Companion to American Travel Writing*. Eds. Alfred Bendixen and Judith Hamera. Cambridge: CUP, 2009. pp. 214–227.

Rogoff, Jay. "Certain Slants: Learning form Dickinson's Oblique Precision." *The Emily Dickinson Journal* 17.2 (2008): pp. 39–54. *Project MUSE*. Web. 25 November 2016.

Rollyson, Carl and Lisa Paddock. *Emily Dickinson: Self-Discipline in the Service of Art*. Indiana: ASJA, 2009.

Rushdie, Salman. *The Satanic Verses*. London: Random House,

1988. p. 205.

"Samuel Goodrich, Alias Peter Parley." *Jamaica Plain Historical Society*. Web. 1 June 2015. <http://www.jphs.org>.

Sepinwall, Alan. "'Breaking Bad'-'Fly': The Best Bottle Show Ever?" *HITFIX*. Web. 20 July 2015. <http://www.hitfix.com>.

Sherrer, Grace B. "A Study of Unusual Verb Constructions in the Poems of Emily Dickinson." American Literature 7.1 (1935): pp. 37-46. *JSTOR*. Web. 25 July 2015.

Smith, Robert McClure. *The Seductions of Emily Dickinson*. Alabama: U of Alabama, 1996. pp. 19-55.

Span, Christopher M. "African American Education: From Slave to Free." *Encyclopedia of the Social and Cultural Foundations of Education*. Ed. Eugene F. Provenzo, Jr. California: SAGE, 2009. p. 32.

Spengemann, William C. *Three American Poets: Walt Whitman, Emily Dickinson, and Herman Melville*. Indiana: U of Notre Dame, 2010. pp. 63-154.

St. Armand, Barton Levi. *Emily Dickinson and Her Culture*. Cambridge: CUP, 1984. pp. 259-298.

Stonum, Gary Lee. "Dickinson's Literary Background." *The Emily Dickinson Handbook*. Eds, Gudrun Grabher, Roland Hagenbüchle, and Cristanne Miller. Massachusetts: U of Massachusetts, 1998. pp. 44-60.

—. "Emily's Heathcliff: Metaphysical Love in Dickinson and Brontë." *The Emily Dickinson Journal* 20.1 (2011): pp. 22-33. *Project MUSE*. Web. 22 September 2016.

Stowe, Harriet Beecher. "Arrival in the Land of Freedom." *www.poemhunter.com*. Web. 20 February 2019.

Stowe, William W. *Going Abroad: European Travel in Nineteenth-Century American Culture*. New Jersey: Princeton UP, 1994. pp. ix-15.

—. "'Property in the Horizon': Landscape and American Travel Writing." *The Cambridge Companion to American Travel Writing*.

Eds. Alfred Bendixen and Judith Hamera. Cambridge: CUP, 2009. pp. 26-45.

Strickland, Georgiana. "Dickinson's Encounters with the East." *Emily Dickinson International Society Bulletin* 19.2 (2007): pp. 12, 34.

Taylor, Bayard. "Storm Song." *Poems of Home and Travel*. Boston: Ticknor and Fields, 1855. pp. 120-121.

The Holy Bible, *English Standard Version*. Illinois: Crossway, 2001. p. 230.

"The Chemistry of Breaking Bad." *Chemistry Views*. Web. 12 July 2015. <http://www.chemistryviews.org>.

"The Henry D. Thoreau Quotation Page: Home and Travel." *The Walden Woods Project*. Web. 12 May 2015. <https://www.walden.org>.

"The Hudson River School: American Art, 1820 - 1870." Web. 20 July 2017. <https://public.wsu.edu>.

The Journals and Miscellaneous Notebooks of Ralph Waldo Emerson, 1838 - 1842. Ed. A. W. Plumstead and Harrison Hayford. Cambridge: HUP, 1969. p. 268.

"The New England Colonies." *U.S. History: Pre - Columbian to the New Millennium*. Web. 2 April 2015. <http://www.ushistory.org/us/3.asp>.

"The Spirituality of Emily Dickinson." Web. 5 May 2015. <http://www.sumangali.org>.

"The Sublime." *The Victorian Web*. Web. 1 August 2015. <http://www.victorianweb.org>.

"Thomas Cole." *American Paradise: The World of the Hudson River School*. Eds. John P. O'Neill, Barbara Burn, Teresa Egan, and Mary - Alice Rogers. New York: The Metropolitan Museum of Art, 1987. pp. 119-147.

Thompson, Carl. *Travel Writing*. Oxford: Routledge, 2011. pp. 9-33.

Thoreau, Henry David. "To a Marsh Hawk in Spring." *www.*

poetryfoundation. *org*. Web. 20 January 2019.

—. "What's the Railroad to Me?" *www. poets. org*. Web. 2 March 2019.

"Travail. " *Online Etymology Dictionary*. Web. 07 February 2015. <http://www. etymonline. com>.

"Travel. " *Chambers English Dictionary*. Eds. Catherine Schwarz, George Davidson, Anne Seaton, and Virginia Tebbit. Edinburgh: W&R Chambers and CUP, 1988. p. 1562.

—. *Collins English Dictionary*. Web. 6 February 2015. <http://www. collinsdictionary. com>.

—. *Macmillan English Dictionary for Advanced Learners of American English*. 2002. Ed. Zhongfeng Shen. Beijing: Foreign Language Teaching and Research, 2003. pp. 530, 703, 1507.

—. *The Oxford English Dictionary*: Second Edition (Volume XVIII). Oxford: OUP, 1989. p. 444.

—. *Webster's Encyclopedic Unabridged Dictionary of the English Language*. New Jersey: Gramercy Books, 1989. p. 1508.

Turco, Lewis. *The Book of Literary Terms*: *The Genres of Fiction, Drama, Nonfiction, Literary Criticism, and Scholarship*. New Hampshire: UP of New England, 1999. pp. 1-37.

Vendler, Helen. *Poets Thinking*: *Pope, Whitman, Dickinson, Yeats*. Massachusetts: HUP, 2006. pp. 64-91.

Volo, James M. *Family Life in 19th-Century America*. Connecticut: Greenwood, 2007. pp. 3-22.

Von Martels, Zweder. "Introduction: The Eye and the Eye's Mind. " *Travel Fact and Travel Fiction*: *Studies on Fiction, Literary Tradition, Scholarly Discovery and Observation in Travel Writing*. Ed. Zweder von Martels. Leiden: E. J. Brill, 1994. pp. xi-xviii.

Walsh, John Evangelist. *Emily Dickinson in Love*: *The Case for Otis Lord*. New Jersey: Rutgers UP, 2012. pp. 57-81.

Wardrop, Daneen. " 'Goblin with a Gauge': Dickinson's Readerly Gothic. " *The Emily Dickinson Journal* 1. 1 (1992): pp. 39-53. *Project MUSE*. Web. 2 May 2017.

Wayne, Tiffany K. *Women's Roles in Nineteenth-Century America*. Connecticut: Greenwood, 2007. pp. 1-24.

Welch, Michael Dylan. "Becoming a Haiku Poet." *Begin Haiku*. Web. 22 June 2015. <http://www.haikuworld.org>.

Werner, Marta L. "'A Woe Of Ecstasy': On the Electronic Editing of Emily Dickinson's Late Fragments." *The Emily Dickinson Journal* 16.2 (2007): pp. 25-52. *Project MUSE*. Web. 25 September 2016.

Wharton, Edith. "An Autumn Sunset." *www.poetryfoundation.org*. Web. 24 January 2019.

"What is Haiku?" *Haiku Poetry, Experiencing Life in 5-7-5*. Web. 22 June 2015. <http://www.haiku-poetry.org/what-is-haiku.html>.

"What's a Haiku?" *North Carolina Haiku Society*. Web. 22 June 2015. <http://nc-haiku.org/whats-a-haiku/>.

White, Fred D. *Approaching Emily Dickinson: Critical Currents and Crosscurrents since* 1960. New York: Camden House, 2008. pp. 162-175. Print.

Whitman, Walt. "Joy, shipmate, joy." *The Walt Whitman Archive*. Web. 28 February 2019. <https://whitmanarchive.org>.

—. "In Cabin'd Ships at Sea." *The Walt Whitman Archive*. Web. 15 February 2019. <https://whitmanarchive.org>.

—. "Song at Sunset." *The Walt Whitman Archive*. Web. 26 January 2019. <https://whitmanarchive.org>.

—. "Song of the Open Road." *The Walt Whitman Archive*. Web. 5 March 2019. <https://whitmanarchive.org>.

—. "To a Locomotive in Winter." *The Walt Whitman Archive*. Web. 2 March 2019. <https://whitmanarchive.org>.

—. "To the Man-of-War Bird." *The Walt Whitman Archive*. Web. 20 January 2019. <https://whitmanarchive.org>.

Wider, Sarah. "Corresponding Worlds: The Art of Emily Dickinson's Letters." *The Emily Dickinson Journal* 1.1 (1992): pp. 19-38. *Project MUSE*. Web. 15 July 2018.

Williams, Sharone E. "Europe." *All Things Dickinson: An Encyclopedia of Emily Dickinson's World*. Ed. Wendy Martin. California: ABC-CLIO, 2014. p. 318.

Wilson, Rob. *American Sublime: The Genealogy of a Poetic Genre*. Wisconsin: The U of Wisconsin, 1991. pp. 3-15.

Wolff, Cynthia Griffin. *Emily Dickinson*. New York: Alfred A. Knopf, 1986. pp. 321-341.

"Women in the Nineteenth Century." *Women in Literature*. Web. 3 April 2015. <http://www2.ivcc.edu>.

Yin, Joanna. "'Arguments of Pearl': Dickinson's Response to Puritan Semiology." *The Emily Dickinson Journal* 2.1 (1993): pp. 65-83. *Project MUSE*. Web. 8 June 2016.

Zapedowska, Magdalena. "Citizens of Paradise: Dickinson and Emmanuel Levinas's Phenomenology of the Home." *The Emily Dickinson Journal* 12.2 (2003): pp. 69-92. *Project MUSE*. Web. 21 November 2016.

Zorzi, Rosella Mamoli. "The Aspern Papers: From Florence to an Intertextual City, Venice." *Henry James's Europe: Heritage and Transfer*. Eds. Dennis Tredy, Annick Duperray and Adrian Harding. Cambridge: Open Book, 2011. pp. 103-112.

后 记

本书得到了宁夏回族自治区一流建设（重点培育）学科经费的资助。在此特别感谢宁夏大学外国语学院朱海燕书记、胡笑瑛副书记、金忠杰副院长、贾文娟副院长的长期支持，感谢同事们的帮助。

感谢导师 Christoph Ribbat 的引领和谆谆教诲，感谢挚友 Terry Mahon、Layla Ayobi 的无私关爱和帮助。

同时还要感谢中国社会科学出版社编辑慈明亮老师为本书付出的辛劳，在书稿编辑的过程中，慈老师展现了卓越的专业素养和敏锐的学术眼光，使书稿的结构更加清晰，内容更加流畅。

感谢家人的支持，尤其感谢七岁的儿子：你是我生命中的一束光，感谢你用爱温暖我写作的每一个日夜。

写作是一个孤独却富有意义的旅程，但正是有同行者的陪伴与帮助，才让这段旅程不再孤单。本书仍有许多需要完善之处，希望它能为热爱狄金森诗歌的读者提供全新视角，激发人们对于旅行与人生意义的思考。

谨以此书，向所有关心与支持我写作与研究的人致以最深的谢意！

胡又铭
2024 年 11 月